Johanna Danninger
Vorhofflimmern

Montlake
Romance

Das Buch

Wenn Lena aus ihrer Vergangenheit eines gelernt hat, dann das: Schöne Männer taugen nichts.

Das gilt ihrer Meinung nach auch für den überaus attraktiven Assistenzarzt Desiderio, der es sich ärgerlicherweise in den Kopf gesetzt hat, sie nach allen Regeln der Kunst zu erobern.

Dummerweise geht sein Charme so gar nicht spurlos an ihr vorüber, und seine Hartnäckigkeit hat schon bald gravierende Auswirkungen auf ihren eigentlich so stabilen Herzrhythmus.

Für Lena stellt sich die alles entscheidende Frage: Will Desiderio sie nur in die Kiste bekommen oder meint er es am Ende vielleicht doch ernst mit ihr?

Die Autorin

Johanna Danninger wurde 1985 in Niederbayern geboren. Sie lebt mit ihrem Mann in einer ländlichen Gegend und arbeitet als Krankenschwester in der Notaufnahme eines Kreiskrankenhauses. Geschichten jeglicher Art waren schon immer ihre Leidenschaft. Schon als Kind hat sie viel gelesen und ihre eigenen Kurzgeschichten verfasst. 2013 veröffentlichte sie schließlich ihren ersten Roman in Eigenregie. Das Schreiben ist inzwischen zu einem festen Bestandteil ihres Lebens geworden.

JOHANNA DANNINGER

VORHOF FLIMMERN

ROMAN

Montlake Romance

Die Originalausgabe erschien 2013
unter dem Titel »Vorhofflimmern« im Selbstverlag.

Veröffentlicht bei
Montlake Romance, Amazon E.U. Sárl
5 Rue Platis, L-2338, Luxembourg
May 2014

Umschlaggestaltung: bürosüd° München, www.buerosued.de
Umschlagmotiv: www.buerosued.de
Lektorat: Gisa Marehn
Satz: Monika Daimer, www.buch-macher.de

Gedruckt durch
Amazon Distribution GmbH
Amazonstraße 1
04347 Leipzig, Deutschland

ISBN: 978-1-47782464-1

www.amazon.de/montlakeromance

Kapitel 1

In der Notaufnahme des Kreiskrankenhauses Wollbach war es stickig und heiß. Obwohl es erst Ende Mai war, lagen die Außentemperaturen bereits bei nahezu dreißig Grad, was der veralteten Umluftanlage schwer zu schaffen machte. Die Luftfeuchtigkeit schien sich Stunde um Stunde zu erhöhen; und nun, am späten Nachmittag, hatte man beinahe den Eindruck, innerhalb der Räume könnte sich jederzeit ein Gewitter entladen.

»Schwester Lena, Licht bitte«, forderte mich Oberarzt Heimer auf.

Ich kam der Aufforderung nur ungern nach, denn die große OP-Leuchte gab bei Betrieb mehr Wärme ab als so mancher Heizstrahler. Das Phänomen der LED war unserer Krankenhausverwaltung leider noch nicht zu Ohren gekommen, darum mussten wir uns noch mit veralteten Glühbirnen herumschlagen.

Trotzdem musste ein Arzt bei einem Eingriff etwas sehen können, deshalb stellte ich das Licht an und richtete den Leuchtkegel auf das Operationsgebiet. Der dazugehörige Patient zuckte sichtlich zusammen.

Mitfühlend tätschelte ich ihm die Schulter.

»Ist gleich vorbei«, säuselte ich meinen Standardberuhigungsspruch, der den Patienten jedoch nicht wirklich zu besänftigen schien. Er stieß ein leises Wimmern aus. Fachmännisch ließ ich meinen Blick über ihn gleiten. Flache Atmung, gelblich weiße Hautfarbe, kaltschweißig …, jahrelange Erfahrung in der Notaufnahme sagte mir sofort, dass der Mann kurz vor einem Kreislaufkollaps stand.

Ich tauschte mit Oberarzt Heimer einen vielsagenden Blick.

»Na schön, wir sollten uns beeilen«, seufzte er. »Pinzette, bitte.«

Der Patient wimmerte etwas lauter und starrte mit großen Augen das Instrument an, das ich dem Arzt reichte.

»Nicht hinsehen«, sagte ich sanft.

»Es wird gar nicht wehtun«, fügte Heimer noch an.

Ein eher ungläubiges Schnaufen entwich dem Patienten, doch er ließ ergeben seinen Kopf auf die Liege zurücksinken und schloss die Augen.

Der Oberarzt beugte sich über den Mann und setzte konzentriert die Pinzette an. »Sooo …«

»Aaaaah!«

»Stillhalten!«

»… und schon haben wir es!«

Ich hielt dem Arzt eine Kompresse entgegen und nahm das Corpus Delicti in Empfang.

»Ist alles weg?«, fragte der Patient um Atem ringend. »Ist alles draußen?«

»Mal sehen …« Kritisch betrachtete ich das schwarze Etwas auf der Kompresse. »Körper, Beine, Kopf … ja, eindeutig eine komplette Zecke.«

Der Mann blinzelte ein paar Mal, dann stöhnte er erleichtert auf: »Gott sei Dank!«

Oberarzt Heimer zog eine Braue hoch und begann, ein paar Zeilen für den Hausarzt zu kritzeln. Nun, eigentlich waren es genau zwei Zeilen – Diagnose: Zeckenbiss, Therapie: Zecke entfernt, Weiterbehandlung: Beobachtung der Bissstelle.

Eigentlich schade ums Papier, aber so war das mit der Bürokratie im Gesundheitswesen.

Während der Patient sich langsam wieder beruhigte, ertränkte ich die Zecke in Desinfektionsmittel und entsorgte sie fachgerecht im Mülleimer.

»Sie können sich jetzt wieder anziehen«, sagte ich zu dem Mann, da seine Gesichtsfarbe wieder im Normbereich erstrahlte.

»Und was ist mit der Wunde?«, fragte er mich ängstlich. »Bekomme ich denn keinen Verband?«

Stirnrunzelnd betrachtete ich den winzigen roten Punkt, der die Bezeichnung ›Wunde‹ nicht einmal annähernd verdient hatte. »Wissen Sie«, meinte ich schließlich gedehnt, »ich würde sagen, in Ihrem Fall verzichten wir darauf.«

»Warum?«

»Na ja, ich glaube nicht, dass es sehr angenehm ist, ein Pflaster vom Hoden wieder abzuziehen.«

Der Mann überlegte kurz. »Wahrscheinlich nicht«, pflichtete er mir bei. Dann stand er auf und zog seine Hose hoch.

Dramatische Szenen spielten sich im Wartezimmer ab, als ich den Herrn seiner besorgten Ehefrau übergab. Jeder unwissende Beobachter war sich sicher, dass wir dem Mann soeben das Leben gerettet hatten.

Natürlich hatten wir das, dafür ist die Notaufnahme schließlich da!

Mit einem leichten Kopfschütteln ging ich zurück in den Behandlungsraum und gesellte mich zu OA Heimer, der gerade ein Röntgenbild betrachtete.

Er warf mir einen skeptischen Seitenblick zu. »Und, Lena? Sie haben ja gar keinen männerfeindlichen Spruch auf den Lippen? Das bin ich von Ihnen aber nicht gewohnt!«

Ich räusperte mich leicht. »Nun, ich übe mich in Mitgefühl.«

Heimer schmunzelte. »Aha.«

Natürlich glaubte er mir nicht, dafür arbeiteten wir beide schon zu lange zusammen. Der wahre Grund für das Unterlassen eines entsprechenden Kommentars war nämlich, dass mir so viele auf der Zunge lagen, dass ich mich schlichtweg nicht entscheiden konnte. Ich schluckte sämtliche Harte-Kerle-weiche-

Teile-Sprüche hinunter und besah stattdessen ernst die Röntgenaufnahme eines gebrochenen Unterarms.

»Wollen Sie reponieren?«, fragte ich den Arzt.

»In diesem Fall schon. Der Arm ist schon zu sehr geschwollen, um sofort zu operieren. Wir müssen ihn erst ein paar Tage ruhigstellen.«

Ich nickte. »Bruchspaltanästhesie?«

»Ja, zehn Milliliter sollten reichen.«

»Natürlich reicht das«, meinte ich und wandte mich zum Gehen, »schließlich gehört der Arm zu einer Frau.«

Drei Stunden, sechs Prellungen, vier Brüche und einige Platzwunden später saß ich mit meiner Lieblingskollegin Sandra bei einer wohlverdienten Tasse Kaffee in unserer Küche.

Eigentlich war der Raum viel mehr als nur eine Küche. Er war gleichzeitig Aufenthaltszimmer, Büro, Konferenzraum, Entspannungsoase und Gerüchteredaktion. Kurzum: das Zentrum der gesamten Notaufnahme.

Ich nippte zufrieden an meiner Tasse. Obwohl mein Oberteil an meinem feuchten Rücken klebte, genoss ich den heißen Koffeinschub. Für Kaffee konnte es meiner Meinung nach nie zu heiß sein.

Die bedächtige Stille unserer kleinen Pause wurde jäh unterbrochen, als OA Reinmann gestresst hereinrauschte. Der betagte Chirurg war immer gestresst. Ich konnte mich nicht erinnern, den Mann mit dem roten Gesicht und dem ausgeprägten Bierbauch auch nur einmal entspannt gesehen zu haben. Er ging gestresst, er redete gestresst, er lachte gestresst …, wahrscheinlich konnte er sogar gestresst schlafen. Trotzdem war er ein fabelhafter Arzt und seine gewöhnungsbedürftige Art machte ihn zu einem einzigartigen Mitglied der Krankenhausgemeinde. Reinmann besaß einen grandiosen trockenen Humor, und mit ihm konnte ich herrliche Streitgespräche führen, ob denn nun Männer wirklich das starke Geschlecht waren oder doch eher die Frauen – wobei natürlich Letzteres stimmte.

Reinmann ließ sich lautstark auf einen Stuhl fallen und wischte sich stöhnend den Schweiß von der Stirn. »So eine Affenhitze. Und das im Mai! Ist ja nicht zum Aushalten!«

Ich ignorierte sein Gejammer und breitete stattdessen lieber die Tageszeitung vor mir aus. Sandra erbarmte sich und schenkte dem Doktor eine Runde Mitleid.

»Ach, Herr Oberarzt«, sagte sie, »was machen Sie denn überhaupt so spät noch hier? Haben Sie Dienst?«

»Leider«, bestätigte Reinmann.

»Och!« Sie mimte dabei den Tonfall, mit dem man ein kleines Kind tröstete, wenn es sich das Knie aufgeschlagen hatte. Dem Oberarzt schien es zu gefallen.

»Ja, ich weiß auch nicht, warum ich so viele Dienste machen muss«, jammerte er.

Ich verdrehte die Augen. »Weil Sie dafür bezahlt werden«, murmelte ich, ohne von der Zeitung aufzublicken.

»Lena! Was sind Sie denn schon wieder so zickulös?«

»Ich bin nicht *zickulös*. Ich habe nur die Wahrheit gesagt.«

Reinmann gluckste und grapschte nach der Zeitung.

Hallo? Die Zeitung lag doch wohl eindeutig vor mir!

»Hey!«, schimpfte ich und hielt entschlossen das Papier fest. »Ich lese gerade – wie man im Übrigen deutlich erkennen kann. Sie könnten wenigstens fragen!«

Er hob abwehrend die Hände. »Hilfe! Sind Sie immer so streng?«

»Wenn's sein muss.«

»Ihr Zukünftiger wird es aber mal nicht leicht mit Ihnen haben!«

Sandra knuffte mich frech in die Schulter. »Deswegen traut sich ja keiner an unsere Lena heran.«

»Weil sie Angst haben?«, mutmaßte Reinmann.

»Ja, sie sind total eingeschüchtert!«, bestätigte sie nickend.

Moment mal! Ich war schließlich auch noch anwesend!

Angesäuert schob ich dem Oberarzt den Sportteil zu. »Bin ich zu stark, sind sie zu schwach«, erklärte ich knapp.

Reinmann amüsierte sich köstlich über meinen Spruch. Sandra schüttelte nur skeptisch den Kopf.

»Lena, du und deine hohen Ansprüche«, meinte sie.

»Ich habe keine ›hohen‹ Ansprüche, nur ... Ansprüche«, erklärte ich und versuchte, das Thema damit zu beenden.

»Wie alt sind Sie, wenn ich fragen darf?«, wollte Reinmann wissen.

Ich verkniff mir das schnippische ›Dürfen Sie nicht!‹ und antwortete: »Ich bin fünfundzwanzig.«

»Was? Und noch nicht verheiratet?«

Wie bitte?

»In Ihrem Alter hatte ich schon die ersten Scheidungsgedanken!«

Natürlich war das Blödsinn, denn ich wusste genau, dass der Oberarzt schon seit vierzig Jahren mit derselben Frau verheiratet war.

Sandra wusste es ebenfalls, und das sagte sie ihm dann auch. Reinmann ging nicht darauf ein.

»Sie wissen ja, was die Abkürzung EHE bedeutet?«, fragte er feixend. »Errare humanum est. Das heißt übersetzt: Irren ist ...«

»... menschlich«, schlossen Sandra und ich gleichzeitig den Witz, den wir von ihm schon tausendmal gehört hatten.

Reinmann freute sich trotzdem über die Pointe und glättete grinsend den Teil der Zeitung, den ich ihm wohlwollend überlassen hatte. Er las ein paar Zeilen, dann sah er mich an, als hätte er gerade einen grandiosen Einfall.

»Schwester Lena! Nächste Woche fängt der neue Assistenzarzt an. Der wäre doch was für Sie!«

»Gott bewahre! Keinen Arzt!«, schnaubte ich überzeugt.

»Warum denn nicht?«

Ich schenkte ihm einen vielsagenden Blick. »Die sind immer so gestresst.«

Sandra kicherte. Der Oberarzt verstand meinen Wink wohl

nicht ganz.

»Ach was«, meinte er. »Dann suchen Sie sich am besten einen Tuckologen. Der ist an Frauen gewöhnt und lässt sich nicht so schnell aus der Ruhe bringen.«

Ich verdrehte im Geist die Augen über das Reinmann'sche Synonym für Gynäkologe, machte ein todernstes Gesicht und sagte: »Männer, die mehr von meiner Vagina wissen als ich selbst, sind mir unheimlich.«

Der Arzt prustete los, während Sandra kurz nach Luft schnappte, bevor sie dann doch kichern musste.

»Haben Sie den neuen Doktor denn schon gesehen?«, fragte sie neugierig und lenkte Reinmann endlich von mir ab.

»Ja, ja!«, bestätigte er eifrig. Er beugte sich verschwörerisch vor. »Ein absolutes Highlight, soweit ich das als Mann beurteilen kann.«

Nun, das konnte er nicht. In der Vergangenheit hatte er uns schon des Öfteren eine vermeintliche Augenweide angekündigt, welche sich stets als ziemlich öde Landschaft entpuppt hatte.

»Macht einen sehr fähigen Eindruck, der Bursche«, fuhr er fort, wobei auch diese Aussage mit Vorsicht zu genießen war. »Er hat schon einige Zeit in der Chirurgie gearbeitet und er braucht nur noch ein halbes Jahr für seinen Facharzt, also gehe ich davon aus, dass er schon was kann.«

Okay, das klang tatsächlich vielversprechend. Natürlich fiel kein Meister vom Himmel, aber die Assistenten, die frisch von der Uni zu uns kamen, waren dann doch oft mehr als anstrengend.

Reinmann wusste noch mehr zu erzählen, doch in diesem Moment schrillte deutlich die Türglocke und kündigte einen neuen Patienten an.

Ich warf einen sehnsüchtigen Blick auf meine halb volle Tasse zurück, als ich unmotiviert aus der Küche schlurfte.

Patienten konnten einem wirklich die ganze Schicht vermiesen …

Kapitel 2

Ich träumte sehr seltsame Dinge: Ich saß auf einem Thron und sah schweigend Oberarzt Reinmann an, der lachend vor mir stand und mit einer Zeitung vor meinem Gesicht herumwedelte. Plötzlich stand meine Mutter neben ihm und starrte mich vorwurfsvoll an. »Warum schenkst du mir keine Enkel?«, wollte sie wissen. Ich wollte mich verteidigen, doch ich konnte den Mund nicht öffnen. Immer drängender und flehender wurden ihre Blicke, aber ich starrte nur vor mich hin, während Reinmann immer noch lachte. Meine Mutter wurde ungeduldig, weil ich nicht antwortete, darum riss sie dem Oberarzt die Zeitung aus der Hand, rollte sie zusammen und schlug mir damit immer wieder auf den Kopf, bis es in meinen Ohren zu klingeln anfing. Was sollte das? Sie sollte aufhören! Das Papier vibrierte in ihren Händen und …

… ich wachte auf und hing für einen Moment in dem verwirrenden Zustand zwischen Traum und Wirklichkeit fest. Die Zeitung lag auf meinem Nachttisch, brummte und sang weiter vor sich hin, und ich war immer noch wütend auf meine Mutter. Während ich noch darüber sinnierte, was ihr eigentlich einfiel, mich so zu behandeln, realisierte ich gleichzeitig, dass die vibrierende Zeitung mein Handy war und mir die Melodie deswegen so bekannt vorkam, weil es sich um meinen Klingelton handelte.

Die Rollläden waren heruntergelassen, darum mangelte es meinem Schlafzimmer erheblich an Licht. Mein Radiowecker blinkte mir mit seiner gewohnt aufdringlichen Art die Zahlen 09:34 entgegen.

Welcher Vollidiot besaß bitte schön die Frechheit, mich in meiner Spätdienstwoche zu einer solch unchristlichen Zeit aufzuwecken?

Schlaftrunken tastete ich nach dem nervtötenden Handy und gab dabei Geräusche von mir, die genauso gut von einem Affen auf Drogenentzug hätten stammen können. Meine Nachttischlampe fiel mit einem dumpfen Pochen herunter. Ich machte: »Uaaaaarrrrrgmm«, erwischte endlich den Verursacher des morgendlichen Übels und nahm ab, ohne dabei auf das Display zu sehen.

»Grra…llo?«, krächzte ich.

»Einen wunderschönen guten Morgen«, schallte es mir fröhlich entgegen.

Scheiße. Zu viel gute Laune, zu früh am Tag. Die Stimme am anderen Ende gehörte eindeutig zu einer penetranten, quirligen Person namens Vera.

»Lena? Bist du noch dran?«

Ich wollte Ja sagen, brachte aber nur eine Art Grunzen heraus.

»Hey! Hab ich dich aufgeweckt?«

So eine bescheuerte Frage!

Nein, ich hör mich am Telefon immer an wie ein Papagei im Stimmbruch!

Schwerfällig rollte ich mich auf den Rücken und räusperte mich. Immerhin war Vera meine beste Freundin, also hatte sie es verdient, dass ich mit ihr ein freundliches Gespräch führte.

»Ich hasse dich«, sagte ich.

Vera kicherte. »Ja, ja. Mensch, Süße, es ist ein herrlicher Tag! Du kannst doch nicht den ganzen Vormittag verpennen.«

Konnte ich sehr wohl! Warum auch nicht? Ich war ledig, hatte keine Kinder und wohnte in einem winzigen Appartement eines Wohnblocks. Was zum Teufel sollte ich den ganzen Vormittag lang treiben? Alle meine Freunde arbeiteten tagsüber, und im Fernsehen kam zu dieser Tageszeit nur Schrott. Außerdem war Schlafen eindeutig eine meiner Lieblingsbeschäftigungen.

»Hallooo, Lena! Schläfst du schon wieder?«

»Ja.«

»Ach komm, jetzt sei nicht so muffig. Willst du gar nicht wissen, warum ich anrufe?«

»Du hast mich aufgeweckt, weil du sadistisch veranlagt bist«, vermutete ich.

»Nö. Ich habe gerade etwas erfahren, das dich bestimmt interessieren wird.«

»Hat es etwas mit einem Lottogewinn zu tun, den du jetzt mit mir teilen willst?«

»Nein, aber …«

»Langweilig!«

Vera stöhnte laut. »Dummkopf, jetzt hör mir doch erst einmal zu!«

Ich brummte und rieb mir ergeben über das Gesicht. »Okay.«

»Eine Arbeitskollegin hat mir gerade erzählt, dass *Pink* im September nach München kommt«, erklärte Vera.

Ich schoss so abrupt in die Höhe, dass ich mir mit meinem Daumen beinahe selbst ein Auge ausgestochen hätte. »Was?«

»Ha, ich wusste doch, dass dich das interessiert!«

Natürlich wusste sie das. Wir beide waren schon zusammen zur Grundschule gegangen und seither unzertrennlich. Vera kannte mich sehr gut. Manchmal sogar besser als ich mich selber. Und daher war es kaum verwunderlich, dass sie wusste, dass ich eine absolute Pink-Verehrerin war und ich mir schon immer gewünscht hatte, die Sängerin einmal live zu sehen.

»Gibt's noch Karten?«, stieß ich aufgeregt hervor. Meine Morgenmuffigkeit war wie weggeblasen.

»Na ja, das ist ein wenig problematisch, deshalb habe ich dich gleich angerufen«, sagte Vera langsam. »Ich wollte gleich im

Internet Karten reservieren, aber da hieß es dann, das Online-kontingent, oder so ähnlich, ist bereits ausgeschöpft.«

»Na toll! Und darum rufst du mich an?«, maulte ich.

»Tss, jetzt halt endlich die Klappe! Online ist kein Kauf mehr möglich, aber es werden immer einige Karten für die Vorverkaufsläden zurückgehalten, die an irgendeinem Klubprogramm teilnehmen. Ich hab den Namen von dem Zeug vergessen, aber ich weiß ... Trommelwirbel bitte! ... dass der Presseshop in der Kahnstraße dazugehört!«

Ich kratzte mich ungläubig am Kopf. »In unserer Kahnstraße? Hier in Wollbach? In unserem Kaff?«

Man muss dazu sagen, dass Wollbach eine niederbayerische Kleinstadt mit knapp zehntausend Einwohnern ist, gerade mal über zwei Tankstellen verfügt, von denen keine länger als bis dreiundzwanzig Uhr geöffnet hat, und nicht einmal ein Fast-Food-Restaurant vorweisen kann.

Die Bezeichnung »Kaff« war daher durchaus angebracht.

»Ja! Du weißt schon, der Laden neben dem Schuhgeschäft«, bestätigte Vera. »Wer hätte das gedacht, dass in Wollbach jemand überhaupt schon einmal von einem erlesenen Klubprogramm gehört hat?«

»Und dann auch noch daran teilnimmt.«

»Genau, das habe ich mir auch gedacht. Darum habe ich vorsorglich dort angerufen, weil ich sichergehen wollte. Und, ja, – sie haben noch Karten. Aber ich durfte nicht telefonisch reservieren. Die letzten werden nur noch bei Sofortkauf herausgegeben.«

Geschockt sprang ich aus dem Bett. »Die letzten? Warum hast du das nicht gleich gesagt?«

Ich hörte Vera noch gedämpft protestieren, während ich das Handy zur Seite pfefferte und verzweifelt nach meinen Jeans tastete. In der Aufregung vergaß ich sogar, dass mein Schlafzimmer über einen Lichtschalter verfügte, darum stolperte ich in der Dunkelheit herum und holte mir bei meinen panischen Anziehversuchen diverse blaue Flecken. Wirklich erstaunlich, wie oft man sich das Schienbein an derselben Bettkante stoßen konnte.

Irgendwie schaffte ich es, lebend aus dem Raum zu kommen, stürzte noch schnell ins Bad, hielt mich aber nicht lange mit diversen Kleinigkeiten auf, wie beispielsweise Zähneputzen oder Haare kämmen, und stürzte schon sechs Minuten nach dem Telefonat das Treppenhaus hinunter. An der Eingangstür stellte ich fest, dass ich meinen Geldbeutel vergessen hatte, darum stürzte ich wieder hinauf, packte das Teil und raste sogleich wieder hinunter, wobei ich ungefähr vier Stufen auf meinem Hintern überwand.

Keine Zeit für Schmerz. Muss Konzertkarten kaufen!

In einer Mischung aus Gehen, Laufen und Humpeln verließ ich das Mehrfamilienhaus. Die Kahnstraße lag nicht weit von meinem Wohnblock entfernt, darum verzichtete ich auf meinen alten Ford und eilte zu Fuß den Gehweg entlang in Richtung Stadtzentrum. Dieses bestand aus einer Kirche, einer Bankfiliale, der Realschule und einer Fußgängerzone von der Größe einer geräumigen Parkbucht.

Auf meinem Weg musste ich mindestens sieben fahrradwütigen Rentnern ausweichen und konnte nur durch meine jahrelange Actionfilmerfahrung das Schlimmste verhindern.

Völlig außer Atem, verschwitzt und hinkend bekam ich endlich die Kartenvorverkaufsstelle in Sicht. Ich wollte die letzten Meter vor der Ladentür nutzen, um wenigstens ein bisschen menschlich auszusehen, darum verlangsamte ich mein Tempo und zwang meine blonde Mähne zu etwas, das man mit viel Fantasie einen Pferdeschwanz nennen konnte. Ohne Bürste verhielten sich meine Haare allerdings wie pubertierende Teenager und weigerten sich, wo es nur ging.

Der haarsträubende Kampf beanspruchte meine volle Aufmerksamkeit. Ein Mann verließ schwungvoll den Laden und ich bemerkte ihn erst, als ich mit voller Wucht gegen ihn prallte. Durch den Zusammenstoß fiel zu allem Überfluss auch noch mein Geldbeutel hinunter, den ich irgendwie in der Ellenbeuge eingeklemmt hatte, um beide Hände für den Haargummi freizuhaben.

Nun war es so, dass sich in solchen Situationen das Schicksal immer auf besonders grausame Weise zeigen wollte, darum öffnete sich bei dem Aufprall das Kleingeldfach meiner Geldbörse und der nicht unwesentliche Inhalt ergoss sich fröhlich klimpernd auf den Asphalt.

Ich hörte das Desaster, bevor ich es mit eigenen Augen sah, denn mein Gesicht presste sich nach wie vor gegen das plötzlich aufgetauchte Hindernis, das rot zu sein schien und zudem unheimlich gut duftete.

Mir dämmerte, dass es sich dabei um ein rotes T-Shirt handelte, und weil der Besitzer des Kleidungsstückes eindeutig atmete, konnte ich eine Schaufensterpuppe ausschließen. Langsam wich ich ein Stück zurück und sah meine Vermutung bestätigt: Ich hatte meine Nase gegen eine fremde Männerbrust gepresst.

Langsam glitt mein Blick über die besagte Brust nach oben und hielt bei den schönsten Augen an, die ich jemals gesehen hatte.

Erst in diesem Moment begriff ich, was der Ausdruck »strahlend blau« wirklich bedeutete.

Der Anblick dieser Tiefe und Schönheit faszinierte mich und ließ mich unwillkürlich alles um mich herum vergessen. Die Farbe erinnerte mich an einen Ozean, und ich wollte mich sofort in ihn hineinstürzen und darin verlieren.

Eine angenehme Stimme riss mich aus meiner Träumerei. »Alles in Ordnung?«

Mein Gehirn brauchte einen Moment, um die peinliche Gesamtsituation zu erfassen. Schließlich erreichte mich die Erkenntnis und ich trat hastig einen Schritt zurück. Ich richtete meinen Blick auf den Boden und schnappte nach Luft. Mit einem hervorgepressten »Verdammter Mist!« ging ich in die Hocke und begann hektisch, das entflohene Kleingeld einzusammeln.

»Tut mir echt leid«, sagte der Mann. »Ich hab dich zu spät gesehen.« Er bückte sich ebenfalls, um mir bei der Münzjagd zu helfen.

»Nein, nein, nein!«, widersprach ich. »Es ist meine eigene Schuld. Ich war gerade … äh … in Gedanken.«

Schon nach kurzer Zeit war auch der letzte verirrte Cent eingefangen. Langsam stand ich auf. Mein Hintern beschwerte sich kurz über die vorherige Begegnung mit den Treppenstufen und ich konnte ein schmerzerfülltes Ächzen nicht unterdrücken.

»Hast du dich verletzt?«, fragte er und klang dabei aufrichtig besorgt.

Ich schüttelte den Kopf und wagte es sogar, ihn dabei anzusehen.

Mein Gott, diese Augen!

»Äh … nein, ich bin vorhin die Treppe hinuntergefallen«, stammelte ich.

»Nicht dein Tag heute, was?«, lachte er und überreichte mir dabei eine Handvoll Münzen.

Ich brachte ein Lächeln zustande, obwohl ich merkte, dass ich rot wurde.

Wie bitte? Ich wurde rot?

Lena, was zum Teufel ist los mit dir?

Diese dämliche Angewohnheit, wegen eines Typen rot zu werden, hatte ich mir schon vor einigen Jahren abgewöhnt. Verwundert über meine eigene Reaktion betrachtete ich den Fremden ein wenig genauer.

Meine Güte, was für ein Mann!

Er war um einen ganzen Kopf größer als ich und von überaus sportlicher Statur. Seine Haare waren schwarz wie die Nacht und der dunkle Schatten eines Dreitagebarts verlieh seinem ebenmäßigen Gesicht einen verwegenen Ausdruck. Seine beeindruckend blauen Augen hatte ich ja bereits erwähnt. Sie funkelten zwischen dichten Wimpern hervor und wirkten im Komplettpaket sogar noch attraktiver.

Insgesamt sah er aus wie der südländische Urlaubstraum schlechthin, und seine gesamte Erscheinung schrie geradezu nach Sex.

Bei diesem letzten Gedanken erinnerte ich mich an mein eigenes momentanes Erscheinungsbild. Den Kampf mit meinen Haaren hatte ich verloren, daher war ich sicher, dass sie mir vollkommen außer Kontrolle vom Kopf abstanden. Zudem hatte ich noch mein Schlaf-Shirt an, auf dem in riesigen Buchstaben die Band *Iron Maiden* angepriesen wurde – warum ich dieses T-Shirt überhaupt besaß, war ohnehin ein Rätsel. Ich kannte nicht ein einziges Lied von denen! Der Hitze in meinen Wangen nach zu urteilen, war ich feuerrot im Gesicht. Zu allem Überfluss bemerkte ich, dass ich gerade mit offenem Mund einen fremden Kerl anstarrte.

Ich klappte meine Kinnlade wieder zu und hatte es plötzlich schrecklich eilig, aus seinem Blickfeld zu verschwinden. »Sorry, ich muss weg. Tut mir leid. Danke fürs Einsammeln. Tschüss!« Mit diesen Worten ließ ich den Mann stehen und floh in den Presseshop.

Nachdem ich die Tür zugeknallt hatte, lehnte ich mich erst einmal kurz dagegen und atmete tief durch.

Was zum Teufel war das denn gerade? Ich war eigentlich überhaupt nicht der Typ Frau, der sich ständig Gedanken übers Aussehen machte. Es mag sich wohl eingebildet anhören, aber ich wusste, dass ich in den Augen der Allgemeinheit als hübsch galt.

Und warum hatte ich mir dann gerade ernsthafte Gedanken darüber gemacht, wie ich auf einen wildfremden Schönling wirkte?

»Guten Tag. Kann ich Ihnen helfen?«

Ich blinzelte und registrierte vor mir einen Verkaufstresen. Dahinter stand eine Frau, die mich freundlich, aber ein wenig skeptisch musterte. Man konnte ihr die Skepsis nicht verübeln, schließlich bot ich derzeit mit Sicherheit einen etwas seltsamen Anblick.

Endlich fiel mir wieder ein, warum ich überhaupt hier war.

»Hallo! Ich bräuchte zwei Karten für das Pink-Konzert in München«, forderte ich höflich und öffnete bereits siegessicher meinen Geldbeutel.

»Oh, tut mir leid, aber ich habe gerade die letzten zwei verkauft.«

Meine Gesichtszüge entgleisten auf dramatische Weise. »Wie bitte?«

Die Verkäuferin wich beunruhigt einen Schritt zurück.

»Nun ja, sie sind alle weg. Die Karten, meine ich«, sagte sie vorsichtig.

»Wollen Sie mich verarschen?«, stieß ich ungehalten hervor. »Ich habe auf dem Weg hierher mehrmals mein Leben riskiert!« Das war nicht einmal gelogen …

»Es tut mir wirklich sehr leid«, versuchte die Frau, mich zu beruhigen. Sie hob dabei beschwichtigend die Hände. Ihr Blick huschte kurz zu einer Stelle unter dem Tresen. Vermutlich war dort ein Panikknopf montiert. »Aber ich habe gehört, dass Pink in zwei Jahren nochmals auf Deutschlandtour geht.«

In zwei Jahren? Welch ein Trost! Wer weiß denn schon, was in zwei Jahren alles passieren kann? Vielleicht geht nächstes Jahr die Welt unter, du dumme Kuh!

Ich behielt die Worte für mich und beschränkte mich darauf, wie ein wildgewordener Stier zu schnauben. Die Enttäuschung brach mit voller Wucht über mich herein und drohte, mich zu übermannen. Es fehlte nicht viel und ich hätte mich heulend zu Boden geworfen.

Die Verkäuferin versuchte nochmals, mich irgendwie zu beschwichtigen: »Es ist leider nicht mehr zu ändern. Wenn Sie nur ein paar Minuten eher gekommen wären …«

Ein paar Minuten?

»Moment! Hat etwa der Typ mit dem roten Shirt die letzten Karten gekauft?«, fragte ich mit zitternder Stimme. »Groß? Dunkelhaarig? Sexy?«

Die Frau überlegte offensichtlich, ob es klug war, mir zu antworten. Sie sah mich mit großen Augen an. Erst als ich Anstalten machte, drohend einen Finger zu heben, nickte sie schnell mit dem Kopf.

Ich gab wohl wirklich einen beängstigenden Anblick.

Mit einem wütenden Zischen stürzte ich mich aus dem Laden und suchte mit irrem Blick die Straße ab. Wo war der Kerl hin? Weit konnte er noch nicht sein.

Wenn ich den erwische, dann …

Ja, was eigentlich dann?

Keine Ahnung, aber in meiner momentanen Verfassung könnte man mit Sicherheit auf Unzurechnungsfähigkeit plädieren.

Auch nach intensivem Starren konnte ich den Fremden nirgends entdecken. Im Nachhinein war ich ziemlich froh darüber. Die Begegnung hätte wohl mit schwerer Körperverletzung und einer einstweiligen Verfügung geendet.

Mit geballten Fäusten machte ich mich auf den Nachhauseweg. Dort würde ich sofort Vera anrufen und sie zur Schnecke machen. Schließlich war sie schuld an dem ganzen Schlamassel.

Nun, das war so auch nicht ganz richtig, aber irgendwer musste ja Schuld haben.

Kapitel 3

Der Tag ging genauso bescheuert weiter, wie er angefangen hatte.

Die Sonne strahlte; und daher war die Ambulanz Treffpunkt sämtlicher Personen, die ihr Leben lieber im Inneren ihres Hauses verbringen sollten. Fahrradstürze, Trampolinunfälle, unschöne Bekanntschaften mit der Kreissäge und so weiter.

Ich sollte vielleicht noch erwähnen, dass sich unser beschauliches Krankenhaus mitten in einem beliebten Kurgebiet befand und daher Anlaufpunkt für Erholungsgäste und Urlauber aus ganz Deutschland war, was gewisse Probleme hervorrufen konnte. Es wurde immer problematisch, wenn die Mentalität eines Großstädters im Kur-Urlaub auf die eines niederbayrischen Kleinstädters traf. Dabei spielten Verständnisprobleme zumeist die größte Rolle. Und das hatte nichts mit einem angeblich schwierigen Dialekt zu tun …

Zum Beispiel wurde uns an diesem Tag im Wartezimmer mit absolutem Unverständnis begegnet, weil der Herr mit dem angesägten Daumen noch vor der Dame mit dem angeschlagenen Knie drangenommen wurde. Welch eine Frechheit! Sie war schließlich schon vor ihm hier gewesen und noch dazu war sie aus Berlin, und überhaupt hatte sie in einer Stunde ihre nächste Anwendung, da musste sie wieder zurück im Kurhotel sein!

Tja, so ein Pech. Die diensthabende Ambulanzschwester – quasi ich – hatte leider keinerlei Mitleid mit der armen Berlinerin und wies sie mit einem Lächeln darauf hin, dass ich sie natürlich sofort drannehmen würde, wenn sie sich einen Finger abgeschnitten hätte. Ich hätte da noch ein scharfes Messer in der Schublade, das ich ihr gerne bringen könnte.

Die Frau schnappte empört nach Luft, während ein anderer Patient – wahrscheinlich ein Niederbayer – neben ihr laut lachte und mir einen kleinen Applaus schenkte. Ich schritt mit erhobenem Haupt davon und war mir durchaus bewusst, dass ich gerade eine saftige Beschwerde riskiert hatte. Eigentlich vertrat ich die Arbeitsmoral, immer freundlich zu meinen Patienten zu sein, aber es gab Situationen, die mir dieses Prinzip unmöglich machten. Vor allem, wenn ich eine solche Laune hatte wie heute.

Natürlich hatte ich Vera sofort angerufen, nachdem ich mich schwer verletzt und enttäuscht in meine Wohnung zurückgeschleppt hatte. Ich hatte ihre Nummer gewählt mit dem Vorsatz, sie ordentlich anzukeifen und unglaublich sauer auf sie zu sein. Als das Gespräch beendet war, bemerkte ich plötzlich, dass sie mich dazu überredet hatte, am Abend wegzugehen und auf mein Leid einen Prosecco zu trinken.

So ein Mist!

Ich konnte beim besten Willen nicht sagen, wie Vera das geschafft hatte. Eigentlich hatte ich absolut keine Lust auf ein nächtliches Gelage. Ja, es war Freitag und vor mir lag ein dienstfreies Wochenende, aber trotzdem war ich keineswegs in Partystimmung. Ich war unausgeschlafen, genervt und der Arbeitstag erwies sich als überaus anstrengend. Außerdem tat mir mein Hintern bei jedem Schritt weh.

Um dreiundzwanzig Uhr stand ich trotz allem mit Vera an einer Bar in der Disco *Go* und versuchte, der Gesamtsituation etwas Gutes abzugewinnen.

Das Go war die einzige Diskothek in Wollbach, aber für die hiesigen Kleinstadtverhältnisse überraschend groß und exklusiv. Tatsächlich zog es mit verschiedenen Mottopartys viele Gäste aus dem ganzen Landkreis an und auch unsere feierwütigen Nachbarn, die Österreicher, waren dort regelmäßig anzutreffen.

An diesem Abend gab es wohl keine konkurrierende Veranstaltung in der Nähe, denn die Disco war brechend voll. Ich lehnte mit dem Rücken am Tresen und beobachtete die Partymeute, während Vera mir irgendetwas von ihrer Arbeit erzählte, wobei ich aufgrund der lautstarken Musik sowieso nur die Hälfte verstand. Pflichtbewusst nickte ich in den entsprechenden Erzählpausen und versuchte, wenigstens den Anschein einer guten Zuhörerin zu wahren.

»… noch sauer auf mich?«, fragte Vera.

Ich bemerkte das Fragezeichen am Ende des Satzes und richtete meine Aufmerksamkeit auf meine Freundin. »WAS?«

Vera stemmte die Arme in die Hüften und blickte mich vorwurfsvoll an.

»OB DU IMMER NOCH SAUER AUF MICH BIST!«, brüllte sie.

»NEIN!«, brüllte ich zurück.

Nein, das war ich wirklich nicht. Auf Vera konnte man eigentlich nicht sauer sein. Zumindest nicht länger als zehn Minuten. Sie war eine jener Persönlichkeiten, die mit dauerhafter Zuversicht gesegnet waren. Ihr Gesicht schien von einem notorischen Grinsen belegt zu sein, und sie hatte die Angewohnheit, andere Leute damit zu infizieren. Vera war die gute Laune in Person.

Ich wuschelte ihr frech durch den knallrot gefärbten Bob und neigte mich näher an ihr Ohr, um keine Heiserkeit zu riskieren: »Ich bin nicht sauer!«

»Hey! Du kannst doch nicht einfach meine Frisur zerstören!«, entrüstete sich Vera und tastete empört nach ihrem Heiligtum.

»Keine Sorge!«, gab ich zurück. »Bei so viel Haarspray breche ich mir eher noch einen Fingernagel ab, als dass ich nur eine einzige Strähne von dir bewegen könnte!« Tatsächlich sah sie nach meiner Wuschelaktion genauso aus wie vorher. Klassischer Fall von Betonfrisur.

Wir prosteten uns lachend zu und schlürften schweigend an unseren Proseccos. Plötzlich stieß Vera mich unsanft in die Seite.

»Oh, guck! Die Obertussi von der Drei ist auch hier!«

Ich folgte ihrem Blick, fand die besagte Tussi auf der Tanzfläche und erkannte in ihr Schwester Steffi von der orthopädischen Station. Obwohl ich sie eigentlich nur mehr oder weniger vom Sehen kannte, mochte ich sie nicht. Die wenigen arbeitsbedingten Wortwechsel, die ich bisher mit ihr führen musste, hatten mir bereits gereicht.

Steffi war zwar unglaublich von sich selbst überzeugt, aber diese Eigeneinschätzung bestätigte nur ihre offensichtliche Dummheit. Es gab Menschen, die waren einem trotz einer dümmlichen Art auf eine tollpatschige Weise sympathisch. Und es gab Menschen wie Steffi, die nicht nett-dumm, sondern einfach nur dumm-dumm waren.

Mit hochgezogenen Brauen betrachtete ich die Leopardenpumps an ihren Füßen. Grundsätzlich war ich der Meinung, dass hohe Absätze gut für eine weibliche Haltung waren und durchaus sexy aussahen. Allerdings sollte man auch damit umgehen können. Steffi war mit ihren Hacken eindeutig überfordert und stelzte mehr, als dass sie ging. Man konnte beinahe schon Mitleid mit ihr haben. Sie schwankte über die Tanzfläche und vermittelte dabei den Eindruck einer Akrobatin auf dem Hochseil. Am liebsten hätte ich ihr eine lange Stange zum Ausbalancieren gebracht.

»Gott, ihre Extensions sind so schlecht. Eigentlich sollte sie ihren Friseur verklagen«, lästerte Vera.

Ja, Frauen können manchmal echt gemein sein, aber die schwarzen Fransen, die Steffi über die Schultern hingen, sahen wirklich bescheuert aus.

Weil ich sonst auch nichts Besseres zu tun hatte, beobachtete ich sie eine Weile bei ihren Tanzversuchen. Vera sorgte derweil für Nachschub der alkoholischen Natur.

Während ihrer vermeintlich erotischen Verrenkungen schweifte Steffis Blick durch den Klub. Sie war eindeutig auf der Suche nach einem männlichen Opfer, das sie bezaubern konnte. Ich musste laut lachen, als ein sichtlicher Ruck durch ihren Körper ging. Sie hatte wohl einen entsprechenden Typen gefunden. Amüsiert verfolgte ich ihre abgehackten Bewegungen, mit denen sie sich langsam über die Tanzfläche arbeitete. Irgendwie erinnerte mich ihr Anblick an den einer Gottesanbeterin auf Männerfang. Mein Lächeln gefror mir auf den Lippen, als ich das Objekt ihrer Begierde erkannte.

Das durfte doch wohl nicht wahr sein!

Da war er. Gekleidet in Jeans und ein weißes Hemd, das die Bräune seiner Haut betonte. Die schwarzen Haare glänzten im Licht der bunten Scheinwerfer. Völlig entspannt, mit einem Drink in der Hand, stand er einfach nur da und unterhielt sich mit irgendeinem Kerl.

Der Konzertkartendieb!

Ich bemerkte, dass Vera mir ein Glas in die Hand drückte. Ohne den Blick abzuwenden, nahm ich einen großen Schluck.

»Was ist denn mit dir los?«, fragte Vera. »Hast du einen Geist gesehen?«

»Da ist der Kerl!«

»Welcher Kerl?«

»Der Typ, der mir die Pink-Karten gestohlen hat!«

Vera reckte den Kopf. »Wo?«

»Rechts neben dem DJ-Pult. Weißes Hemd. Neben ihm steht ein Typ mit blauem Shirt«, knurrte ich.

Es dauerte einen Moment, bis Vera meiner Beschreibung gefolgt war.

»Der große Banderas-Verschnitt?«, wollte sie dann wissen.

Ich nickte bestätigend.

»Heilige Scheiße!«, stieß Vera hervor. »Der sieht ja mal geil aus!«

»Pah!«

»Ach komm! Also, ich würde den nicht von der Bettkante stoßen«, meinte Vera.

Ich sah skeptisch zu ihr. »Du steckst mitten in einer glücklichen Beziehung, schon vergessen?«

»Wie könnte ich meinen Sebastian je vergessen?«, lachte meine Freundin. »Aber Appetit holen darf man sich ja wohl, solange man zu Hause isst.«

»Aha.«

»Ja. Oh, ich vermisse ihn schon so schrecklich!«, jammerte Vera.

Sebastian arbeitete als Bioverfahrenstechniker. Ich hatte keine Ahnung, was genau das sein sollte. Vera auch nicht. Jedenfalls musste er arbeitsbedingt des Öfteren für ein paar Tage verreisen und kam dabei in ganz Deutschland herum.

»Wann kommt er denn wieder?«, fragte ich pflichtbewusst.

»Morgen. Gott sei Dank!«, jubelte sie. »Also werde ich morgen keine Zeit für dich haben.«

Sie zwinkerte mir eindeutig zu und machte eine vulgäre Geste mit den Händen.

»Bäh! Ich will es gar nicht wissen!«, schimpfte ich und versenkte meine Nase schnell in meinem Glas.

Als ich wieder aufsah, war Steffi beim Konzertkartendieb angekommen. Sofort überkam mich eine Art Fremdschämen.

Sie umkreiste den Kerl und führte dabei eine Art Fruchtbarkeitstanz auf, bei dem sie ihm immer wieder ihren knochigen Hintern entgegen schüttelte. In vermeintlich lasziver Absicht schleuderte sie ihre dünnen Strähnchen herum und fuhr sich sogar mehrmals mit ihren Händen über den Busen. Die nächste Instanz wäre gewesen, dass sie sich ihr Top vom Leib riss und sein Gesicht zwischen ihre Brüste presste.

»Um Himmels willen!«, entfuhr es mir.

Vera gackerte schadenfroh. Sie wusste genau, dass ich damit den Softporno auf der Tanzfläche meinte.

»Aber, guck mal!«, wies sie mich an. »Den Kerl interessiert das gar nicht.«

Tatsächlich!

Obwohl Steffi ihn umbalzte wie ein tollwütiger Pfau, schien er kaum Notiz von ihr zu nehmen. Nur sein Freund neben ihm war offensichtlich sehr entzückt von dem zappelnden Anblick auf den Leopardenpumps. Schon bald wurde es dem Konzertkartendieb wohl zu langweilig, denn er sagte noch kurz etwas zu seinem Kumpel, der ohnehin abgelenkt war, und verschwand schließlich in der Menge.

»Ha, jetzt geht er! Wie geil!«, prustete Vera.

Steffis Gesichtsausdruck war wirklich zum Totlachen. Sie sah aus, als hätte ihr jemand den Lutscher gestohlen. Der Freund des Schönlings wagte einen Versuch und sagte etwas zu ihr, worauf sie sich schnaubend von ihm abwandte und wütend davon stakste.

»Hihi, die ist stocksauer«, kommentierte Vera. »Hey, aber ich muss schon sagen: Der Kerl hat eindeutig Geschmack!«

»Oder er ist schwul«, mutmaßte ich.

»Meinst du echt? Mann, was für ein Verlust für die Frauenwelt! Was glaubst du, wie der nackt aussieht?«

»Ähem … Sebastian?«

Vera blinzelte. »Gott, ich brauche dringend wieder Sex.«

»Wie lange war er denn unterwegs?«

»Vier Tage!«

»Und du bist schon im Entzug«, meinte ich kopfschüttelnd.

»Ja! Ich weiß gar nicht, wie du das aushältst!«, sagte sie ernst.

»Hallo? Ich habe Sex! Nicht so oft wie du, aber oft genug«, verteidigte ich mich.

Das war nicht gelogen. Mein Sexleben war wirklich alles andere als träge. Ich vertrat dabei allerdings die Ansicht, dass ich dazu nicht unbedingt eine feste Beziehung brauchte. Ein One-Night-Stand bot meiner Meinung nach eine viel unkompliziertere Alternative. Man suchte sich einen attraktiven Kerl, erklärte ihm die Sachlage und verschwand einige Zeit später leise und ohne Verpflichtungen aus seinem Schlafzimmer. Tolle Sache.

»Deine Hormonausgleiche zählen da nicht«, sagte Vera, die fest davon überzeugt war, dass Sex nur in Verbindung mit Liebe etwas Vollkommenes war.

Ich zuckte unschuldig mit den Schultern. »Ich find's gut.«

Vera fand's nicht gut, sagte aber nichts mehr dazu. Gott sei Dank, denn diese Diskussion hatten wir regelmäßig und kamen dabei auch nach Stunden nicht auf einen gemeinsamen Nenner.

»Sollen wir uns mal ein bisschen umsehen?«, schlug ich nach einer kurzen Schweigepause vor.

»Na klar, mal schauen, wer sich heute noch hier herumtreibt!«

Wir leerten unsere Gläser, fuhren die Ellenbogen aus und kämpften uns durch die Menge.

Vera und ich schlugen uns heldenhaft bis in den Bereich durch, der sich *Jukebox* nannte. Hier wurden ausschließlich Oldies und Schlager gespielt, was den Altersdurchschnitt ein wenig anhob. In der Jukebox herrschte weit weniger Gedränge als in der großen *Mainarea*, und in der Mitte amüsierten sich viele Paare bei ausgelassenem Discofox.

Wir schlenderten an den Bars entlang und hielten die Augen nach bekannten Gesichtern offen.

»Hey, da ist Frank!«, rief Vera irgendwann und deutete auf eine Traube junger Menschen, die sich gerade fröhlich zuprosteten. Mittendrin stand ein großer, dunkelhaariger Mann mit unglaublich breiten Schultern und einem noch breiteren Lächeln – Frank. Einer meiner besten und ältesten Freunde. Wir kannten uns seit der achten Klasse und hatten in den vergangenen Jahren schon allerhand miteinander durchgestanden. Frank war der einzige Mensch, dem ich – natürlich neben Vera – ohne zu zögern mein Leben anvertraut hätte.

Inzwischen hatten wir die Gruppe erreicht. Vera begrüßte ein blondes Mädchen namens Manu wie eine verloren geglaubte Schwester.

»Hi Maaanuuuuu! Wie geeeeeht's dir?«

Ich überließ Manu Veras Gekreische und gesellte mich lieber zu Frank, der mir als Begrüßung einen Klaps auf den Hintern gab.

»Na, alles klar?«, grinste er.

»Noch ist alles klar. Aber wenn du das noch einmal machst, dann wird es sich hier schnell zuziehen«, drohte ich.

Frank lachte laut auf und wusste natürlich genauso gut wie ich, dass ich es nicht ganz so ernst meinte, wie ich vorgab.

»Menno, wo bleibst du denn eigentlich so lange? Ich hab schon die ganze Zeit auf dich gewartet!«, warf er mir mit geschürzten Lippen vor.

»Was? Warum denn?«

»Na, damit ich endlich eine geeignete Tanzpartnerin habe!«

Elegant hielt er mir seine rechte Hand zur Aufforderung entgegen, während er die linke hinter seinem Rücken verbarg. Seinem erwartungsvollen Blick konnte ich natürlich nicht widerstehen, darum gab ich ihm meine Hand und ließ mich von ihm auf die Tanzfläche führen.

Frank war ein sehr guter Tänzer und seine selbstbewusste Art zu führen glich meine fehlende Fachkenntnis wieder aus. Gekonnt wirbelte er mich herum und brachte mich dazu, Figuren zu vollführen, die ich nie zuvor getanzt hatte.

»Und? Sonst alles klar bei dir?«, fragte ich, als wir ein paar Takte im Grundschritt tanzten.

»Alles bestens.«

»Schon wieder was von Birgit gehört?«

Sein Gesichtsausdruck veränderte sich merklich. Birgit war seit vier Wochen seine Exfreundin. Sie hatte nach beinahe fünf Jahren Beziehung plötzlich beschlossen, ein neues Leben mit ihrem Chef anfangen zu wollen, der seinerseits schon seit einigen Jahren verheiratet war. Als sie Frank aus heiterem Himmel ihren Entschluss mitgeteilt hatte, war für ihn eine Welt zusammengebrochen. Als ich von der Trennung erfuhr, konnte ich es kaum glauben. Birgit war mir immer wie ein solider Mensch vorgekommen und ich hatte mich immer gut mit ihr verstanden. Dass sie so grausam und egoistisch sein konnte, war für mich unbegreiflich.

»Na ja, sie hat letzte Woche angerufen und gefragt, ob wir uns nicht einmal treffen könnten«, erzählte Frank stockend.

»Was?«, rief ich aus. »Das machst du wohl hoffentlich nicht!«

»Nein, ich denke nicht.«

»Gut.«

Er lächelte gequält und schubste mich hinaus zu einer Drehung. Als ich zurück in seine Arme wirbelte, erklärte ich überzeugt:

»Hör mal. Die Bitch hat mittlerweile kapiert, dass ihr Chef sich nicht von seiner Frau trennen wird. Tja, sie war sich sicher, dass sie Ehefrau Nummer zwei wird und ein Leben in Luxus auf sie wartet, doch leider will der Boss sie nur bumsen. Hätte sie wohl doch vorher mit ihm sprechen sollen. Pah, und jetzt ist ihr klar, dass sie völlig alleine dasteht und den besten Kerl der Welt in den Wind geschossen hat. Soll sie doch jetzt sehen, wo sie bleibt!«

Ich hatte mich so in Rage geredet, dass ich kurzzeitig aus dem Takt kam und Frank auf die Füße trat. Er rettete seine Zehen, indem er mich wieder zu einer Drehung zwang.

»Du hast recht«, sagte er, als ich an ihm vorbeikreiselte.

»Natürlich hab ich das«, meinte ich, mittlerweile völlig außer Atem.

Frank grinste und versuchte, dabei gelassen zu wirken. Die Trauer in seinen Augen blieb mir allerdings keineswegs verborgen. Es würde noch lange dauern, bis er über das Geschehene hinwegkommen würde. Diese Frau hatte ihm das Herz gebrochen und ich hasste sie dafür.

Nach dem fünften Lied bat ich Frank um eine Verschnaufpause. Ich erinnerte mich selbst daran, dass ich unbedingt mehr Sport treiben musste. Nach dem bisschen Tanzen schnaufte ich bereits wie ein Walross und war völlig erledigt, während mein Tanzpartner frisch und munter aussah, als wäre er gerade von einem kleinen Nickerchen aufgestanden.

»Ich brauch was zu trinken«, stöhnte ich und ließ mich gegen die Theke fallen.

»Lena, wo hast du deine Kondition gelassen?«, scherzte Frank und winkte der Bedienung.

»Kondition? Was ist das?«

»Hehe, na ja, du wirst eben auch nicht jünger …«

Wie bitte? Ich strafte Frank mit einem giftigen Blick und streckte ihm die Zunge raus.

Nach diversen Drinks kam Vera angetänzelt und bat mich, mit ihr ein wenig an die frische Luft zu gehen. Ich fand die Idee richtig gut, denn mittlerweile war es so stickig in der Disco, dass mir alleine vom Herumstehen der Schweiß über den Rücken lief.

Wir ließen also Frank in der Jukebox zurück und schlängelten uns hinaus auf die große Raucherterrasse.

Im Außenbereich tummelten sich beinahe noch mehr Leute als drinnen, und wir quetschten uns Meter für Meter vorwärts, um wenigstens ein kleines Fleckchen für uns zu ergattern, an dem es möglich war, ohne fremden Körperkontakt zu stehen.

Bei jedem Schritt merkte ich, dass mir der Alkohol zusehends das Gehirn umnebelte. War ich drinnen noch einigermaßen klar im Kopf gewesen, so entwickelte sich jetzt in rasantem Tempo ein ausgewachsener Rausch. Natürlich kannte ich als erfahrene Partygängerin das Phänomen der sogenannten Frischluft-Ohrfeige, dennoch war ich über das heutige Ausmaß ein wenig überrascht.

Wie viel hatte ich denn getrunken? Soo viel war es doch gar nicht gewesen?

Meine verschlagenen Ohren und die schwere Zunge erzählten mir da allerdings etwas anderes.

Hui, ui, ui!

Mit einem Mal war ich froh, dass so viele Menschen um mich herumstanden, so konnte ich wenigstens nicht umfallen. Vera ging zielstrebig vor mir, darum bemerkte sie nichts von meiner krassen Zustandsveränderung.

»Oh! Da ist Verena!«, trällerte Vera. »Bin gleich wieder da!«

Und weg war sie. Na toll …

Unglaublich, dass Vera jeden zweiten Menschen in Wollbach kannte. Ich hatte keine Ahnung, wer diese Verena sein sollte, doch momentan war mir das auch ziemlich egal.

Ich stand wie bestellt und nicht abgeholt in der Menschenmenge und wiegte hin und her, wie Schilfgras im Wind.

Verdammt, Vera! Ließ mich da einfach hilflos und besoffen zurück! Miststück …

Verärgert peilte ich eine Bar an, die hübsch im Mallorca-Stil dekoriert war. Ich presste mich gegen den Tresen und war unheimlich froh über die Stütze. Schwach winkte ich dem Barkeeper und bestellte ein Mineralwasser.

Aaah! Erstaunlich, wie herrlich so ein schlichtes Wasser schmecken konnte!

Ich hing an der Flasche, als hätte ich gerade die Wüste Gobi durchquert, und trank die erste Hälfte in einem Zug.

Der Mann neben mir beobachtete mich ungeniert. Als ich meinen ersten Durst gestillt hatte, rückte er näher. »Mädel! Du musst doch was Gescheites trinken!«

»Nein, danke. Für heute reicht es mir«, lehnte ich höflich, wenn auch ein wenig lallend ab.

»Ach was! Komm, ich geb' dir einen aus!«

»Nein, ich möchte nichts. Ich muss später noch irgendwie heimlaufen können.«

»Na, da musst du dir keine Sorgen machen«, meinte er und drückte sich noch enger an mich. »Ich bring dich gerne nach Hause.«

Natürlich würde er das gerne. Was er sich als Gegenleistung erwartete, war ihm deutlich anzusehen.

Ich betrachtete ihn ein wenig genauer. Er war älter als ich, so Ende dreißig, und sein ganzes Erscheinungsbild erinnerte mich an einen Steuerberater. Also absolut nicht mein Fall. Vor allem ein kleines Detail an seiner rechten Hand ließ mich sein Angebot schnellstens ablehnen.

Bedeutungsschwer tippte ich auf den goldenen Ring. »Und was ist damit?«

Er zuckte mit den Schultern. »Ich kann ihn abmachen, wenn er dich stört«, schlug er vor.

»Glaubst du nicht, dass das eher deine Frau stören würde?«, fragte ich stirnrunzelnd.

»Was sie nicht weiß, macht sie nicht heiß«, sagte er verschwörerisch.

Was für ein Arschloch!

Am liebsten hätte ich ihm eine geklebt, doch ich konnte mich gerade noch beherrschen. Einen fremden Mann für seine Untreue zu bestrafen, war nun wirklich nicht meine Art.

Der Typ deutete mein Schweigen falsch. Wahrscheinlich glaubte er, dass ich gerade überlegte, ob ich ihn mit zu mir nehmen sollte. Um mir bei meiner Entscheidung zu helfen, legte er mir seinen Arm schwer auf die Schultern und drückte mich aufdringlich an sich. »Du wirst es nicht bereuen«, raunte er.

Das war zu viel!

Entschlossen schüttelte ich ihn ab und starrte ihn wütend an. »Geht's noch? Du bist verheiratet, Alter! Kümmere dich lieber um deine Frau und lass mich in Ruhe. Ich hab keinen Bock auf so eine Scheiße!«, brüllte ich so laut, dass sich alle Köpfe in der näheren Umgebung zu uns herumdrehten.

Dem Mann war das überaus peinlich und ich wackelte zufrieden davon, um ihn alleine unter den vorwurfsvollen Blicken stehen zu lassen.

So ein Drecksack!

Männer waren doch alle gleich. Ständig waren sie darauf bedacht, so viele Frauen wie möglich zu besteigen. Vielleicht mag das irgendwo in den Urinstinkten verankert sein, aber ich war der Meinung, dass sich das menschliche Gehirn schon weit genug entwickelt hatte, um solchen Trieben absagen zu können.

Ich schob mich ziellos und verärgert über die Männerwelt vorwärts.

Wo, zur Hölle, war Vera nur hin? Die würde was erleben!

Nach einer Weile beschloss ich, dass es aussichtslos war, sie in dem Gedränge zu finden, und ich lieber wieder zu Frank zurückkehren sollte. Also bahnte ich mir einen Weg zu der breiten Eingangstür, wobei ich mir vorkam wie ein Pingpong-Ball.

Mein Gleichgewichtssinn war alkoholbedingt stark beeinträchtigt, daher hatte ich große Mühe, eine gerade Linie einzuhalten, und prallte immer wieder gegen irgendwelche Leute, die mich regelrecht aus der Bahn warfen.

Scheiß-Alkohol!

Wenigstens hatte ich in weiser Voraussicht an diesem Abend auf High Heels verzichtet und meine Ballerinas angezogen, was mir meine Gehversuche um einiges erleichterte.

Ich presste die Wasserflasche eng an mich und fixierte mit meinem Blick stur die Tür. Nur wenige Meter vor meinem Ziel bekam ich von einem unachtsamen Partygast einen harten Stoß in die Seite. Das war eindeutig zu viel für mein kaum mehr vorhandenes Gleichgewicht, und ich taumelte hilflos seitwärts, unfähig, den Stoß irgendwie auszugleichen.

Bevor ich auch nur in geringster Weise reagieren konnte, spürte ich, wie ich von jemandem aufgefangen wurde. Unsanft prallte ich mit dem Gesicht gegen die Brust meines unbekannten Retters und ließ mich für einen Moment dankbar von starken Armen halten.

Mmmhh, wie gemütlich diese Brust doch war!

Einzig das belustigte »Hoppla!« hielt mich davon ab, mich an den Fremden zu kuscheln.

Peinlich berührt drückte ich mich aus der rettenden Umarmung, suchte das Gesicht meines Retters und … erstarrte.

Das durfte doch wohl nicht wahr sein!

»Na, sieh mal einer an«, sagte der Konzertkartendieb fröhlich. »Du rennst wohl gern in mich rein!«

Ich stand kerzengerade da …, na ja, fast …, und glotzte sprachlos in die ozeanblauen Augen. Er erwiderte meinen Blick mit einem sanften Lächeln, das irgendetwas Seltsames mit meinen Knien anstellte. Waren sie vorher schon wackelig gewesen, so drohten sie nun vollends, ihren Dienst zu versagen.

Kommandozentrale an Lenas Knie: »Sofort stillgestanden!«

Sie gehorchten nur bedingt, aber wenigstens so weit, dass ich nicht wie ein nasser Sack zusammenklappte. Mir fiel auf, dass das aber auch damit zusammenhängen konnte, dass der Kerl mich immer noch an beiden Oberarmen festhielt und stabilisierte.

Gott, ist der stark …

Stopp! Irgendetwas lief hier gründlich verkehrt! Warum, zum Teufel, starrte ich ihn immer noch wie ein kompletter Vollidiot an?

Dasselbe schien er sich auch zu fragen, denn er musterte mich von Kopf bis Fuß und wollte dann wissen: »Ist alles in Ordnung?«

Nein!

»Ja! Na klar! Ich war nur grad da drüben, und da hat mich so ein mieser Arsch angebaggert, obwohl er verheiratet ist, und dann war ich stinksauer und Vera, das Miststück, ist auch nicht auffindbar, darum dachte ich mir, ich gehe jetzt einfach wieder hinein, und dann bin ich hier entlang gegangen und dann hat mich so ein Depp geschubst und da bin ich wohl ein wenig aus dem Gleichgewicht gekommen und das war's«, stieß ich in einem Atemzug hervor.

Bitte was? Was rede ich da für einen Blödsinn??? Geht's noch?

Er lachte ausgelassen. »Na, sieh mal an, da hast du bei mir mehr Glück, ich bin nämlich nicht verheiratet und ein mieser Arsch bin ich erst recht nicht.«

Geistige Randnotiz: »ledig«.

Ich war gefangen in dem dunklen Blau seiner Augen und klammerte mich an meine Wasserflasche, als wäre sie eine Rettungsboje, die mich davor bewahren könnte, in dem tiefen Ozean gänzlich zu versinken, während seine Worte in meinem Kopf herumirrten.

Moment! Was genau hatte er da gerade gesagt?

»Äh … baggerst du mich gerade an, oder was?«, fragte ich und zerstörte mit meinem Tonfall jegliche vorhandene Romantik.

»Ja, das war mein Plan«, gab der Konzertkartendieb charmant zu.

Ich schüttelte seine Hände von mir und hob drohend einen Zeigefinger.

»Das kannst du mal schön vergessen! Du hast mich heute bestohlen, jawohl! Und jetzt baggerst du mich an? Pfui!«, schimpfte ich, und dabei sprach eindeutig der pure Alkohol aus mir.

Der Konzertkartendieb blickte mich völlig ratlos an. »Was? Ich habe dich bestohlen?«

»Genau! Willst du das etwa abstreiten? Du. Hast. Mich. Beklaut!« Ich untermalte jedes Wort, indem ich ihm mit dem Flaschenhals meines Mineralwassers in den Bauch pikste. Ein ziemlich muskulöser Bauch, wohlgemerkt …

Mit einer schnellen Bewegung schnappte er nach meiner Waffe und hielt sie fest. »Jetzt mal langsam«, forderte er ruhig. »Noch mal von vorne. Was soll ich dir denn bitte gestohlen haben? Deine Unschuld war es wohl sicher nicht, denn daran könnte ich mich bestimmt erinnern.«

Was zum …? Sollte das gerade witzig sein?

Ich ging nicht näher auf seinen Spruch ein und rüttelte lieber an der Flasche, um sie ihm anschließend über seinen frechen Schädel zu hauen, doch seine Finger hielten sie eisern fest.

»Du hast meine Karten geklaut!«, fauchte ich dann.

Er überlegte kurz und runzelte die Stirn. Schließlich ging ihm förmlich ein Licht auf, denn in seinen Augen blitzte es erkennend auf. »Du wolltest Karten für Pink kaufen.«

Ich nickte mit bösem Blick.

»Ah ja. Und meine waren die letzten?«

»Genau! Du bist schuld, dass ich nicht hingehen kann!«

»Oh.« Er sah doch tatsächlich reumütig aus. »Nun, das tut mir jetzt ehrlich leid, dass du keine Karten mehr bekommen hast.«

Er ließ die Flasche los. Ich verschränkte die Arme und schürzte beleidigt die Lippen.

»Das war natürlich keineswegs meine Absicht«, erklärte er anschließend und setzte ein dermaßen attraktives Lächeln auf, dass es mir beinahe den Atem verschlug. »Darf ich dich vielleicht an die Bar einladen, damit wir beide Frieden schließen können?«

Ich blinzelte mich aus seinem Antlitz. »Auf keinen Fall!«

»Ach, komm schon! Bist du denn auf die anderen fünfzigtausend Fans, die Karten bekommen haben, auch so sauer?«

»Ja.«

Er lachte. »Na schön, wie kann ich es wiedergutmachen?«

»Gib mir die Karten!«

»Tut mir leid, aber das geht nicht.«

»Warum nicht?«

Er kratzte sich am Hinterkopf und mein Blick fiel unweigerlich auf seinen ausgeprägten Oberarmmuskel. Mhhh …

»Tja, ich habe mir die Karten nicht geholt, weil ich dich ärgern wollte, weißt du. Es ist tatsächlich so, dass ich die Musik liebe und Pink schon immer einmal live sehen wollte. Darum kann ich meine hart erkämpften Tickets nicht einfach so wieder hergeben.«

Nicht einfach so? Wie denn dann? Vielleicht gegen körperliche Gegenleistung?

Kein Problem!

Hoppla, was waren denn das für Gedanken?

»Jetzt sieh mich nicht so vorwurfsvoll an«, meinte der Konzertkartendieb. »Du würdest die Karten doch auch nicht wieder hergeben, wenn es andersherum wäre, oder?«

Natürlich nicht!

Mein Gesicht sprach wohl Bände, denn er nickte bestätigt. »Eben. Also, dann lass uns das Beste daraus machen und die Friedenspfeife auspacken.«

Glaubte er wirklich, dass ich mich so einfach zufriedenstellen ließ? Ha, bestimmt nicht! Ich hatte in diesem Moment absolut keine Lust auf Frieden! Sex vielleicht …, aber Frieden? Von wegen!

Ich baute mich vor ihm auf, was bei meiner nicht vorhandenen Standfestigkeit vermutlich nicht halb so bedrohlich aussah, wie es sollte. Trotzdem reckte ich das Kinn und begann damit, ihn wieder mit dem Flaschenhals zu piesacken.

»Erstens rauche ich nicht. Zweitens bin ich nicht so einfach einzulullen, weil das Konzert mir im Übrigen genauso wichtig war. Und drittens …« Ich überlegte kurz, »und drittens habe ich absolut kein Interesse.«

Der Konzertkartendieb legte den Kopf schräg, packte blitzschnell meine Flasche und zog mich mit einem Ruck zu sich heran. Einigermaßen verblüfft stolperte ich zu ihm und landete nun schon zum dritten Mal an diesem Tag mit der Nase an seiner Brust. Für einen Moment war ich unfähig, mich zu bewegen, und blinzelte nur verdattert zu ihm hoch.

»Du hast kein Interesse an meinem Friedensangebot oder du hast kein Interesse an mir?«, fragte er.

»Beides«, brachte ich hervor, doch mein hoher Tonfall klang nicht sehr überzeugend.

Der Konzertkartendieb lachte leise und ich spürte deutlich, wie dabei sein ganzer Brustkorb vibrierte. Ich hielt automatisch den Atem an und wunderte mich über das seltsame Kribbeln, das mir gerade den Rücken hinunterlief.

»Irgendwie kann ich dir das nicht ganz glauben«, flüsterte er mir ins Ohr. Seine Stimme drängte meinen Verstand direkt auf einen totalen Zusammenbruch zu.

Lena! Auf der Stelle Hirn einsammeln und einschalten!

Ja, genau! Was bildete sich der Kerl überhaupt ein? Verdammter Macho.

Ich rappelte mich auf und wäre um ein Haar nach hinten umgefallen, wenn er mich nicht geistesgegenwärtig am Arm gepackt hätte. Eilig wand ich mich aus seinem Griff, holte tief Luft und starrte ihn überheblich an.

»Hör mal, Süßer. Deine Masche mag ja sonst in der Frauenwelt recht gut ankommen, aber bei mir hast du dich da gehörig geschnitten. Gegen solche Casanovas, wie du einer bist, bin ich schon lange immun, also nimm dein hübsches Lächeln und richte es auf ein Mädel, das seine Erfahrungen erst noch sammeln muss!«

Oh ja, dem hatte ich es gezeigt!

Völlig zufrieden mit meiner Rede wartete ich gespannt auf seine Antwort. Ich war nicht wenig überrascht, als er mit einem frechen Grinsen von mir wissen wollte: »Du findest also, ich habe ein hübsches Lächeln?«

Krass!

»Du …, also, du …«, stotterte ich. »Du bist wirklich unglaublich …«

»Vielen Dank!«

»… unglaublich von dir selbst überzeugt!«, schnaubte ich zu Ende. Weil er dies, seinem Gesichtsausdruck nach, aber genauso als Kompliment auffasste, stieß ich verzweifelt hervor: »Oh mein Gott!«

Ich schmiss theatralisch die Arme in die Luft, was mich wieder aus dem Gleichgewicht brachte. Diesmal konnte ich mich jedoch selbst abfangen, nutzte den Schwung und stampfte kurzerhand an dem Konzertkartendieb vorbei in den großen Hauptraum des Go.

Fassungslos vor mich hin brummelnd, eierte ich zur Jukebox. Dort angekommen, riss ich erst einmal dem verdutzten Frank sein Schnapsglas aus der Hand und kippte den Inhalt hinunter. Jägermeister, bäh! Danach gab ich der ebenso verdutzten Vera eine ziemlich unsanfte Kopfnuss und hielt ihr einen dramatischen Vortrag über Freundschaft und gegenseitiges Vertrauen.

Meine durchaus verwirrende Begegnung mit dem Konzertkartendieb behielt ich vorerst für mich.

Kapitel 4

Am nächsten Tag wachte ich mit hämmernden Kopfschmerzen und einem ziemlich üblen Geschmack auf der Zunge auf.

Verdammter Mist, ich hatte es eindeutig übertrieben!

Voll Grauen erinnerte ich mich daran, dass Vera und Frank mich mühevoll in meine Wohnung zurückgebracht hatten. Dort angekommen, hatte ich mich erst einmal ins Bad geschleppt und mir hingebungsvoll die Seele aus dem Leib gekotzt. Anschließend hatte ich mir irgendwie meine Klamotten heruntergerissen, war dann nackt auf allen vieren in mein Bett gekrabbelt und dort in eine Art Koma gefallen.

Mein Radiowecker verkündete mir stolz: Es war bereits 13.42 Uhr. Das störte mich nicht unbedingt, doch da ich dringend pinkeln musste, wälzte ich mich stöhnend und jammernd aus dem Bett.

Als ich aus meinem abgedunkelten Schlafzimmer tapste, fühlte ich mich im ersten Moment in der lichtdurchfluteten Wohnung wie ein Vampir. Geblendet, geschwächt und genervt schlurfte ich ins Bad und ließ mich auf die Kloschüssel fallen.

Verfluchter Alkohol!

Wie jeder, der schon einmal einen gehörigen Kater hatte, schwor ich mir hoch und heilig, nie wieder in meinem Leben etwas zu trinken. Ich war selbst gespannt, wann ich meinen Schwur das nächste Mal brechen würde.

Da ich mich nun schon in einer einigermaßen aufrechten Position befand, beschloss ich, ein wenig aufzubleiben. Ich schleppte mich unter die Dusche und versuchte, mir den Rest der durchzechten Nacht herunterzuschrubben.

Es gelang mir nur teilweise, aber nach der erfrischenden Wäsche fühlte ich mich wenigstens wieder halbwegs wie ein lebender Mensch. Mit nassen Haaren und nur eingewickelt in ein riesiges Handtuch wackelte ich in die Küche und machte mich auf die Suche nach überlebenswichtigen Kopfschmerztabletten.

Ein wenig später saß ich mit meiner rettenden Medizin und einem frischen Kaffee auf meinem Balkon und wartete darauf, dass meine Lebensgeister zurückkehrten.

Ich liebte meinen Balkon!

Obwohl meine Wohnung relativ klein war, fiel der überdachte Außenbereich ziemlich groß aus. Er bot Platz für eine gemütliche Sitzecke für vier Personen und einen urigen Schaukelstuhl, in dem ich schon viele Stunden mit einem spannenden Buch verbracht hatte. Außerdem hatte man einen tollen Ausblick über die gesamte Nachbarschaft und ich konnte hier schon Zeugin von so manch interessantem Beziehungszwist werden. Wobei ich natürlich nicht neugierig war …

Richtig neugierig hingegen war Herr Kaltenberger aus dem zweiten Stock des Wohnhauses gegenüber, der stets zur gleichen Zeit auf seinem Balkon auftauchte wie ich auf meinem. Man könnte ihn durchaus als Spanner bezeichnen, doch da er schon um die siebzig Jahre alt war, vergönnte ich ihm seinen Spaß. Mein Handtuch-Outfit hatte es ihm wohl besonders angetan, denn er konnte seinen Blick gar nicht mehr von mir abwenden.

Fröhlich winkte ich hinüber und prostete ihm mit meiner Kaffeetasse zu. Ertappt drehte er sich auf dem Absatz um und floh in seine Wohnung, nur um wenig später wieder herauszukommen und seine Balkonblumen zu gießen.

Ich wippte entspannt in meinem Schaukelstuhl und ließ langsam den gestrigen Abend Revue passieren. Da mir das Phänomen namens Blackout völlig fremd war, blieben mir keinerlei

Details verborgen. Trinken bis zum Umfallen und sich am nächsten Tag an alles erinnern zu können, konnte Fluch und Segen zugleich sein. Segen, weil ich meine Freunde stets an sämtliche Peinlichkeiten erinnern konnte, und Fluch, weil ich mich immer an meine eigenen Peinlichkeiten erinnerte.

Ich verzog das Gesicht, als ich an den Konzertkartendieb dachte.

Hatte ich ihm wirklich vorgeworfen, er hätte mich bestohlen? Mein Gott, hatte ich einen Schwachsinn von mir gegeben … Und dann noch seine Anmache! Heiliger Bimbam, das war ja mal ein Weiberheld der gehobenen Klasse.

Das Schlimmste an dem Ganzen war allerdings meine Reaktion auf seine Art. Was sollte dieser Mist mit den wackligen Knien? Hatte er mir wirklich imponiert oder konnte ich alles dem Alkohol in die Schuhe schieben?

Natürlich wusste ich, dass mein Rausch nur bedingt an der ganzen Sache schuld war. Den weit größeren Teil hatten seine unglaublichen Augen zu tragen.

Er war ein wahnsinnig attraktiver Mann, so viel war klar.

Leider hatten die meisten schönen Männer das Problem, dass sie auch genau wussten, wie attraktiv sie waren, und ihre Wirkung auf die Frauenwelt schamlos ausnutzten.

Der Konzertkartendieb hatte deutlich bewiesen, dass er durchaus über seine beeindruckende Erscheinung im Bilde war und ganz genau wusste, wie er einem ahnungslosen Mädchen den Kopf verdrehen konnte. Ich fragte mich, wie viele Frauen wohl schon in den Genuss gekommen waren, das Bett mit ihm zu teilen. Die Liste war mit Sicherheit beeindruckend.

Ich hatte nicht gelogen, als ich ihm mitgeteilt hatte, dass ich solche Machos wie ihn kannte.

Oh ja, ich kannte sie sogar sehr gut; und eine ziemlich einschlägige Erfahrung hatte mich gelehrt, mich nie wieder auf einen solchen Schönling einzulassen.

Ich seufzte und wünschte gedanklich jedem seiner Opfer mein Beileid.

Nachdem ich mich den ganzen Samstag über in meiner Wohnung verschanzt hatte, wurde ich am Sonntag von Vera zum Brunch überredet.

Nun, eigentlich ging ich freiwillig mit, denn die Aussicht auf ein meterlanges Buffet voller Leckereien ließ mir schon im Treppenhaus das Wasser im Mund zusammenlaufen. Mein gepeinigter Magen hatte mir am Vortag keine allzu große Nahrungsaufnahme erlaubt, dementsprechend ausgehungert war ich, als ich in unserem Stammlokal, dem *Café Scarlett*, ankam. Durch Sebastians leuchtenden Blondschopf fand ich meine Freunde in dem vollen Lokal recht schnell. Es kostete mich einiges an Anstrengung, mich erst noch zu ihnen an den Tisch zu setzen und mich nicht gleich wie eine Irre auf die hübsch aufgereihten Leckereien zu stürzen.

Mit einem wehmütigen Blick auf das Buffet begrüßte ich die Runde, die aus Vera, Sebastian und Frank bestand.

»Na, Rauschkugel? Alles fit?«, wollte Vera wissen.

»Mittlerweile schon«, meinte ich ehrlich. »Gestern sah es noch nicht so toll aus.«

»Das wundert mich nicht«, sagte Frank. »So besoffen hab ich dich schon ewig nicht mehr gesehen.«

»Ja, ja …«

»Lena war sturzbetrunken und außer Kontrolle?«, fragte Sebastian belustigt.

Ich winkte ab. »Quatsch, so schlimm war es auch wieder nicht.«

»Bitte?«, rief Vera aus. »Wir mussten dich die Treppe hinauf tragen!«

Ich gab mich entrüstet. »So ein Blödsinn! Ich bin auf meinen eigenen Füßen gelaufen, also lüg nicht!«

»Na ja, gelaufen bist du schon selber«, lenkte Frank langsam ein, »aber irgendwie nicht wirklich in die Richtung, in die du wolltest.«

Sebastian kicherte. Ich warf mit bösen Blicken um mich.

Das sollten meine besten Freunde sein?

»Macht euch ruhig lustig über mich. Ihr werdet es bald wieder zurückbekommen«, drohte ich und winkte eine Bedienung heran, um mir etwas zu trinken zu bestellen.

»Ach, jetzt sei nicht so streng mit uns«, bat Vera. »Normalerweise bist du es doch, die uns unsere Alkoholfehltritte am nächsten Tag unter die Nase reibt. Also gönn uns auch mal unseren Spaß!«

Ich brummelte unnachsichtig und äugte wieder hinüber zum Buffet.

»Gab es denn etwas zu feiern, oder warum hast du dich so volllaufen lassen?«, fragte Sebastian.

»Pff«, machte ich nur und nahm mein Getränk von der Bedienung entgegen.

Vera, die alte Quatschtante, ließ es sich natürlich nicht nehmen, die Sache mit den Konzertkarten zu erklären. Die beiden Männer lauschten grinsend ihrer Schilderung. Anschließend tätschelte Frank mich verständnisvoll am Arm.

»Das ist klar, dass du solch eine Enttäuschung in Alkohol ertränken musst.«

»Blödmann«, murrte ich.

»Ja, vor allem, weil der Dieb am Freitag auch im Go war!«, posaunte Vera hinaus.

»Hey, warum hast du ihn dann nicht zur Rede gestellt und das Diebesgut zurückgefordert?«, scherzte Sebastian.

»Keine Sorge, das habe ich«, sagte ich, weil mir sein dummes Lachen auf den Nerv ging. Für einen Moment hielt er tatsächlich überrascht damit inne.

»Das hast du?«

»Oh ja, ich habe ihm gehörig die Meinung gegeigt«, erklärte ich steif. Seine Anmache und meine daraus resultierende Unsicherheit erwähnte ich nicht.

»Wann war das denn bitte?«, fragte Vera ungläubig.

Ich sah sie vorwurfsvoll an. »Als du mich völlig orientierungslos und alleine auf der Terrasse stehen gelassen hast!«

»Oh, na, da habe ich aber gehörig was verpasst.«

»Tja.«

»Und? Was hat er denn gesagt?«

»Hm?«

»Na, was hat er auf deinen Vortrag hin gesagt?«

Ich zuckte abwertend mit den Schultern. »Ach, nicht viel. Und die Karten wollte er auch nicht herausrücken.«

Sebastian gluckste: »Verständlich. Wenn ich mir vorstelle, dass da eine Fremde zu mir kommt und …«

»Können wir jetzt endlich was essen?«, fiel ich ihm ins Wort. »Ich habe Hunger!«

Frank schlug theatralisch die Hände über dem Kopf zusammen. »Schnell, füttert sie, bevor uns der ganze Zorn der Bestie trifft!«

»Sehr witzig.«

Trotzdem nahm ich es ihm nicht übel. Frank kannte mich schon sehr lange, und ich wusste genauso gut wie er, dass ich unausstehlich sein konnte, wenn ich Hunger hatte. So wie eben jeder normale Mensch.

Um Schlimmeres zu vermeiden, stand ich auf und eilte an den langen Tisch mit den Köstlichkeiten.

Endlich!

Kapitel 5

Da ich eine überzeugte Langschläferin bin, kostete mich jede Frühschicht einiges an Überwindung, mich aus der gemütlichen Umarmung meines Bettes zu kämpfen. Meistens schleppte ich mich kurz vor knapp, mit verschlafenen Augen und erkennbaren Kissenabdrücken im Gesicht, in die Ambulanz. Für ein Beauty-Programm am Morgen war ich eindeutig zu faul.

Dementsprechend bedröppelt sah ich auch an diesem Dienstagmorgen aus, als ich mich in die Umkleide schlich und mir die unförmige Krankenschwesternkluft überstreifte.

Einmal mehr fragte ich mich, welcher Idiot das Image von der Krankenschwester in Minirock und High Heels geschaffen hatte. Unsere Kleidung musste vor allem eines sein: praktisch. Das bedeutete: Taschen mit möglichst viel Stauraum, ein bequemer Hosenbund und Kochwäsche-geeigneter Stoff. Dass das alles nicht auch noch sexy aussehen konnte, war klar.

Gähnend schlurfte ich in die Küche und wünschte den Anwesenden halbherzig einen Guten Morgen. Meine Kollegen kannten mich lange genug, um meine brummige Tonlage nicht persönlich zu nehmen.

Der Pfleger, der Nachtwache gehabt hatte, verabschiedete sich schnellstens und verließ fluchtartig die Notaufnahme, um in sein wohlverdientes Bett zu kriechen. Ich seufzte neidisch, weil ich nur zu gerne mit ihm tauschen würde. Was natürlich Blödsinn war, denn er hatte schließlich zehn Stunden auf dem Buckel und nun seinen wohlverdienten Feierabend. Aber das war egal. Die neue Schicht sah der abgelösten Schicht jedes Mal aufs Neue wehmütig hinterher und wünschte sich an deren Stelle. Das war so eine Art natürlicher Reflex.

Ich fand mich also mit meinem Schicksal ab und kramte im Küchenschrank nach meiner Tasse. Sie war quietschgelb und in roten Lettern prangte der Name Dieter darauf. Wie diese Tasse den Weg in unsere Küche gefunden hatte, blieb ein Mysterium, denn es gab im gesamten Krankenhaus keinen einzigen Mitarbeiter, der Dieter hieß. Ich hatte mich schon bald erbarmt und die Tasse adoptiert. Mittlerweile hatte ich sie so lieb gewonnen, dass es keiner meiner Kollegen mehr wagte, sie auch nur anzufassen. Ich verteidigte nämlich mein Eigentum stets aufs Äußerste, selbst wenn »Dieter« darauf stand.

Ich aktivierte unseren Kaffeevollautomaten, der von uns liebevoll »Hans« genannt wurde, und beobachtete schweigend, wie die dampfende Flüssigkeit herausrann.

Gab es eine tollere Erfindung als einen Kaffeevollautomaten? Wohl kaum. Allein der Duft, der von meiner Dieter-Tasse aufstieg, erweckte meine schlafenden Lebensgeister. Genüsslich nippte ich an meinem Kaffee und lehnte mich zufrieden an die Küchenzeile. »Mmmh …«

»Du und dein Kaffee«, meinte Sandra. »Ihr führt schon eine sehr innige Beziehung.« Sie saß mit unserer derzeitigen Schülerin, deren Name mir entfallen war, am Tisch und lachte mir entgegen.

»Die einzig wahre Beziehung«, schwärmte ich augenzwinkernd.

»Na dann … Guck mal, ich hab dir und deinem Freund was Passendes mitgebracht.« Sie zauberte eine Bäckertüte hervor und raschelte verheißungsvoll damit.

Neugierig kam ich näher. »Für mich?«

»Klar!«

Freudig überrascht nahm ich die Tüte und spähte hinein. »Ui! Schokohörnchen! Du bist die Beste!«

Das war sie wirklich! Eindeutig meine Lieblingskollegin.

Ich verzichtete auf einen Teller und biss noch im Stehen in das duftende Gebäckstück hinein.

»Mmh, lecker«, schwärmte ich laut und mit vollem Mund. »Ich liebe Schokohörnchen!«

Noch während ich kaute, hörte ich Schritte auf dem Gang.

»Und hier ist die Schwesternküche, einer der wichtigsten Räume der Notaufnahme«, erklang die Stimme von Chefarzt Baumer, der kurz danach im Türrahmen erschien. »Ah, und hier sind ja gleich noch unsere besten Schwestern versammelt.« Mit einem Grinsen trat er ein, dicht gefolgt von einem großen, braun gebrannten jungen Mann in Weiß, dessen ozeanblaue Augen mir schon von Weitem auffielen.

Verfluchte Scheiße, bitte nicht! Nein, nein, nein! Das durfte doch bitte nicht sein!

Der Konzertkartendieb blickte mir seinerseits überrascht entgegen. Im Gegensatz zu mir wirkte er aber eher erfreut als entsetzt. Ja, er wirkte tatsächlich ehrlich erfreut.

»Das ist unser neuer Kollege, Dr. DiCastello«, meldete sich der Chefarzt zu Wort und bestätigte damit meine grausamen Befürchtungen.

Der Konzertkartendieb war unser neuer Assistenzarzt!

Völlig perplex beobachtete ich stumm, wie er sich von mir abwandte und Sandra freundlich seine Hand entgegenstreckte. Diese sprang sofort auf, packte seine schlanken Finger und schüttelte sie mit verzücktem Gesichtsausdruck.

»Hallo, ich bin Sandra! Herzlich willkommen!«

»Hallo Sandra, ich bin Desiderio.«

Desi… was? Was war das denn für ein Name?

Er entzog meiner Kollegin seine Hand und nahm die der Schülerin, die augenblicklich feuerrot im Gesicht wurde.

»Maria«, hauchte sie und klimperte mit ihren Wimpern.

Erst als er sich mir zuwandte, wurde mir bewusst, dass ich die ganze Zeit wie ein Vollidiot mit erhobener Bäckertüte und vollem Mund gestarrt hatte. Ich schluckte hinunter und war mir sicher, dass in meinem Mundwinkel ein Schokoklecks klebte, doch ich ignorierte den Drang, mir über die Lippen zu lecken. Ladylike wischte ich mir meine bröselige Hand am Oberschenkel ab und ergriff schwungvoll die seine.

»Lena«, stellte ich mich vor.

»Freut mich sehr, dich kennenzulernen, Lena«, sagte er und schüttelte meine Hand um einiges länger als die der anderen beiden.

Was sollte eigentlich dieses dämliche Grinsen von ihm?

»Ähm, wie war das noch gleich?«, fragte ich unschuldig. »Desi… -ree?«

»Desi-derio.«

»Ah, Desiderio. Okay, ich werd's mir schon merken können.«

»Bestimmt«, meinte er geheimnisvoll und gab meine Hand schließlich wieder frei.

Mit einem Schulterzucken drehte ich mich demonstrativ desinteressiert von ihm weg und biss von meinem Schokohörnchen ab, damit ich mich nicht weiter mit ihm unterhalten musste.

Chefarzt Baumer machte sich mit einem lauten Räuspern bemerkbar und forderte den neuen Kollegen auf, ihm zur Röntgenbesprechung zu folgen.

Als Desiderio außer Sichtweite war, flippten Sandra und die Schülerin – Maria, oder? – plötzlich völlig aus.

»Meine Güte!«

»Was für ein Mann!«

»Und so nett!«

»Dieses Lächeln!«

»Diese Augen!«

»Reinmann hatte ausnahmsweise einmal recht!«

Ich kaute unbeeindruckt weiter und lauschte den Schwärmereien der beiden. Sie hörten sich an, als wäre gerade *Justin Bieber* persönlich in der Küche gewesen, wobei Sandra eigentlich schon zu alt war, um sich wie ein kreischender Teenager aufzuführen.

Er sah gut aus. Ja, ich musste zugeben, er war sehr attraktiv, aber musste man deswegen gleich so dermaßen aus dem Häuschen geraten? Schrecklich!

»Mensch, Lena! Du sagst ja gar nichts!«, fiel es Sandra schließlich auf. »Gefällt er dir denn nicht?«

»Gnah«, machte ich und winkte ab. Maria glotzte mich an, als wäre ich nicht ganz bei Trost. »Sieht recht hübsch aus, der Bursche, aber viel wichtiger ist, dass er auch in seinem Fach etwas draufhat. Außerdem …, wie hört sich das denn überhaupt an: Dr. Desiderio DiCastello? Tss, da sind meiner Meinung nach zu viele D drin, um den Namen ernst zu nehmen. Wir sind hier doch nicht in irgend so einer Arztserie!«

»Ich finde, das klingt richtig toll«, seufzte Maria verträumt.

Ich schenkte ihr einen mitleidigen Blick.

Armes Mädchen, du wirst auch noch drauf kommen …

Der Konzertkartendieb aka Desiderio tauchte den gesamten Vormittag nicht mehr in der Notaufnahme auf. Reinmann hatte kurz erwähnt, dass der Neue im OP vom Chefarzt persönlich genauestens unter die Lupe genommen und auf Fachwissen und Können geprüft wurde. *Ausgequetscht* nannte es der Oberarzt, und ich grinste schadenfroh, obwohl ich eigentlich selbst nicht wusste, warum.

Gegen Mittag hantierte ich in einem Behandlungsraum herum und bereitete gerade eine Infusion vor, als ich deutlich spürte, dass mich jemand von der offenen Tür aus beobachtete. Seltsamerweise verriet mir ein leichtes Kribbeln im Nacken sofort, um wen es sich bei dem heimlichen Beobachter handelte.

Desiderio.

Ich versuchte, ihn zu ignorieren, und zog schweigend mit einer Spritze ein Medikament aus einer Ampulle auf. Als er mich schließlich ansprach, erschrak ich so sehr, dass ich mir beinahe die Nadel in den Zeigefinger rammte.

»Hey«, sagte er lässig, und ich hörte deutlich, dass er näher kam. »Wie geht es dir?«

»Bestens«, antwortete ich knapp, ohne von meiner Arbeit aufzublicken.

Was, zur Hölle, wollte er?

»Warst du am Freitag noch lange im Go?«, fragte er im Plauderton.

Scheiße … Ich biss mir auf die Unterlippe.

»Weiß nicht genau. War schon ziemlich spät.«

Desiderio ließ sich von meiner abweisenden Art nicht abschrecken. Er stellte sich ungefragt neben mich und beobachtete interessiert meine Bemühungen, die Infusion endlich fertig zu machen.

Dummerweise machte er mich mit seinem Geglotze unglaublich nervös, und meine ungeschickten Finger blieben ihm wohl kaum verborgen. Ich war kurz davor, ihn einfach anzuschreien, er solle doch bitte verschwinden.

»Bist du immer noch böse auf mich?«, wollte er dann plötzlich wissen, und ich ließ überrascht eine verschlossene Glasampulle fallen.

Mit leisem Klirren rollte sie über die Arbeitsfläche in Desiderios Richtung. Geschickt fing er sie auf und hielt sie mir entgegen. Ich starrte einen Moment schweigend darauf, bis ich es schließlich wagte, ihm endlich ins Gesicht zu sehen. Er blickte mich ruhig und abwartend an.

Ich versammelte meinen gesamten Mut und nahm mit spitzen Fingern die Ampulle, darauf bedacht, ihn ja nicht zu berühren.

»Na jaaaa, was heißt ›böse‹. Ähm …, ich …«, druckste ich hilflos herum.

»Das bedeutet so viel wie ›Ja, ich bin noch sauer auf dich‹«, schlussfolgerte Desiderio leichthin. »Nun, mein Friedensangebot besteht immer noch. Darf ich dich auf einen Kaffee einladen?«

Ich schüttelte verblüfft den Kopf. »Nein!«

»Wieso nicht?«

Was? Das tut doch nichts zur Sache!

»Weil …, weil«, stammelte ich und suchte nach möglichst höflichen Worten, um ihm klarzumachen, dass ich kein Interesse an sexy Weiberhelden hatte. »Weil ich einen Freund habe.«

Ja, das war eine Notlüge, aber wie sollte ich ihm die Lage denn erklären, ohne ihn in irgendeiner Weise vor den Kopf zu stoßen? Schließlich war er ein neuer Assistenzarzt und wir mussten wohl noch einige Zeit zusammenarbeiten. Da konnte ich ihn doch nicht schon am ersten Tag einen blöden Macho nennen!

Desiderio musterte mich unterdessen fragend. »Ach, wirklich? Du hast einen Freund. Hmm.« Er kratzte sich am Ellbogen. »Warum will OA Reinmann mich dann mit dir verkuppeln?«

Bitte was? Ich schnappte geräuschvoll nach Luft.

»Das hat er nicht wirklich gesagt!«

»Doch. Wie hat er noch gleich gesagt? Ach, ja – ›Wenn Schwester Lena nicht gerade zickulös ist, dann ist sie ein wahres Highlight. Sie ist übrigens fünfundzwanzig Jahre alt, alleinstehend und kinderlos. Wird Zeit, dass sie unter die Haube kommt.‹ Genau das waren seine Worte.«

Meine Gesichtsfarbe wechselte von einem beschämten Rosa zu einem zornigen Puterrot. Mit geballten Fäusten fluchte ich leise vor mich hin. Was fiel Reinmann denn ein, eine solche Kacke von sich zu geben?

Geht's noch?

Wäre er nicht schon ein alter Mann und in gewissem Sinne sogar mein Vorgesetzter, dann wäre ich sofort zu ihm gegangen und hätte ihn verprügelt.

Desiderio hatte sichtlich amüsiert meine Reaktion beobachtet, und nun schien die Zeit gekommen, mich zu beruhigen. »Ich kenne den Oberarzt noch nicht sehr gut, aber ich hatte den Eindruck, dass er es gut gemeint hat«, erklärte er diplomatisch.

»Ich glaub's ja wohl nicht!«, stieß ich aufgebracht hervor. »Das geht ihn nun wirklich einen Scheißdreck an, ob ich unter der Haube bin oder nicht!«

»Also hast du keinen Freund?«

Ich stockte und fuhr mir stöhnend mit der Hand übers Gesicht.

»Nein«, gab ich zu.

»Aha.« Er überlegte kurz. »Dann steht einem Date sozusagen nichts mehr im Weg.«

Wie bitte? Sprachlos gaffte ich Desiderio an. Ich hatte ihm gerade volle Kanne ins Gesicht gelogen und er wollte immer noch mit mir ausgehen? Was lief bei dem denn verkehrt?

»Wie würde es dir heute passen?«, fragte er fröhlich.

»Was? Nein!«

»Dann lieber morgen? So um halb vier?«

»Nein!!!«

»Wann denn dann?«

Hallo? Was war an drei Ausrufezeichen denn so schwer zu verstehen?

»Ich will nicht mit dir ausgehen!«, rief ich verzweifelt.

»Hm«, machte er und tippte sich nachdenklich mit einem Zeigefinger ans Kinn. »Das verstehe ich aber nicht ganz.«

»Was gibt's daran nicht zu verstehen?«, fragte ich genervt, obwohl ich es mir eigentlich denken konnte. Ein Korb, wie ich ihn gerade ausgeteilt hatte, war bestimmt vollkommen ungewohnt für Desiderio. Natürlich verstand er nicht, dass eine Frau zur Abwechslung auch einmal Nein zu ihm sagte.

»Nun, ich verstehe nicht, warum du nicht mit mir ausgehen willst«, erklärte er und sah mich dabei ernst an. »Du bist Single, ich bin im richtigen Alter, du findest mich unglaublich attraktiv …«

»Moment!«, unterbrach ich ihn. »Wie kommst du denn bitte darauf?«

»Na, das hast du doch am Freitag selbst gesagt!«

»Was?« Erschrocken durchforstete ich meine Erinnerungen, fand aber darin keine solche Aussage. War ich nun doch Opfer eines Blackout geworden? Gott bewahre!

»Du hast gesagt, dass ich ein hübsches Lächeln habe«, half er mir schließlich auf die Sprünge.

Ich runzelte die Stirn. »Zwischen unglaublich attraktiv und einem hübschen Lächeln gibt es aber noch einen großen Unterschied.«

Er ging nicht weiter darauf ein. »Außerdem macht dich meine Anwesenheit nervös und du bekommst eine Gänsehaut, wenn ich dich berühre.«

»Wa…? Woher willst du das wissen?«

Desiderio beugte sich ein wenig vor, verzog seine Lippen zu einem schiefen Lächeln, das mich regelrecht erstarren ließ, und streckte seinen rechten Arm nach mir aus. Ich hielt automatisch den Atem an, als er mir mit seinem Handrücken sanft eine meiner Haarsträhnen über die Schulter strich, und war absolut unfähig, mich seiner Berührung zu entziehen.

»Siehst du?«, flüsterte er. »Gänsehaut.«

Ich sah auf die verräterischen Härchen auf meinem Unterarm und sog deutlich hörbar die Luft ein.

Jetzt reicht's aber! Schluss mit den Höflichkeiten!

»Also bitte«, schnaubte ich empört, »ich bekomme immer Gänsehaut, wenn mir einer an den Haaren rumfummelt! Das schafft mein Friseur alle sechs Wochen, also bilde dir ja nichts drauf ein!«

Desiderio grinste wissend. »Soso.«

»Ja, genau! Ich muss schon sagen, dein Ego ist beeindruckend groß, aber das nützt dir in diesem Fall gar nichts, denn meines ist noch größer«, sagte ich mit überheblich gerümpfter Nase. »Darum kannst du deine Kräfte sparen und mich in Ruhe lassen, denn ich habe kein Interesse an einem Date und werde es auch in Zukunft nicht haben. Auch wenn das eine völlig neue Erfahrung für dich sein sollte. Und jetzt muss ich mich endlich um diese Infusion hier kümmern, denn in der Zwei wartet sehnsüchtig ein Patient darauf!«

Desiderio wiegte ein paar Mal den Kopf, während ich ihn wütend anstarrte. Schließlich seufzte er schwer. »Na, schön. Ich gebe dir noch ein wenig Bedenkzeit. Aber aufgeben werde ich nicht so schnell, denn was das größte Ego betrifft, täuschst du dich … Bis bald, Lena.«

Mit diesen Worten verschwand er aus dem Raum und ließ mich vollkommen verdattert zurück.

Kapitel 6

Ich stand mit Frank im Baumarkt und wühlte mich durch tonnenweise Farbkarten.

Mein guter Freund hatte nämlich beschlossen, unter seine Beziehung mit Birgit einen Schlussstrich zu ziehen, und dazu gehörte für ihn unter anderem, sämtliche Erinnerungen an seine Ex aus seiner Wohnung zu verbannen. Da Birgit damals die Gestaltung der kompletten Einrichtung übernommen und damit ihren stilistischen Fingerabdruck in sämtlichen Räumen hinterlassen hatte, standen ihm nun umfangreiche Renovierungsmaßnahmen bevor. Das erste Projekt sollte das Schlafzimmer werden, und nachdem er mehrere Tage ergebnislos nach Ideen für die Umgestaltung gesucht hatte, bat er schließlich mich um Hilfe. Natürlich stand ich ihm sofort mit Rat und Tat zur Seite, was auch – wie ich schnell bemerkte – bitter nötig war.

»Was hältst du davon?«, fragte er und hielt mir hoffnungsvoll eine Farbkarte unter die Nase, die mich stark an Erbrochenes erinnerte.

Ich verzog das Gesicht. »Ja, also wenn du jeden Morgen mit dem Gedanken an Kotze aufwachen möchtest, ist das sicherlich eine gute Wahl.«

»So schlimm?«

»Nein, schlimmer.« Ich riss ihm die hässlich ockerfarbene Karte aus der Hand und versteckte sie tief unter dem Stapel. »Okay, wenn du gerne Erdtöne möchtest, dann sollten wir eher so etwas nehmen.« Ich reichte ihm »Milchkaffee« und »Cappuccino«.

Er betrachtete beide kurz und tippte schließlich auf »Milchkaffee«.

»Sehr hübsch«, lobte ich. »Die gefällt mir auch am besten.«

Frank freute sich sichtlich und wirkte ein wenig erleichtert, dass wir endlich ein bestimmtes Konzept verfolgten. Ich durchforstete zielstrebig ein paar weitere Karten und reichte ihm ein paar dunkle Brauntöne.

»Wir könnten mit einer dieser Farben einen kleinen Kontrast setzen«, schlug ich vor.

»Kontrast?«

»Ja, vielleicht mit einem einzelnen Streifen«, überlegte ich laut.

»Streifen.«

Ich schnippte mit den Fingern und strahlte Frank an. »Jetzt weiß ich's! Wir machen sogar drei Querstreifen, aber in verschiedenen Größen! Ja, das sieht bestimmt schön aus! Was meinst du?«

»Sieht bestimmt schön aus«, wiederholte er hilflos.

Oh je, Männer und ihre Vorstellungskraft. Wenn es um Farbgestaltung ging, waren die meisten Herren schlichtweg überfordert, aber wehe, sie bekamen die Chance, sich ein hübsches Mädel nackt vorzustellen! Dann quoll ihre Fantasie beinahe über!

Ich schenkte Frank ein aufmunterndes Lächeln. »Keine Sorge, ich kriege das schon hin. Lass mich nur machen.«

Er nickte dankbar. »Genau deshalb habe ich dich um Hilfe gebeten.«

»Ja, das war eine sehr kluge Entscheidung«, meinte ich. Dann fiel mir etwas ein.

»Sag mal, welche Farbe haben eigentlich deine Vorhänge?«

»Äh …, ich glaube grün. Wieso?«

»Du glaubst? Oh Mann! Na ja, das sehe ich dann eh selber. Warum ich frage? Tja, mein Schatz, eine neue Wandgestaltung zieht unweigerlich einige andere Detailänderungen nach sich.«

Frank sah mich mit großen Augen an. »Meinst du wirklich?«

Ich seufzte bedeutungsschwer.

»Na schön, ich beuge mich dem weiblichen Geschmack.«

»Das ist ja mal eine Aussage!«, gluckste ich und legte kameradschaftlich einen Arm um ihn. »Allerdings sollten wir langsam mal über dein Budget sprechen.«

»Oh, oh«, machte Frank und lockerte seinen imaginären Kragen.

Ich kicherte und hievte drei verschiedene Farbkübel in unseren Einkaufswagen.

»Nein, jetzt ernsthaft. Du musst mir dein Limit nennen, bevor ich dich mit meinem Wahnsinn in den Ruin treibe.«

Er dachte kurz nach. »Die Wohnung gehört mir und ich möchte noch viele Jahre darin verbringen, also ist mir die Gestaltung einiges wert. Machen wir es doch einfach so, dass du freie Hand beim Planen hast, und wenn es mir zu viel wird, dann bremse ich dich ein, okay?«

Entzückt klatschte ich in die Hände. »Einverstanden!«

Ich freute mich wirklich wie eine Schneekönigin, denn ich liebte alles, was mit Dekoration und Möbeln zu tun hatte. Dass ich nun bei Franks Renovierung die absolute Narrenfreiheit bekam, war einfach nur unglaublich! Seine Wohnung war der absolute Traum eines Altbaus – mit hohen Decken und Fenstern, einem liebevoll restaurierten Holzboden und Verzierungen aus echtem Stuck. Und ich würde nun aus diesem Schmuckstück ein wahres Juwel machen.

Nur mit Mühe konnte ich einen Jubelschrei unterdrücken und kurvte enthusiastisch mit dem Einkaufswagen durch die Gänge, um alles einzupacken, was wir vielleicht zum Renovieren brauchen könnten. Frank folgte mir lächelnd, wenn auch ein wenig schockiert, was ich alles an Materialien aus den Regalen herauspickte. Malerkrepp, Abdeckplane, Pinsel, Farbroller, Abstreifgitter …

»Brauchen wir das wirklich alles?«, fragte er vorsichtig und beäugte skeptisch den beeindruckenden Berg, den ich vor mir herschob.

»Natürlich! Wir wollen doch schließlich professionell an die Sache herangehen«, erklärte ich eifrig. Ich hielt kurz inne, als ich seinen angespannten Gesichtsausdruck bemerkte. »Oh, ähm, ist es zu viel? Tut mir leid. Mal sehen, was wir nicht so dringend …«

»Nein, nein! Lass das Zeugs drin. Wenn du sagst, wir brauchen das, dann brauchen wir das«, sagte er schnell.

»Hm, du siehst aber nicht sehr überzeugt aus.«

»Ach, ich war nur in Gedanken.«

»Okay. Und welche Gedanken genau?«, hakte ich nach und runzelte beharrlich die Stirn.

Frank trat einen Moment unwohl auf der Stelle. Schließlich fuhr er sich ergeben durch seine dunkelbraunen Haare. »Ich hab nur gerade daran gedacht, dass für die perfekte Wohnungseinrichtung eine Frau unabdingbar ist und, na ja, ich armer Teufel jetzt meine beste Freundin mit diesem Quatsch beauftragen muss.«

»Oohh!« Ich trat zu ihm und umarmte ihn ganz fest. »Mein, armer kleiner Teufel«, murmelte ich an seine Schulter. »Für was sind Freunde denn da, wenn sie sich nicht gegenseitig helfen, hm? Scheiß doch auf die Weiber, deine beste Freundin hat das Einrichten sowieso besser drauf. Und außerdem wird in Zukunft jede Frau, die du in deine perfekt gestylte Wohnung mitnimmst, diese auf keinen Fall mehr verlassen wollen, das verspreche ich dir!«

Er lachte leise und drückte mir einen Kuss auf den Haaransatz. »Ich danke dir.«

»Keine Ursache.« Ich löste mich von ihm. »Um ehrlich zu sein, tust du mir mit deinem Auftrag wahrscheinlich einen größeren Gefallen als ich dir.«

»Ja, ich hatte tatsächlich bereits den Eindruck, dass du ziemlich viel Spaß bei der Sache hast.«

»Pff, Spaß ist noch untertrieben!« Ich überprüfte im Geiste noch einmal die Liste der benötigten Dinge. »So, ich denke, wir haben jetzt alles. Lass uns schnell zu dir sausen, damit ich die Farbe endlich an den Wänden sehen kann!«

Wir reihten uns in die lange Schlange vor der Kasse ein, um unsere Sachen zu bezahlen. Nun, bezahlen musste natürlich Frank, ich unterstützte ihn nur dabei, die Waren auf das Band zu legen, aber darin war ich wirklich sehr hilfreich.

Unseren Einkauf anschließend in dem recht bescheidenen Kofferraum seines Audi Cabrios unterzubringen, stellte uns kurz vor eine logistische Herausforderung.

»Ein Sportwagen ist so dermaßen unpraktisch«, ächzte ich und schichtete zum dritten Mal die Farbkübel um.

»Tja, der soll ja nicht praktisch sein, sondern gut aussehen und schnell fahren«, verteidigte Frank seinen Liebling.

Ich schimpfte, weil, egal was ich anstellte, nur zwei von drei Eimern Platz finden wollten. »Mist! Na gut, den einen muss ich wohl zwischen die Beine nehmen. Hilft nix …, haben wir jetzt alles drin?«

»Ich denke schon.«

»Gott sei Dank!«

»Ich bring den kurz zurück«, sagte Frank und deutete auf den Einkaufswagen. »Bin gleich wieder da.«

Während er davonrollte, bedachte ich das unpraktische Heck noch mit einem unschönen Schimpfwort. Den Audi interessierte das natürlich herzlich wenig. Eigentlich mochte ich schnelle Autos mit vielen PS, aber es gab Situationen im Leben, da war ein verrosteter Kombi, wie ich ihn fuhr, einfach unschlagbar.

Ich hievte den übrig gebliebenen Farbeimer hoch und wollte ihn gerade zur Beifahrerseite tragen, als mein Blick auf einen schwarzen Wagen fiel, der zwei Reihen weiter parkte.

Eigentlich war es mehr die Person, die auf dieses Fahrzeug zuging, die meinen Blick wie magisch anzog und mich dazu brachte, gaffend innezuhalten.

Dr. Desiderio DiCastello.

Natürlich gaffte ich nicht nur, weil er es war, sondern weil ich mich augenblicklich in einer Softdrink-Werbung wiederfand.

Desiderio war gekleidet in abgetragene Jeans und ein weißes Unterhemd. Die meisten Männer würden in einem solchen Aufzug eher schmuddelig wirken, er hingegen glänzte darin mit purem Sex-Appeal.

Er hatte einen großen Sack unbekannten Inhalts geschultert. Dieser musste ziemlich schwer sein, so deutlich, wie seine Oberarmmuskeln hervortraten. Ich konnte sogar aus dieser Entfernung die gestählten Rundungen erkennen.

Lieber Himmel!

Inzwischen war er bei seinem Auto angelangt und lud den Sack in den Kofferraum. Ich schluckte schwer, als Desiderio sich aufrichtete und sich langsam mit einer Hand den Schweiß der Anstrengung von der Stirn wischte. Er hatte mir den Rücken zugewandt und ich starrte wie verzaubert auf seine wohlgeformten Schultern. Langsam wanderte mein Blick seine Wirbelsäule entlang nach unten, um schließlich bei seinem Hintern hängen zu bleiben.

Wahrlich der Inbegriff eines Knackarschs!

»Kennst du den?«, wehte Franks Stimme heran wie aus weiter Ferne.

Blitzartig drehte ich mich zu ihm. »Was?«

Gott, wie peinlich.

»Ob du den Typen da drüben kennst«, wiederholte er langsam.

»Nein!« Er sah mich so skeptisch an, dass ich meine Aussage sogleich korrigierte: »Ach so, du meinst *den* da? Äh … Ja, das ist nur unser neuer Assistenzarzt.« Mit hochrotem Kopf wuchtete ich den Farbeimer in den Fußraum vor dem Beifahrersitz und achtete penibel darauf, nicht mehr in Desiderios Richtung zu blicken.

»Ach?« Frank betrachtete den neuen Doktor kurz mit zusammengekniffenen Augen. »Ganz nett.«

Na, wenn das mal keine Untertreibung war …

Allerdings konnte ich seinen abschätzigen Ton relativ gut verstehen. Von Desiderios Äußerem würde sich sogar Mr. Universum persönlich bedrängt fühlen. Ich überhörte also seine Bemerkung und kletterte schnell auf meinen Sitz.

»Fahren wir jetzt?«, fragte ich ungeduldig und vermied es tunlichst, Frank anzusehen, als er einstieg.

Ich hörte den Motor aufheulten, spürte den Wagen losfahren und sah trotzdem nur dieses bestimmte Bild von diesem fleischgewordenen feuchten Traum vor mir. In diesem Moment war mir klar, dass ich den Anblick Desiderios auf diesem Parkplatz noch in hundert Jahren nicht vergessen würde.

Obwohl ich mich, in Franks Wohnung angekommen, sofort voller Tatendrang an die Arbeit machte, schlichen meine Gedanken immer wieder zu Desiderio. Das verwunderte und verärgerte mich gleichermaßen.

Was war so faszinierend an dem Kerl, dass er mich nicht mehr loslassen wollte?

Natürlich ließen sich Frauen gerne mal von hübschen Anblicken, wie eben jenem vorhin, verzaubern, aber für gewöhnlich erfreute man sich kurz daran und wandte sich anschließend wieder den wichtigen Dingen im Leben zu. So hatte ich das zumindest in den letzten Jahren gehandhabt.

Also, was war es, das Desiderio so besonders machte?

Charme, unwiderstehliches Aussehen … Gut und recht, aber er war, weiß Gott, nicht der einzige Mann mit diesen Eigenschaften, der mir bisher über den Weg gelaufen war.

Tatsächlich kniete ein ebensolches Exemplar der Männerwelt gerade vor mir und rührte konzentriert in einem Eimer mit hellbrauner Farbe.

Nachdenklich betrachtete ich Frank und fragte mich, warum mein Gehirn bei seinem Anblick nicht vollkommen verrücktspielte.

Er war sportlich und muskulös, was man durch sein enges Shirt deutlich erkennen konnte. Seine Gesichtszüge waren markant, aber ebenmäßig, und die angedeuteten Lachfältchen um seine dunklen Augen herum waren wirklich zum Anbeißen. Zudem war Frank einer der feinfühligsten und aufmerksamsten Menschen, die ich kannte. Obwohl ich meine Sorgen meist für mich behalten wollte, konnte ich sie gar nicht so gut verstecken, dass er mich nicht darauf ansprach. Und wenn er es dann tat, überließ er mir stets selbst die Entscheidung, ob ich darüber reden wollte oder nicht.

Er stand mit beiden Beinen im Leben und hatte stets klare Ziele vor Augen, die er ohne Umwege zu erreichen versuchte. Als Manager eines großen Hotels war er finanziell gut abgesichert und das zeigte er auch durch einen gewissen Standard, der jedoch niemals abgehoben wirkte.

Im Gesamtpaket war er, kurz gesagt, der perfekte Lebenspartner.

Je mehr ich darüber sinnierte, umso unverständlicher wurde für mich Birgits Entscheidung, ihn zu verlassen. Wieso gab man eine solche Zukunft einfach so für eine Laune her?

Ich wusste es wirklich nicht. Ich wusste nur, dass Frank nicht lange alleine bleiben würde, und ich wünschte ihm von ganzem Herzen, dass er diesmal seine wahre Liebe finden würde.

Aber warum hatte ich bei ihm, wo er doch so perfekt war, noch nie das drängende Gefühl, mich ihm an den Hals zu werfen?

Wahrscheinlich lag es daran, dass wir einfach schon so lange befreundet waren. Für mich würde Frank immer der liebe und aufgeschlossene Junge bleiben, mit dem ich schon vor Jahren um die Häuser gezogen war.

»Mache ich etwas falsch?«

Seine Stimme holte mich zurück aus meinen Gedanken. Er sah mich fragend an.

»Nein, nein.« Ich schälte einen Farbroller aus seiner Verpackung und grinste. »Weißt du, wenn wir beide mit dreißig noch solo sind, dann sollten wir heiraten.«

Frank hielt inne und runzelte die Stirn. »Ich rühre hier mit einem Kochlöffel in Wandfarbe – und du denkst daran, mich zu heiraten?«

»Tja.«

»Ts«, meinte er kopfschüttelnd. »Da versteh mal einer die Frauen. Den Trick muss ich mir unbedingt merken!«

»Na, dann viel Glück«, lachte ich.

Er stand auf und schleppte den Farbkübel zu mir. »Übrigens, dein Plan gefällt mir. Wir wären bestimmt ein hübsches Brautpaar.«

»Auf jeden Fall«, bestätigte ich ernst. »Dir ist aber hoffentlich klar, dass das Ganze nicht billig werden wird. Wenn ich einmal heirate, dann so richtig pompös.«

»Kein Problem. Sollen wir uns heute Abend gleich ein paar Hochzeitsbands anhören?«

»Hm, wer weiß, ob die in fünf Jahren noch existieren«, warf ich ein. »Ich denke, wir konzentrieren uns vorerst auf deine Wohnung.«

»Auf *unsere* Wohnung, Schatzilein!«

Ich gluckste fröhlich. »Natürlich! Ach ja, und ich wollte dir noch sagen, dass wir neue Vorhänge brauchen. *Unsere* alten sind nämlich nicht grün, sondern orange. Ja, das kann man schon mal verwechseln. Jedenfalls passt Orange so gar nicht zu der neuen Wandfarbe.«

Kapitel 7

Am nächsten Tag dachte ich eigentlich, dass ich Desiderios Antlitz überwunden hatte, doch ich wurde schon bald eines Besseren belehrt.

Ich traf auf ihn, als ich gerade eilig in das Sprechzimmer stürzte, um ein paar erledigte Patientenakten in die Ablage zu werfen. Er stand vor dem großen Monitor an der Wand und betrachtete eingehend das Röntgenbild eines Sprunggelenks. Dummerweise versperrte er mir somit genau meinen Weg.

Als ich ihn sah, blieb ich wie angewurzelt stehen. Mein Blick zuckte automatisch zu seinem Hintern und überprüfte, ob er in seiner Dienstkleidung genauso knackig anmutete wie in verwaschenen Bluejeans.

Gott, das tat er!

Gleich darauf kam ich mir vor wie ein totaler Vollidiot. Ich straffte die Schultern und versuchte, nicht so nervös auszusehen, wie ich mich dummerweise fühlte.

Warum, zur Hölle, war ich eigentlich nervös?

Angespannt setzte ich so unauffällig wie möglich meinen Weg fort. Souverän schritt ich auf ihn zu, brachte ein »Hallo« hervor und drückte mich an ihm vorbei zum Schreibtisch.

Puh! Ich wischte mir gedanklich erleichtert über die Stirn, weil ich es geschafft hatte, mich so an ihm vorbeizupressen, dass ich ihn nicht berühren musste.

Schnell stopfte ich die Akten in das dafür vorgesehene Fach und machte mich eilig auf den Rückweg.

Verdammter Mist! Desiderio war unterdessen einen kleinen Schritt zurückgewichen, sodass ich nun gar nicht mehr an ihm vorbeikam, egal wie sehr ich meinen Bauch einziehen würde.

Hatte er das mit Absicht getan?

Obwohl er immer noch das Röntgenbild betrachtete, glaubte ich, den Anflug eines schelmischen Grinsens in seinem Mundwinkel zu entdecken.

Einfach unglaublich!

Ich riss mich zusammen. »Darf ich bitte mal durch?«, fragte ich und klang dabei sogar ganz höflich.

»Gleich«, sagte er nur, ohne dabei herzusehen.

Waaaas?

Ich verengte meine Augen zu Schlitzen und atmete einmal tief durch.

»Ich hab's eilig«, erklärte ich drängend.

»Kleinen Moment noch.«

Alles klar, der Kerl wollte mich eindeutig aus der Reserve locken. Leider hatte er dies bereits geschafft. Herzlichen Glückwunsch!

Genervt verschränkte ich die Arme vor der Brust.

»Weber-B-Fraktur, leicht disloziert. Sollte operativ versorgt werden. Was gibt's denn da so lange zu glotzen, Dr. DiCastidi?«, regte ich mich auf.

Natürlich kannte ich seinen Namen. Er hatte sich bereits am ersten Tag in mein Hirn gebrannt wie ein Laserstrahl, doch es war zumindest ein Versuch, ihn ebenfalls ein wenig zu ärgern. Wenn auch ein ziemlich kläglicher.

Langsam drehte sich Desiderio zu mir und besaß sogar noch die Frechheit, mir zuzuzwinkern.

»Perfekte Diagnostik und Therapievorschlag, und das alles im Vorbeigehen. Respekt«, meinte er fröhlich. »Und es heißt: DiCastello.«

Wollte er mich verarschen?

»Bei so einem deutlichen Befund gehört da nicht wirklich viel dazu«, brummte ich. »Darf ich jetzt durch?«

»Hast du es wirklich eilig oder willst du nur von mir weg?«, fragte er.

Ich biss mir verärgert auf die Innenseite meiner Wange. »Beides.«

Desiderio lächelte schief, indem er nur einen seiner Mundwinkel nach oben zog. Irgendetwas an diesem Lächeln entfachte in mir den Drang, ihm sofort die Klamotten vom Leib zu reißen.

Verdammt, Lena! Geht's noch?

»Hast du eigentlich schon eine Entscheidung getroffen?«, wollte er dann wissen.

»Du meinst, ob ich dich einfach zur Seite schubsen soll oder ob ich dich lieber aus dem Weg prügle?«, meinte ich mit finsterem Blick. »Momentan tendiere ich zu Letzterem.«

Er riss in gespieltem Entsetzen die Augen auf. »Warum bist du nur so aggressiv?«

»Weiß nicht. Warum bist du so nervig?«

Desiderio lachte. »Okay, du hast gewonnen.«

Gewonnen? Spielten wir denn hier ein Spiel, oder was?

Mit einer eleganten Bewegung trat er beiseite und wies mir mit einem Arm den Weg.

Als ich mit vorgerecktem Kinn und geröteten Wangen vorbeischritt, fügte er noch an: »Zumindest für heute.«

Ich reagierte mit einem abfälligen Knurren und hastete aus dem Sprechzimmer.

Was sollte das heißen – »für heute«? War das eine Drohung?

Anscheinend konnte ich mich darauf einstellen, dass sich solche Szenen wie gerade eben wiederholen würden. Er hatte eindeutig seinen Spaß daran, mich aus der Fassung zu bringen, und ich musste lernen, mich gegen ihn zu immunisieren. Wie ich das anstellen sollte, wusste ich nicht, aber diesem dahergelaufenen Schnösel würde ich schon noch beibringen, wie man einen Korb akzeptierte.

Mögen die Spiele beginnen!

Die nächsten paar Tage kam es zu keiner weiteren unliebsamen Begegnung. Desiderio wurde weiterhin die meiste Zeit über im OP eingeteilt und war deshalb kaum in der Notaufnahme anzutreffen. Ich fand's gut so und hoffte, es würde lange so bleiben.

Unser letztes Treffen schwebte mir noch detailliert vor Augen, und ich hatte mir bereits einen Plan zurechtgelegt, wie ich weiterhin gegen seine nervenaufreibenden Angriffe vorgehen sollte. Na ja, eigentlich war es nicht wirklich ein Plan, eher hatte ich mir geschworen, mich auf keinen Fall wieder von ihm nervös machen zu lassen und dieses fiese Lächeln nicht mehr an mich ranzulassen.

Dass dies alles leichter gesagt als getan war, musste ich leider schon bald feststellen.

Ich bereitete gerade nichts ahnend eine kleine Wundversorgung an der Hand vor. Der Patient – aus Datenschutzgründen nenne ich ihn einmal Meier – hatte versucht, ein Vogelhäuschen zu bauen, und sein einziger Erfolg bestand darin, sich dabei in den Handrücken zu sägen. Für einen Mann nahm er es erstaunlich gelassen. Er war nur einmal kurz zusammengezuckt, als ich die Betäubungsspritze erwähnte, die für die Naht nötig war.

Eben jene Betäubungsspritze zog ich gerade auf, als ein freundliches »Guten Tag!« durch das Behandlungszimmer wehte.

Na toll.

OA Heimer hatte zwar gesagt, dass er einen Assistenten schicken würde, aber dass es sich dabei um *diesen* Assistenten handeln würde, hatte er leider nicht erwähnt.

Desiderio trat gut gelaunt an den Patienten heran, während meine eigene Laune in Höchstgeschwindigkeit in den Keller rauschte.

So ein Mist! Hätte ich gewusst, dass er die Wunde nähen sollte, dann hätte ich meinen Kollegen hereingeschickt.

Andererseits war es ja nur eine Frage der Zeit, bis wir irgendwie miteinander arbeiten mussten.

Na schön, da musste ich jetzt durch.

Desiderio schenkte meiner Anwesenheit keine besondere Beachtung. Er begutachtete fachmännisch die Verletzung von Herrn Meier und erklärte ihm schließlich dasselbe Prozedere, das ich ihm schon geschildert hatte.

»So, Herr Meier. Diese Wunde muss genäht werden. Keine Sorge, dazu werde ich Ihnen eine lokale Betäubung verpassen. Das ist zwar ein wenig unangenehm, aber immer noch besser als ohne. Sind irgendwelche Allergien bekannt?«

»Nein«, antwortete ich anstelle des Patienten und drückte Desiderio die vorbereitete Lokalanästhesie in die Hand. »Zehn Milliliter Lokalanästhesie. Tetanusschutz besteht. Ich hoffe, ein drei-nuller Faden ist okay.«

Er nickte und nahm die Spritze entgegen. »Natürlich.«

Ich war unsagbar froh, dass er in Anwesenheit eines Patienten seine Avancen unterließ. Er gab sich professionell und leger, so wie es unter Arbeitskollegen eben sein sollte. Trotzdem blieb ich auf alles gefasst. Man konnte ja nie wissen.

Mit Argusaugen verfolgte ich jeden seiner Handgriffe. Das war nicht unbedingt persönlich gemeint, aber ich hatte schon zu viele Anfängerfehler bei jungen Ärzten erlebt, als dass ich einem neuen Assistenten sofort blindlings alles zutrauen würde.

Bei Desiderio schien meine Vorsicht unbegründet. Ich merkte sofort, dass er genau wusste, was er tat, und schon einiges an Erfahrung mitbrachte.

Eigentlich musste ich sogar zugeben, dass mir seine Arbeitsweise sehr gut gefiel.

Er hantierte schnell und sicher und hatte Herrn Meier im Handumdrehen wieder zusammengeflickt. Der Patient und ich waren also gleichermaßen zufrieden, als dieser uns schon nach kurzer Zeit mit einem dicken Verband verlassen durfte.

Kaum hatte sich jedoch die Tür hinter ihm geschlossen, spürte ich wieder dieses Kribbeln im Nacken, das nur bedeuten konnte, dass Desiderio mich beobachtete.

Zu früh gefreut!

Verbissen versuchte ich, die Blicke in meinem Rücken zu ignorieren, und beseitigte schweigend die Hinterlassenschaften der Wundversorgung. Als ich alles im Mülleimer verstaut, desinfiziert und die Papierauflage der Liege erneuert hatte, musste ich mich wohl oder übel meinem Schicksal stellen.

Betont lässig drehte ich mich zu Desiderio und hob fragend eine Augenbraue.

Er lehnte mit verschränkten Armen an einem Schrank und bemühte sich gar nicht erst, so zu tun, als hätte er mich nicht die ganze Zeit über angegafft.

»Hast du mir jetzt lange genug auf den Hintern geglotzt?«, fragte ich patzig. Dass ich mich dabei lieber an der eigenen Nase packen sollte, musste er ja nicht wissen.

»Hm …« Er tat so, als müsste er ernsthaft über meine Frage nachdenken. »Nein, ich glaube ich könnte das durchaus noch etwas länger durchziehen.«

Frechheit!

»Sagt dir eigentlich der Tatbestand ›sexuelle Belästigung am Arbeitsplatz‹ etwas?«

Er gluckste. »Natürlich. Wobei ich schon sagen muss, dass du die Erste wärst, die mir so etwas zur Last legen würde.«

»Ha! Das glaube ich gerne«, schnaubte ich.

»Allerdings finde ich, dass zu einem solchen Vorwurf doch etwas mehr gehören sollte. Es ist ja schließlich auch kein Verbrechen, eine schöne Blume eingehend zu betrachten, oder?«

Wie bitte?

Für einen Moment war ich sprachlos. War das gerade ein Kompliment, oder was?

Lena, lass dich ja nicht einlullen!

Schnell legte ich einen finsteren Gesichtsausdruck auf. »Tja, ich bin aber nicht irgendein Gestrüpp, sondern eine Frau. Und Frauen können sich durchaus durch Blicke belästigt fühlen.«

»Also, mit Gestrüpp hätte ich dich nun wirklich nicht verglichen«, meinte er und grinste verschmitzt. Mit was er mich denn nun verglich, überließ er meiner Fantasie. Wahrscheinlich hatte es mit fleischfressenden Pflanzen zu tun. Nach einer kleinen Pause fuhr er fort: »Sag mal, Lena, hast du heute Abend schon was vor?«

»Tja, Desire…«

»Desiderio.«

»Wie auch immer…, jedenfalls bin ich leider für die nächsten fünf Monate ausgebucht.«

»Ein Glück, dass ich sechs Monate hier bleiben werde.«

Ich stöhnte. »Okay, dann bin ich eben für die nächsten …«

»Das ist wirklich schade«, fiel er mir ins Wort. »Im September gibt nämlich Pink in München ein Konzert und ich suche dafür noch eine Begleitung.«

Wieder erfasste mich Sprachlosigkeit.

Hatte er mich gerade gefragt, ob ich ihn auf DAS Konzert begleiten würde?

Er schien meine Gedanken zu lesen, denn nach einer Weile fügte er noch hinzu: »Diese Einladung habe ich gerade ernst gemeint.«

Ich ging im Geiste die verschiedenen Möglichkeiten durch, die ich nun hatte:

1. Nein sagen.
2. Ja sagen, Interesse vorgaukeln, nach dem Konzert Interesse wieder verlieren.
3. Ja sagen, mit ihm Sex haben, das Konzert genießen, eventuell wieder Sex haben.
4. Nein sagen und trotzdem mit ihm Sex haben.

Es dauerte einen Augenblick, bis ich aus meiner geistigen Umnachtung zurückfand und mich schließlich für die einzig richtige Antwort entschied.

Wenn auch ein wenig zu spät, als dass es sehr überzeugend klang, sagte ich laut: »Nein.«

Desiderio neigte anerkennend den Kopf. »Wow, du bist wirklich stur.«

Moment mal …

»War das etwa gerade ein Test?«, zischte ich wütend.

»Keineswegs. Ich würde mich ehrlich freuen, wenn du mich zu dem Konzert begleiten würdest.«

Ich brachte ein Brummen hervor, das allgemeine Skepsis ausdrückte. Desiderio seufzte schwer.

»Na ja, bis September hast du ja noch genügend Zeit, es dir zu überlegen ...«

»Pfff, vergiss das mal schnell wieder! Frag lieber eine andere, ob sie mit dir hingehen möchte. Es gibt da bestimmt mehr als eine Handvoll, die sofort zusagen würden!«

Er stieß sich locker von dem Schrank ab und legte sein schiefes Lächeln auf.

»Eben«, sagte er, »darum habe ich noch genügend Zeit, um auf deine Entscheidung zu warten. Eine Notfallbegleitung finde ich am Tag zuvor auch noch.«

Ich rollte mit den Augen. »Du bist wirklich wahnsinnig von dir selbst überzeugt, was?«

»Nun, das liegt wohl irgendwie in meinen Genen«, erklärte er. »Südländer sind ja bekannt für ihr großes Ego. Ich bin nämlich Italiener, weißt du.« Er sagte das, als ob er mir mit seiner Herkunft imponieren wollte.

Tja, die Italo-Masche zog aber bei mir nicht!

»Das war mir schon klar, dass DiCastello ein italienischer Familienname ist«, meinte ich unbeeindruckt.

»Kannst du denn Italienisch?«

»Ist zwar schon lange her, aber ich hatte tatsächlich Italienisch in der Schule. Für die Touristenausführung reicht meine Sprachkenntnis allemal.«

»Interessant!« Desiderio hob einen Zeigefinger. »Aber noch interessanter ist, dass du dir meinen Namen also doch merken kannst.«

Mist, verdammter!

Ich mahlte angesäuert mit meinem Kiefer und knackte mit den Fingerknöcheln.

Er amüsierte sich köstlich über meinen Anblick. »Manchmal kannst du ganz schön gefährlich aussehen«, sagte er schmunzelnd.

Dann ging er an mir vorbei, und ich konnte mich gerade noch beherrschen, ihn nicht anzuknurren wie ein wilder Hund.

Blöder Idiot!

»Er hat dich wirklich zu dem Konzert eingeladen?«, wiederholte Vera mit großen Augen.

Wir saßen auf ihrer Terrasse unter einem riesigen Sonnenschirm. Nach meiner Frühschicht war ich sofort zu ihr gefahren, um sie in die verzwickte Sache mit dem Konzertkartendieb einzuweihen. Was ich mir davon eigentlich erhofft hatte, wusste ich selbst nicht so genau. Wahrscheinlich wollte ich nur mit jemandem darüber sprechen und mein Leid klagen. Dass Vera dafür die falsche Person war, hätte mir klar sein müssen.

Sie hatte meinem Bericht mit wachsender Begeisterung gelauscht und sogar über Desiderios Anmachsprüche gelacht. Irgendwie konnte sie so gar nicht nachvollziehen, warum ich stocksauer war, und ich ärgerte mich inzwischen grün und blau, dass ich ihr überhaupt von der Sache erzählt hatte.

»Ja«, meinte ich zu ihrer Frage und trommelte verbissen auf den Tisch. »Unglaublich, oder?«

»Also ich finde eher unglaublich, dass du Nein gesagt hast.«

»Bitte? Ich bin doch nicht käuflich! Der Kerl will mich doch bloß in sein Bett kriegen!«

Vera lehnte sich zurück und strich nachdenklich über die Stuhllehnen. »Meinst du nicht, dass das ein sehr großer Einsatz war, nur für eine Bettgeschichte?«

»Was meinst du damit?«

»Hast du vielleicht schon einmal daran gedacht, dass er mit dir ausgehen möchte, weil er dich interessant findet?«, gab sie vorsichtig zu bedenken, »oder dich am Ende sogar mag?«

Ich reagierte entrüstet. »Spinnst du? Du hast den Playboy doch mit eigenen Augen gesehen. Der kann nur nicht ab, dass er seinen ersten Korb im Leben bekommen hat! Darum hat er jetzt die Einsätze drastisch erhöht.«

Vera wiegte langsam den Kopf. »Trotzdem. Das Konzert ist erst im September und …«

»Pah, der wusste doch ganz genau, dass ich Nein sagen würde!«, fuhr ich schnell dazwischen.

»Wie kannst du dir da so sicher sein?«

Ich schürzte die Lippen und sah Vera böse an. »Du warst ja nicht dabei.«

»Das stimmt, aber ich gehe, im Gegensatz zu dir, ohne Vorurteile an die Sache heran.«

»Ich hab keine … Na gut, ich habe Vorurteile. Aber du weißt ganz genau, warum das so ist!«

Meine Finger hatten aufgehört zu trommeln und malten stattdessen imaginäre Kreise auf die Tischplatte. Vera umfasste sie sanft mit ihren Händen und sah mich mitfühlend an.

»Süße, natürlich weiß ich das. Aber du solltest langsam die Vergangenheit hinter dir lassen und wenigstens versuchen, jemandem Vertrauen zu schenken.«

Ich wich ihrem Blick aus. »Wer vertraut, läuft stets Gefahr, verletzt zu werden.«

»Aber nur wer vertraut, kann wahres Glück in sein Herz lassen«, ergänzte Vera ernst. »Ist es das denn nicht wert, ein paar seelische blaue Flecken zu riskieren?«

»Blaue Flecken schon, aber bei so einem Player wie Desiderio riskiert man eher ein seelisches Polytrauma«, entgegnete ich überzeugt.

»Das kannst du nicht wissen. Du kennst ihn doch noch gar nicht!«, warf Vera ein. »Nicht jeder hübsche Mann ist zwingend ein Arschloch.«

Plötzlich erschien Sebastians Kopf in der Terrassentür. »Genau. Sieh mich an! Ich bin wahnsinnig attraktiv und trotzdem der liebste Kerl der Welt!«

Ich schnappte nach Luft. »Geht's noch? Seit wann stehst du denn schon hinter dem Vorhang und lauschst?«

»Ich habe nicht gelauscht«, verteidigte er sich schnell.

»Das hier sind Frauengespräche«, schimpfte ich. »Folglich geht dich das hier gar nichts an, also verzieh dich!«

»Moment mal, du kannst mich doch nicht einfach von meiner eigenen Terrasse werfen!«

»Ähm, Schatz?«, mischte sich Vera diplomatisch ein. »Lena hat recht. Wir führen hier ein Frauengespräch. Kannst du uns bitte noch ein wenig alleine lassen?«

Sebastian rümpfte beleidigt die Nase. »Bitte schön! Wenn die Damen das wünschen, werde ich jetzt gehen.« Er sah mich überheblich an. »Vera wird mir später sowieso alles erzählen.«

Sein Kopf verschwand gerade noch rechtzeitig, um nicht von der Zeitschrift getroffen zu werden, die Vera entrüstet nach ihm warf. »Du Blödmann!«, rief sie ihm hinterher, was er nur mit einem Kichern quittierte. Flehend wandte sie sich an mich: »Das stimmt überhaupt nicht!«

Ich versuchte, sie streng anzublicken, wobei ich ein aufkeimendes Lachen unterdrücken musste. Vera sah mich so verzweifelt an, dass ich sie dann doch beruhigte. »Das weiß ich doch.«

Sie atmete erleichtert aus. »Mann, so ein Quatschkopf.«

»Du hast wirklich Glück mit ihm«, seufzte ich.

»Ja, das habe ich«, bestätigte sie und lächelte selig, »und dein Glück werden wir auch noch finden.«

Schweigend nickte ich, obwohl ich bei Weitem nicht so überzeugt war wie meine beste Freundin.

Natürlich hatte sie recht, was die Sache mit dem Vertrauen anging, und ich wusste auch, dass ich mich irgendwann über meine Ängste hinwegsetzen musste, um einen Partner in mein Leben zu lassen. Allerdings war ich der Meinung, dass ich schon spüren würde, wann der richtige Moment dazu gekommen war, und so tief ich auch in mich hineinhorchte – ich war einfach nicht bereit dazu.

Und bei einem Macho wie Desiderio schon gleich zweimal nicht.

Kapitel 8

Am nächsten Tag fühlte ich mich wie erschlagen. Ich hatte mich die ganze Nacht unruhig im Bett herumgewälzt und kaum ein Auge zugetan. Zum einen war die unbeschreibliche Sommerhitze, die Wollbach gnadenlos ergriffen hatte, daran schuld, zum anderen hatten mich, als ich dann endlich einmal eingeschlafen war, sofort seltsame Albträume geplagt. An die Details konnte ich mich nicht erinnern, aber es hatte etwas mit schwarzen Händen zu tun, die nach meinem Herz griffen und es herausreißen wollten. Wirklich gruselig.

Obwohl ich Spätdienst hatte, fühlte ich mich unausgeschlafen und ausgelaugt. Entsprechend antriebslos schlurfte ich in die Notaufnahme, um meine Schicht anzutreten. Gleich zu Beginn traf ich ausgerechnet auf Desiderio, was meine Nerven gleich noch mehr belastete.

Er stand vor unserem Hans und wollte sich gerade einen Kaffee machen, als ich in die Küche kam. Ich hielt noch im Türrahmen inne und blickte fassungslos auf die gelbe Tasse in seiner Hand.

»Das kannst du gleich mal vergessen«, eröffnete ich ihm, ohne mich lange mit Begrüßungsfloskeln aufzuhalten. »Das ist meine Tasse!«

Mein giftiger Ton schien Desiderio einen Moment lang zu verwirren. Er sah erst mich an, dann die Tasse und dann wieder mich. »Dieter?«

Ich nickte nur.

»Dein zweiter Vorname?«, fragte er.

»Ja.« Ich trat ein und streckte auffordernd meine Hand aus. »Und jetzt her damit.«

»Hm …«

Das schelmische Blitzen in seinen Augen ließ mich nichts Gutes erahnen. Tatsächlich hob er langsam seine Hand, um die Maschine zu starten.

Ich sog hörbar die Luft ein und machte einen schnellen Schritt auf ihn zu. »Habe ich mich gerade undeutlich ausgedrückt?«, wollte ich wissen und stemmte drohend meine Arme in die Hüften.

Sein Finger schwebte unheilvoll über der Starttaste, während wir uns anstarrten und einen stummen Machtkampf ausfochten. Dass sich dabei seine Lippen belustigt kräuselten, regte mich nur noch mehr auf.

»Schluss jetzt damit!«, stieß ich schließlich hervor. »Du bist hier der Neuling, und darum hast du dich unserer Küchenhierarchie zu beugen, in welcher ich eindeutig über dir stehe! Also geh gefälligst beiseite oder gib mir die Tasse, bevor noch jemand verletzt wird!«

»Na, das wollen wir ja wirklich nicht riskieren. Aber warum bittest du mich nicht einfach freundlich darum?«

Was? Um mein Eigentum bitten und dann auch noch freundlich? Der hatte doch nicht alle Tassen im Schrank!

Ich legte so viel Ironie in meine Stimme, wie ich auftreiben konnte, und presste heraus: »Gibst du mir meine Tasse, *bitte schön*?«

Sofort ließ er seine Hand sinken. »Natürlich!«

Was für ein Arsch …

Er drehte sich langsam zu mir und bedachte mich mit diesem verfluchten schiefen Lächeln.

Erst da wurde mir bewusst, wie nah ich ihm war. Ich musste den Kopf in den Nacken legen, um ihm in die Augen zu blicken, und fühlte mich dabei augenblicklich unterlegen. Ein betörender Duft, für den es keinerlei Worte gab, ging von ihm aus, stieg mir in die Nase und vernebelte langsam, aber sicher mein Gehirn. Ich spürte, wie sich mein Herzschlag unwillkürlich verdoppelte, und obwohl ich mich darüber ungemein ärgerte, konnte ich doch nichts dagegen tun.

Ob seine Haare sich genauso weich anfühlten, wie sie aussahen?

Lena!

Jesses, ich musste mich schnellstens wieder unter Kontrolle bekommen und dem Burschen zeigen, dass ich stärker war als sein alles verschlingender Charme!

Obwohl ich dazu meinen ganzen Mut zusammennehmen musste, beugte ich mich ein Stück vor und drückte auf den Startknopf, ohne meine Augen von den seinen zu lösen.

Während Hans mahlte und werkelte, war ich kurz davor, meinen Verstand zu verlieren.

Immer noch mit Augenkontakt nahm ich schließlich meine dampfende Dieter-Tasse und pustete hinein.

Desiderio regte sich die ganze Zeit über genauso wenig wie ich und durchbohrte mich geradezu mit seinem unergründlichen Blick. Nach einer gefühlten Ewigkeit brach er schließlich den Bann.

»Verteidigst du alles, was dir gehört, mit einem solchen Einsatz?«, fragte er.

»Wenn's sein muss«, meinte ich achselzuckend und nahm einen großen Schluck Kaffee.

Er neigte sich ein wenig zu mir herunter und sagte mit gesenkter Stimme: »Du imponierst mir von Tag zu Tag mehr, kleine Kriegerin.«

Ich riss die Augen auf und verschluckte mich so sehr an meinem Kaffee, dass ich einen ausgewachsenen Hustenanfall bekam.

Desiderio verließ mit einem leisen Lachen die Küche und ließ mich hustend und schnaufend zurück. Gott sei Dank, denn ein Teil des Kaffees hatte sich dermaßen verirrt, dass er aus meiner Nase wieder herauskam.

Und ja – das fühlte sich genauso eklig an, wie es sich anhört.

Um Luft ringend und würgend stand ich über dem Spülbecken und versuchte, mich wieder unter Kontrolle zu bringen. Dies galt zum einen meiner Atmung und zum anderen meinem Gehirn, das gerade Amok lief.

Kleine Kriegerin!

War das ein Spitzname?

Ein Kosewort?

Eine Beleidigung?

Kleine Kriegerin …

Obwohl ich mich unglaublich über diesen arroganten Sprücheklopfer aufregte, musste ich doch zugeben, dass mir diese Bezeichnung irgendwie gefiel.

Scheiße, dieser Arbeitstag konnte ja nur noch besser werden.

Oder?

Er wurde besser. Der Nachmittag war gefüllt mit Unfällen verschiedenster Art, und ich ließ mich dankbar von der allgemeinen Hektik der Notaufnahme erfassen, damit ich von dem leidigen Thema namens Desiderio abgelenkt wurde.

Tatsächlich funktionierte das bis zum Ende meiner Schicht ganz wunderbar. Erst als ich gemeinsam mit meiner Kollegin Lisa das Krankenhaus verließ und über den Parkplatz dem Feierabend entgegenschritt, rückten die ozeanblauen Augen wieder in meine Gedanken.

Schuld daran war Lisa, weil sie betont unauffällig von mir wissen wollte: »Sag mal, was hältst du so von DiCastello?«

Eigentlich wollte ich sagen: *Er ist ein arrogantes Sackgesicht mit einem viel zu großen Ego, das dringend einmal eine kalte*

Dusche braucht, doch stattdessen antwortete ich ausweichend: »Scheint ganz okay zu sein.«

»Hm.«

»Warum fragst du?«

»Ach, nur so«, meinte sie schnell.

Oh je …

»Er gefällt dir«, stellte ich nüchtern fest.

Sie wickelte sich betreten eine ihrer hellbraunen Locken um den Zeigefinger. »Na ja, wem gefällt er nicht?«

Mir!

Na, schön. Das wäre dann doch eine Lüge … zumindest, was seine Optik betraf.

Ich musterte Lisa unauffällig von der Seite. Sie war durchaus ein hübsches Mädchen. Immer nett und freundlich. Und doch war ihr Wesen von einer riesigen Schüchternheit geprägt, die sie wie ein unsichtbarer Schleier umhüllte und von ihrer Umwelt abschirmte. Lisa war ein Mensch, der schlichtweg regelmäßig übersehen wurde. Irgendwie wirkte sie auf mich, als würde sie sich immer ducken, auch wenn sie kerzengerade vor mir stand.

»Glaubst du, ich hätte eine Chance bei ihm?«, fragte sie schließlich vorsichtig.

Nein, Kindchen. Wirklich absolut nicht …

Natürlich behielt ich meine Gedanken für mich. Ich hatte nicht vor, heute irgendwelche Träume zu zerstören.

»Wer weiß?«, sagte ich deswegen leger. »Das kannst du aber ganz einfach herausfinden.«

»Wie?«, fragte sie mit ehrlichem Unwissen.

»Na ja, du musst ihn doch einfach nur fragen, ob er mit dir ausgehen will.«

Lisa blieb stehen und sah mich mit riesigen Kulleraugen an. »Ich?«

»Klar! Du willst es doch wissen, oder? Also musst du ihn fragen.«

»Das kann ich nicht!«, rief sie entsetzt und schüttelte energisch den Kopf.

»Ach, was«, winkte ich ab, »ist doch gar nichts dabei.«

Natürlich wusste ich, dass Desiderio für die schüchterne Lisa so unerreichbar erschien wie der Mount Everest, aber ermuntern durfte ich sie doch trotzdem. Außerdem formte sich in meinem Kopf ein, zugegebenermaßen ziemlich hinterhältiger, Gedanke.

Sollte ich meine Kollegin mit DiCastello verkuppeln können, dann … ja, dann hätte ich vor ihm meine Ruhe. Und zusätzlich hätte ich noch eine wirklich gute Tat begangen und zwei einsame Herzen zusammengeführt! Ich rieb mir bereits innerlich die Hände und freute mich über meinen Plan.

»Was ist?«, fragte Lisa argwöhnisch.

Ich musste sie die ganze Zeit über angesehen haben wie einen besonders leckeren Kuchen, denn sie wich vorsichtshalber ein Stück vor mir zurück.

»Nichts«, sagte ich schnell und grinste. »Ich habe mich nur gerade gefragt, ob du morgen auch wieder Spätdienst hast.«

»Ehm … ja?«

»Wunderbar!« Ich klatschte in die Hände, was Lisa merklich zusammenzucken ließ. »Dann werde ich dir gleich morgen helfen, dich an Desiderio ranzumachen!«

»Waaaas?«, brachte sie erschrocken hervor. »Aber …, aber …«

»Nix aber! Du musst einfach nur cool bleiben und brav mitspielen, dann kriegen wir das schon hin!«

Dass ich selbst in Desiderios Gegenwart stets alles andere als cool war, tat hier nichts zur Sache.

Mein Vorhaben gefiel mir von Minute zu Minute mehr. Inzwischen war ich mir sicher, dass es meine Rettung bedeuten würde, wenn ich den aufdringlichen Doktor von meiner Wenigkeit ablenken könnte. Dann könnte er seinen Charme an eine willigere Person abgeben und alle wären glücklich.

Oh ja, das war ein guter Plan …

Die erste Gelegenheit, Lisa Desiderio schmackhaft zu machen, bot sich bereits am nächsten Tag. Er half nachmittags in der Notaufnahme aus, und ich fädelte geschickt ein, dass sie ihm dabei die ganze Zeit über assistierte.

Ich fragte mich ständig, ob die beiden sich denn auch gut verstanden, und hoffte, meine Kollegin konnte wenigstens ein bisschen von ihrer üblichen Schüchternheit ablegen. Nach über einer Stunde siegte die Neugier, und ich beschloss, den beiden im Sprechzimmer einen Kontrollbesuch abzustatten.

Auf den ersten Blick wirkte die Sache nicht wirklich vielversprechend.

Desiderio saß am Schreibtisch und studierte eine Patientenakte, während Lisa mit riesigem Sicherheitsabstand auf ärztliche Anordnungen wartete.

Meine Hilfe war also bitter nötig. Ich stürzte kurzerhand in das Zimmer und ließ mich laut seufzend auf einen Stuhl fallen.

»Puh, ist das heiß heute!«, jammerte ich und fächelte mir mit einer Hand Luft zu. »Wie viel Grad haben wir denn?«

»Laut Wetterdienst so um die dreißig«, antwortete Desiderio. Er schien ein wenig überrascht zu sein, dass ich einfach so ein normales Gespräch begonnen hatte.

»Dreißig Grad! Jesses.«

Er winkte ab. »Ach, von mir aus könnte es ruhig noch wärmer sein.«

Sagte der Südländer …

»Also, solange ich hier in diesem Bunker sein muss, könnte es ruhig die ganze Zeit über regnen«, meinte ich. »Bei einer solchen Hitze sollte man nicht arbeiten, da sollte man am Strand liegen und Cocktails schlürfen. Ah, was gäbe ich jetzt für einen Caipirinha! Was meinst du, Lisa?«

»Hm?«

»Was hättest du jetzt gerne für einen Cocktail?«

Sie wiegte unschlüssig den Kopf. »Ich weiß nicht genau. Mit Alkohol kenne ich mich nicht so aus. Ich trinke fast nie.«

Ich schlug mir innerlich mit der flachen Hand auf die Stirn.

Ich trinke fast nie? Genauso gut hätte sie sagen können: Ich sammle Briefmarken.

Um Himmels willen, das tat sie doch hoffentlich nicht wirklich?

Durch ihre Aussage hatte sie mich kurz aus dem Konzept gebracht, darum brauchte ich einen Moment, um den Faden wieder aufzunehmen. Ich hoffte inständig, ich hatte Lisa nicht allzu entsetzt angestarrt, und war froh, dass Desiderio sich wieder der Akte zugewandt hatte.

Schließlich räusperte ich mich leise.

»Sehr vernünftig«, lobte ich ihre Alkoholabstinenz. »Nach meiner letzten Partynacht habe ich mir auch vorgenommen, weniger zu trinken.« Bildete ich mir das nur ein, oder grinste Desiderio? »Ich kann auch ohne Alkohol gut drauf sein«, fügte ich deshalb noch schnell hinzu.

Na, jetzt grinste er aber eindeutig! Blödmann.

Ich schluckte meinen Ärger hinunter und widmete mich lieber wieder meiner Aufgabe.

»Sag mal, Lisa«, begann ich leger, »wo gehst du eigentlich abends weg? Im Go hab ich dich, glaube ich, noch nie gesehen.«

Schon bevor sie antwortete, wusste ich, dass ich einen weiteren Fehler gemacht hatte. Lisas Gesichtsausdruck sprach bereits Bände, doch bevor ich es verhindern konnte, sagte sie: »Ach, ich geh eigentlich fast nie aus.«

Unauffällig lugte ich zu Desiderio, der weiterhin völlig unbeteiligt in seine Lektüre vertieft schien.

Hatte er wirklich nicht zugehört, oder tat er nur so? Ich hoffte auf Ersteres.

Meine Bemühungen hatten Lisa bisher ja nicht unbedingt in ein interessantes Licht gerückt, wohl eher im Gegenteil, darum beschloss ich eiligst, den Rückzug anzutreten.

Beschwingt erhob ich mich und klopfte meiner Kollegin fröhlich auf die Schulter. »Weißt du was? Wir beide müssen unbedingt mal zusammen um die Häuser ziehen!«

Und das war mein voller Ernst.

Na schön, auf der einen Seite hatten wir Lisa, ein hübsches, schüchternes Mädchen, das nie die Sau rausließ und sich noch nie das Hirn weggesoffen hat. Und auf der anderen hatten wir Herzensbrecher Desiderio, der wohl nie eine Gelegenheit ausließ, sich in höchstem Maße zu amüsieren.

Also, wie zum Teufel sollte ich diese beiden grundverschiedenen Typen zusammenbringen?

Gegensätze sollen sich ja bekanntlich anziehen, aber stimmte das überhaupt? Wie soll man sich für jemand anders interessieren, mit dem man absolut nichts gemeinsam hat?

Das war meiner Meinung nach völlig unmöglich. Ich musste also irgendetwas finden, das Lisa und Desiderio gleichermaßen interessant erschien.

Aber was? Was bot ein Gesprächsthema für jedermann? Das Wetter einmal ausgenommen. Politik? Literatur?

Filme!

Ja, genau. Kino und Fernsehen waren wohl jedem auf dieser Welt bekannt, also konnte auch jeder irgendetwas darüber erzählen. Zumindest ging ich davon aus.

Ich packte also gleich die nächste Gelegenheit beim Schopf und gesellte mich unauffällig zu Desiderio und Lisa, wobei ich so tat, als müsste ich dringend ein paar Formulare sortieren.

Nachdem ich eine Zeit lang in einer Schublade gekramt hatte, fing ich schließlich an: »Hey, ich hab mir gestern im Kino den neuen *Stirb langsam* angesehen.«

Desiderio stieg erfreulicherweise gleich darauf ein. »Ja? Den will ich mir auch ansehen. Und, ist er gut?«

»Oh, ja! Bruce Willis wird nicht älter, er wird interessanter«, schwärmte ich.

»Klar, so wie jeder Mann«, zwinkerte DiCastello.

Ich lachte.

Moment.

Ich lachte? Stopp! Sofort zurück zu meinem Plan.

»Lisa! Hast du den Film schon gesehen?«, wollte ich wissen.

Sie schüttelte den Kopf.

Na, wenn das mal keine perfekte Vorlage für ein Date war!

Ich zwinkerte ihr verschwörerisch zu. »Willst du ihn dir denn ansehen?«

Mein Zwinkern verwandelte sich in ein verzweifeltes Zucken, als sie antwortete: »Nee, eher nicht. Das ist mir zu brutal. So viele Explosionen und Schießereien …«

Mit aller Macht unterdrückte ich ein tiefes Aufstöhnen. Dass ich mir allerdings über die Schläfen rieb, als hätte ich starke Kopfschmerzen, konnte ich mir beim besten Willen nicht verkneifen.

»Aber darum geht es doch bei einem Actionfilm. Um Explosionen und einen ballernden Helden«, versuchte ich neutral zu erklären, obwohl ich Lisa am liebsten geschüttelt hätte.

»Eben, deshalb mag ich solche Filme nicht«, entgegnete sie nur achselzuckend.

Ich atmete tief ein und aus. »Und was siehst du dir dann so an?«

Lisa überlegte einen Moment. »Hm, also ich mag wohl eher so Liebesgeschichten.«

Ich verzog augenblicklich das Gesicht und bemerkte schockiert, dass Desiderio das Gleiche tat.

Gut gemacht, Lisa! Welcher Mann sieht sich denn gerne Schnulzen an, hä?

Gott im Himmel, ich war kurz davor, meiner Kollegin eine Ohrfeige zu geben.

Was war denn nur los mit ihr? Machte sie es mir absichtlich so schwer? Und wie alt war sie eigentlich? Sie trank nicht, sie ging nicht weg, sie mochte keine Actionfilme …, lieber Heiland, was trieb die Frau den ganzen Tag?

Ein wenig steif versuchte ich, die Situation zu retten, indem ich verständnisvoll nickte. »Jaaa, es gibt ja schon einige witzige Liebeskomödien und so. Muss ja nicht jeder auf Gemetzel stehen … Na ja, ich muss wieder was arbeiten.«

Als ich aus dem Behandlungszimmer verschwand, schüttelte ich bestimmt noch eine Viertelstunde lang ungläubig den Kopf.

Am nächsten Tag war es an der Zeit, einen erneuten Verkupplungsversuch zu starten. Dafür hatte ich mir einen geradezu wasserdichten Plan zugelegt: Ich würde Lisa und Desiderio unter einem Vorwand in die Küche locken und dort schließlich alleine lassen. So müssten sie eigentlich unweigerlich in ein Gespräch verfallen und sich ein wenig näher kennenlernen. Jawohl!

Gut gelaunt machte ich mich also auf die Suche nach den beiden und fand sie schließlich im Gipszimmer. Ich schlich unauffällig vor der Tür hin und her, bis sie ihren derzeitigen Patienten entließen, und fing sie anschließend auf dem Gang ab.

»Hey, ihr zwei«, trällerte ich. Meine Ungezwungenheit formte zwar ein leichtes Stirnrunzeln auf Desiderios Gesicht, doch ich ließ mich davon nicht irritieren. »Wir waren heute so fleißig, was haltet ihr also davon, wenn ich uns zur Belohnung ein Eis besorge?«

Während DiCastello meinem Vorschlag sofort zugetan schien, verzog sich augenblicklich Lisas Gesicht. »Nein, danke. Für mich nicht.«

Na, jetzt ging's aber los! Dass man keine Partys, Alkohol oder Actionfilme mögen musste, ging mir ja gerade noch in den Kopf, aber jemand, der kein Eis mochte? Bitte???

»Warum denn nicht?«, platzte es deshalb mit ehrlichem Erstaunen aus mir heraus.

»Ich bin laktoseintolerant.«

Einen Moment starrte ich Lisa fassungslos an. Danach atmete ich geräuschvoll ein.

»Aha. Da fällt mir ein – ich wollte dir noch etwas zeigen. Komm mal mit.«

Ohne auf eine Antwort zu warten, packte ich meine verdutzte Kollegin bei der Hand und schleifte sie an Desiderio vorbei in unseren Lagerraum. Ich knallte die Tür hinter uns zu und baute mich schnaufend vor ihr auf.

»›*Ich bin laktoseintolerant*?‹ Was zum Teufel ist los mit dir?«, blaffte ich sie an.

Lisa stand völlig verdutzt vor mir. »Was? Ja, aber das bin ich doch!«

»Na und!« Ich warf verzweifelt die Arme in die Luft. »Die ganze Zeit versuche ich, dich irgendwie an Desiderio heranzutreiben, und alles, was du dazu zu sagen hast, ist, dass du von Milchprodukten Durchfall und Blähungen bekommst?«

»Das habe ich doch gar nicht gesagt!«

»Halloho? Der Kerl ist Arzt! Der weiß doch genau, was laktoseintolerant bedeutet! Es bedeutet, dass du drei Tage nicht vom Topf runterkommst, wenn du einen Löffel voll Joghurt erwischst.«

»Oh.«

»Genau.« Aufgebracht begann ich, in dem eigentlich ziemlich kleinen Raum auf und ab zu gehen. Dass ich dabei jeweils nach zwei Schritten wenden musste, nahm wohl der Darbietung etwas von ihrer Dramatik. »Hör mal, ich weiß nicht, was ich noch machen soll. Du musst schon ein wenig mitspielen, wenn ich versuche, für euch ein Gesprächsthema zu finden. Wenn er gerne Actionfilme mag, dann magst du eben auch gerne Actionfilme, kapiert? Das wäre übrigens die optimale Vorlage für ein Date gewesen, aber nein! Du magst ja lieber Schnulzen. Mann, Lisa! Mir fällt gar nichts mehr ein!«

»Das braucht es auch nicht«, murmelte Lisa.

Ich blieb stehen. »Was?«

»Du brauchst dich nicht weiter anzustrengen«, sagte sie etwas lauter. »Desiderio interessiert sich nicht für mich.«

»Bitte? Woher willst du das denn wissen?«

Sie zupfte sich einen losen Faden von ihrem Oberteil und sah mich dann ernst an. »Weil er sich für dich interessiert.«

Ich stierte, blinzelte und stierte noch mehr.

»Blödsinn!«, entfuhr es mir dann. »Wie kommst du darauf?«

»Ach, Lena, das merkt doch ein Blinder. Wenn er mich auch nur einmal so ansehen würde, wie er dich ansieht, dann würde ich vor Scham im Boden versinken.«

Ich gab einen abschätzigen Laut von mir.

»Doch wirklich«, beteuerte Lisa. »Und das ist ja auch nicht schlimm. Wir passen sowieso nicht zusammen. Wir haben absolut nichts gemeinsam.«

In der Tat, das hatte ich auch schon bemerkt.

»Na ja, so richtig viele Gemeinsamkeiten habt ihr vielleicht nicht, aber …«, begann ich diplomatisch, doch Lisa unterbrach mich ungewohnt barsch.

»Nichts aber!«, sagte sie bestimmt. »Desiderio steht nicht auf mich, und das ist völlig in Ordnung, weil das absolut keine Zukunft hätte. Also mach dir um mich keine Sorgen, meinetwegen hast du freie Fahrt.«

Sie grinste verschwörerisch, während ich empört nach Luft schnappte.

Freie Fahrt? Wohin denn bitte schön? In die Hölle zu dem Teufel mit den ozeanblauen Augen?«

»Nein, danke!« Ich schrie meine Antwort fast, was Lisa augenblicklich erschrocken zurückweichen ließ. »Ich will nichts von diesem arroganten Italiener! Wie kommst du überhaupt darauf?«

»Ja, also, ich dachte …«, stotterte sie los.

Ich wischte ihren Erklärungsversuch mit einer Handbewegung beiseite. »Falsch gedacht. Dass das zwischen euch nichts wird, okay, aber zwischen UNS wird es erst recht nichts! Da kann er mich noch so anglotzen, ich bin nicht interessiert! Außerdem hast du dich da sowieso geirrt.« Ich hatte eine Hand bereits auf dem Türgriff, als ich mich noch einmal zu meiner verängstigten Kollegin umwandte: »Und im Übrigen werden wir beide demnächst ausgehen. Wir werden tanzen und uns besaufen, bis wir kotzen, und anschließend werden wir uns alle Teile von *Stirb langsam* ansehen!«

Mit hochrotem Kopf stürzte ich mich aus dem Lager. Lisa blieb verwirrt zurück und wusste wohl nicht recht, ob sie meine letzten Worte als Drohung oder doch eher als Einladung ansehen sollte.

Ich stolperte auf der Suche nach Ablenkung in den Behandlungsraum drei und traf dort ausgerechnet auf Desiderio, der gerade mit einer Patientin sprach. Ich wollte mich sofort wieder unauffällig entfernen, als ich auch schon vernahm: »Ah, Schwester Lena, wunderbar. Ich bräuchte hier bitte eine Stützbandage an der Hand.«

»Natürlich«, sagte ich mit zusammengebissenen Zähnen und machte mich unverzüglich ans Werk.

Während ich das Handgelenk der Frau mit einer elastischen Binde umwickelte, erklärte Desiderio ihr fachlich das weitere Vorgehen. »Sie müssen die Hand schonen, hochlagern und kühlen. Ich gebe Ihnen für drei Tage Schmerzmittel mit, die gleichzeitig abschwellend wirken. Dann gehen Sie bitte mit diesem Zettel hier zu ihrem Hausarzt zur Kontrolle. Sollte das Ganze in einer Woche nicht deutlich besser sein, dann kommen Sie bitte wieder hierher.« Als ich mit meinem Verband fertig war, überreichte er der Patientin den Notfallbericht und die genannten Tabletten. »Alles Gute wünsche ich Ihnen!«

Die Frau bedankte sich selig und verließ eilig den Raum.

Ich wechselte schweigend das Papierlaken der Liege, während Desiderio mich wieder einmal ungeniert beobachtete.

Nicht aufregen, Lena!

Tatsächlich gelang mir dies sogar. Zumindest bewahrte ich äußerlich Ruhe und wollte gerade unbeeindruckt den Raum verlassen, als er mir wie zufällig den Weg versperrte.

»Gilt dein Angebot mit dem Eis eigentlich noch?«, fragte er beiläufig.

Na, toll …

»Vielleicht später«, meinte ich ausweichend. »Im Wartezimmer sitzen noch einige, weißt du.«

Desiderio sah mich nachdenklich an. Ich begegnete ihm mit einem entnervten Blick.

Was wollte er denn jetzt schon wieder? Mich in eine Eisdiele einladen?

»Weißt du, ich finde deine Bemühungen ganz niedlich, aber ich habe wirklich keinerlei Interesse«, sagte er schließlich. »Lisa ist ein wahnsinnig nettes Mädchen, aber leider absolut nicht mein Typ.«

Ich war dermaßen überrascht, dass ich nicht einmal ansatzweise eine Ausrede fand. Das Einzige, was ich hervorbrachte, war ein dümmliches: »Hää?«

Er lachte laut auf. »Ich denke, du weißt genau, was ich meine. Wie gesagt: Deine Verkupplungsversuche waren ganz süß von dir, aber momentan gibt es nur eine Frau, für die ich mich interessiere.«

Meine Gesichtsfarbe wechselte von aschfahl zu dunkelrot, das spürte ich genau.

»Also erstens einmal«, fauchte ich, »nichts, was auch nur im Entferntesten mit mir zu tun hat, hat die Bezeichnung ›niedlich‹ oder ›süß‹ verdient. Und zweitens habe ich nach wie vor absolut kein Interesse an dir.«

Er legte überrascht den Kopf zur Seite. »Wer sagt denn, dass ich dich damit gemeint habe?«

Mein Mund öffnete und schloss sich automatisch, was mich wahrscheinlich aussehen ließ wie einen verzweifelten Fisch auf dem Trockenen. »Ich … äh …«

Während ich noch versuchte, meine Gedanken zu sortieren, kam Desiderio einen kleinen Schritt näher. Er schob lasziv einen Mundwinkel nach oben und sagte: »Keine Sorge, natürlich habe ich dich damit gemeint, kleine Kriegerin.« Seine Stimme wurde noch erotischer, als sie ohnehin schon war: »Und jetzt gerade siehst du übrigens absolut *niedlich* aus.«

Ich riss ungläubig die Augen auf und sog zischend Luft ein.

Was bildete sich dieser Schnösel eigentlich ein?

»Wenn du auch nur einen Schritt näher kommst«, knurrte ich und hob drohend eine Faust, »dann zeig ich dir, wie niedlich ich sein kann!«

Dummerweise zeigte sich Desiderio nicht annähernd verängstigt. Zwar wandte er sich tatsächlich von mir ab, aber leider mit einem höchst amüsierten Lachen.

Schäumend vor Wut stürmte ich an ihm vorbei und ärgerte mich dabei nicht unbedingt über seine Worte selbst, sondern viel eher über die Wirkung, die sie auf meine Knie hatten.

Verdammter, arroganter Sprücheklopfer!

Kapitel 9

»Wie geht's eigentlich in der Arbeit?«, wollte Frank wissen.

Er stand in einer Ecke seines Wohnzimmers und malte mit einem Pinsel die Kanten hellblau aus. Ich bearbeitete ein paar Schritte weiter dieselbe Wand mit einem breiten Farbroller.

»Ach, alles wie immer«, meinte ich. »Du weißt schon, kleine Kratzer auf der einen Seite und abgesägte Finger auf der anderen.«

»Ah, ja.«

Eine Weile arbeiteten wir schweigend vor uns hin, und mir wurde mal wieder bewusst, dass ich Malerarbeiten hasste. Meine Arme schmerzten von dem ständigen Auf und Nieder, und obwohl wir schon seit über einer Stunde zu Gange waren, schien die Wand kein Ende nehmen zu wollen. Wenigstens hatte Frank sich sofort für die Feinarbeiten an Ecken und Fensterkanten angeboten, denn dafür hatte ich nun absolut keine Geduld.

Auf – ab – eintauchen – auf – ab … Da war der wunderschöne Blauton, den ich ausgesucht hatte, nur ein kleiner Trost.

»Wir sollten uns beim Esszimmer einmal mit Tapeten auseinandersetzen«, ächzte ich, als ich auf Zehenspitzen den oberen Rand der Wand bemalte.

»Glaubst du, das ist nicht so anstrengend?«, lachte Frank.

»Bestimmt nicht.«

»Lena, ich hab's dir schon einmal gesagt: Du musst das nicht machen. Ich bin dir nicht böse, wenn du jetzt nach Hause gehen willst.«

Ich schnaufte. »Natürlich muss ich das! Schließlich hab ich es dir versprochen. Und eigentlich macht es mir ja auch Spaß. Irgendwie.«

»Irgendwie?«

»Mann, lass mich doch einfach jammern!«

»Okay.«

Wieder war eine Zeit lang nur das monotone Knistern meines Farbrollers zu hören.

»Menno, die Wand hört gar nicht auf!«, fluchte ich schließlich. »Warum hast du überhaupt so ein riesiges Wohnzimmer? Das Schlafzimmer ist mir viel sympathischer.«

Frank hielt inne und grinste mich frech an. »Eine Frau, die mit meinem Schlafzimmer sympathisiert? Interessant!«

Ich deutete drohend mit meinem Werkzeug auf ihn. »Vorsicht, ich bin bewaffnet!«

Schnell hob er beschwichtigend seine Arme. »Bitte nicht!«

»Na schön, es sei dir verziehen«, sagte ich großzügig. »Wann kommt eigentlich die neue Schrankwand?«

»Am Donnerstag.«

»Hm, da hab ich Nachtschicht. Ich kann dir erst am Wochenende beim Aufbau helfen.«

»Kein Problem. Wie wäre es am Samstagnachmittag?«

»Passt.« Ich wischte mir eine Haarsträhne aus der Stirn und seufzte. »Außerdem schuldest du mir mindestens ein Drei-Gänge-Menü, damit ich mich von diesen Strapazen hier erholen kann.«

Am nächsten Tag trat ich pflichtbewusst zu Nachtdienst Nummer eins von dreien an.

Ich hasste diese Schicht.

An den Tagen, an denen ich zu dieser unmenschlichen Zeit arbeiten musste, existierte ich quasi für mein Umfeld nicht. Ich krabbelte nach dem Dienst in mein Bett, geisterte immer wieder in meiner Wohnung umher und schleppte mich abends erneut zum Dienst. Das war mein Leben während meiner Nachtschicht. Egal wie lange ich schlief, ich war immer müde und ausgepowert. Wahrscheinlich lag es zu einem großen Teil auch an meiner inneren Einstellung, aber das war egal.

Ich hasste Nachtschicht. Punkt.

Zu den Nächten unserer Notaufnahme sei noch Folgendes erklärt: In einer Notaufnahme kann man nur effektiv arbeiten, wenn sich Notfälle darin einfinden. In Niederbayern verfolgten die meisten Menschen den Grundsatz, nachts friedlich in ihren Betten zu schlummern, was die Befüllung des Warteraums grundlegend beeinflusste. Man konnte durchaus behaupten, nächtens konnte es manchmal ziemlich langweilig werden.

Natürlich gab es auch ganz andere Dienste. Zumeist wenn Vollmond war oder am Wochenende, wenn Partys gefeiert wurden. Oder wenn im schlimmsten Falle beides zusammentraf. Dann konnte man sich darauf einstellen, dass schubweise das pure Chaos in der Ambulanz entstand.

Da man den Umfang des Arbeitsaufkommens nie vorher kennen konnte, musste die Nachtschwester für alle Eventualitäten gerüstet sein.

In meinem Fall bedeutete dies mit einem ganzen Korb voll mit Wohnungszeitschriften, einem Möbelkatalog und dem Grundriss von Franks Wohnung. Zudem verfügte unsere Schwesternküche praktischerweise noch über einen kleinen Fernseher und Internetzugang, was mich schon in so manchem Dienst vor dem Einschlafen bewahrt hatte.

Ich schleppte also meinen Korb durch die Ambulanz, registrierte, dass sämtliche Behandlungszimmer leer waren, und kam schließlich in der Küche an.

Dort erwarteten mich Lisa, Sandra und – zu meinem Leidwesen – Desiderio.

Oh nein! Machte der etwa schon seinen ersten Nachtdienst? Ganz alleine?

Mit MIR?

Obwohl die diensthabenden Chirurgen über ein Bereitschaftszimmer verfügten, in dem sie sich nachts aufs Ohr hauen durften, schwante mir bei Desiderios breitem Grinsen nichts Gutes.

Sein Gesichtsausdruck verriet mir, dass er höchst erfreut war, mich zu sehen, und wohl nicht vorhatte, sich baldigst in sein stilles Kämmerchen zu verziehen. Vor allem würde er mir vorher noch die eine oder andere Frechheit ins Ohr flüstern, soviel war klar.

Verdammter Mist!

Eigentlich wäre ich angesichts der bevorstehenden Stunden am liebsten geflohen, doch ich mahnte mich selbst zur Coolness. Warum sollte ich mich vor diesem Charmebolzen bitte fürchten? Nix da, von so einem Schönling ließ ich mich bestimmt nicht aus der Ruhe bringen!

Ich legte einen nichtssagenden Ausdruck auf und hievte meine Beschäftigungsunterlagen auf den Tisch. »Hallo zusammen!«

»Ablösung ist die beste Lösung«, sagte Sandra weise und lugte ungeniert in meinen Korb. »Renovierst du?«

»Sozusagen. Ich bin quasi als Innenarchitektin bei einem Freund engagiert«, erklärte ich, während ich meine beachtliche Essensration im Kühlschrank verstaute. Beachtlich deswegen, weil es nichts Schlimmeres gab, als mitten in der Nacht Hunger zu bekommen, wenn keinerlei Nahrung in Sicht war.

»Ach, ich bin derzeit auch am Renovieren«, mischte Desiderio sich ungefragt ein. »Eine Innenarchitektin könnte ich auch gut gebrauchen.«

»So ein Pech, derzeit nehme ich keine weiteren Aufträge mehr an«, sagte ich schnell und musterte ihn abschätzig. »Lassen sie dich etwa schon alleine auf die Notfälle los, oder was?«

Mein patziger Ton ließ Sandra überrascht zwischen dem Arzt und mir hin- und herblicken. Oh je, ich musste mich unbedingt zusammenreißen, damit ich ihre Neugier nicht erweckte. Meine Lieblingskollegin war nämlich eine der größten Klatschtanten des gesamten Krankenhauses. Nicht auszudenken, was passieren würde, wenn sie etwas von Desiderios Anmachen mitbekommen würde! Am Ende würde sie es Reinmann erzählen, und dann wusste es übermorgen schon der ganze Landkreis.

Desiderio zeigte sich unbeeindruckt von meinem unfreundlichen Ton. »Chefarzt Baumer meinte wohl, ich wäre so weit«, erklärte er.

Selbstgefällig lehnte er sich zurück und verschränkte seine Arme über dem Kopf, wodurch sein Shirt ein wenig nach oben rutschte und einen schmalen Streifen von seinem flachen, sonnengebräunten Bauch entblößte.

Mein Blick wurde wie magisch angezogen und verharrte einen Moment lang darauf, was Desiderio mit einem wohlwollenden Zucken um seine Lippen registrierte.

Verflucht! Dieser berechnende Mistkerl!

Ich betete zu Gott, dass Sandra meine roten Wangen nicht bemerkte, und floh erst einmal in die Umkleidekabine. Obwohl ich kurzzeitig mit dem Gedanken spielte, konnte ich leider nicht die nächsten zehn Stunden vor meinem Spind verbringen. Darum holte ich tief Luft und ging erhobenen Hauptes zurück in die Küche.

Ein kleiner Tumult brach aus, während die beiden Spätdienstschwestern lautstark ihre Sachen packten, sich verabschiedeten und ich mir einen frischen Kaffee zubereitete. Als Sandra und Lisa endlich die Ambulanz verließen, kam mir die Stille beinahe wie eine Wohltat vor.

Wäre da nicht dieser unverschämt gut aussehende Mann, der vor mir am Tisch saß und mich unverhohlen betrachtete.

Er hatte die Arme nach wie vor über dem Kopf verschränkt, doch ich hielt meinen Blick eisern von dem verheißungsvollen Stück nackter Haut entfernt und starrte ihn stattdessen finster an.

»Soll das jetzt die ganze Nacht so gehen?«, fragte ich und lehnte mich an den Küchentresen.

»Was meinst du?«

»Deine Gafferei.«

Desiderio senkte – endlich! – seine Arme. »Von mir aus. Ich sehe dich gern an.«

»Das habe ich bereits bemerkt«, sagte ich. »Hierzulande nennt man solche Leute wie dich übrigens Spanner.«

»Nein, ein Spanner beobachtet heimlich. Ich hingegen gebe es offen und ehrlich zu.«

Ich schnaubte abfällig, obwohl er irgendwie sogar recht hatte.

»Trotzdem nervt's«, murrte ich.

Er lächelte. »Ja, aber das macht es nur noch interessanter. Wenn du genervt bist, ziehst du nämlich deine Augenbrauen leicht zusammen, sodass sich über deiner Nase drei kleine Fältchen bilden. Und das sieht unglaublich süß aus. Ja, genau das meine ich!«

Der Kerl war doch ungeheuerlich!

»Du willst mich in den Wahnsinn treiben, oder?«, stöhnte ich und versuchte dabei unauffällig, meine Stirn zu glätten.

»Nicht unbedingt. Momentan möchte ich nur gern mit dir ausgehen«, erklärte er und sah dabei todernst drein. »Was danach kommt, wird sich zeigen.«

»Ja genau!«, schnaufte ich. Was seiner Meinung nach danach kommen sollte, war ja wohl klar. »Gib endlich auf. Ich habe kein Interesse!«

»Warum nicht?«

Was?

Gute Frage. Warum eigentlich nicht? Weil er ein gefährlicher Charmeur war, der mir nur das Herz brechen würde! Aber sollte ich ihm das wirklich ins Gesicht sagen?

»Ich habe meine Gründe«, sagte ich nach einer Weile ausweichend.

»Und die willst du mir nicht verraten«, stellte Desiderio fest und legte den Kopf leicht schräg.

»Nein.«

Er seufzte. »Das ist schade, denn wenn ich diese Gründe kennen würde, könnte ich dich vom Gegenteil überzeugen …«

Klar, mit Lügen und Schmeicheleien …

»…, das wäre bei Weitem einfacher. So muss ich mich wohl noch mehr ins Zeug legen.«

Bitte was?

»Ist das der erste Korb, den du im Leben bekommst?«, fragte ich und spürte, wie sich die besagten Fältchen über meiner Nase bildeten. Ich ließ es geschehen.

Desiderio tat so, als müsste er kurz überlegen. Dann antwortete er cool: »Ja, jetzt wo du es erwähnst.«

Ich versuchte, überheblich zu wirken. »Tja, das erklärt natürlich so einiges. Du bist es nicht gewohnt, dass eine Frau dich zurückweist, und darum fühlst du dich in deiner Ehre als Aufreißer gekränkt. Jetzt kämpfst du verbissen darum, dass ich endlich Ja sage, um dein Ego aufrechtzuerhalten. Aber weißt du, eine kleine Zurückweisung schadet deinem Selbstbewusstsein nicht. Es wurde wohl eh mal Zeit für einen kleinen Dämpfer, bevor du deine Nase so weit oben trägst, dass du die Sterne riechen kannst.«

Er sah ehrlich erstaunt aus. »Findest du mich echt eingebildet?«

Eigentlich wollte ich bejahen, aber das wäre dann doch eine Lüge gewesen. Eingebildet wirkte Desiderio wirklich nicht. Eher zu sehr von sich selbst überzeugt, und das sagte ich dann auch.

Diese Erklärung schien ihm zu gefallen. »Na ja, damit kann ich leben.«

Wir wurden unterbrochen, als zwei Sanitäter lautstark einen Patienten auf einer Liege in die Notaufnahme fuhren. Ich war froh darüber, denn ich wusste sowieso nicht mehr, was ich zu Desiderios Selbstbewusstsein noch hätte sagen können.

Die Sanitäter übergaben uns ein kleines Häufchen Elend in Form eines siebzehnjährigen Mädchens, gekleidet in Hotpants und Spaghettitop. Eine denkbar schlechte Kleidung, um mit vierzig Stundenkilometern mitsamt dem Roller über eine Teerstraße zu schlittern. Dementsprechend lädiert sah das Mädel, ich nenne es mal Tanja, auch aus.

Tanjas Körper bestand mehr oder weniger aus einer einzigen Schürfwunde, und ich kann nur bestätigen, dass solche Verletzungen genauso schmerzhaft sind, wie sie aussehen. Das arme Ding hatte sogar eine üble Schürfung quer über die rechte Brust, bis hin zur Brustwarze – autsch!

Das Ganze wurde für Tanja noch schlimmer, als Desiderio zu ihr trat. Man merkte ihr sofort an, dass sie angesichts des hübschen jungen Mannes mehr als peinlich berührt wegen ihres Auftritts war. Eigentlich wirkte sie regelrecht verzweifelt, während sie unbeholfen versuchte, ihr von Schmerzenstränen verwischtes Augen-Make-up zu retten. Dass es dabei nichts mehr zu retten gab, weil sich die Wimperntusche bereits über ihr gesamtes Gesicht verteilte, sagte ich ihr lieber nicht.

Ich reinigte und verband alle sichtbaren Wunden, während Desiderio Tanja zu dem Unfallhergang befragte. Sie erklärte mit unterdrücktem Schluchzen, dass sie gerade auf dem Weg nach Hause war, als ihr ein älterer Herr mit seinem Mercedes auf der Hauptstraße die Vorfahrt genommen hatte. Sie war gerade noch ausgewichen, hatte aber ihren Motorroller nicht mehr kontrollieren können und es kam zum Sturz. Wenigstens hatte sie trotz der Sommerhitze nicht auf ihren Helm verzichtet.

Desiderio hörte geduldig zu und begann schließlich damit, das Mädchen zu untersuchen. Allem Anschein nach hatte es Glück im Unglück gehabt, denn bis auf ein schmerzendes Handgelenk – und grob geschätztem dreißigprozentigen Verlust der oberen Hautschicht – gab es keine Verletzungen an. DiCastello orderte eine Röntgenaufnahme, und ich brachte Tanja, die mit all meinen Verbänden mittlerweile aussah wie eine Mumie, in die entsprechende Abteilung.

Kurze Zeit später standen wir drei wieder im Sprechzimmer zusammen und betrachteten gemeinsam die Bilder.

»Du hast dir das Handgelenk gebrochen«, erklärte Desiderio schließlich fachlich. »Allerdings ist das Ganze halb so wild. Es ist nichts verschoben und muss daher auch nicht operiert werden. Du bekommst für maximal vier Wochen eine Schiene, und danach bist du wieder topfit.« Er wandte sich zu mir. »Dorsale Unterarmschiene, bitte.«

Ich nickte schweigend und sah noch einmal auf das Bild.

»Komm mit, Tanja. Ich bring dich in den Gipsraum«, sagte ich zu der Mumie und führte sie aus dem Sprechzimmer.

Gleich darauf kehrte ich noch einmal alleine zurück und schloss sorgfältig die Tür hinter mir. Desiderio sah fragend vom Unfallbericht auf. »Brauchst du noch was?«

Ich wiegte den Kopf und tippte auf eine kleine Stelle von Tanjas Röntgenbild. »Sieh mal, das könnte auch noch eine kleine Fraktur sein. Hier, am Kahnbein.«

Desiderio betrachtete aufmerksam das kleine Fleckchen, auf das mein Finger zeigte. Er nickte langsam. »Könnte sein«, räumte er ein.

»Ich würde gerne eine Schiene mit Daumeneinschluss machen. Vielleicht sollte man in ein paar Tagen ein CT machen«, meinte ich freundlich, aber bestimmt. Ein wenig gespannt wartete ich auf seine Reaktion.

Er wirkte nicht im Mindesten gekränkt oder beleidigt, was ich ihm sehr zugutehielt. Nicht viele Ärzte, vor allem nicht die Neulinge, konnten damit umgehen, wenn ihnen eine Krankenschwester einen Therapievorschlag unterbreitete oder sie gar auf einen Fehler hinwies.

Desiderio sah mich hingegen eher anerkennend an. »Ja, so machen wir das. Sehr gut, Lena. Und danke.«

Ich winkte ab und wandte mich bereits zum Gehen. »Ach, wofür denn?«

»Hauptsächlich für den Umstand, dass du so umsichtig warst, mich nicht vor der Patientin auf meinen Fehler hinzuweisen.«

»Das war kein Fehler. Man sieht schließlich nichts Eindeutiges und es ist nur eine Vorsichtsmaßnahme. Außerdem kann jeder mal etwas übersehen.«

Er lächelte, und der Ausdruck in seinen Augen brachte mein Herz dazu, einen kleinen Hüpfer zu machen. »Wir sind ein gutes Team.«

Ich bemühte mich um Gleichgültigkeit, zuckte mit den Schultern und eilte schnell in den Gipsraum, bevor das Herzhüpfen zu einer ausgewachsenen Rhythmusstörung mutierten konnte.

Vielleicht sollte ich lieber die Kollegen der kardiologischen Abteilung aufsuchen, denn irgendetwas konnte doch da nicht stimmen, wenn sich mein Herz durch ein kleines Lächeln so dermaßen aus der Ruhe bringen ließ. Oder?

Nachdem Tanja von ihrer aufgeregten Mutter abgeholt worden war, machte ich meinen allnächtlichen Rundgang durch die Notaufnahme. Ich kontrollierte jeden Raum auf Ordnung, Vollständigkeit und eventuell vergessene Patienten, sortierte die Zeitschriften im Warteraum und löschte in den meisten Zimmern das Licht. Nacht ist Nacht, das sollte man auch in einer Ambulanz erkennen.

Obwohl ich mir extra viel Zeit ließ und absichtlich herumtrödelte, wusste ich genau, dass Desiderio immer noch in der Küche saß.

Was sollte das? Warum ging er nicht in seinen Bereitschaftsbunker und ließ mich endlich alleine?

Und was sollte ich jetzt eigentlich machen? Ich konnte nicht die ganze Nacht über durch die Notaufnahme irren. Na ja, ich *wollte* nicht die ganze Nacht durch die Notaufnahme irren! Ich hatte genauso ein Anrecht darauf, mich in die Küche zu setzen. Moment mal! Eigentlich hatte nur ich das Anrecht darauf! Das war die Schwesternküche und nicht die Ärzteküche!

Verärgert trippelte ich den Gang auf und ab.

Warum hatte ich eigentlich solche Angst vor Desiderio? Hatte ich Angst vor ihm selbst oder vor dieser pathologischen Reaktion meines Körpers auf ihn?

Unbewusst war ich immer näher an die Küchentür herangeschlichen und marschierte nun direkt davor hin und her. Warum konnte er mich nicht einfach in Ruhe lassen? Was lief verkehrt mit dem Schönling?

Deutlich hörte ich, dass der Fernseher lief. Wahrscheinlich saß er wieder entspannt auf einem Stuhl, hatte die Arme über den Kopf erhoben und zeigte seinen unverschämt hübschen Bauch, während ich mich hier draußen zum Affen machte und kurz vorm Durchdrehen war.

Verflucht!

Nervös knetete ich meine Finger und überlegte, wie ich jetzt am besten vorgehen sollte. Sollte ich hineingehen, ihm eine reinhauen und ihn anschließend an den Haaren aus der Küche schleifen?

»Warum kommst du nicht herein und setzt dich zu mir?«, erklang plötzlich Desiderios Stimme.

Ich erstarrte. Konnte er etwa Gedanken lesen, oder was? Blödsinn. Er hatte mich natürlich die ganze Zeit über gehört, was das Ganze nur noch peinlicher machte.

Und jetzt?

Gott, warum stellte ich mich denn so an!

Weil es nur noch peinlicher gewesen wäre, jetzt den Rückzug anzutreten, baute ich mich grimmig im Türrahmen auf.

»Warum gehst du nicht einfach ins Bett?«, blaffte ich ungehalten.

Desiderio saß tatsächlich völlig entspannt am Tisch und hatte sogar seine Beine auf einen zweiten Stuhl gelegt. Er würdigte mich keines Blickes und sah stattdessen konzentriert auf den Fernseher. »Ich bin nicht müde«, erwiderte er ruhig.

Meine Finger zuckten. Ich stand nach wie vor herum und glotzte finster drein.

Nach einer Weile fügte Desiderio noch hinzu: »Außerdem kommt ein guter Film, den ich schon lange nicht mehr gesehen habe. Ich glaube, der gefällt dir auch.«

»Ha! Was siehst du dir an? Schwarzwaldklinik? Nein, danke.«

»Hm, eigentlich habe ich *Kill Bill* gemeint«, sagte er gelassen. »Aber wenn du lieber was anderes sehen willst …«

Seine Hand wanderte zur Fernbedienung. Ich folgte stumm seiner langsamen Bewegung. Kurz bevor seine Finger sich darum schlossen, gab ich mir einen Ruck. »Warte!«

Seine Hand verharrte über dem schwarzen Gerät.

»Teil eins oder zwei?«

»Der erste Teil.«

Cool, den hatte ich schon ewig nicht mehr gesehen. Ich haderte noch einen Moment mit mir selbst. Schließlich überwog meine Liebe zu Tarantino-Filmen.

»Na schön«, räumte ich ein, »aber bitte lass uns einfach nur den Film ansehen, okay?«

Desiderio legte seine Hand zurück in den Schoß. »Klar.« Ich betrat langsam die Küche und setzte mich auf den Stuhl, der am weitesten von ihm entfernt stand. »Obwohl ich nicht weiß, was du damit meinst.«

Arg! Sofort bereute ich meine Entscheidung und war bereits kurz davor, die Flucht zu ergreifen. Er drehte seinen Kopf zu mir und lachte mich fröhlich an.

»Sorry! Ich werde ganz brav sein«, versprach er schnell.

Ich knurrte missmutig, weil ich seinem Versprechen nicht im Geringsten traute. Trotzdem blieb ich sitzen, da in diesem Moment die bekannte Titelmelodie des Streifens ertönte und sofort meine Aufmerksamkeit auf sich zog.

Überraschenderweise hielt Desiderio sich an sein Versprechen. Wir verfolgten beide schweigend den Film, und war ich anfangs noch nervös auf meinem Stuhl herumgerutscht, konnte ich mich schließlich beinahe schon als ruhig bezeichnen. Zumindest bis zur ersten Werbepause.

Während ich noch überlegte, ob ich mich als Vorwand aufs Klo flüchten sollte, hatte Desiderio sich bereits mir zugewandt.

»Warum hast du eigentlich nicht Medizin studiert?«, fragte er. Seine Frage kam so unerwartet, dass ich ihn einen Augenblick lang überrascht ansah.

»Weil ich kein Abitur habe«, antwortete ich schließlich.

»Aber du warst auf dem Gymnasium«, stellte er fest.

Wieder starrte ich überrascht. Hatte er sich etwa bei anderen über mich informiert?

»Woher ...?«

»Soweit ich weiß, lernt man Italienisch nur am Gymnasium.«

»Oh.«

Gut, wenigstens hatte er nicht irgendwelche Leute über mich ausgefragt. Und er war wohl ein sehr aufmerksamer Zuhörer.

»Also?«, hakte Desiderio nach, weil ich in Gedanken versunken war. »Warum kein Abitur?«

Ich blinzelte und zuckte mit den Schultern. »War zu blöd dafür.«

»Quatsch. Das glaub ich dir nicht.«

Glaubte er nicht? Folglich hielt er mich für intelligent. Und warum freute ich mich jetzt darüber?

Dumme Lena!

Weil er immer noch auf eine Antwort wartete, zuckte ich nochmals mit den Schultern.

»Das geht dich nichts an, okay?«, sagte ich bestimmt.

Desiderio musterte mich kurz mit seinen durchdringenden Augen. Dann nickte er und drehte sich von mir weg. »Okay.«

Das wunderte mich nun doch ein wenig. Akzeptierte er jetzt tatsächlich meine Abfuhr? Bewies er da gerade so etwas wie Taktgefühl?

Wahrscheinlicher fand ich allerdings, dass er sich einfach nicht genügend für meine Antwort interessierte, um weiter nachzuhaken. Ja, das schien logischer, als dass er mein angespanntes Gesicht und meine abwehrende Haltung erkannt hätte. Diese eine, kleine Frage, die er mir gestellt hatte, führte nämlich unweigerlich zu dem Teil meiner Vergangenheit, den ich lieber aus meinem Gedächtnis verbannen würde, als mich damit auseinandersetzen zu müssen. Nur meine Mutter und meine engsten Freunde wussten von dem größten Fehler meines Lebens, den ich gewiss nicht einem dahergelaufenen Schnösel unter die Nase reiben würde.

Als die Werbepause endlich vorbei war, ließ ich mich dankbar von Uma Thurmans Rachefeldzug ablenken.

Kapitel 10

Am Samstag, kurz nach Mittag, brutzelte ich im Bikini auf meinem Balkon. Ich brutzelte tatsächlich, denn es war unfassbar heiß. Daher auch meine knappe Bekleidung, die meinen Nachbarn dazu bewogen hatte, in der vergangenen Stunde dreimal die Balkonblumen zu gießen. Ich gönnte ihm großzügig das Highlight seines Tages und konzentrierte mich lieber auf den Roman in meinen Händen.

Ich war bereits so von der Geschichte gefangen, dass ich erschrocken zusammenzuckte, als plötzlich mein Handy klingelte. Ein wenig verdattert tastete ich nach dem Hörer. »Hallo?«

»Lena? Ich bin's. Frank. Hast du geschlafen?«

»Nicht ganz, ich war nur gerade in ein Buch vertieft. Bist du schon zu Hause?«

»Nein, darum rufe ich auch an. Das wird heute leider nichts.«

»Aaach, schade!«, seufzte ich übertrieben, obwohl ich eigentlich jubeln wollte. Die Aussicht, bei dieser Hitze komplizierte Montageanleitungen von Schrankwänden zu durchschauen, hatte mich bereits am Vormittag in eine leichte Verstimmung verfrachtet. Abgesagt hätte ich jedoch niemals, wodurch mir Franks Anruf nun mehr als gelegen kam. »Warum denn nicht?«, fragte ich scheinheilig.

»Der Chef hat kurzfristig eine Sitzung einberufen, weil wir nächste Woche einen Spezialgast aus Dubai bekommen.«

»Aus Dubai? Was will der denn bitte in Wollbach?«

»Das habe ich mich ehrlich gesagt auch schon gefragt. Jedenfalls ist der Chef schon jetzt völlig aus dem Häuschen und macht uns alle ganz wahnsinnig. ›Alles muss picobello sein!‹ Und ›Wehe, wenn es auch nur eine Beschwerde gibt!‹ Als wäre bei uns sonst nicht alles in Ordnung, aber egal. Unseren fröhlichen Möbel-Montage-Tag müssen wir verschieben, aber ich dachte mir, dass ich dich dafür heute Abend zum Essen ausführe. Was hältst du davon?«

»Hm, drei Gänge?«

»Wenn du willst.«

»Ich darf das Restaurant aussuchen?«

»Natürlich.«

»Yippie!« Ich jauchzte wie ein kleines Mädchen. Herr Kaltenberger reckte neugierig den Hals, um den Grund für meinen Freudenschrei herauszufinden. Ich winkte ihm zu und schon verschwand er eilig in seiner Wohnung. »Wann holst du mich ab?«

»Um halb acht?«

»Alles klar. Bis später!«

»Ciao!«

Ich legte das Telefon beiseite und wippte unschlüssig mit den Zehen.

Abendessen mit Frank klang mehr als gut, aber bis dahin hatte ich noch knappe sechs Stunden Zeit zu überbrücken. Vera und Sebastian waren meines Wissens nicht zu Hause, und da mein Freundeskreis nicht gerade der größte war, blieb ich nun auf mich alleine gestellt.

Also, was treibt man als junge, ungebundene Singlefrau bei solch einer Affenhitze?

Schwimmen!

Stolz gratulierte ich mir selbst zu dieser hervorragenden Idee und machte mich gut gelaunt daran, ein paar Badesachen in einen Rucksack zu stopfen. Da ich meinen Bikini bereits anhatte, schlüpfte ich nur noch in mein geblümtes Sommerkleidchen und war schon kurz darauf mit meinem Ford auf dem Weg zum Wollbacher Waldsee.

Der überfüllte Parkplatz dort verriet, dass ich nicht die Einzige war, die auf die grandiose Idee gekommen war, an diesem heißen Nachmittag schwimmen zu gehen. Eigentlich sah es so aus, als hätte ganz Wollbach den gleichen Einfall gehabt. Die öffentlichen Liegewiesen waren proppenvoll. Zwischen den willkürlich verteilten Sonnenanbetern tollten spielende Kinder herum. Jugendliche hatten sich gruppenweise zusammengeschart und einzelne Lager errichtet.

Doch meine gute Laune trübte dies alles nicht.

Gelassen rollte ich über den Kiesplatz an den parkenden Wagen vorbei und bog in einen wenig benutzten Feldweg ein, der eigentlich als privat gekennzeichnet war. Ich ignorierte das Schild ohne schlechtes Gewissen, weil ich genau wusste, dass der Mann, dem das Häuschen am Ende des Weges gehört hatte, schon vor vielen, vielen Jahren gestorben war. Niemand hatte das Erbe dieses Mannes angetreten und die verwilderte Ruine war schlichtweg in Vergessenheit geraten, daher wussten nur wenige von dem versteckten Plätzchen, das ich nun zielstrebig ansteuerte.

Ich parkte vor den verwitterten Mauern, die einmal ein Haus dargestellt hatten, und setzte meinen restlichen Weg zu Fuß fort. Ein verborgener, überwucherter Trampelpfad führte zwischen hohen Stauden hindurch, an stacheligen Sträuchern vorbei und endete abrupt in einer kleinen Lichtung, direkt am Seeufer.

Als ich aus dem Dickicht trat, war ich wie schon viele Male zuvor einen Moment lang sprachlos von der natürlichen Idylle dieses Ortes.

Die Lichtung befand sich gegenüber der überfüllten Liegewiese auf der anderen Seite des Sees. Nur gedämpft wehte das Geschrei und Gelächter der anderen Badegäste über das Wasser, denn es wurde fast komplett von dem Rauschen einer gewaltigen Trauerweide übertönt, die ihre riesigen Äste über das kleine

Fleckchen spannte und deren Ranken bis an die Wasseroberfläche reichten. Der Waldboden war von vorangegangenen Überschwemmungen mit feinem Flusssand bedeckt und führte sanft abfallend direkt in das klare Wasser.

Dieser Ort war mein eigener, geheimer Garten.

Nur Vera, Sebastian und Frank wussten außer mir davon und ich verwischte jedes Mal penibel meine Spuren auf dem Trampelpfad, damit es auch dabei blieb.

Genüsslich sog ich die frische Waldluft ein, breitete mein großes Strandtuch auf dem Boden aus und streifte mein Kleid über den Kopf. Übermütig stürzte ich mich sofort in die Fluten und lachte dabei ganz ungezwungen, schließlich war ich alleine hier.

Das Wasser war so herrlich erfrischend!

Ich planschte, tauchte und schwamm und freute mich einzig und alleine darüber, dass ich am Leben war.

Später lag ich entspannt auf dem Rücken und ließ mich von der warmen Brise trocknen. Mein Roman hatte mich schon wieder so sehr gefangen genommen, dass ich nicht einmal richtig wahrnahm, dass mir bereits die Arme vom Buchhochhalten schmerzten.

Noch weniger achtete ich auf die Geräusche um mich herum, darum dauerte es einige Zeit, bis ich das leise Plätschern hörte, das sich langsam, aber stetig vom See her näherte. Im Augenwinkel sah ich, dass jemand an meinem Geheimort vorbeischwamm.

Das war an sich nichts Ungewöhnliches. Es gab rund um den See mehrere solcher kleinen Liegemöglichkeiten, die von vielen Menschen genutzt wurden. Natürlich war keine so schön wie meine, aber ich war mir sicher, dass niemand den Zugang zu meinem Plätzchen finden würde, darum kümmerte es mich nicht, wenn mich hier jemand sah.

Dass die Person plötzlich die Richtung änderte und direkt auf mich zu schwamm, war dann aber doch eher ungewöhnlich.

Als der Schwimmer dann auch noch Anstalten machte, aus dem Wasser zu steigen, wurde es für mich schließlich ungewöhnlich genug, um mich verärgert aufzurichten.

Wer, bitte schön, wagte es, MICH in MEINEM geheimen Garten zu stören?

Mein Mund klappte erstaunt auf, als ich den Störenfried erkannte, der mir mit einem freudigen Lächeln und strahlend blauen Augen entgegensah.

Desiderio entstieg dem Wasser wie der Meeresgott Poseidon höchstpersönlich und ich fühlte mich augenblicklich in eine Werbung für Herrenduschgel versetzt.

Heiliger Bimbam!

Schritt für Schritt kam Desiderio auf mich zu und zeigte mit jedem Zentimeter etwas mehr von seinem perfekten Körper. Ich konnte gar nicht anders, als ihn anzustarren. Alleine seine rechte Schulter hätte bereits gereicht, um mir Schweißperlen auf die Stirn zu treiben.

Seine gebräunte Haut glänzte im Sonnenlicht. Wasser rann verheißungsvoll über die ausgeprägten Muskeln seiner Oberarme und seine glatte Brust. Ich folgte mit den Augen dem Verlauf der kleinen Bäche über seinen Körper, hinab zu dem angedeuteten Sixpack seines flachen Bauches. Unterhalb seines Nabels zeigte sich ein schmaler Streifen Haare, die meinen Blick wie ein verhängnisvoller Pfeil weiter nach unten führten bis zum Saum seiner engen Badeshorts.

Himmel Herrgott!

Mein Buch rutschte mir aus den Fingern, doch ich war unfähig, es aufzufangen.

Bitte gebt dem Mann ein Handtuch! Oder noch besser – einen Schneeanzug!

Ein solcher Anblick zählte doch sicher schon als Erregung öffentlichen Ärgernisses, oder?

Zumindest war ich gerade sehr über Desiderios Auftritt verärgert. Von der Erregung ganz zu schweigen, aber hauptsächlich verärgert.

Er hatte sich inzwischen vollständig aus dem Wasser erhoben und schenkte mir einen verwegenen Blick, der wohl jede andere Frau auf der Welt dazu bewogen hätte, sich auf ihn zu stürzen. Meine Hormone wollten mich zu etwas Ähnlichem überreden, doch mein Ärger hielt mich, dem Himmel sei Dank, zurück.

»Was willst du denn hier?«, bellte ich los, als ich zu meiner Sprache zurückgefunden hatte. »Wirst du jetzt auch noch zum Stalker?«

Desiderio hatte wohl mit einer solchen Reaktion gerechnet, denn er gab sich von meinem Tonfall nicht im Mindesten beeindruckt. Er lächelte mich sogar weiterhin an. »Nicht direkt, aber ich habe dich auf dem Parkplatz vorbeifahren sehen und mich dann hoffnungsvoll auf die Suche nach dir gemacht.« Begeistert sah er sich um. »Du hast dich gut versteckt, muss ich sagen.«

»Mein Auto? Woher weißt du denn bitte, was ich für ein Auto habe?«

»Von der Zulassungsbehörde«, meinte er lässig und schüttelte seine Haare aus. Ein paar Tröpfchen trafen auf meine Haut und ließen mich unweigerlich erschaudern.

Ich stierte Desiderio fassungslos an. »Von der … Bist du verrückt?«

»Mensch, Lena!«, lachte er. »Woher werde ich dein Auto wohl kennen, hm? Vom Krankenhausparkplatz vielleicht? Ich habe dich dort nämlich schon einsteigen sehen, weißt du.«

Schweigend akzeptierte ich diese Erklärung. Obwohl ich ihm die Sache mit der Zulassungsbehörde durchaus zugetraut hätte.

»Es ist wirklich unglaublich schön hier«, sagte er schließlich und sah sich nochmals um. Leider beließ er es nicht bei den örtlichen Begebenheiten. Mit einem spitzbübischen Grinsen ließ er seine Augen unverhohlen über mich gleiten.

Ich biss mir auf die Unterlippe und widerstand dem Drang, mich mit einem Handtuch zuzudecken. Er sollte keinesfalls wissen, dass mir seine Begutachtung peinlich war.

»Bist du fertig?«, fragte ich mit hochgezogenen Brauen.

Desiderio hob kurz seine Schultern. »Fürs Erste.«

»Schön. Dann kannst du ja jetzt wieder verschwinden«, brummte ich.

Er holte theatralisch Luft und ließ sich einfach neben mir auf dem Boden nieder. »Ich muss mich jetzt erst noch ein wenig ausruhen.«

»Nein! Das ist mein Geheimplatz, hier haben nur geladene Gäste Zutritt!«

»Hey, ich bin gerade eine ganze Runde um den See geschwommen, um dich zu finden. Da lass ich mich nicht so einfach wieder abwimmeln.«

»Hat dir ja keiner befohlen, oder?«, maulte ich und fuhr mir verzweifelt durch die Haare. Dann flehte ich ihn regelrecht an: »Kannst du jetzt, bitte, gehen? Ich möchte einfach nur in Ruhe mein Buch lesen.«

»Das kannst du doch machen«, entgegnete Desiderio. »Ich werde dich nicht dabei stören.«

»Du störst mich aber gerade ganz gewaltig!«

»Warum bist du eigentlich immer so gemein zu mir?«

Ich blinzelte erstaunt.

War ich denn wirklich gemein? Nein, eigentlich war ich stets darum bemüht, einigermaßen höflich zu bleiben, wobei es mir seine Hartnäckigkeit langsam wirklich schwer machte. Wenn Desiderio weiterhin meine Nerven derart strapazierte, würde ich schon bald HUNDSgemein werden!

»Ein einfaches Nein willst du nicht akzeptieren, darum muss ich mich etwas deutlicher ausdrücken«, erklärte ich schließlich.

Er zog eine gelangweilte Grimasse. »Tja, das wird dir aber alles nichts nützen. Ich bin nämlich anhänglich wie ein kleines Hündchen.« Er streckte die Arme aus und legte sich mit einem wohligen Seufzen auf den Rücken.

»Wohl eher aufdringlich wie eine Schmeißfliege«, grummelte ich.

»Willst du nun lesen, oder nicht?«, sagte er und beobachtete mich dabei aus halb geschlossenen Lidern.

Dieser Blödmann!

Ich knirschte wütend mit den Zähnen. Um seiner Gesellschaft zu entgehen, gab es leider nur eine Möglichkeit. Da ich ihm körperlich deutlich unterlegen war und ich ihn nicht mit Gewalt ins Wasser zurück verfrachten konnte, blieb mir nur, selbst das Feld zu räumen. Da ich das natürlich absolut nicht in Erwägung zog, musste ich mich wohl oder übel mit Desiderios Anwesenheit arrangieren. Geschlagen packte ich mein Buch und starrte mit finsterem Blick hinein.

Es dauerte eine Weile, bis ich bemerkte, dass die Buchstaben keinen Sinn ergaben.

Mit hochrotem Gesicht drehte ich eilig den Roman um, damit er nicht mehr auf dem Kopf stand. Das leise Glucksen neben mir verriet, dass Desiderio meinen Fauxpas bemerkt hatte. Als aber wider Erwarten kein dämlicher Kommentar seinerseits folgte, schielte ich vorsichtig zu ihm hinüber.

Er lag entspannt, mit geschlossenen Augen auf dem Rücken und genoss scheinbar die friedliche Stille der Lichtung. Ich konnte einfach nicht anders, als abermals meinen Blick über ihn gleiten zu lassen.

Meine Güte, was für ein Körper!

Ich bezeichnete mich sonst wirklich nicht als oberflächlich, aber es gab wohl kaum eine Frau auf dieser Welt, welcher bei diesem Anblick nicht sofort das Wasser im Mund zusammengelaufen wäre. Nun, vielleicht gab es doch ein paar, solche, die sozusagen am anderen Ufer schwammen, aber sogar die würden diesen Mann mit Sicherheit als schön bezeichnen.

Ja, er war wirklich schön. Und attraktiv. Und aufregend. Und … ob sich seine Haut wirklich so samtig anfühlte, wie sie aussah?

Lena, schön ruhig bleiben!

Das war leichter gesagt als getan. Desiderio lag so nahe neben mir, dass ich ihn deutlich riechen konnte. Der Duft aus Wasser, Sonnenöl und einer feinen Note Moschus vernebelte mir komplett die Sinne. Irgendwie litt ich plötzlich unter dem gewaltigen Drang, einfach meine Hand auszustrecken und über den sehnigen, starken Unterarm zu streicheln, der beinahe mein Knie berührte. Ich seufzte innerlich auf.

Wenn er doch nur nicht so, so, … Ja, was? Was war er denn?

Eigentlich gab Desiderio sich mir gegenüber stets überaus freundlich und charmant. Außerdem musste ich zugeben, dass mir seine ausdauernden Bemühungen um meine Aufmerksamkeit langsam, aber sicher durchaus schmeichelten. So sehr hatte sich kein Verehrer mehr angestrengt seit …, nun, eigentlich hatte sich noch nie ein Mann so sehr angestrengt, um mich zu umgarnen. Bis jetzt wurden meine Abfuhren immer schon beim ersten Mal akzeptiert, wie es schließlich auch sein sollte.

Was machte ich mir hier eigentlich für wirre Gedanken?

Er ist ein Herzensbrecher, wie er im Buche steht …

Und aus diesem Grunde tat ich besser daran, mich nicht von seinem Charme einwickeln zu lassen. Er hatte selbst zugegeben, dass ihn meine Zurückweisung anstachelte. So einfach wollte er den ersten Korb in seinem Leben nicht akzeptieren, darum legte er sich so mächtig ins Zeug, um mich endlich rumzukriegen. Für ihn war es nichts weiter als ein Spiel. Ein persönliches Austesten seines Talents als Verführer. Also dieses Spiel konnte ich auch spielen. Allerdings würde er dabei als Verlierer hervorgehen, davon war ich überzeugt.

Ich riss mich von seinem Anblick los, drehte mich auf den Bauch, wobei ich sehr darauf achtete, dabei ein Stück von ihm wegzurutschen, und versuchte, mich irgendwie auf meinen Roman zu konzentrieren.

Das gelang mir sogar für eine Weile.

Desiderio lag ganz ruhig neben mir und döste vor sich hin. Nur ab und zu bewegte er sich, um eine lästige Fliege fortzuscheuchen oder sich an der Nase zu kratzen. Diese kleinen Bewegungen reichten jedes Mal aus, dass ich zusammenzuckte und zu ihm hinübersah, worüber ich mich anschließend einige Minuten lang ärgern musste.

Wovor hatte ich Angst? Dass er sich plötzlich auf mich stürzen würde?

Wäre es denn wirklich so schlimm, wenn er es täte?

Lena!

So ein Schwachsinn! Ich konnte mich doch nicht auf ewig von dem Kerl so durcheinanderbringen lassen. Damit musste sofort Schluss sein!

Trotz meines Vorsatzes setzte mein Herz einige Schläge lang aus, als Desiderio mich plötzlich fragte: »Hast du den ersten Teil auch schon gelesen?«

Ich blickte ihn verwirrt an, so als hätte er in einer mir unbekannten Sprache gesprochen. Er deutete amüsiert auf das Buch in meinen Händen.

»Natürlich!«, brachte ich dann hervor. »Sonst ergäbe es ja keinen Sinn, dass ich jetzt den zweiten lese.«

Er ging nicht auf meine doofe Antwort ein. »Ich fand den dritten Teil am besten. Der zweite ist meiner Meinung nach in der Mitte ziemlich langatmig, aber das Urteil solltest du dir selbst bilden.«

Überrascht legte ich das Buch zur Seite. »Du liest?«

»Ja! Stell dir vor, ich kann lesen«, grinste Desiderio.

»Haha, wer hätte das gedacht ... Nein, im Ernst. Ich meinte damit eigentlich eher, dass du Bücher liest. Dass ein Mann lesen kann, heißt noch lange nicht, dass er es auch tut«, erklärte ich und sagte damit meine wahre Meinung.

Männer, die sich mit Literatur beschäftigten, waren mir vollkommen fremd. Zumindest die Exemplare in meinem Alter. Für diese Männer begann Literatur beim Sportteil der Tageszeitung und gipfelte in einem Artikel über Angelsport im Playboy-Magazin.

»Ich weiß«, stöhnte er theatralisch, »und ich schäme mich täglich erneut für meine Artgenossen.«

Er setzte sich auf, stützte die Ellbogen auf seine angewinkelten Knie und bettete das Kinn auf seine Hände. Verträumt sah er hinaus auf den See. »Ich habe schon immer viel gelesen. Schon als Kind haben mich Geschichten jeder Art fasziniert, sei es als Film oder Roman. Wobei ich Bücher dem Fernsehen eindeutig vorziehe, denn meiner Meinung nach ist es unmöglich, Gedankengänge und Gefühle komplett in einem Bild einzufangen. Dabei bleiben immer Fragen offen. Es ist wie bei einem Gemälde, bei dem man sich fragt: Was denkt die Frau, die diese hübsche Rose betrachtet, gerade? Das passiert in einem guten Buch nicht. Natürlich gibt es Dinge, die kann man nicht beschreiben, aber es gibt so unglaublich viele Worte auf dieser Welt, mit denen man es wenigstens versuchen kann.«

»Das hast du schön gesagt«, hauchte ich fasziniert und bemerkte erst danach, dass ich das gerade laut ausgesprochen hatte. Peinlich berührt räusperte ich mich schnell. »Äh, ich meine ... ja, du hast recht. Das finde ich auch. Was, ähm, was liest du denn am liebsten?«

»Hm, das lässt sich nicht so genau festlegen. Eigentlich querbeet, je nachdem, wonach mir der Sinn gerade steht. Meistens Thriller oder Krimis, aber auch Sci-Fi und Fantasy.« Er wandte sich zu mir. »Ich habe sogar alle Bände der Harry-Potter-Reihe gelesen«, gestand er.

Ich konnte gar nicht anders, als ihn anzulächeln. »Ich auch«, zwinkerte ich. »Aber das finde ich wirklich nicht schlimm. Viel schlimmer wäre es, wenn du die Biss-Reihe ge..., oh mein Gott, du hast sie gelesen?«

»Asche auf mein Haupt!« Desiderio vergrub das Gesicht in seinen Händen.

»Okay, also das ist nun doch ein wenig sonderbar«, kicherte ich und setzte mich ebenfalls auf. »Ein Mann, der Vampir-Liebesgeschichten liest und womöglich auch noch für gut befindet.«

Er lugte mit einem Auge zwischen den gespreizten Fingern hervor. »Ich fand sie wirklich gut.«

»Tja, ich wusste ja schon, dass mit dir etwas nicht stimmt«, scherzte ich ausgelassen, »aber, dass es so schlimm ist ...«

»Hey! Fass dich lieber an die eigene Nase!«, empörte er sich. »Ich bin mir sicher, dass dir die Bücher auch gefallen haben.«

»Natürlich, aber ich bin ja auch eine Frau. Ich darf das.«

Desiderio warf in gespielter Verzweiflung die Arme in die Luft. »Wann wird es endlich Gleichberechtigung zwischen den Geschlechtern geben?«

»Wenn Frauen im Stehen pinkeln können, dann dürfen Männer Schnulzen mögen.«

Seine Mundwinkel zuckten gefährlich. »Sag bloß, du kannst das nicht.«

»Du weißt, was ich damit meine«, sagte ich schnell, bevor ihm noch irgendetwas Dämliches dazu einfallen konnte.

Wir verfielen in Schweigen, und ich stellte mit Verwunderung fest, dass ich völlig entspannt war, und das, obwohl mir nach wie vor dieser attraktive Duft in die Nase stieg. Ich konnte in keinster Weise behaupten, dass mir an der momentanen Situation irgendetwas unangenehm war, und das freute und verängstigte mich gleichermaßen. Einerseits war ich froh darüber, dass ich es endlich schaffte, mich in Desiderios Gegenwart wie ein normaler Mensch zu benehmen, andererseits bedeutete das wohl auch, dass ich ihn mochte. Und das war nicht gut.

Das war gar nicht gut!

Ich durfte doch nicht so einfach seiner betörenden Aura unterliegen, nur weil wir die ersten vier Sätze gewechselt hatten, in denen keine Anmache seinerseits enthalten war!

»Wollen wir noch eine Runde schwimmen?«, fragte Desiderio.

»Nein!«, schrie ich so laut, dass er mich geradezu erschrocken ansah. »Äh, nein, äh … ich glaube, ich muss dann mal los. Wie spät ist es eigentlich?«

»Keine Ahnung.« Er zuckte mit den Schultern und musterte mich argwöhnisch. »Ich habe keine Uhr dabei.«

Gehetzt kramte ich in meinem Rucksack nach dem Handy. Desiderio war deutlich anzumerken, dass er sich meinen Stimmungsumschwung nicht erklären konnte.

Als ich endlich fündig wurde und erfuhr, dass es bereits kurz vor halb sieben war, sprang ich wie von der Tarantel gestochen auf und begann, eilig meine Sachen zusammenzukramen.

»Ich muss gehen«, erklärte ich. »Bin spät dran.«

»Wo musst du denn hin?«, fragte er erstaunt.

»Weg«, antwortete ich nur.

»Aha.«

Desiderio schien zu glauben, dass meine plötzliche Eile etwas mit ihm und seiner Einladung zum Schwimmen zu tun hatte, denn er legte sich zurück, stützte sich auf seinen Ellbogen ab und setzte dieses verwegene, schiefe Lächeln auf, das mich wieder völlig aus der Fassung zu werfen drohte. Dass bei dieser Körperstellung seine Bauchmuskeln deutlich hervortraten und wohl kaum zu übersehen sein konnten, wusste dieser Mistkerl ganz genau. Was für ein Fiesling! Ein kurzer Blick auf den Adonis genügte, um mir die Röte in die Wangen zu treiben. Während ich mein Hab und Gut in meinen Rucksack stopfte, ruhten unentwegt seine ozeanblauen Augen auf mir und brachten meine Feinmotorik völlig durcheinander, sodass ich ständig irgendwelche Sachen fallen ließ und mir mittlerweile wie ein Volltrottel vorkam. Als ich mein Kleid überstreifte, besaß er sogar noch die Unverfrorenheit, enttäuscht zu seufzen!

»Ich muss mich beeilen, ich habe nämlich heute noch ein Date«, platzte ich schließlich heraus, nur um ihm eine reinzuwürgen.

War ich jetzt doch gemein zu ihm? Vielleicht ein bisschen, aber in diesem Moment hatte er es verdient.

Tatsächlich ging diese Information nicht spurlos an ihm vorbei. Er wirkte regelrecht entsetzt und für einen Augenblick wusste er nicht, was er dazu sagen sollte. Das war das erste Mal, dass ich ihn sprachlos sah, doch irgendwie konnte ich mich darüber nicht wirklich freuen. Warum war er denn sprachlos?

»Ein Date?«, wiederholte er mit hochgezogenen Brauen.

Was denn? War es so abwegig, dass ich eine Verabredung hatte?

Ich schob trotzig die Unterlippe vor. »Ja, ein Date. Mit einem Mann.«

Ich sagte nur die Wahrheit. Dass dieser Mann mein bester Freund war, tat schließlich nichts zur Sache. »Wir werden essen gehen, einen romantischen Spaziergang machen und danach, ja, danach wird sich zeigen, was der Abend noch so bringt«, meinte ich überheblich. »Ich wünsche dir noch ein schönes Wochenende. War nett, mit dir zu plaudern. Bis bald!«

Zugegeben, das war nun wirklich gemein von mir gewesen. Vor allem, weil mir die Mischung aus Enttäuschung und Trauer in seinem Gesicht durchaus aufgefallen war. Ihn zu verletzen war ehrlich nicht meine Absicht gewesen, aber was genau in ihm hatte ich denn verletzt? Seine Gefühle oder nur sein Ego? Letzteres erschien mir wahrscheinlicher. Trotzdem zerbrach ich mir darüber den Kopf, während ich mich schon durch das Gebüsch zurück zu meinem Wagen kämpfte.

Was war es denn nun, das seinen Augen diesen traurigen Ausdruck verliehen hatte? War er wirklich nur in seiner Ehre gekränkt?

Immer wieder grübelte ich darüber nach.

Konnte es denn wirklich sein, dass er Gefühle für mich entwickelt hatte? Gefühle, die nicht ausschließlich auf körperlicher Anziehung beruhten?

Ich wusste, mit meinen Gedanken bewegte ich mich in gefährlichen Gefilden. Trotzdem sah ich immer wieder Desiderios Gesicht vor mir, mit dem er mir am See nachgeblickt hatte. Irgendetwas darin hatte mein Herz einen kleinen Hüpfer machen lassen, und ich fragte mich nun ernsthaft, warum das so war. Ich wollte nicht, dass ich derart auf ihn reagierte. Und doch konnte ich meine Freude über die versteckte Hoffnung, dass er es vielleicht doch ernst mit mir meinen könnte, nicht ganz verleugnen, was mich wiederum total fertigmachte. Die Vergangenheit hatte mich schließlich gelehrt, dass solche Gefühle völlig blind für die Realität machten, und ich hatte mir eigentlich geschworen, mich niemals mehr von einem kleinen Bauchkribbeln ins Verderben leiten zu lassen.

Ein gebrochenes Herz im Leben reichte mir.

»Lena?«

»Hm?« Verträumt sah ich auf. Frank hatte mir wohl eine Frage gestellt, denn er sah mich abwartend an.

Wir saßen auf der Terrasse eines netten Italieners und waren bereits beim Hauptgang angekommen, wobei ich schon seit einer Weile abwesend in meinen Nudeln herumstocherte. Nicht weil sie mir nicht schmeckten, sondern weil ich mit meinem Kopf ständig bei Desiderio war. Hatte ich eigentlich wegen ihm ein italienisches Restaurant gewählt, sozusagen in einer unterbewussten Entscheidung? Quatsch, ich hatte auch schon, bevor er in mein Leben gepoltert war, Pizza und Pasta geliebt.

»Worüber denkst du die ganze Zeit nach?«, wollte Frank wissen.

»Äh.« Ja, was sollte ich denn jetzt sagen? »Ach, nur über die Arbeit«, meinte ich ausweichend. Im Prinzip hatten meine verworrenen Gedanken ja tatsächlich mit der Arbeit zu tun. Zumindest mit einem gewissen Kollegen.

»Gibt's Probleme?«

Und was für welche!

Stattdessen winkte ich ab. »Nein, nichts Dramatisches.«

Was für eine Untertreibung …

Frank lehnte sich zurück. »Erzähl!«

Ich kratzte mich unschlüssig am Kinn. »Na ja, nein, lieber nicht, ich will dich nicht langweilen.«

»Du hast mich noch nie gelangweilt.«

Lächelnd schüttelte ich den Kopf. »Du bist süß, aber nein, es ist wirklich nichts von Belang. Erzähl du mir lieber was von eurem ominösen Scheich. Kontostand und dergleichen.«

Er sah mich kurz nachdenklich an, dann erwiderte er mein Lächeln. »Warum interessiert dich sein Kontostand? Willst du wissen, wie viele Kamele er für dich zahlen könnte?«

»Ist denn noch ein Platz frei in seinem Harem?«

»Gibt es darin denn ein Limit? Ich glaube nicht. Allerdings bin ich mir sicher, dass du es nicht lange dort aushalten würdest. Der arme Scheich hätte wohl so einige Probleme mit dir.«

Ich tat entrüstet. »Was? Natürlich würde ich nur machen, was der liebe Mann von mir verlangt!«

Wir sahen uns an, dann prusteten wir gleichzeitig los.

»Na schön«, gab ich kichernd zu, »wahrscheinlich würde ich keine Woche in einem solchen Harem überstehen, ohne verbannt oder ausgepeitscht zu werden, oder was weiß ich. Das wäre ja noch schöner! Weißt du eigentlich, dass Frauen dort nicht Auto fahren dürfen? Da hast du einen Kerl, der Geld hat wie Heu, und darfst nicht einmal mit seinem Ferrari rumgurken!«

»Andere Länder, andere Sitten«, meinte Frank nur leger.

»Pah! Ich bin ja nicht unbedingt eine Oberemanze, aber deren Weltanschauung ist mir dann doch eine Spur zu heftig!«

Ein tiefsinniges Gespräch über fremde Kulturen entfachte sich und lenkte mich für kurze Zeit von meiner Grübelei ab. Die Sonne ging langsam unter, und die Nacht brachte eine angenehme Frische mit sich. Ich fühlte mich herrlich unbeschwert, während ich mit Frank über die Bewohner ferner Länder sinnierte. Er erzählte mir von seiner Reise nach Kuba, die er vor drei Jahren mit seiner Ex unternommen hatte, und schilderte mir lebhaft, wie er damals die politische Situation und die Bewohner dieses faszinierenden Landes empfunden hatte. Seine Augen leuchteten im Kerzenschein, und seine Gesichtszüge wirkten in dem weichen Licht sanft und warmherzig. Abermals stellte ich mir die Frage, wie eine Frau so dämlich sein konnte, einen solchen Traummann einfach in den Wind zu schießen.

Das Restaurant war fast leer, als Frank die Rechnung bezahlte und wir unsere Weingläser leerten. Die Nacht war kühl und sternenklar, darum beschlossen wir, noch einen kleinen Schaufensterbummel einzulegen. Da die Fußgängerzone Wollbachs mehr als überschaubar war, schlenderten wir kreuz und quer durch die Stadt. Wir plauderten über Belangloses und genossen einfach nur die frische Luft, während wir nach und nach die verschiedensten Auslagen inspizierten.

Ein Dessousgeschäft zog Frank besonders in den Bann; wobei man dazu sagen sollte, dass es sich hierbei eigentlich eher um einen einfachen Wäscheladen handelte, der mehr die alltäglichen und praktischen Teile anbot, die eher für die Generation sechzig plus gedacht waren. Von Spitze und Satin war hier nicht viel zu sehen, was Frank allerdings nicht davon abhielt, mir eine besonders hässliche Kombination aus Entlastungs-BH und Miederhose anzupreisen. Ich revanchierte mich bei einer Apotheke, die ein Mittel gegen Prostataprobleme bewarb. Sachkundig erklärte ich ihm, dass er sich in seinem Alter langsam damit auseinandersetzen sollte, und wies gleichzeitig auf eine Packung ausgestellter Inkontinenzeinlagen. Frank nahm meine Weissagung mit Humor und lud mich, quasi zum Waffenstillstand, noch auf ein Eis ein.

Alles in allem war es ein durchweg perfekter Abend gewesen.

Als Frank mich nach Hause brachte, fühlte ich mich entspannt und angenehm müde. Er begleitete mich zur Eingangstür meines Wohnhauses und wartete geduldig, bis ich meinen Schlüssel aus den Tiefen meiner Handtasche gekramt hatte. Als ich endlich fündig wurde, schenkte ich ihm ein breites Lächeln.

»Das war wirklich ein sehr schöner Abend«, sagte ich.

»Ja, finde ich auch.«

»Wir sollten das dringend wiederholen. Irgendwie ist es viel ruhiger, wenn Vera nicht die ganze Zeit dazwischenquakt.«

Frank lachte. Er wusste genau, wie ich das gemeint hatte. Vera war mein Ein und Alles, aber solch tiefsinnige Gespräche, wie wir beide sie heute geführt hatten, waren mit meiner besten Freundin nicht möglich. Sie war viel zu aufgedreht, um sich Gedanken über die Probleme ferner Länder machen zu wollen.

Erst in diesem Moment fiel mir auf, dass ich vorher noch nie eine ähnliche Verabredung mit Frank alleine gehabt hatte.

»Das würde ich sehr gerne«, beantwortete er schließlich meinen Vorschlag.

Aus einem Impuls heraus stellte ich mich auf die Zehenspitzen und drückte ihm einen Kuss auf die Wange. »Vielen Dank für das Essen. Gute Nacht!«

»Gern geschehen«, sagte er und lächelte sanft. »Schlaf gut.«

»Das werde ich«, meinte ich augenzwinkernd und schlüpfte durch die Haustür.

Kapitel 11

Als ich das erste Mal nach unserem unfreiwilligen Badetreffen wieder auf Desiderio traf, war von dem traurigen Ausdruck in seinen Augen nichts mehr zu sehen. Ganz im Gegenteil. Er wirkte selbstbewusst und frech wie eh und je.

»Weißt du«, begann er langsam, als wir für einen Moment alleine im Sprechzimmer standen, »auch wenn du in der Schwesternkluft atemberaubend aussiehst … Die Kleiderordnung vom See hat mir besser gefallen.«

Mein Herz blieb kurz stehen und ich spürte genau, wie mir die Röte ins Gesicht schoss.

»Das glaube ich gerne«, schnaubte ich und ordnete hektisch ein paar Papiere, um meinen Händen irgendeine Beschäftigung zu geben, bevor sie ihm eine Ohrfeige geben konnten.

Desiderio blieb meine Reaktion natürlich nicht verborgen. Er sah mich herausfordernd an.

»Es gibt absolut nichts, wofür du dich zu schämen brauchst. Im Gegenteil.«

Na, jetzt wurde es aber wirklich heftig!

»Was? Ich schäme mich nicht!«, stieß ich aufgebracht hervor.

»Warum wirst du dann rot?«

Mann, heute gab er aber mal wieder richtig Gas!

Ich verschränkte die Arme vor der Brust und legte die Stirn in Falten.

»Ich überlege gerade, ob es klüger wäre, ab sofort einen Keuschheitsgürtel anzulegen«, sagte ich ernst.

Desiderio lachte laut. »Etwa wegen mir?«

»Nun, du bist im Moment der Einzige, der mich belästigt.«

»Ich belästige dich nicht. Ich habe dir nur ein Kompliment gemacht«, verteidigte er sich.

Hatte er das?

Verärgert rümpfte ich die Nase. »Da bin ich aber anderer Ansicht.«

Er zuckte lässig mit den Schultern. Dann legte er den Kopf leicht schräg. »Einen Keuschheitsgürtel? Denkst du wirklich, das würde mich aufhalten?« In seinen Augen blitzte es gefährlich auf. »Mein Großvater war Schlosser.«

Ich blickte finster drein und war mal wieder sprachlos. Warum hatte dieser Kerl denn auf alles eine dumme Antwort? Das konnte doch echt nicht wahr sein!

»Können wir jetzt endlich weiterarbeiten?«, sagte ich schließlich genervt.

»Ich schon«, meinte Desiderio lässig, »aber ich weiß nicht, wie es bei dir aussieht. Vielleicht musst du ja erst noch ein paar Schrauben an deinem neuen Kleidungsstück festziehen?«

Ich schnappte empört nach Luft und drückte ihm die Akte des nächsten Patienten an die Brust.

»Keine Sorge«, fauchte ich, als er sie grinsend entgegennahm, »da unten sitzt alles bombenfest.«

»Freut mich zu hören«, erwiderte er frech.

Mit puterrotem Gesicht holte ich eilig den Patienten herein. Am meisten ärgerte mich, dass ich am Verlauf des Gesprächs eigentlich selber schuld war. Die Vorlage mit dem Keuschheitsgürtel hatte ich schließlich eigenhändig geliefert. Aber ich konnte ja nicht ahnen, dass Desiderio sich derart an meinem Spruch ergötzen würde.

Mein Großvater war Schlosser, …

Blöder Idiot!

Wenigstens wusste ich jetzt wieder genau, woran ich bei ihm war. Er hatte gerade ein weiteres Mal unmissverständlich bewiesen, dass er mir nur an die Wäsche wollte. Meine Grübeleien bezüglich seiner Reaktion auf mein Date hätte ich mir also sparen können. So eine Scheiße, er hatte mich doch beinahe so weit gebracht, zu glauben, dass er sich ernsthaft für mich interessierte! Dem Himmel sei Dank, so konnte ich rechtzeitig wieder zur Vernunft kommen.

Verbissen versuchte ich, in Gegenwart des Patienten meine Verärgerung zu verbergen und meine Arbeit wie gewohnt zu verrichten. Desiderio hatte im Gegensatz zu mir damit absolut kein Problem. Kein Außenstehender hätte je vermutet, dass er mich noch vor einer Minute bis aufs Äußerste angebaggert hatte, während ich mit verkniffenem Gesichtsausdruck herumlief und vermutlich aussah, als würde ich unter Verstopfung leiden. Mein Verhalten war so auffällig, dass es sogar OA Reinmann auffiel.

»Wer ist Ihnen denn auf den Schlips getreten?«, fragte er verwundert, als ich an ihm vorbeistapfte.

»Patienten«, grunzte ich undeutlich und winkte ab.

Mein Gott, ich musste mich unbedingt beherrschen, bevor das ganze Krankenhaus wusste, dass DiCastello mich vollkommen aus der Fassung brachte!

Das klappte allerdings nicht einmal annähernd, denn kaum war ich wieder mit Desiderio alleine, holte er zum nächsten Schlag aus.

»Psch! Was ist das?«, flüsterte er und tat so, als würde er nach einem Geräusch horchen.

Ich hielt verdutzt inne und lauschte. »Hä? Was meinst du?«

»Hm, doch nicht.« Er schüttelte leicht den Kopf. »Ich dachte, ich hätte so ein metallisches Quietschen gehört, als du dich bewegt hast.«

Mir klappte der Mund auf. Das war ja jetzt wohl die Höhe!

Ich klappte den Mund wieder zu und erwiderte: »Keine Angst, das ist alles gut geschmiert.«

Noch während ich die Worte aussprach, wusste ich, dass ich gerade eine weitere perfekte Vorlage für dumme Sprüche geliefert hatte. Verzweifelt rieb ich mir mit den Händen übers Gesicht.

»Oh Gott«, jammerte ich, »bitte verschone mich mit einer Antwort!«

Desiderio sah mich feixend an. »Ich bin zwar nicht Gott, aber ich werde trotzdem schweigen.«

»Du wirst schweigen?«, wiederholte ich mit großen Augen. »Könnte ich das bitte schriftlich haben?«

»Wenn du mir deine Handynummer gibst, dann schreibe ich es dir per SMS.«

Krass, der Kerl versteht wirklich was von seinem Handwerk.

»Träum weiter«, wies ich ihn bestimmt ab.

»Schade«, seufzte er. »Aber einen Versuch war's wert.«

Ich holte tief Luft. »Ich sagte doch bereits, dass du dir deine Versuche sparen kannst.«

Desiderio sah mich beinahe tadelnd an. »Wie könnte ich je damit aufhören?« Er lächelte sein höllisches Lächeln. »Wo ich doch so viel Spaß dabei habe.«

»Ach, du hast Spaß? Och, das freut mich aber!«, murrte ich aufgebracht. »Allerdings gehen deine Avancen MIR mittlerweile ziemlich auf den Sack.«

Er riss in gespieltem Entsetzen die Augen auf. »Du hast einen Sack?«

»Und was für einen!«

Lena, was laberst du da für einen Blödsinn?

Desiderio tippte nachdenklich mit einem Kugelschreiber auf den Tisch. »Echt? Hm, ... also soo groß kann er nicht sein. Der wäre mir sonst am Samstag sicherlich aufgefallen.«

Wütend deutete ich mit dem Zeigefinger auf ihn und suchte verzweifelt nach den geeigneten Worten, um ihn in die Schranken zu weisen. Leider wollten mir keine einfallen, darum beschränkte ich mich auf ein höchst intelligentes: »Ach, halt doch die Klappe!«

Dann stürmte ich aus dem Zimmer und machte mich auf die Suche nach den Überresten meines Verstandes.

Solche und ähnliche Begegnungen wiederholten sich die nächsten Tage. Wenigstens brachte Desiderios Hartnäckigkeit auch mit sich, dass ich mich langsam an seine Baggerei gewöhnte und nicht jedes Mal puterrot anlief. An meiner Schlagfertigkeit musste ich allerdings noch arbeiten, denn sein schier unerschöpfliches Repertoire an Anmachsprüchen versetzte mich nach wie vor häufig in Sprachlosigkeit.

Obwohl es mich nervte, konnte man nicht behaupten, dass mir langweilig wurde.

Seine Sprüche waren mal frech, mal derb … und manchmal sogar irgendwie charmant. Vor Kurzem hatte er zum Beispiel zu mir gesagt: »Wenn du einen Verband machst, kann ich gar nicht wegsehen. Du hast wirklich sehr schöne Hände.«

Das Erschreckende daran war, dass er solche Sachen stets mit einer solchen Überzeugung sagte, dass man ihm einfach nur glauben wollte. Jeden anderen hätte ich für einen solchen Spruch ausgelacht, doch irgendetwas in Desiderios Stimme brachte mein Herz dazu, einen freudigen Hüpfer zu vollführen.

Vielleicht lag es aber nicht wirklich an ihm, dass ich plötzlich Herzrhythmusstörungen hatte. Vielleicht sollte ich mich doch lieber untersuchen lassen? Auch bei jungen Menschen kamen derartige Erkrankungen durchaus vor … Quatsch. Wie schnell man doch zum Hypochonder werden konnte, wenn man im Gesundheitswesen tätig und mit diversen Krankheitsbildern vertraut war! Trotzdem nahm ich mir vor, in der nächsten Nachtschicht bei mir selbst ein EKG zu schreiben.

Nur zur Sicherheit. Man konnte ja nie wissen, oder?

Also dieser Kerl machte mich langsam, aber sicher wahnsinnig. Einmal hatte ich ihn in einem Anflug von Schlagfertigkeit gefragt, ob sein Name nicht rein zufällig mit »Selbstüberschätzung« übersetzt werden konnte. Er hatte meinen kläglichen

Versuch mit einem erotischen Blick niedergewalzt und gegurrt: »Desiderio bedeutet ›Verlangen‹.«

Natürlich hatte ich seine Behauptung schnellstens nachgeprüft, nur um gleich darauf ein wenig schockiert festzustellen, dass er die Wahrheit gesagt hatte.

Verlangen. Oder auch Begierde.

Meine Güte, ich musste schon ein bisschen zugeben, dass der Name zu ihm passte wie die Faust aufs Auge. Zumindest in einem rein hormonell gesteuerten Bereich, in Bezug auf sein wahnsinnig attraktives Äußeres ...

Ich mahnte mich selbst zur sofortigen Beruhigung und konzentrierte mich stattdessen wieder auf die hübschen Tapeten, die vor mir lagen und geduldig darauf warteten, an Franks Esszimmerwand geklebt zu werden. Eingehend studierte ich die Anleitung auf dem Tapetenkleister, während der Herr des Hauses skeptisch neben mir stand.

Warum Frank bezüglich Tapeten so skeptisch war, wusste er selbst nicht so genau. Er hatte erklärt, dass er eine solch papierene Wandverkleidung nur aus dem Haus seiner Großmutter kannte, und dabei das Gesicht verzogen. Was nun daran so schlimm war, konnte er nicht sagen. Als ich dahinter eine traumatische Kindheitserinnerung vermutete, hatte er lachend abgewinkt und erklärt, daran könne es bestimmt nicht liegen, denn an seine Oma hätte er nur die besten Erinnerungen, die viel mit Süßigkeiten und Verhätschelprogramm zu tun hatten. So wie es bei Omas eben sein sollte. Nur die Tapeten habe er eben schon immer als extrem hässlich empfunden.

Ich ließ mich von seiner fadenscheinigen Ablehnung keineswegs aus der Ruhe bringen und ignorierte seine dauerhaft gerunzelte Stirn geflissentlich. Das Muster, das ich ausgesucht hatte, passte einfach zu perfekt zu der neuen Esszimmereinrichtung, als dass ich so einfach hätte nachgeben wollen. Außerdem hing mir die Streicherei schon gewaltig zum Hals hinaus, und ich war überzeugt, dass Tapeten anbringen viel einfacher und um einiges weniger anstrengend war.

»Okay, wir müssen das Pulver mit Wasser anmischen, dann wird es zum Kleister«, erklärte ich Frank in Kurzfassung. »Dann nur die Tapete damit einstreichen, an die Wand kleben – fertig. Klingt doch ganz einfach, oder?« Seine Begeisterung hielt sich in Grenzen. Ich beachtete ihn nicht. »Am besten ist wahrscheinlich, wenn wir die Bahnen mit jeweils drei Zentimetern Überhang schneiden und die Ränder dann oben und unten mit dem Teppichmesser trimmen. Oder lieber gleich ganz passgenau? Hm, aber was ist, wenn ich mich vermesse? Nee, dann lieber noch mal nach schneiden.«

Frank grummelte etwas, das sich verdächtig nach »Wie du meinst« anhörte. Ich ließ mich weiterhin nicht von seiner negativen Aura aus der Ruhe bringen.

»Rühr du mal den Kleister an, dann schneide ich die ersten Bahnen«, wies ich an und drückte ihm die Packung mit dem Pulver in die Hand.

»Wie viel Wasser?«, fragte er freudlos.

»Steht auf der Packung«, antwortete ich nur und entrollte entzückt die erste Tapete.

Einfach genial!

Das Papier war in einem sanften Beige und bedruckt mit silbrig schimmernden, barocken Ornamenten. Zu den neuen Möbeln im Vintage-Look der absolute Traum.

Mein Geschmack hatte sich wohl wieder einmal bewährt, denn Franks schlechte Laune hob sich mit jeder Bahn, die wir an die Wand klebten. Vielleicht wollte er mir auch nur nicht den Spaß verderben, denn ich werkelte begeistert vor mich hin und trat immer wieder einen Schritt zurück, um mein schnell wachsendes Kunstwerk staunend zu betrachten.

Im Handumdrehen war die erste Wand komplett beklebt, und ich fragte mich selbst immer wieder, warum ich nicht schon früher auf die Idee gekommen war, Tapeten statt Wandfarbe zu benutzen. Meine Arme und auch meine Nerven hätten es mir sicher gedankt.

»Und? Ist doch gar nicht so übel, was?«, strahlte ich Frank an.

Er nickte wohlwollend. »Ich muss zugeben, ich hab's mir schlimmer vorgestellt.«

»Wie, schlimmer? Gefällt es dir nicht?«, fragte ich erschrocken. »Oh, nein! Ich war überzeugt, dass es dir gefällt, wenn du es erst einmal an der Wand siehst! Ist es die Farbe? Oder das Muster? Oder beides? Tut mir so leid! Aber der Kleister ist noch nicht ganz trocken, das heißt, wir können die Bahnen einfach wieder abziehen, okay?«

Frank grinste fröhlich über meine wachsende Hysterie und klebte mir kurzerhand einen Tapetenrest auf die Stirn. »Ruhig bleiben, Lena! Ich finde es schön.«

Erleichtert zog ich mir das Papier vom Hirn und drückte es auf Franks Wange.

»Wirklich?«, hakte ich nach.

»Ja, wirklich. Ich hätte nie gedacht, dass Tapeten auch cool aussehen können.«

»Männer«, seufzte ich kopfschüttelnd und wehrte Frank ab, weil er mir den Fetzen auf den Mund kleben wollte. »Hey!«

Wir alberten ein wenig herum und versuchten, uns gegenseitig mit so vielen Tapetenstückchen wie möglich zu bekleben, bis wir uns schnaufend und mit Kleister in den Haaren gegenüberstanden.

»Bitte Auszeit!«, flehte ich kichernd, weil ich Frank haushoch unterlegen war und bereits aussah wie ein mit Marken übersäter Brief. »Ich kann nicht mehr!«

»Du kannst nicht mehr? Du willst nicht mehr! So sieht's aus. Weil du verlierst, jawohl!«, triumphierte Frank.

»Pah! Warte nur, bis ich wieder atmen kann. Dann mach ich eine Tapetenrolle aus dir!«, tönte ich, obwohl natürlich klar war, dass ich das niemals schaffen würde.

Er grinste höhnisch und zupfte sich ein Papierstück aus dem Nacken. Sein Blick wurde nachdenklich. »Du, sag mal ...«

Frank wurde jäh unterbrochen, als mein Handy mit ohrenbetäubendem Knattern über die Tischplatte vibrierte. Schnell nahm ich es in die Hand, nahm aber das Gespräch noch nicht an.

»Was ist los?«, wollte ich von ihm wissen. Sein ernster Ton hatte mich neugierig gemacht.

»Geh ruhig erst ran«, meinte er und wies mit dem Kopf auf mein brummendes Handy.

Wirkte er erleichtert, oder bildete ich mir das nur ein?

Ich musterte ihn sorgfältig, während ich das Gespräch annahm. »Hallo?«

»Lena?«

»Hi Vera. Das ist mein Handy. Wer soll denn sonst drangehen?«, meinte ich trocken.

»Wer weiß? Vielleicht hast du es ja verloren und irgendein Promi hat es gefunden und ich telefoniere gerade mit einem Star?«

»Ein Promi? Hier in Wollbach? Schon klar.«

Da Frank aus dem Gespräch nicht ganz schlau wurde, nahm er die zweite Packung Kleisterpulver und verschwand damit im Bad.

»Ja, ja«, plapperte Vera unterdessen. »Wo bist du eigentlich?«

»Bei Frank.«

»Was? Schon wieder?« In der Leitung raschelte es. »Seid ihr immer noch nicht fertig mit der Renovierung?«

»Aber hallo! *Schöner wohnen* braucht eben seine Zeit.«

»Anscheinend.«

Ich stutzte. »Glaubst du mir etwa nicht?«

»Doch, doch«, wehrte Vera schnell ab. »War nur eine Feststellung. Sag mal, was hast du übernächsten Samstag für eine Schicht?«

»Frei. Warum?«

»Da hab ich Geburtstag, du Nuss!«, rief sie.

Arg! »Natürlich hast du da Geburtstag. Denkst du, ich weiß das nicht?«, empörte ich mich und war froh, dass Vera meinen vom Gegenteil zeugenden Gesichtsausdruck nicht sehen konnte. Schnell schwafelte ich weiter: »Aber deswegen musst du ja nicht unbedingt wissen, wie ich arbeite, oder?« Frank kam zurück in das Esszimmer und schüttelte gespielt tadelnd den Kopf. Ich boxte ihn strafend auf die Schulter und wanderte ins Wohnzimmer.

»Natürlich muss ich das wissen«, erklärte unterdessen Vera, »weil ich dich nämlich ins *Goose* zum Essen einlade, und anschließend gehen wir ins Go zum Abfeiern!«

»Ui, das klingt gut!«, schwärmte ich und meinte es auch so. »Bin dabei. Wann geht's los?«

»Um halb acht. Sollen wir dich abholen?«

»Nein, nein. Die paar Meter kann ich schon laufen.«

»Alles klar. Und sag Frank bitte auch gleich Bescheid, dann muss ich nicht extra anrufen.«

»Mach ich. Wie wäre es denn eigentlich mal wieder mit einem Kaffee?«

»Donnerstag?«

»Check. Bis dann!«

»Ciao!«

Ich klappte mein Handy zu und machte mir sofort eine geistige Notiz: Geschenk für beste Freundin zum Geburtstag kaufen.

Mann, manchmal war ich echt schlecht, was das Beste-Freunde-Dasein anging! Mit einem ziemlich schlechten Gewissen schlich ich mich zurück in das Esszimmer.

»Vera hat uns für übernächsten Samstag um halb acht ins Goose eingeladen«, sagte ich zu Frank.

»Um ihren Geburtstag zu feiern, und danach gehen wir ins Go«, schloss er feixend meinen Satz. »Ich weiß.«

Na klar, er wusste natürlich Bescheid.

»Woher denn bitte?«, fragte ich patzig.

»Von Sebastian.«

»Oh. Na schön. Ähm. Sag ihr bitte nicht, dass ich es beinahe verplant hätte, okay? Sonst ist sie wieder tagelang beleidigt«, bat ich Frank vorsichtig.

Er grinste schelmisch. »Wie viel ist dir mein Schweigen wert?«

»Eine Magnum, eine Schaufel und die Aussicht auf lebenslänglich«, drohte ich.

»Jesses, dann werde ich mich wohl lieber hüten, das Geheimnis zu verraten«, sagte er schnell und beäugte mich, als wäre ich ein unberechenbarer Psychopath.

»So ist's brav«, lobte ich. »Was wolltest du eigentlich vorhin sagen?«

»Was meinst du?«

Sein leicht verkrampftes Gesicht verriet, dass er genau wusste, was ich meinte. Jetzt wurde ich wirklich neugierig.

»Na, vorhin, bevor Vera angerufen hat! Ich glaube, deine genauen Worte waren: ›Du, sag mal‹«, half ich ihm hartnäckig auf die Sprünge.

»Ach, das.« Er fuhr sich kurz durch die Haare, die ihm vom Kleister zu Berge standen. »Na ja, ich wollte nur wissen …«

»Ja?«, hakte ich nach, als er nicht weitersprach.

Was war denn bitte los?

Frank sah sich kurz Hilfe suchend um.

»Na jaaa«, begann er wieder. »Ich habe mich nur gefragt, ob … ob ich denn wirklich neue Vorhänge hier drin brauche.«

Wie bitte? Ich sah ihn verwundert an.

»Deine alten Vorhänge sind blau. Mit gelben Kreisen darauf«, sagte ich langsam, als würde das nicht schon alles sagen.

»Ja, aber weißt du, ich mochte dieses Muster irgendwie.«

»Frank. Blau mit gelben Kreisen. Das hier ist doch kein Kinderzimmer!«

»Hm.«

»Ich verstehe sowieso nicht, was Birgit damals geritten hat, dass sie so was aufhängt«, schimpfte ich ehrlich entsetzt.

Frank hob kleinlaut den Finger. »Äh, die habe ich ausgesucht.«

»Aha. Na, das erklärt natürlich alles.« Ich legte ihm besitzergreifend eine Hand auf die Schulter. »Das veranschaulicht deutlich, dass du mich dringend als Innenarchitektin benötigst. Es gibt auf dieser Welt kein Zimmer, in welchem diese Vorhänge gut aussehen würden. Vertrau mir einfach.«

Ein wenig widerstrebend gab er nach, und ich musste sogar noch zu Hause darüber den Kopf schütteln.

Blau mit gelben Kreisen. Also bitte!

Kapitel 12

Ein paar Tage später hatte ich mal wieder Nachtdienst. Natürlich ausgerechnet mit Desiderio. Gleich zu Beginn bekam ich erneut diese seltsamen Aussetzer in meinem sonst stets regelmäßigen Puls, als er mir schon zur Begrüßung das verheißungsvollste Lächeln schenkte, das mir jemals zuteil wurde. Sofort kam mir mein Plan mit dem EKG wieder in den Sinn, und ich nahm mir fest vor, die Sache anzugehen, sobald Desiderio sich in sein Dienstzimmer verzogen hatte. Nicht auszudenken, wenn er mich dabei erwischen würde! Wie hätte ich ihm meine Symptomatik erklären sollen?

Die Ambulanz war leer und schlummerte schon friedlich der Nacht entgegen. Es war Dienstag und kein Vollmond in Sicht, was das Arbeitsaufkommen sicherlich in Grenzen halten würde. Kaum war die Spätschicht gegangen, setzte ich mich vor den PC, um ihn mit ein paar Patientendaten zu füttern. Operationstermine eingeben, Wunddokumentation, … das Übliche eben. Dabei ließ ich mir extra viel Zeit, um Desiderios Antlitz so lange wie möglich zu entgehen.

Nach einer Weile spürte ich ein leichtes Kribbeln im Nacken. Ich wusste wieder einmal genau, dass mich jemand beobachtete, und noch viel besser wusste ich, um wen es sich dabei handelte. Desiderio gab sich alle Mühe, sich geräuschlos an mich ranzuschleichen, denn obwohl ich genauestens lauschte, konnte ich kaum ein Rascheln von ihm hören. Wie konnte sich jemand so leise bewegen? War ich hier etwa in eine dieser Vampirgeschichten geraten? Das würde zumindest Desiderios unheimliche Anziehungskraft auf mich erklären. Sein Charme konnte ja nicht von dieser Welt stammen!

Aber was hatte er jetzt vor? Warum stand er schweigend hinter mir und beobachtete mich? Wollte er mich vielleicht beißen? Wenn er es tun wollte – würde ich mich dann wehren?

Lena!

Okay, zurück zur Realität. Vampire gab es nicht und natürlich würde ich mich wehren!

Oder nicht?

Natürlich!

Was bezweckte er dann mit seiner Schleicherei? Na schön, wahrscheinlich wollte er mich einfach nur erschrecken. Das war das Naheliegendste. Gleich nach Vampir.

Da würde ich ihm aber einen Strich durch die Rechnung machen.

»Was willst du?«, fragte ich unhöflich, ohne mich umzudrehen.

Ich konnte Desiderios Grinsen beinahe hören. »Meinst du im Allgemeinen oder jetzt im Moment?«

Idiot.

»Ich meinte damit, was genau dich dazu bewegt, dich an mich heranzuschleichen.«

»Hm, ich wollte nur sehen, ob du auch so verkrampft bist, wenn du mich nicht in deiner Nähe vermutest.«

Bitte, was?

Mit einem Ruck drehte ich mich um. »Ich soll verkrampft sein?«

Desiderio lehnte mit der Schulter am Türrahmen und zwinkerte mir zu. »Meistens.«

»Du verwechselst verkrampft mit genervt«, erklärte ich.

»Ach, ich weiß nicht. Ich denke eher, dass du das verwechselst.«

»Und du denkst, dass du mich besser kennst als ich mich selbst, ja?«, gab ich zurück.

Er zuckte nur lässig mit den Achseln. »Ich kenne dich zumindest besser, als du glaubst.«

Meine Brauen wanderten nach oben. »Alles klar. Der Meister der Psychoanalyse hat gesprochen.« Ich drehte mich wieder zum Monitor, weil mich die eine Haarsträhne, die ihm in die Stirn fiel, ganz kirre machte.

Hinter mir hörte ich, wie Desiderio zum Küchentisch ging und sich setzte. Das raschelnde Papier stellte wohl die Tageszeitung dar, die er gerade vor sich ausbreitete. Musste das denn jetzt sein?

Verbissen versuchte ich, seine Anwesenheit zu ignorieren und meine Arbeit am PC wieder aufzunehmen. Eine Weile war nur das Klappern der Tastatur zu hören, auf die ich etwas härter denn nötig einhackte.

»Warst du eigentlich schon mal in Italien?«, fragte Desiderio dann völlig zusammenhanglos.

Meine Finger verharrten über den Tasten. Ich dachte kurz darüber nach, ihn einfach anzulügen, doch dann sagte ich: »Ja. Ist aber schon lange her.«

»Wie lange?«

»Fast sieben Jahre.«

»Na ja, soo lange ist das doch auch wieder nicht. Wo genau warst du?«

Ich dachte nochmals nach. Schließlich rang ich mich dazu durch, möglichst neutral zu antworten. Vielleicht war es ja doch möglich, ein normales Gespräch mit Desiderio zu führen.

»Eigentlich fast überall. Rom, Venedig, Mailand … doch die meiste Zeit über auf Sizilien«, erzählte ich und starrte dabei stur auf den Monitor.

»Wow, wie lange warst du da denn unterwegs?«, wollte er wissen.

»Fünf Monate.«

»So lange? Toll! Wie alt warst du da?«

»Siebzehn. In Palermo hab ich meinen achtzehnten Geburtstag gefeiert.«

Desiderio überlegte kurz. Meine Schultern verspannten sich augenblicklich.

»Palermo ist toll«, schwärmte er dann. »Ich war dort auch schon einmal. Was hat dir an Sizilien am besten gefallen?«

Ich war so froh, dass er nicht auf die genauen Umstände meiner Italienreise einging, sodass ich tatsächlich begann, völlig belanglos zu plaudern.

»Der Espresso. Meine Güte, so guten Kaffee habe ich seither nicht mehr getrunken. Hm, un caffè lungo, per favore!«

Desiderio lachte. »Oh ja, den deutschen Kaffee kann man wirklich nur als Brühe bezeichnen, wenn man einmal einen richtigen sizilianischen Espresso gekostet hat.«

Die entspannte Situation brachte mich sogar dazu, mich mit meinem Bürostuhl umzudrehen.

»Woher genau kommst du eigentlich?«, fragte ich.

Er freute sich sichtlich über meine Frage. »Meine Wurzeln liegen in Verona. Allerdings muss ich da ein wenig weiter ausholen, wenn es dich interessiert.«

Ich schaffte es sogar, zu lächeln, was mich selbst verwunderte.

»Erzähl«, forderte ich ihn auf.

Mit leuchtenden Augen kam er meiner Aufforderung nach: »Also, mein Vater wurde in Verona geboren und hat dort auch gelebt. Meine Mutter ist eine gebürtige Wollbacherin und hat ihn bei einem Italienurlaub kennengelernt. Beide sagen, dass es sofort die große Liebe war. Sie haben schließlich geheiratet und meiner Mutter zuliebe ist mein Vater nach Deutschland gezogen. Aufgewachsen bin ich quasi hier. Nur in den Ferien waren wir immer in Italien. Na ja, und als ich schließlich mit dem Studium anfing, haben meine Eltern beschlossen, ihre wohlverdiente Rente in Verona zu genießen, und sind ausgewandert.«

»Hast du keine Geschwister?«

»Nein.« Er hob entschuldigend die Hände. »Ich bin ein verwöhntes Einzelkind.«

»Genau das wollte ich auch gerade sagen.«

Wir grinsten uns kurz an.

»Was ist mit dir?«, fragte er schließlich. »Hast du Geschwister?«

»Zwei Halbschwestern, aber wir sind weit auseinander. In mehrfacher Hinsicht«, sagte ich und druckste ein wenig herum. »Meine Familiengeschichte ist ein wenig kompliziert.«

»Ich habe Zeit«, meinte Desiderio aufmunternd.

»Na schön.« Ich lehnte mich zurück und suchte kurz nach einem geeigneten Anfang. »Also – meine Eltern stammen ursprünglich aus München und sind damals wegen der Arbeitsstelle meines Vaters hierher gezogen. Ich wurde hier geboren. Als ich zwölf war, ließen sich meine Eltern scheiden. Mein Vater hatte so eine Art Midlife-Crisis bekommen und verschwand mit einer deutlich jüngeren Frau nach Frankreich. Erst Jahre später nahm er wieder Kontakt zu mir auf und ich erfuhr, dass ich mittlerweile zwei jüngere Schwestern hatte. Wir haben uns bis jetzt nur ein einziges Mal getroffen, darum existiert so etwas wie eine Beziehung zwischen uns nicht. Mit meinem Vater telefoniere ich genau zweimal im Jahr. An meinem Geburtstag und an seinem. Nein, mach nicht so ein Gesicht. Es ist in Ordnung. Ich hatte nie das Gefühl, dass ich es mit einem richtigen Vater besser gehabt hätte. Na ja, zumindest ich. Meine Mutter war damals am Boden zerstört und einige Jahre lang ziemlich verzweifelt mit ihrem Leben als Alleinerziehende. Wahrscheinlich hatte sie es mit mir auch nicht immer leicht, aber egal. Mit einer neuen Liebe wollte es partout nicht klappen, und ihr Job als Verkäuferin war für sie mehr als frustrierend.«

Ich hielt kurz inne und gab mich meinen Erinnerungen hin. Desiderio wartete geduldig darauf, dass ich weitersprach. Irgendwann räusperte ich mich und lächelte schief.

»Nun, mittlerweile ist wieder Friede, Freude, Eierkuchen bei uns eingekehrt. Meine Mutter lebt inzwischen in Hamburg, arbeitet dort in ihrem Traumberuf als Lektorin bei einem renommierten Verlag und hat einen wirklich lieben Lebensgefährten gefunden. Obwohl wir uns nicht oft sehen, ist unsere Beziehung entspannter als je zuvor.«

Desiderio hatte meiner Geschichte ausgesprochen aufmerksam zugehört.

»Seit wann ist deine Mutter schon in Hamburg?«, wollte er wissen.

»Ach, ich weiß nicht so genau. Schon ein paar Jahre«, antwortete ich fadenscheinig und kratzte mich am Kinn.

Sein Blick wurde durchdringend und langsam unangenehm. Er merkte sehr wohl, dass ich etwas Entscheidendes in meiner Lebensgeschichte ausließ, doch er schien sich nicht sicher zu sein, ob er nachhaken oder mein Schweigen taktvoll akzeptieren sollte. Erstaunlicherweise entschied er sich schließlich für Taktgefühl.

»Also, nach Hamburg hätte ich auch nicht gehen wollen«, meinte er mitfühlend, um die merkliche Anspannung zwischen uns ein wenig aufzulockern.

Dankbar ging ich darauf ein. »Tja, nach Verona hätte ich allerdings schon ziehen wollen.«

Er winkte ab. »Medizinstudium in Italien? Oh nein, wenn ich einen Platz bekommen hätte, wäre ich in die Schweiz gegangen, aber Italien? Da war München schon die bessere Alternative. Einmal Bayer, immer Bayer.«

Ich lachte laut. »Welch ein Nationalstolz!«

Während wir vor uns hin kicherten, fiel mir auf, dass ich mich erstaunlich wohl in seiner Gegenwart fühlte. Momentan hatte ich den Eindruck, ich könnte ewig mit ihm hier in der Küche sitzen und über Gott und die Welt reden.

Desiderios Kichern wandelte sich zu einem sanftmütigen Lächeln, bei dem mir ganz warm ums Herz wurde. Es war nicht so aufreibend wie sein erotisches Grinsen, sondern ehrlich und sympathisch. Wieso konnte er nicht öfter so normal sein? Wenn er mich nicht gerade unverfroren anmachte, konnte ich ihn direkt gern haben. Warum musste er mich denn mit seinem Machogehabe ständig auf die Palme bringen?

Gerade, als ich ihm diese Frage stellen wollte, hörten wir die elektrische Tür zur Notaufnahme mit einem Brummen aufschwingen.

Ich rollte mit meinem Bürostuhl vor, damit ich auf den Flur hinaussehen konnte.

Und wollte am liebsten sofort die Küchentür zuknallen, als ich erkannte, wer da auf mich zukam.

Schwester Steffi kam mit wehenden Extensions und zwei Kilo Make-up herangewogt und winkte mir mit einem Stapel Papieren zu.

»Hiii!«, trällerte sie mir entgegen. »Ich hätte noch ein paar Entlassbriefe zum Unterschreiben.«

Briefe unterschreiben? Um diese Uhrzeit? Und dann wurden sie auch noch von Miss Plastik persönlich vorbeigebracht? Normalerweise beauftragten die Stationen für solche Dinge das niedere Volk, wie beispielsweise Praktikanten oder Zivis, die neuerdings als Bufdis bezeichnet wurden. Nur in ganz dringenden Fällen ließ sich eine Krankenschwester zu einer derart anspruchslosen Aufgabe herab.

»Ist Dr. DiCastellooo noch da?«, fragte Steffi und reckte suchend ihren dürren Hals.

Aha, das war also der wahre Grund für ihren späten Besuch. Sie wollte Desiderio bezirzen. Meine Güte, die Frau war so durchschaubar, dass sie sich mit Glasreiniger waschen sollte.

»Ich bin hier!«, rief Desiderio, beugte sich ein wenig vor und winkte durch den Türrahmen.

»Ah, Herr Doktor! Darf ich Sie noch kurz stören?«, säuselte Steffi und trat unaufgefordert ein.

Ihr Tonfall alleine verursachte bereits einen starken Brechreiz in mir, und ich rollte mit meinem Stuhl schnell zurück an den Schreibtisch, um mich nicht noch zusätzlich ihrer süßlichen Parfümwolke aussetzen zu müssen. Einzig das respektvolle Sie, mit dem sie Desiderio angesprochen hatte, stimmte mich ein wenig versöhnlicher.

»Natürlich«, antwortete Desiderio derweil höflich. »Was gibt's?«

»Ich bräuchte driiingend Ihre Unterschrift auf diesen Papieren.«

Mit klimpernden Wimpern legte sie besagte Briefe der Reihe nach vor ihn hin. Ich wunderte mich darüber, dass man mit so viel Wimperntusche überhaupt noch klimpern konnte. Eigentlich müssten die feinen Härchen um Steffis Augen durch die viele Farbe so schwer sein, dass sie die Lider gar nicht mehr hochbekommt. Ihre Augenmuskeln mussten erstaunlich sein.

Desiderio zückte ohne weitere Fragen einen Kugelschreiber und ging die Schreiben kurz durch, bevor er jeweils seine Unterschrift darunter setzte.

Ich schwenkte derweil mit finsterer Miene auf meinem Bürostuhl hin und her.

»Dringende Entlassbriefe? Wer wird denn bei euch um Mitternacht vor die Tür gesetzt?«, fragte ich gehässig.

Steffi lachte und sah mich mit einer Art Mitleid an. »Ach, aber neeeein. Die Patienten werden natürlich erst morgen früh entlassen.«

Fehlte gerade noch, dass sie »du Dummchen!« hinzugefügt hätte.

Was für eine blöde Kuh!

Ich schlug mir übertrieben die Hand vor die Stirn und verstellte meine Stimme, als wäre ich wirklich schwer von Begriff: »Ach soooo! Und ich dachte, die Papiere werden sonst immer bei der Morgenvisite unterschrieben.«

Ha, Treffer!

Steffi starrte mich wütend an und ich grinste schadenfroh zurück.

Desiderio schien von unserer Feindseligkeit nichts zu bemerken, denn er blätterte unbeeindruckt weiter und kritzelte hin und wieder seinen Namen unter die Dokumente.

Als wir genug gestarrt hatten, wandte sich Steffi wieder dem Grund zu, aus dem sie gekommen war. »Na, Herr Doktor? Hatten Sie viel Stress heute?«

Eigentlich war ihre Schleimerei an sich schon schlimm genug, aber zu allem Überfluss platzierte sie jetzt auch noch in vermeintlich lässiger Absicht ihren knochigen Hintern direkt vor Desiderio auf dem Tisch.

Auf MEINEM Küchentisch!

Während ich vor Empörung beinahe aus den Ohren dampfte, sah Desiderio nicht einmal zu ihr auf, was Steffi augenfällig wurmte.

»Es ging so«, antwortete er nur abwesend und kritzelte weiter.

Ich frohlockte und ergriff sogleich die Chance, die sich mir bot. »Aber Desiderio, was redest du denn da?«, zwitscherte ich und legte dabei sehr viel Betonung auf das Du. »Sandra hat mir bei der Übergabe erzählt, dass du heute schon viel Stress hattest!«

Nun sah Desiderio doch auf. Und dass er dabei verwundert zu mir blickte und nicht auf den Hintern vor seiner Nase, stank Schwester Steffi ganz gewaltig. Ich hätte am liebsten gejubelt.

»So schlimm war es nun auch wieder nicht«, sagte er.

»Na, na, na. Keine falsche Bescheidenheit!«, tadelte ich. »Ich weiß doch ganz genau, wie fleißig DU bist.«

Schnell überprüfte ich Steffis Reaktion und musste aufgrund ihres verkniffenen Gesichtsausdrucks ein Lachen unterdrücken. Desiderio folgte meinem Blick, setzte dann die letzte Unterschrift und reichte der Schwester den Stapel Papiere.

»Ist auf der Station alles ruhig?«, wollte er wissen.

Sofort warf sich die Tussi in Pose und spielte aufreizend mit einer dünnen Haarsträhne. »Aaach, eigentlich wie immer. Ist nicht so schlimm, aber ich bin trotzdem froh, dass ich morgen freihabe.«

Mir entfuhr aufgrund ihrer deutlichen Anspielung ein leises Ächzen. Glaubte sie wirklich, Desiderio stieg auf solch eine plumpe Anmache ein?

»So, Sie haben frei«, wiederholte er. »Haben Sie denn was Nettes vor?«

Bitte? Jetzt nicht ernsthaft, oder?

Steffi malte mit ihrem Zeigefinger eine imaginäre Schlangenlinie auf ihre Hose und sagte mit einem Augenaufschlag: »Nein, also bis jetzt habe ich noch nichts geplant.«

Ich hätte kotzen können! Was sollte das hier werden? Wieder mal ein Softporno?

Als Desiderio dann auch noch antwortete »Wirklich? Wie ist das denn möglich?«, sprang ich fassungslos auf und stürzte aus dem hormonüberladenen Raum.

Pah, war das ekelhaft!

Planlos stürmte ich in den nächstgelegenen Behandlungsraum und begann wahllos einige Schubladen zu öffnen, nur um sie gleich darauf, ohne überhaupt hineinzusehen, zuzuknallen, während ich mich ganz fürchterlich aufregte.

Tja, über was regte ich mich denn eigentlich so auf?

Mir konnte es doch völlig egal sein, was die beiden so treiben wollten. Eigentlich sollte ich doch eher froh sein, dass Desiderio seine Flirterei endlich auf jemand anderen verlagern konnte.

Aber warum ausgerechnet Steffi?

Wie war es möglich, dass er auf eine solche Plastikkuh ansprang?

Entweder er hatte null Geschmack oder absolut keine Ansprüche. Beides empfand ich irgendwie als beleidigend, da er mich ja schließlich auch mit in dieses überaus billige Beuteschema gepresst hatte.

Wie konnte er mich denn bitte schön mit einer solchen Tussi auf eine Ebene stellen?

Wutschnaubend rumpelte und schepperte ich mich durch die Verbandsschränke. Ich machte dabei einen solchen Radau, dass ich Desiderio erst bemerkte, als er schon fast neben mir stand.

Entsetzt sprang ich einen Schritt zurück. Jetzt hatte er es also doch noch geschafft, mich zu erschrecken.

»Mann! Schleich dich gefälligst nicht immer so an!«, fuhr ich ihn an.

»Bei dem Lärm, den du veranstaltest, könnte sich hier ein ganzes Heer versammeln, und du würdest es nicht bemerken«, entgegnete er gelassen.

»Wenn man aufräumt, verursacht man eben Geräusche!«

»Aha.« Desiderio verschränkte locker die Arme vor der Brust und musterte mich eingehend. »Weißt du, ich bin ehrlich begeistert.«

»Hä? Von was denn, bitte?«

Er grinste. »Dass du eifersüchtig bist.«

Geht's noch?

Entgeistert riss ich die Augen auf. »Spinnst du? Ich bin doch nicht …! Auf die? Ha! Ich glaub's ja nicht!«

Sein rechter Mundwinkel wanderte nach oben und verursachte direkt ein leichtes Schwindelgefühl in meinem Kopf. »Du brauchst dich nicht rauszureden. Ich finde das toll.«

»Was denkst du eigentlich?«, stieß ich hervor. »Wieso sollte ich eifersüchtig sein, wenn ich doch sowieso nichts von dir will!«

»Tja, das ist hier die große Frage, nicht wahr?«, meinte er geheimnisvoll.

Während ich noch empört nach Luft schnappte, neigte er sich zu mir vor und sagte in verschwörerischem Ton: »Ich werde übrigens nicht mit ihr ausgehen. Wenn du allerdings morgen etwas mit mir unternehmen möchtest, stehe ich jederzeit zur Verfügung.«

»Kein Bedarf!«, japste ich, inzwischen völlig hilflos von seinen blauen Augen gefangen.

Desiderio lachte kehlig. »Gute Nacht, kleine Kriegerin.« Dann verschwand er aus dem Raum.

Völlig durcheinander presste ich mir eine Hand auf den Bauch, um das seltsame Kribbeln zu unterbrechen, das darin tobte.

Verdammt!

Jetzt litt ich nicht nur unter Herzrhythmusstörungen, sondern auch noch unter einer Gastroenteritis. Es handelte sich hierbei eindeutig um einen völlig neuartigen Bazillus, und ich musste dringend ein Gegenmittel dafür finden.

Mein EKG ein paar Stunden später war übrigens absolut unauffällig …

Kapitel 13

Samstag, der vierundzwanzigste August und somit Veras Geburtstag, stand bei mir ganz im Zeichen der Entspannung. Schon am Nachmittag startete ich ein ausgiebiges Wellnessprogramm, mit Schaumbad und Gesichtsmaske.

Hach, war das schön!

So einen Beauty-Tag hatte ich mir schon lange nicht mehr gegönnt. Normalerweise rasierte ich mir die Beine im Eiltempo unter der Dusche, und Maniküre gab es sonst nur bei Bedarf, wenn ein Fingernagel abgebrochen war.

Heute beschloss ich sogar, mir die Nägel zu lackieren. Da ich darin nicht sehr geübt war, nahm das einige Zeit in Anspruch und kostete mich einen halben Liter Nagellackentferner. Am Ende konnte sich aber das Ergebnis meiner *French manicure* durchaus sehen lassen. Zumindest aus der Ferne. Bei schlechtem Licht.

Während ich mit tränenden Augen meine Brauen zupfte, überlegte ich zum hundertsten Mal, was ich anziehen sollte. Das ewige Leid der Frauen. Meine frisch rasierten Beine sprachen für ein Kleid. Da ich insgesamt nur drei Kleider besaß, schränkte das die Wahl deutlich ein. Eigentlich blieben nur zwei Kandidaten übrig, da das dritte mein geblümtes Strandkleid war und definitiv nicht für eine wilde Partynacht geeignet.

Am Ende entschied ich mich für mein schwarzes Sechzigerjahre-Kleid. Ich liebte dieses Teil! Das Oberteil mit Neckholder war sehr figurbetont geschnitten und ging an der Hüfte in einen schwingenden Rock über, der bis knapp unter die Knie reichte. Das Highlight war der knallrote, breite Gürtel unterhalb der Brust, zu dem ich mir extra Pumps in derselben Farbe gekauft hatte.

Affengeil!

Ich sah auf die Uhr. Noch zwei Stunden, das könnte knapp werden.

Nachdem nämlich die Kleiderwahl geklärt war, stellte sich die Frage nach der richtigen Frisur. Weil meine Fantasie in puncto Haare an ihre Grenzen stieß, beinhaltete das einige Probleme. Also setzte ich mich erst einmal vors Internet und studierte ein paar Rockabilly-Frisuren. Sofort wurde ich überflutet von Tausenden Bildern. Zuerst war ich völlig überfordert, doch schon auf der zweiten Seite fand ich eine Hochsteckfrisur zum Nachmachen, die mich gleich begeisterte.

Ich nahm meinen Laptop kurzerhand mit ins Bad und versuchte, die einzelnen Schritte genaustens nach Anleitung zu befolgen.

Die Betonung liegt hierbei auf: versuchte.

Als ich nämlich beim letzten Schritt angekommen war, sah ich aus wie ein zerrupfter Besen, und obwohl ich unzählige Haarklammern verwendet hatte, hing das ganze Gebilde irgendwie zur Seite. Mein Ergebnis hatte keinerlei Ähnlichkeit mit dem auf dem Foto, und das Gegrinse von dem Model auf dem Bildschirm ging mir tierisch auf die Nerven. Ich hatte schon beinahe das Gefühl, es würde mich auslachen.

Mist, verdammter!

Ich klappte grummelnd den Laptop zu und begann damit, die ganzen Haarnadeln wieder herauszupfriemeln. Das dauerte ziemlich lange und war teilweise richtig schmerzhaft. Als ich das Gefühl hatte, alle erwischt zu haben, beugte ich mich vornüber und schüttelte meine Haare nochmals aus. Gerade wollte ich zur Bürste greifen, als ich bemerkte, die ganze Toupiererei hatte anscheinend doch etwas Gutes an sich gehabt. Meine Haare wellten sich voluminös über die Schultern und verdienten durchaus die Bezeichnung wilde Mähne. Kurzerhand zückte ich einen breiten Haarreif und bändigte damit die ganze Sache aus meinem Gesicht.

Gar nicht so übel!

Als ich alles noch mit Haarspray fixiert hatte, war ich sogar begeistert von dem Resultat. Nicht so begeistert war ich allerdings vom Blick auf die Uhr, denn der verriet mir, dass ich nur noch eine Viertelstunde übrig hatte.

Hektisch legte ich mein Make-up auf, wobei ich mich vor allem auf meine Augen konzentrierte. Ich umrandete sie mit einem tiefen Schwarz, das mir sofort ein verruchtes Aussehen verlieh.

Danach sprang ich in Kleid und Schuhe, nebelte mich mit meinem Lieblingsparfüm ein und streifte noch ein wenig Schmuck über.

Obwohl ich bereits zu spät dran war, konnte ich nicht umhin, mich kurz vor dem Spiegel zu bewundern.

Lena, du bist ein richtig heißer Feger!

Und – ja, das war ich wirklich. Das hatte nichts mit eingebildet zu tun. Die Wahrheit durfte man schließlich sagen, nicht wahr?

Ich kramte noch eine passende, rote Tasche aus meinem Schrank, stopfte Geldbeutel und Veras Geschenk hinein und stöckelte eilig zur Tür hinaus. Bereits auf der Treppe wusste ich, dass ich die hohen Absätze meiner Pumps noch verfluchen würde, aber wer schön sein wollte, musste ja bekanntlich leiden.

Kurze Zeit später stürmte ich das Goose, ein gemütliches Lokal im Stile eines Irish Pub, und schlängelte mich hastig an den vielen kleinen Tischen vorbei zu der Geburtstagsgesellschaft, die aus Vera, Sebastian und Frank bestand.

Dass ich mit meinen zwanzig Minuten Verspätung nicht die Heldin des Abends sein würde, war mir schon vorher klar, und tatsächlich war Frank der Einzige, der sich merklich freute, als ich ein wenig außer Atem an ihrem Tisch ankam.

»Lena! Wow, du siehst spitze aus!«, begrüßte er mich mit anerkennendem Blick.

»Danke«, grinste ich und machte einen kleinen Knicks.

»Du bist zu spät«, schimpfte das Geburtstagskind.

Ich zeigte mich sofort reumütig. »Tut mir ehrlich leid! Aber ich hatte eine kleine Auseinandersetzung mit einer Frisieranleitung aus dem Internet.«

Vera begutachtete kritisch meine Haare. »Eher einen Kampf mit dem Toupierkamm«, brummte sie.

»Tja, das hier«, ich zeigte erklärend auf meinen Kopf, »ist der verzweifelte Rettungsversuch. Eigentlich hätte es nämlich eine Hochsteckfrisur werden sollen.«

»Darf ich jetzt endlich was zum Essen bestellen?«, maulte Sebastian dazwischen.

»Sofort«, sagte ich und zog mein Geschenk aus der Tasche. »Erst muss ich noch was loswerden.«

Veras Sinneswandel war erstaunlich. Kaum sah sie das lila geblümte Päckchen, war auch schon jeglicher Ärger über meine Unpünktlichkeit vergessen.

»Ui!«, freute sie sich und sprang mit leuchtenden Augen auf. »Das wäre doch nicht nötig gewesen.«

Na klar …

Ich ignorierte die Floskel und umarmte meine Freundin lieber herzlich. »Alles Gute zum Geburtstag!«

»Danke schön!«

Wir lösten uns voneinander und ich übergab ihr mein Geschenk.

Prüfend hielt Vera es an ihr Ohr und schüttele das Päckchen. »Hmm …«

»Mach es doch einfach auf!«, forderte ich lachend.

»Okay.« Mit einem Ratsch riss sie mein sorgfältig verklebtes Geschenkpapier herunter. Gleich darauf ertönte entzücktes Quietschen. »Staffel acht? Staffel acht?«

»Jap.«

»Juhu! Endlich kann ich weitergucken! Guck mal, Sebastian, der DVD-Player gehört in den nächsten Tagen ausschließlich mir!«

Sebastian zeigte sich von der Aussicht auf tagelang *Desperate Housewives* wenig begeistert.

»Ich hab Hunger«, sagte er nur.

»Mann, du alter Brummbär«, tadelte ich und wuschelte ihm frech durch die Haare. »Schnell, bestellen wir was, bevor der arme Kerl verhungert.«

Vera und ich setzten uns. Ich griff gerade mal nach der Karte, da winkte Sebastian schon die Kellnerin heran und gab seine Bestellung auf. Da ich keinen Krieg hervorrufen wollte, beschwerte ich mich nicht und wählte einfach standardmäßig ein Schnitzel.

Kaum war das Essen geordert, entspannten sich Sebastians Gesichtszüge.

Hungrige Menschen waren doch alle gleich.

»Und, Vera?«, fragte ich leger, um ein Gespräch anzufangen. »Hat dir dein Brummbär auch was Schönes geschenkt?«

»Oh ja«, antwortete sie und bedachte ihren Schatz mit einem verliebten Blick.

»Darf man auch erfahren, was?«, hakte ich nach.

Sie lächelte schüchtern und hielt mir ihre linke Hand hin. Ein filigraner Silberring blitzte an ihrem Finger.

Staunend betrachtete ich ihn. »Wow, der ist aber hübsch«, lobte ich. Dann sah ich erschrocken auf. »Moment mal! Ist das etwa ein …?«

Vera nickte mit roten Wangen und zog ihre Hand zurück.

»Ein Verlobungsring?«, vergewisserte ich mich.

»Ja.«

Ich blinzelte kurz zwischen Vera und Sebastian hin und her. Dann sprang ich quiekend auf und stürzte mich auf meine beste Freundin. »Gratuliere! Ihr werdet heiraten! Juhu! Ich freu mich so für euch!«

Während ich Vera beinahe erdrückte und einen wahren Freudentanz aufführte, klopfte Frank seinem Kumpel nur einmal auf die Schulter. »Respekt, Alter!«

Da musste ich wohl ran. Ich gab Vera frei, die sofort nach Atem rang, und schwang zu Sebastian hinüber, um ihm ebenfalls kurz die Luft abzuschnüren. »Glückwunsch! Das ist so toll!«

Ich jubelte noch eine Weile herum. Dann schnippte ich aufgekratzt nach einer Bedienung, die meine Geste gar nicht komisch fand. Ich orderte trotz ihres vergrämten Blickes vier Prosecco, da wir ja schließlich etwas Wichtiges zu feiern hatten.

Bis ich mich endlich wieder ein wenig beruhigt hatte, wusste bereits das ganze Lokal, dass Vera und Sebastian heiraten würden, was den beiden ein wenig peinlich war. Mir war das egal. Durfte doch die ganze Welt wissen, dass meine besten Freunde bis ans Ende ihrer Tage glücklich sein würden!

Ich ergriff mein Glas und sprach einen Toast aus. »Auf dass sich meine Liebsten für immer lieben werden!«

»Hört, hört«, meinte Frank und hob ebenfalls sein Gläschen zu einem Spruch. »Auf dass sich die liebenden Liebsten in ihrer Verliebtheit für immer lieben!«

Wir lachten ausgelassen und stießen alle auf dieses freudige Ereignis an.

»Hat er dich heute gefragt?«, wollte ich wissen, nachdem wir einen Schluck getrunken hatten.

»Ja. Es war wirklich total romantisch!«, schwärmte Vera. »Er hat mir das Geburtstagsfrühstück ans Bett gebracht und auf dem Tablett war der Ring als Geschenk verpackt. Als ich ihn ausgepackt habe, habe ich an Verlobung noch gar nicht gedacht! Erst als er vor mir auf die Knie ging, habe ich kapiert, was das zu bedeuten hatte.«

»Oooch, ist das goldig.« Ich sah Sebastian an, der ein wenig beschämt vor sich hin grinste.

Wären die beiden nicht meine besten Freunde, hätte ich glatt neidisch werden können.

»Habt ihr denn schon einen Termin?«, fragte Frank.

»Und wie genau habt ihr es euch eigentlich vorgestellt?«, quakte ich gleich dazwischen. »Ich meine, wollt ihr nur eine kleine Feier nach dem Standesamt oder so richtig groß mit Kirche und so was?«

Vera und Sebastian tauschten kurz einen fragenden Blick.

»Darüber haben wir uns ehrlich gesagt noch keine Gedanken gemacht«, gab Vera schließlich zu.

»Waaas?«, rief ich ungläubig. »Aber das ist doch wichtig! Was habt ihr denn den ganzen Tag über geredet?« Veras rote Ohren waren Antwort genug. »Schon klar«, wehrte ich schnell ab. »Ich will es gar nicht genauer wissen.«

Das Essen kam und die Männer stürzten sich sogleich mit Feuereifer darauf, während wir Mädels ab diesem Zeitpunkt natürlich nur noch ein Thema hatten, bei dem jedes zweite Wort mit Braut anfing.

Brautkleid, Brautstrauß, Brautjungfern, Brautauto …

Es gab so vieles zu besprechen!

Je mehr wir über die Traumhochzeit sinnierten, umso größer wurden Sebastians Augen.

»Mannomann, an was man da alles denken muss«, sagte er erschrocken.

Ich tätschelte ihm beruhigend den Arm. »Keine Sorge. Vera soll das Ganze ausschließlich mit mir planen. Du brauchst dann nur dort zu erscheinen und im richtigen Moment laut Ja zu sagen.«

Erleichtert nickte er. »Das kriege ich hin.«

»Das will ich aber auch hoffen!«, rief Vera.

Sebastian nahm ihre Hand und blickte ihr tief in die Augen. »Glaub mir, Schatz. Nichts in der Welt könnte mich dazu bringen, Nein zu sagen. Ich kann mir ein Leben ohne dich gar nicht mehr vorstellen.«

Gott, war das niedlich!

Vielleicht ein wenig kitschig, aber trotzdem niedlich. Ich himmelte die beiden an und seufzte schwer.

Ob ich auch einmal einen Mann finden würde, der so etwas aus tiefstem Herzen zu mir sagen würde? Oder zu dem *ich* so etwas sagen konnte?

Bevor ich noch richtig sentimental wurde, nahm ich lieber noch einen Schluck Prosecco und lenkte das Gespräch wieder auf die Hochzeitsplanung.

Kapitel 14

Nach rund zwei Stunden Brautalarm drängten uns die bereits ziemlich gelangweilten Männer zum Aufbruch. Sie wollten sich lieber an eine Bar lehnen und bei lauter Musik einen Whiskey heben, anstatt sich um solch unbedeutende Dinge wie Tischdekoration Gedanken machen zu müssen. Also wanderten wir gegen dreiundzwanzig Uhr hinüber ins Go. Das Wunderbare am Goose war nämlich, dass es genau gegenüber der Diskothek lag. Sehr praktisch. Vor allem weil ich beides in wenigen Minuten zu Fuß erreichen konnte und somit bei den nervigen Diskussionen darum, wer denn heute als Fahrer nüchtern bleiben musste, komplett außen vor blieb.

Schon am Haupteingang herrschte reges Gedränge. Der ganze Landkreis schien beschlossen zu haben, eine Partynacht in Wollbach einzulegen. Ich ahnte Schreckliches.

Als wir uns endlich an den bulligen Türstehern vorbeigepresst hatten, wurde mein Verdacht sofort bestätigt.

Im Go ging es zu wie im Münchner Flughafen bei starken Schneefällen. Bereits der Weg zur ersten Bar wurde eine wahre Herausforderung. Wir kämpften uns energisch durch die Massen, und schließlich gelang es Frank tatsächlich, bis zum Tresen vorzudringen.

»Hier werde ich den ganzen Abend nicht mehr weggehen«, beschloss er, ein wenig außer Atem.

Er orderte Whiskey-Cola für die Herren und Weinschorlen für die Damen. Anschließend gab er sein Bestes, um den heiß begehrten Platz an der Bar zu verteidigen. Gut, dass er so kräftig war, denn es bedurfte einer gewissen Anstrengung, um nicht einfach von den vom Durst getriebenen Massen fortgespült zu werden. Wir anderen drapierten uns um ihn herum und taten unser Möglichstes, um ihn ein wenig vom Andrang abzuschirmen, damit unsere persönliche Versorgungsquelle erhalten blieb.

Schon nach zehn Minuten war ich wahnsinnig genervt von der Drängelei. Frank bemerkte wohl meinen grimmigen Gesichtsausdruck, denn er drückte mir kurzerhand einen Schnaps in die Hand. Ich musste nicht lange überlegen, ob ich heute einen Schwips brauchte oder lieber nicht. So viele Leute auf einen Haufen konnte ich nüchtern kaum ertragen.

Vera entdeckte irgendwelche Arbeitskolleginnen, entschuldigte sich knapp und drängelte an mir vorbei. Kurz darauf hörte ich hinter mir ein mehrstimmiges Kreischen; da hatte wohl jemand gerade seinen neuen Verlobungsring zur Schau gestellt.

Sebastian und Frank unterhielten sich über irgendetwas, das ich wegen der lauten Musik nicht hören konnte, darum stand ich eine ganze Weile schweigend da und beobachtete das Treiben um mich herum. Obwohl mich die Männer immer wieder mit einem Schnäpschen versorgten, langweilte ich mich ein wenig. Vera blieb verschwunden, und ich war immer noch genervt von den vielen Schubsern, die ich abbekam.

Irgendwann wurden meine Beobachtungen doch recht spannend, weil sich direkt vor mir eine kleine Eifersuchtsszene entwickelte. Ein junges Pärchen hatte eine lautstarke Auseinandersetzung, wobei das Lautstarke hauptsächlich von der Frau ausging. Ihr Freund hatte wohl einer anderen Dame zu tief in den Ausschnitt geguckt, was für seine Freundin ein großes Problem darstellte. Hach, die jungen Leute! Wie schnell konnte doch aus einem solch kleinen Ärgernis ein großes Drama werden! Einerseits tat mir der junge Mann mit den hängenden Schultern leid, andererseits war er wahrscheinlich auch selbst schuld an seinem Dilemma. Es ist keineswegs so, dass Frauen nicht auch einmal einen verbotenen Blick auf etwas Hübsches riskieren würden, nur gingen sie dabei stets etwas subtiler vor.

Eine Frau sieht einen gut aussehenden Mann, denkt sich »ganz nett« und wendet sich schließlich wieder den wichtigeren Dingen des Lebens zu.

Ein Mann sieht eine gut aussehende Frau, denkt sich »ganz nett«, überprüft den Vorbau, denkt sich »wow«, überprüft die Hüfte, denkt sich »krass«, checkt nochmals den Vorbau, stellt sich das ganze Gebilde einmal in Nackt vor und reckt schließlich den Kopf, um das Ganze noch einmal von hinten zu beurteilen.

Na, also bitte, liebe Herren, dazu braucht man doch gar nichts mehr zu sagen, oder?

Dasselbe dachte sich wohl auch die eifersüchtige Dame vor mir, denn sie schloss ihre Schimpftirade mit einer saftigen Ohrfeige ab und verschwand anschließend wütend in der Menge. Der arme Kerl hielt sich bedröppelt die Wange und sah seiner Liebsten erst eine Weile hinterher, ohne ihr zu folgen. Vielleicht musste er erst abwägen, ob es ihm der ganze Aufwand überhaupt wert war oder ob er lieber den vorher bestaunten Ausschnitt suchen sollte. Letztendlich entschied er sich für seine Freundin und schlich sich niedergeschlagen in ihre Richtung davon.

Ich hoffte für die beiden, alles würde sich wieder zum Guten wenden, denn eine Beziehung wegen solcher Lappalien zu beenden, wäre dann doch reichlich übertrieben.

»Guten Abend, Schönheit«, flüsterte mir jemand ins Ohr.

Überrascht wandte ich den Kopf und blickte direkt in Desiderios grinsendes Gesicht.

Was wollte der denn hier?

Und, verdammt, warum musste der Kerl eigentlich so unverschämt gut aussehen?

Er trug verwaschene Jeans und dazu ein dunkelblaues Hemd mit aufgekrempelten Ärmeln, das genau dieselbe Farbe hatte wie seine Augen. Und eben jene Augen strahlten mich mit einer Intensität an, dass sie den bunten Scheinwerfern an der Decke ernsthafte Konkurrenz machten.

»Du siehst umwerfend aus«, schwärmte er anerkennend und betrachtete mich unverhohlen von oben bis unten.

»Was willst du denn hier?«, zischte ich unfreundlich, um meine leichte Verlegenheit über sein Kompliment zu vertuschen.

»Ich bin dein persönlicher Stalker, schon vergessen?« Ich fand das gar nicht lustig, darum korrigierte er sich schnell. »Ich bin mit ein paar Freunden hier.«

»Aha.«

»Da ich auch hier in Wollbach wohne, ist das doch nichts Ungewöhnliches, oder?«

»Hm.« Ich gab mich übertrieben desinteressiert und ließ meinen Blick gelangweilt über die Menge schweifen.

Nach einer Weile startete Desiderio die nächste Attacke. »Habe ich schon erwähnt, dass du mit Abstand die schönste Frau des heutigen Abends bist?«

Um Gottes willen!

Obwohl sich in meiner unteren Bauchregion seltsame Dinge abspielten und sich meine Ohren glühend heiß anfühlten, brachte ich einen hochnäsigen Blick zustande und sagte nur: »Ich weiß.«

Desiderio lachte fröhlich. »Werde ich dir irgendwann einmal ein Kompliment machen können, über das du dich freust?«

»Nein.«

Zumindest keines, bei dem ich meine Freude zugeben würde.

Er verdrehte theatralisch die Augen. »Du bist echt eine harte Nuss, weißt du das?«

»Ja«, meinte ich und zuckte die Achseln. »Ich habe dir aber auch schon das eine oder andere Mal gesagt, dass du keine Chance hast. Vielleicht verstehst du es jetzt endlich?«

»Es gibt nichts, was sich nicht knacken lässt«, sagte er verschmitzt und machte damit meine Hoffnung, er würde mich endlich in Ruhe lassen, sofort zunichte. »Man braucht nur das richtige Werkzeug dazu.«

»Tss! Und du glaubst, du hast das richtige Werkzeug?«

»Ich denke schon. Soll ich es dir einmal zeigen?«

Holla, jetzt ging's aber los!

»Igitt!«, rief ich und sah ihn pikiert an. »Lass deine Werkzeugkiste mal lieber zu!«

Obwohl, so ein kleiner Blick …

Tadelnd schüttelte er den Kopf. »Also, Lena! Ich bin entsetzt, in welche Richtung du gleich denkst.«

Oh ja, ich war ebenfalls entsetzt, in welche Richtung meine Gedanken abgeglitten waren.

»Dann sag nicht immer so seltsame Sachen«, schimpfte ich ertappt, »und verschone mich in Zukunft vor diesen Bildern in meinem Kopf.«

Sein Grinsen wurde so breit, dass es fast bis zu beiden Ohren reichte. »Du hast Bilder von mir im Kopf? Kannst du mir die einmal beschreiben?«

Mein Gesicht wandelte sich augenblicklich in einen Feuermelder. Natürlich war ich wieder einmal selbst schuld an meiner Situation, aber ich unterschätzte einfach Desiderios Unverfrorenheit jedes Mal aufs Neue.

Hastig leerte ich meine Weinschorle in einem Zug und drückte ihm anschließend das leere Glas in die Hand. »Hier, halt das mal.«

Und zack – weg war ich.

Ich tauchte in der Partymeute unter und wurschtelte mich erst einmal zur Toilette durch. Während ich mich in die schier endlose Warteschlange einreihte, ärgerte ich mich beinahe zu Tode über meine Flucht vor Desiderio.

Warum konnte ich nicht einfach cool bleiben und seine zweideutigen Sprüche mit einem Lächeln quittieren? Ich benahm mich in seiner Gegenwart ja geradezu wie ein schüchternes Schulmädchen!

Man konnte mir viele Eigenschaften nachsagen, aber Schüchternheit gehörte eigentlich nicht dazu. Und normalerweise konnte ich in Bezug auf schmutziges Gerede durchaus mit der Männerwelt mithalten, wenn es nötig war. Erröten und Sprachlosigkeit kamen im Regelfall bei mir nicht vor.

Meine Hilflosigkeit gegenüber Desiderios Anmachen nervte mich also ganz gewaltig und stellte mich gleichzeitig vor ein Rätsel.

Mittlerweile begannen die Schnäpschen, ihre Wirkung zu entfalten, und ich spürte, wie meine Beine allmählich ein wenig wackelig wurden. Die Schlange schob sich langsam vorwärts. Als ich schon im Türrahmen stand, stakste mir ausgerechnet Steffi entgegen.

Waren denn heute nur Idioten hier?

Wir musterten uns kurz mit gegenseitiger Abscheu, pressten beide ein »Hallo« hervor und dann war sie auch schon wieder weg.

Was für eine bescheuerte Kuh! Und wie sie überhaupt daherkam!

Sie trug etwas, das mit viel Fantasie als Rock bezeichnet werden konnte, aber eher wie ein breiter Gürtel aussah. Dazu ein glänzendes Oberteil, das am Rücken beinahe bis zum Hintern ausgeschnitten war. Wenn man es nicht besser wusste, dann ging man davon aus, dass Steffi in einem gewissen Gewerbe tätig war.

Peinlich!

Wenigstens entdeckte ich ein paar hässliche Pickel auf ihren nackten Schultern, was meine Laune augenblicklich verbesserte. Mit einem schadenfrohen Grinsen sah ich ihr nach, und bis ich endlich eine der Toilettenkabinen erreichte, musste ich sogar wirklich pinkeln.

Als ich wieder zurückkam, war von Desiderio weit und breit nichts mehr zu sehen. Von meinen Freunden leider auch nicht.

Na toll.

Allerdings war ich auch einfach davongerannt, also warum sollte dann jemand auf mich warten?

Ich ergatterte mir mit vollem Körpereinsatz noch eine Cola, um einem sofortigen Vollrausch ein wenig entgegenzuwirken, und machte mich auf die Suche nach den anderen. Langsam schlenderte ich durch die großen Räume und sah mich dabei aufmerksam um. Wobei – als Schlendern konnte man das eigentlich nicht bezeichnen, denn eine entspannte Gangart durch eine derartige Menschenmenge war absolut unmöglich. Im Endeffekt quetschte ich mich zwischen schwitzenden Leibern hindurch und sah sozusagen vor lauter Bäumen den Wald nicht mehr.

Durch Zufall stieß ich schließlich auf eine Arbeitskollegin aus der Röntgenabteilung. Im wahrsten Sinne des Wortes. Wir prallten mit den Schultern aneinander und erkannten uns erst, als wir uns gerade gegenseitig anzicken wollten.

»Pass doch … Oh. Hi Eva! Dich hab ich ja schon ewig nicht mehr gesehen!«, freute ich mich.

»Lena! Ja, ich hatte Urlaub«, erklärte sie. »Alter, jetzt hätt' ich dir fast eine gewischt. Die Drängelei geht mir schon voll auf die Eier.«

Eva war gebürtige Polin, und obwohl sie fast zehn Jahre älter war als ich, sprach sie stets in einer Art Gossendeutsch, in dem ziemlich häufig Ausdrücke wie »Alter« oder »Ich schwöre« vorkamen. Zudem war sie eine jener Frauen, die während des Redens kaum atmen mussten und dementsprechend viel in einem Stück hervorsprudeln konnten.

Ich mochte Eva und ihre eigentümliche Art. Zumindest wenn ich ihr maximal eine Stunde ausgesetzt war. Danach brauchten ich und meine Ohren immer eine kleine Erholungspause.

»Ja, meiner Meinung nach sind heute Abend mindestens dreihundert Leute zu viel hier«, pflichtete ich ihr bei. »Und? War der Urlaub schön? Warst du weg?«

Sie nickte und verzog dabei das Gesicht. »Wir waren drei Wochen beim Schwiegermonster. Drei Wochen! Kannst du dir das vorstellen? Ey, eigentlich bräuchte ich jetzt noch mal drei Wochen Urlaub.«

»Oh je, war's denn so schlimm?«

»Ich schwöre!«

Dann holte sie einmal tief Luft und schon ging's los. In nur einem rekordverdächtigen Atemzug erzählte sie mir alle Details ihres Familienurlaubs bei ihren Schwiegereltern. Wirklich *alle* Details. Da Evas Schamgrenze erschreckend niedrig lag, erfuhr ich sogar, wann und wie oft sie in den Ferien mit ihrem Mann Sex gehabt hatte. Mittlerweile kannte ich meine Kollegin schon gut genug, um davon nicht allzu schockiert zu sein. Ich überhörte einfach die pikanten Einzelheiten und konzentrierte mich auf die weniger persönlichen Erzählungen.

Bis sie mit ihrer Schilderung fertig war, hatte ich meine Cola gemütlich leer getrunken. Ich stellte die Flasche auf dem nächstbesten Stehtisch ab.

»Hört sich wirklich nicht gerade entspannend an, dein Urlaub«, meinte ich mitfühlend, während Eva wieder zu atmen begann.

»Absolut nicht. Was gibt's Neues im Krankenhaus? Hab ich irgendetwas verpasst?«

Ich überlegte kurz. »Hm, eigentlich nicht. Wir hatten wieder einen Kerl mit einem verschollenen Dildo im Hintern, aber ansonsten … Nein, nichts Ungewöhnliches.«

»Schon wieder einer?« Eva lachte dreckig. »Meine Fresse, dass die Männer immer so gierig sind, was? Wenn ich mir was in den Arsch stecke, muss ich halt ein bisschen aufpassen oder so was Spezielles für anal benutzen, oder weiß der Geier! Da gibt's doch so Zeugs, das extra so Griffe dran hat, damit's nicht rein rutscht.«

»Also damit kenne ich mich jetzt nicht so aus«, gackerte ich.

»Mann, ich doch auch nicht! Der Schwule aus der Endoskopie hat mir das mal erklärt.«

»Schon klar.«

»Ey, glaubst du, dass ich auf so was stehe, oder was? Nee, ich will das nicht! Aber wer's mag …«, schüttelte sie sich.

Weil Eva sich so herrlich aufregte, zuckte ich nur mit den Schultern und grinste dämlich. »Ja, wer's mag …«

Sie verdrehte genervt die Augen. Dann zog etwas hinter mir ihre Aufmerksamkeit auf sich.

»Hey«, sagte sie und stieß mich aufgeregt an. »Das ist doch dieser Castello, oder?«

»DiCastello«, korrigierte ich automatisch und drehte mich möglichst unauffällig um. Obwohl Desiderio mir halb den Rücken zugewandt hatte, erkannte ich ihn natürlich sofort. Er stand einige Meter weiter an einer Bar und unterhielt sich mit …

»Was will er denn mit dieser Bitch?«, sprach Eva mir aus der Seele. »Wie heißt die noch gleich?«

»Steffi«, presste ich zwischen zusammengebissenen Zähnen hervor.

»Genau. Alter, schaut die Tusse beschissen aus«, kommentierte Eva.

Wahre Worte!

Ich betrachtete das Gesamtgebilde aus Make-up, Plastik und billigem Kleiderstoff und fragte mich, was sie Desiderio wohl gerade erzählte. So wie sie ihre Fransen ständig um den Finger wickelte, musste es etwas einigermaßen Interessantes sein. Wenn er antwortete, beugte sie sich vor und bot ihm aufreizend ihren dürren Hals dar.

Jesses, noch deutlicher kann man doch gar nicht sagen: Nimm mich!

Schrecklich.

Desiderio hatte scheinbar gerade etwas irre Komisches gesagt, denn sie warf laut lachend ihren Kopf in den Nacken und tätschelte ihm die Schulter.

Wütend drehte ich mich weg.

»Mein Gott, sieh ihn dir an!«, hauchte Eva, die die beiden immer noch beobachtete. »Was für ein Mann. Wenn ich nicht verheiratet wäre, dann könnte die Schlampe da vorne einpacken, ich schwöre. Den Typen würde ich mir krallen und dann …, frag nicht!«

Ich fragte nicht und nagte verbissen an meiner Unterlippe. Auch ohne hinzusehen, wusste ich, dass alleine Desiderios Heckansicht einen verlockenden Anblick bot. Seine gut gebauten Schultern und die gerade Linie seines Rückgrates zeichneten sich unter dem dünnen Stoff seines Hemdes ab. Außerdem wusste ich noch zu gut, wie dieser Rücken ohne Stoff aussah …

Na schön, langsam musste ich mir eingestehen, dass ich vor Desiderios erotischer Ausstrahlung nicht gefeit war. Dass ich dieser aber keinesfalls erliegen durfte, hatte mehrere Gründe:

1. Ich hatte geschworen, dass ich nicht nachgeben würde und er sich das erste Mal in seinem Leben die Zähne an einer Frau ausbeißen würde. Würde ich also nachgeben, dann hätte ich unseren eigenartigen Kampf verloren.

2. Wir waren Arbeitskollegen, und das alleine war eigentlich schon Grund genug, die Finger von ihm zu lassen. Ein One-Night-Stand würde unweigerlich Unannehmlichkeiten hervorrufen, wenn man sich anschließend jeden Tag in der Arbeit über den Weg lief.

3. …

Okay, ein dritter Grund fiel mir nicht ein, aber zwei Gründe sollten doch genügen, um vernünftig zu bleiben, oder?

Doch warum verlangte mein Körper jetzt danach, einfach zu ihm hinüber zu gehen, Steffi zur Seite zu schubsen und sich anschließend in seine Arme zu werfen? Vielleicht hatte Vera recht und mein Sexleben war doch nicht so ausgelastet, wie ich dachte. Oder warum sollten sonst meine Hormone bei seinem Anblick völlig am Rad drehen?

»Du, ich hol mir noch was zu trinken, okay?«, sagte ich zu Eva und hoffte, dass sie meinen Stimmungsumschwung nicht bemerkte. »Vielleicht sehen wir uns später noch.«

»Alles klar. Wenn nicht, dann sehen wir uns spätestens in der Arbeit. Ciao!«

Damit setzte ich meine Suche nach meinen Freunden fort und achtete dabei penibel darauf, mich so weit wie möglich von Desiderio zu entfernen.

Ich fand die drei an einer Bar im großen Hauptraum, wo sie sich tatsächlich relativ viel Platz direkt an der Theke erkämpft hatten.

Erleichtert gesellte ich mich zu ihnen und studierte erst einmal in Ruhe die Getränkekarte. Da ich mich inzwischen wieder halbwegs nüchtern fühlte, allenfalls ein wenig beschwipst, entschied ich mich kurzerhand für einen Long Island Icetea.

Kenner wussten, dass dieser Cocktail nichts für Weicheier war. Das Gemisch bestand hauptsächlich aus verschiedenen Alkoholika, denen man zum Schluss noch einen kleinen Schluck Cola beifügte, damit das Ganze wenigstens ein wenig Farbe bekam.

Genau das Richtige für meinen momentanen Gemütszustand.

Entschlossen wollte ich mich an Frank vorbei zum Tresen schlängeln.

»Hey, hier wird nicht gedrängelt!«, schimpfte er scherzhaft und versperrte mir den Weg.

»Ich bin am Verdursten, da kann ich nicht auch noch Rücksicht auf andere nehmen«, jammerte ich.

»Aha. Wo warst du überhaupt die ganze Zeit?«

»Ich hab euch Vögel gesucht, weil ihr auf einmal verschwunden wart!«

»Also, eigentlich bist du als Erstes verschwunden. Und an unserem vorherigen Platz war uns das Gedränge zu viel, darum hatten wir uns ein ruhigeres Fleckchen gesucht.«

»Ja, ja, ich weiß«, winkte ich ab. »Darf ich jetzt endlich was bestellen?«

Er lachte und gab den Weg frei. Sebastian sagte etwas zu ihm, darum wandte er sich von mir ab. Ich lehnte mich an die hohe Verkleidung der Bar und trommelte ungeduldig mit den Fingern auf den Tresen.

Im Augenwinkel sah ich, dass der Kerl neben mir mich neugierig musterte. Ich drehte mich leicht zu ihm und vollführte meinerseits einen kurzen Check. Ein wenig größer als ich, kurz geschorene Haare, körperlich eher der Typ, der zu viel Zeit im Fitnessstudio verbrachte und Steroiden wohl auch nicht gänzlich abgeneigt war, und an seinem Hals prangte ein großes Schlangentattoo. Insgesamt also eher nichts für mich.

Trotzdem schenkte ich ihm noch ein freundliches Lächeln, bevor ich den gestressten Barkeeper abfing und meinen Cocktail orderte. Während ich auf meinen Drink wartete, spürte ich weiterhin den Blick des Typen auf mir ruhen. Um ihn nicht auch noch auf den Gedanken zu bringen, mich anzusprechen, ignorierte ich strikt seine Anwesenheit und trommelte wieder auf dem Tisch herum. Als ich mein Getränk endlich in der Hand hielt, machte ich mich schleunigst vom Acker und stellte mich neben Vera.

»Was trinkst du da?«, wollte sie wissen.

»Long Island«, antwortete ich knapp und wagte einen ersten Schluck.

Uah, widerlich …, aber trotzdem irgendwie lecker.

Vera schüttelte tadelnd den Kopf und grinste. »Müssen wir dich heute wieder heimbringen, oder was hast du vor?«

»Ach, ein Gläschen vertrage ich schon!«

»Das werden wir ja sehen«, kicherte sie und prostete mir mit ihrem Caipirinha zu.

Wir plauderten eine Weile ausgelassen über unsere schlimmsten Rauscherlebnisse. Tatsächlich tat der berühmte Eistee sein Bestes und ließ bereits nach einem halben Glas meine Zunge ein wenig schwerer werden. Noch hielt ich mich jedoch in einem akzeptablen Bereich, darum sog ich weiterhin munter an meinem Strohhalm.

Als mir Vera in einer Mischung aus Erstaunen und Freude über die rechte Schulter blickte, wusste ich sofort, dass Desiderio im Anmarsch war.

Tatsächlich raunte er mir gleich darauf ins Ohr: »Hallo, schöne Frau. Darf ich Sie auf einen Drink einladen?«

Ich hielt erklärend mein Glas nach oben. »Ich hab noch.«

»Nun, ich denke, dass ich abwarten kann, bis dein Glas leer ist«, meinte er lässig. Dann schob sich ein braun gebrannter Arm an mir vorbei und hielt Vera eine Hand entgegen. »Hi, ich bin Desiderio.«

Was denn, machte er sich jetzt auch noch an meine beste Freundin ran?

»Vera«, hauchte diese entzückt und schüttelte kurz die schlanken Finger. »Ich hab schon viel von dir gehört.«

Ich verschluckte mich und hustete meiner *ehemals* besten Freundin ins Gesicht.

Geht's noch?

War sie denn von allen guten Geistern verlassen, so etwas zu sagen?

»Ach, tatsächlich?«, grinste Desiderio neben mir. »Ich hoffe doch, nur Gutes.«

»Nein!«, keuchte ich.

»Ja, natürlich«, log Vera.

Was war denn bitte schön in die gefahren? Zuviel Alkohol, oder was? Na warte, der Quatschtante würde ich heute noch gehörig den Hintern versohlen!

Diese und andere Gedanken versuchte ich, mit dem Blick auszudrücken, mit dem ich Vera nun anstierte. Sie beachtete meinen Zorn allerdings kaum und strahlte stattdessen Desiderio weiter an.

Ich hustete immer noch, als sie weiter spann: »Lena hat schon öfter was von dir erzählt. Ihr scheint viel Spaß in der Arbeit zu haben.«

»Oh ja«, antwortete Desiderio. »Wir zwei verstehen uns prächtig, nicht wahr?«

Da ich kurz vorm Erstickungstod stand, war ich nicht in der Lage, zu diesen Frechheiten Stellung zu nehmen. Mit tränenden Augen rang ich um Atem, bis sich Desiderio schließlich erbarmte und mir heftig auf den Rücken klopfte. Tatsächlich wurde das unerträgliche Kratzen in meinem Hals leichter, was wahrscheinlich eher daran lag, dass seine Hand auch nach dem Klopfen zwischen meinen Schulterblättern verweilte. Obwohl der Stoff meines Kleides dazwischen lag, spürte ich seine Wärme.

»Geht's wieder?«, wollte er wissen.

Ich schlüpfte schnell von seiner Hand weg und wischte mir verstohlen die Augen, wobei ich Vera mit deutlichen Blicken klarzumachen versuchte, dass sie sich kurz vor einem gewaltsamen Tod befand. Sie grinste mich nur dämlich an und zwinkerte mir verschwörerisch zu.

Blöde Kuh!

»Was willst du, Desiderio?«, blaffte ich, als ich wieder einigermaßen normal atmen konnte.

»Ich möchte mich ein wenig unterhalten.«

»Hast du keine Freunde?«

»Doch, genügend sogar.«

»Warum gehst du dann nicht einfach zu denen und laberst die voll?«, fragte ich ungehalten.

»Weil die bei Weitem nicht so hübsch sind wie du«, antwortete er prompt.

Vera kicherte, ich grummelte. Genervt sog ich fest an meinem Strohhalm und leerte mein Glas in einem Zug.

Desiderio beobachtete mich mit glitzernden Augen. Wenigstens enthielt er sich diesbezüglich eines Kommentars. Stattdessen triumphierte er: »Siehst du? Schon ist dein Glas leer und ich kann dich endlich auf einen Drink einladen! War das ein Long Island?«

Ich verzog das Gesicht. »Ich habe gerade keinen Durst.«

»Hm, … möchtest du dann vielleicht mit mir tanzen?«

»Tanzen schon, aber nicht mit dir.«

»Wieso nicht? Ich bin ein guter Tänzer«, behauptete er und tat ein wenig beleidigt.

»Na klar. Das kann ja wohl jeder behaupten.«

»Du glaubst mir nicht? Ich kann es dir beweisen!«

»Nein, danke«, ich machte eine überhebliche Handbewegung. »Kein Bedarf.«

Er überlegte kurz. »Hat das vielleicht mit den Bildern in deinem Kopf zu tun, die du vorhin erwähnt hattest?« Vera kicherte wieder. Desiderio grinste mich schelmisch an.

Ich blickte nur finster zurück und sagte nichts dazu, weil es sowieso nichts gebracht hätte.

Er seufzte übertrieben schwer. »Na schön. Du willst nichts trinken, du willst nicht tanzen …, dann stehen wir doch einfach mal herum, so wie man es in einer anständigen Disco eben so tut.«

»Du treibst mich noch in den Wahnsinn!«, entfuhr es mir plötzlich. »Hier gibt's doch wirklich genug Weiber, die du bezirzen kannst! Du brauchst dir doch nur eine auszusuchen!«

»Das hab ich doch schon«, meinte er ruhig und sah mich ernst an.

Sein Blick überforderte mich zutiefst. Nur noch eine Sekunde länger und ich würde zusammenbrechen.

»Such lieber weiter!«, schnappte ich deswegen heftig und packte die verdutzte Vera am Arm, um sie in Richtung Tanzfläche zu schleifen.

»Lena! Bist du total übergeschnappt? Warum bist du so zu ihm?«, fragte sie laut

Wütend drehte ich mich zu ihr. »Bitte? Wer ist denn hier übergeschnappt? Eigentlich sollte ich dich windelweich prügeln, nach dieser Geschichte mit deinem: *›Ich hab schon soooo viel von dir gehört.‹*! Bist du total verrückt geworden? Ich kann mich kaum vor seinen Anmachen retten und du ermunterst ihn auch noch! Was sollte das?«

Jetzt war Vera an der Reihe, wütend zu werden. Sie stemmte die Hände in die Hüften und starrte zu mir hinauf. »Komm mal wieder runter, ja? Wenn du auch nur einmal die Augen öffnen würdest! Dieser Desiderio ist der totale Traumprinz! Er ist hübsch, er ist charmant, er ist sexy … und vor allem fährt er voll auf dich ab! Bist du wirklich so blöd und bemerkst das nicht?«

Ich schnappte nach Luft. »Der will mich doch nur ins Bett kriegen, damit seine Statistik wieder passt!«

»Blödsinn! Warum bist du dir da so sicher?«

»Na, schau ihn dir doch an!«

»Oh, das habe ich bereits, keine Angst. Und eines sag ich dir – für eine einzige Nacht betreibt er einen ziemlichen Aufwand, findest du nicht?«

»Was soll das heißen?«

»Das soll heißen, dass ich völlig anderer Meinung bin als du.«

»Du kennst ihn ja gar nicht!«

»Nein, aber du auch nicht, Lena. Denk mal darüber nach.«

Wir funkelten uns einen Moment lang schweigend an.

»Okay«, lenkte ich schließlich beschwichtigend ein. »Gehen wir jetzt trotzdem ein wenig tanzen?«

Vera nickte, weil sie genauso gut wie ich wusste, dass wir uns bei diesem Thema sowieso nicht einig werden würden. »Aber du kennst meine Meinung«, mahnte sie an.

»Ja, ja, jetzt komm mit!«

Wir überwanden die wenigen verbleibenden Meter und begaben uns in das Getümmel auf der Tanzfläche. Trotz der mittlerweile weit fortgeschrittenen Stunde war es noch immer voll im Go. Mit ein wenig Ellenbogeneinsatz verschaffte ich uns elegant ein genügendes Plätzchen zum Tanzen.

Die Musik war spitze. Genau richtig zum Abschalten.

Ich schloss die Augen und spürte, wie der tiefe Bass in meinem Bauch vibrierte. Beinahe automatisch setzte sich mein Körper in Bewegung und passte sich dem Rhythmus an. Das Blitzlicht der großen Scheinwerfer, die laute Musik und nicht zuletzt der Long Island Icetea brachten mich vorübergehend in eine andere Welt. Eine Welt ohne Kummer und Sorgen. In diesem

Moment zählte nur das Hier und Jetzt, und das bestand einzig und allein daraus, Spaß zu haben.

Und den hatten wir!

Übermütig warf ich meine Arme in die Luft und ließ meine Hüften zu einer Mischung aus Techno und lateinamerikanischen Rhythmen kreisen. Vera tat es mir gleich und stieß sogar eine Art Jubelschrei aus.

Nach einer Weile wagte ich einen Blick zurück zu unserem Platz an der Bar.

Unglaublich!

Desiderio stand immer noch dort, sah zu mir herüber und winkte mir sogar noch zu!

Mal sehen, wer das längere Durchhaltevermögen besaß – ich beim Tanzen oder er beim Dumm-Herumstehen und Langweilen. Siegessicher wandte ich mich von ihm ab und ergab mich wieder ganz der Musik.

Irgendwann merkte ich, dass mich jemand zum wiederholten Male anrempelte. Erst war ich ziemlich angesäuert, doch dann erkannte ich, dass es sich wohl um eine plumpe Anmache handeln sollte. Mein erster Blick glitt automatisch zur Bar, nicht dass es sich bei dem Tänzer hinter mir noch um Desiderio handelte.

Dieser hatte sich jedoch kaum von der Stelle gerührt. Nur dass er sich jetzt auch noch mit Sebastian und Frank unterhielt, war neu.

So ein Mistkerl! Jetzt machte er sich auch noch an meine Freunde ran!

Und allem Anschein nach verstanden sie sich auch noch prächtig!

Ich ballte automatisch die Fäuste und überlegte, ob ich hinübergehen und diesen unverschämten Kerl einfach am Kragen hinausschleifen sollte. Oder sollte ich vielleicht einem Türsteher sagen, dass der Typ in dem blauen Hemd mich sexuell belästigt hatte? Ha, so schnell würde er gar nicht gucken können, da hätten ihn die Gorillas mit den schwarzen T-Shirts schon entsorgt! Gerade wollte ich mich nach einem der Aufpasser umsehen, als mich wieder jemand unsanft am Arm traf.

Ich lugte nach hinten und erkannte den Typen mit dem Schlangentattoo. Er war nicht gerade das, was man einen begnadeten Tänzer nannte, aber er gab sich reichlich Mühe, mir zu imponieren. Dabei versuchte er, meine Aufmerksamkeit auf seine krass aufgepumpten Oberarme zu lenken. Allerdings schreckten mich die aufgeblasenen Muskeln eher ab, als dass sie mich beeindruckten.

Wieder sah ich zu Desiderio, der mich immer noch beobachtete. Sein Gesicht wirkte angespannt und von der Fröhlichkeit von vorhin war nichts mehr zu entdecken.

Aha!

Er hatte bereits bemerkt, dass Schlangentattoo mich anbaggerte, und das schien Mr. Charming absolut nicht zu gefallen.

So ein Pech aber auch!

Mit einem breiten Lächeln drehte ich mich zu meinem neuen Verehrer und tanzte mit ihm.

Zugegeben, das war jetzt nicht gerade die feine englische Art, aber es war einfach nur zu schön, dass zur Abwechslung einmal Desiderio völlig verärgert war und nicht immer nur ich.

Oh, und das war er!

Sogar aus der Ferne sah ich, dass er wütend mit den Kieferknochen mahlte, und wenn Blicke hätten töten können, dann wäre Schlangentattoo schon längst umgefallen.

Hach, was für ein Spaß!

Desiderios Reaktion heizte mich nur noch mehr an und ich ließ sogar zu, dass der Fremde von hinten an mich herantrat und meine Hüften umfasste. Er drückte mich an sein Becken und zwang mich zu kreisenden Bewegungen, die absolut nicht zur Musik passen wollten.

Eigentlich hasste ich es, auf eine solche Art zu tanzen. Ich war schließlich keine Tanzflächenschlampe, an der sich die Kerle aufgeilen konnten. Einzig Desiderios inzwischen vor Eifersucht kalkweißes Gesicht brachte mich dazu, Schlangentattoo gewähren zu lassen.

Irgendwann packte mich Vera am Arm und zog mich von den fremden Händen fort.

»Was wird das denn, wenn's fertig ist?«, zischte sie.

»Hä? Ich tanze!«

»Falsch! Der Typ reibt sich an dir einen runter! Das hat nichts mehr mit tanzen zu tun.«

Sofort schämte ich mich für mein kindisches Verhalten.

»Du hast recht«, gab ich mit hängenden Schultern zu. »Komm, lass uns gehen.«

Ich bedeutete Schlangentattoo mit Hilfe von Handzeichen, dass ich mit meiner Freundin jetzt gehen müsste. Er sah mich so enttäuscht an, dass er mir beinahe leidtat.

Schnell trippelte ich Vera hinterher zurück zur Bar. Ich schämte mich noch mehr über mein dämliches Verhalten, als ich Desiderio ansah. Er stand mit verschränkten Armen da und blickte mir finster entgegen. Seine Augen wirkten so dunkel, dass ich mich fast ein wenig vor ihm fürchtete.

Weil ich nun so gar keine Lust auf seine dummen Sprüche hatte, bog ich kurz vor der Bar nach rechts ab. »Ich muss mal«, erklärte ich Vera noch schnell, bevor ich mich wieder einmal auf die Toilette flüchtete. Was war ich nur für ein Feigling!

Da sich die Massen im Go allmählich lichteten, gab es keinen Stau mehr auf der Damentoilette. Schnurstracks ergatterte ich eine Kabine, knallte die Tür zu und lehnte erst einmal meine verschwitzte Stirn dagegen.

Scheiße, war das eine blöde Aktion von mir gewesen. Regelmäßig lachte ich über Frauen, die es nötig hatten, sich auf eine solche Art zu präsentieren, und dann mutierte ich plötzlich selber zu so einer Dancing Bitch. Gott, war das peinlich!

Und schuld war mal wieder Desiderio …

Bloß weil ich es genossen hatte, ihn ein einziges Mal aus der Fassung zu bringen. Mann, wenn es um diesen Kerl ging, war ich wirklich nicht mehr dazu in der Lage, vernünftig zu denken.

Verflucht!

Der Abend wurde langsam, aber sicher zu einer Katastrophe. Mein Kopf brummte und meine Füße schmerzten von den hohen Absätzen. Außerdem war mir mittlerweile ganz schön schwindelig.

Das Beste für alle Beteiligten war sicherlich, dass ich jetzt nach Hause ging und in Selbstmitleid badete.

Ich wusch mir die Hände und kontrollierte mein Antlitz kurz im Spiegel. Strahlende Schönheit sah anders aus, aber egal. Für den Nachhauseweg reichte mein Aufzug allemal.

»Musstest du jetzt dein Höschen wechseln?«, fragte jemand, als ich auf den Gang hinaus trat. Natürlich erkannte ich Desiderios Stimme sofort. Einzig der gehässige Tonfall, den er aufgesetzt hatte, war mir fremd.

»Bitte?«

»Na, ich dachte mir, nach deiner Pornoeinlage gerade eben … Der Kerl braucht jetzt bestimmt etwas zum Abwischen.«

Wow, das war wirklich fies.

Meine Unterlippe begann, ein wenig zu zittern. »Das kann dir doch scheißegal sein!«

»Ist es aber nicht.«

»Und du lungerst vor dem Frauenklo herum, um mir das zu sagen?«

»Das muss ich leider, weil du ständig vor mir wegläufst.«

»Ich lauf nicht weg!«, bellte ich und stöckelte wütend davon.

Er ging ungefragt neben mir her. »Du läufst aber gerade schon wieder weg.«

Mist.

Ich blieb stehen.

»Was denn noch?«, wollte ich wissen und verschränkte abwartend die Arme. Weil ich ein wenig schwankte, lehnte ich mich vorsichtshalber an die Wand.

Desiderio musterte mich kopfschüttelnd. »Warum bist du immer so wütend auf mich?«

Ich starrte ihn an, als wäre er nicht ganz bei Trost. »Na, weil du mich ständig provozierst! Jetzt wunderst du dich auch noch darüber? Wie oft habe ich dir denn schon gesagt, dass du mich in Ruhe lassen sollst, hä?«

»Hm, so ein-, zweimal vielleicht?«

»Eher hundert Mal!«, keifte ich. »Warum akzeptierst du das nicht einfach?«

»Das geht nicht.«

»Ach ja? Und warum denn bitte nicht?«

Er sah plötzlich richtig niedergeschlagen aus. »Weil ich dich dafür einfach zu gerne mag«, sagte er leise.

Mir blieb die Luft weg. »Pff!«, machte ich und mied seinen Blick.

»Warum kannst du mir nicht einfach glauben?«, seufzte er.

»Komm schon«, zischte ich, »das kannst du Steffi erzählen, aber nicht mir!«

»Steffi?«, wiederholte er ungläubig. »Wie kommst du denn auf die?«

Ich zuckte mit den Schultern und bestaunte gelangweilt die Deckenbeleuchtung. »Tja, ihr habt euch doch vorhin so prima unterhalten.«

Hö? Warum warf ich ihm das denn jetzt vor?

Desiderios Gesicht erhellte sich. »Aha, daher weht der Wind! Also, Lena. Deine Showeinlage hättest du dir aber wirklich sparen können. Ich hab's nicht so mit Plastikhaaren, weißt du.«

»Was? Welcher Wind denn bitte?«

»Du hättest mich nicht extra eifersüchtig machen müssen«, grinste er. »Das war absolut nicht nötig.«

»So ein Quatsch!«, rief ich ertappt und wollte mich in Bewegung setzen. Desiderio war schneller und stützte kurzerhand seine Hände zu meinen Seiten an der Wand ab.

So hielt er mich gefangen und sah beinahe liebevoll auf mich hinab. Ich war fix und fertig. Mein Herz raste und vollführte seltsame Klopfzeichen im Inneren meiner Brust. Meine Beine wurden weich wie Butter und mein Atem ging unwillkürlich schneller. Wie ein ängstliches Reh blickte ich ihn mit großen Augen an und verharrte in einer Schockstarre.

Sein unverwechselbarer Duft umhüllte mich wie Watte. Desiderio war mir so nahe, dass ich sogar die Hitze seines Körpers spüren konnte. Ich nahm sämtliche Einzelheiten seines Gesichts war. Die glatte Stirn, die geschwungenen Brauen, die dunklen Wimpern, den wilden Ozean seiner Augen, die gerade Nase, die verheißungsvollen Lippen …

Desiderio erhob eine Hand und näherte sich damit meinem Kopf. »Deine Haare sind viel schöner«, hauchte er und strich mir sanft eine Strähne aus dem Gesicht.

Dabei streifte er meine erhitzte Wange, und in diesem Augenblick – hörte ich gänzlich auf zu atmen. Mein Körper verwandelte sich in eine einzige Gänsehaut und ich schloss automatisch genussvoll die Augen.

Gott, wenn schon diese eine, kleine Berührung meinen Körper derart reagieren ließ, was wäre dann wenn …

STOPP!

Ich riss die Augen auf und bekam eine Art hysterischen Anfall.

»Hör auf damit!«, kreischte ich und schlug heftig seinen Arm beiseite. Gehetzt sprang ich von ihm weg und schrie ihn dabei wütend an: »Warum tust du das? Ich will keinen Sex mit dir! Na schön, das war jetzt gelogen. Ich habe schon das eine oder andere Mal daran gedacht, aber erstens birgt ein One-Night-Stand unter Kollegen riesige Gefahren und zweitens sehe ich nicht ein, eine deiner vielen Eroberungen zu werden! Da geht's alleine schon ums Prinzip. Aber wieso strengst du dich denn überhaupt so an? Dein ganzes Getue ist schon ein wenig übertrieben, nur um mich in deine Kiste zu bekommen, oder?«

Ich war von meiner eigenen Ehrlichkeit erstaunt. In diesen wenigen Sätzen hatte ich ihm alles gesagt, was mir seit Wochen durch den Kopf ging. Scheiß Alkohol …

Desiderio reagierte mal wieder erstaunlich gelassen. Er war sogar die Ruhe in Person, als er ernst antwortete: »Du hast natürlich recht. Das hier ist wirklich unglaublich viel Aufwand, um dich in meine Kiste zu bekommen. Allerdings wollte ich dich da eigentlich so schnell nicht mehr hinauslassen.«

Ich schnaufte und staunte. Was sollte das denn jetzt eigentlich heißen? Meinte er mit dieser Aussage eine Langzeit-Bettgeschichte oder eine richtig ernste Beziehung? Jetzt war ich vollends durcheinander.

»Du … du … du …«, stammelte ich hirnlos.

Er nutzte meine Verwirrung schamlos aus und trat wieder näher an mich heran. Vertraulich legte er mir eine Hand auf den Oberarm. »Gib mir bitte eine Chance, damit ich es dir beweisen kann.«

Eine ganze Horde von Gefühlen überrannte mich mit einem Schlag. Freude, Aufregung, Zärtlichkeit, Ungewissheit und vor allem Angst. Angst davor, einen großen Fehler zu begehen.

Völlig überfordert schüttelte ich seine Hand von mir ab. »Nein. Ich kann nicht«, stieß ich hervor und ergriff nun schon zum dritten Mal an diesem Abend die Flucht.

»Warte!«, rief er mir noch hinterher.

Kopflos eilte ich weiter. Dann hörte ich, wie jemand rief: »Hey, Desiderio! Wo warst du denn?« Er wurde aufgehalten. Das war gut.

Komplett aufgelöst kam ich schließlich bei Vera an.

»Himmel, was ist denn mit dir passiert?«, fragte sie erschrocken.

»Du, mir geht's gar nicht gut«, erklärte ich, was ja nicht gelogen war. »Ich muss unbedingt heim, in mein Bett.«

Sie nickte mitfühlend und schob mein blasses Gesicht wohl auf einen übermäßigen Alkoholgenuss. »Sollen wir dich begleiten?«

»Nein, nein«, wehrte ich schnell ab. »Das ist schon in Ordnung. Feiert ihr noch ein wenig weiter. Ich melde mich morgen bei dir, okay? Gute Nacht!«

Eilig verließ ich das Go, bevor Desiderio noch meine Fährte aufnehmen konnte.

Kapitel 15

Ich marschierte mit klappernden Absätzen die Hauptstraße entlang und versuchte, mit meinen Gedanken klarzukommen.

Desiderio bat mich um eine Chance. Aber wie hoch würde der Preis dafür sein? Sobald ich meine Schutzblockade lösen würde, verfiele ich ihm hoffnungslos, das wusste ich. Nie zuvor hatte ich mich von einem Mann stärker angezogen gefühlt als von ihm.

Doch was, wenn er die Chance, die ich ihm vielleicht geben würde, vermasselte?

Dann fiele ich in ein solch tiefes Loch, dass ich mich von dem Sturz sicherlich nie wieder erholen würde.

Es gab einen bestimmten Grund, warum ich mich mit meinem Vertrauen entschieden zurückhielt. Ich wusste genau, wie es sich anfühlte, wenn einem das Herz aus der Brust gerissen wurde. Vor einigen Jahren hatte ich diese brutale Erfahrung machen müssen und mir damals geschworen, niemals wieder würde ich so etwas durchmachen.

Verbissen und verwirrt stöckelte ich weiter. Ein kleiner Kieselstein auf dem Gehweg reichte aus, dass ich mit dem rechten Fuß umknickte.

Scheiß beschissene Kack-Absätze!

Ich war den Tränen nahe. Jetzt schmerzten nicht nur meine Fußballen, nein, jetzt hatte ich mir auch noch die Außenbänder überdehnt.

Fluchend bückte ich mich und massierte meinen brennenden Knöchel. Weil mir nun aber mein Jammern auch nichts brachte, humpelte ich mit zusammengebissenen Zähnen weiter.

Schon nach wenigen Metern fluchte ich erneut und streifte mir kurzerhand die Pumps von den Füßen. Ich überlegte, ob ich die mörderischen Schuhe einfach in eine Hecke pfeffern sollte, besann mich aber angesichts des exorbitanten Einkaufspreises von hundertzwanzig Euro doch eines Besseren. Resigniert nahm ich die Schuhe in die rechte Hand und ging barfuß weiter.

Der Asphalt war schweinekalt, dreckig und steiniger, als man glauben wollte. Bei jedem zweiten Schritt bohrte sich mir ein spitzer Kieselstein in die Fußsohlen. Ich nahm das Ganze als eine Art Selbstgeißelung hin, als passenden Abschluss für einen durchweg verkackten Abend.

Verdammter Mist!

Ich tappte weiter, bog in eine schmale Seitenstraße ab und wusste immer noch nicht, wie es zwischen mir und Desiderio weitergehen sollte. Mein Weg führte an endlosen Reihen von Garagen vorbei, und das Patschen meiner blanken Füße hallte leise von den Wänden der Wohnblöcke wider, die sich an der Straße entlang erhoben.

Das Geräusch von weiteren, eindeutig besohlten Schritten gesellte sich zu den meinigen und riss mich aus meinen Gedanken. Erschrocken horchte ich auf.

Cool bleiben, Lena! Du bist nicht der einzige Mensch in Wollbach, der zu Fuß nach Hause geht!

Ja, das war natürlich richtig. Immerhin befand ich mich nicht weit von dem einzigen Teil der Stadt entfernt, in dem sich in der Nacht noch was rührte, und es war freilich nicht ungewöhnlich, dass zu dieser Stunde ein weiterer Partygast nach Hause ging, um seinen Rausch auszuschlafen.

Trotzdem wurde mir ganz mulmig zumute. Nicht zuletzt lag es wohl daran, dass ausgerechnet in dieser Seitenstraße niemand viel Wert auf funktionierende Straßenlaternen zu legen schien. Es war düster und unheimlich. In keinem einzigen der vielen Fenster zu beiden Seiten brannte noch Licht. Alles wirkte trostlos und verlassen, was das Horrorgefühl in mir noch verstärkte.

Dazu kam, dass sich die unbekannten Schritte geschwind näherten. Automatisch beschleunigte ich meine eigene Gangart und vergaß dabei sogar zu humpeln. Als ich schon kurz davor war, einfach loszurennen, hörte ich eine fremde Stimme: »Hey, warte mal, bitte!«

Hingegen jeglicher Vernunft blieb ich stehen und drehte mich um.

Erleichtert erkannte ich den Kerl mit dem Schlangentattoo. Wobei ich eigentlich gar nicht so sicher war, ob das nun ein Grund zur Erleichterung war oder nicht.

»Hi, was ist los?«, fragte ich und versuchte, dabei cool zu klingen.

Schlangentattoo trabte los und stand erschreckend schnell vor mir. Er strahlte mich erfreut an, was mich ein wenig entspannen ließ.

»Gehst du etwa schon nach Hause?«, fragte er.

»Sieht ganz so aus«, meinte ich erschöpft. »Ich bin fix und fertig. Was ist mit dir? Wohnst du hier in der Gegend?« Ich hatte den Kerl noch nie zuvor gesehen und wunderte mich deshalb darüber, was er mitten in der Nacht hier in der Siedlung zu suchen hatte.

»Nein, ich übernachte heute bei einem Kumpel.«

Aha, darum. »Wohnt der denn hier?«, hakte ich nach.

»Nein.«

Hä?

»Und was machst du dann hier?«, fragte ich verdutzt.

»Tja, ich bin dir nachgelaufen, weil ich mich mit dir unterhalten wollte«, gab er zu.

Gut, wenigstens war er ehrlich. Trotzdem hatte er da wohl Pech gehabt.

»Oh, also weißt du, es tut mir echt leid und so, aber ich bin hundemüde und will jetzt nur noch in mein Bett«, erklärte ich ihm. »Am besten gehst du wieder zurück zu den anderen und feierst noch ein wenig. Viel Spaß noch!«

Ich winkte und machte mich dann einfach auf den Weg. Schlangentattoo überlegte kurz und schloss dann zu mir auf.

»Komm schon, die Nacht ist noch jung«, meinte er, als er neben mir ging.

Stöhnend tapste ich weiter. »Nein, für mich ist diese Nacht zu Ende. Ich gehe jetzt heim.«

»Du könntest mich ja mitnehmen«, schlug er vor.

Ohne stehen zu bleiben, sah ich ihn abweisend an. »Nein.«

»Warum denn nicht?« Er wirkte verärgert. »Du würdest es nicht bereuen.«

Wir waren mittlerweile an einer breiten Hauptstraße angelangt, und durch das helle Strahlen der vielen Straßenlaternen wähnte ich mich augenblicklich in Sicherheit.

Genervt hielt ich inne und verschränkte die Arme. »Hör mal, ich habe Nein gesagt und das bedeutet auch Nein.« Gab es denn keine Kerle mehr auf der Welt, die dieses Wort verstanden? »Also, geh wieder zurück ins Go und such dir ein anderes Mädel, das du beglücken kannst!«

Sofort verwandelte sich sein anfangs freches Grinsen in eine finstere Grimasse. Mir fiel auf, dass eine feine Narbe über sein rechtes Auge verlief, was seinem wütenden Gesicht eine geradezu gefährliche Note verlieh.

»Erst machst du mich an und dann haust du einfach ab? Was bist du denn für 'ne Schlampe?«, knurrte er.

»Hallo?« Obwohl sämtliche Alarmglocken in meinem Hinterkopf schrillten, wurde ich stinksauer. »Ich gebe ja zu, dass ich mich auf der Tanzfläche nicht gerade vorbildlich benommen habe, aber deswegen bin ich noch lange keine Schlampe, okay? Jetzt verzieh dich und lass mich in Ruhe!«

Schlangentattoo packte mich unsanft am Arm. »So einfach geht das aber nicht, meine Süße. Du kannst mich nicht einfach so heiß machen und dann wieder abwimmeln! Das musst du jetzt schon zu Ende bringen.«

Was war denn jetzt los? War ich im falschen Film, oder was?

»Lass mich los, du Spinner!«, rief ich und versuchte, mich aus seinem Griff zu befreien.

Er lachte nur hämisch und zog mich mit einem Ruck sich heran.

Scheiße, hatte der eine Kraft!

Völlig hilflos prallte ich gegen ihn.

»Komm schon, zier dich nicht so«, keuchte er mir ins Ohr und schlang seinen zweiten Arm um mich. Er begann mit feuchten Lippen, meinen Hals zu küssen.

Mir wurde augenblicklich so schlecht, dass ich ihn fast angekotzt hätte.

Ich strampelte und stemmte mich gegen ihn, doch er verstärkte seine Umarmung nur noch mehr.

Langsam geriet ich in Panik und begann, wie wild zu schreien.

Schlangentattoo drückte kurzerhand seine ekligen Lippen auf die meinen, um mich zum Schweigen zu bringen. Mit der einen Hand fixierte er eisern meinen Kopf, während sich die andere in meinen Hintern krallte. Dadurch schaffte ich es endlich, einen Arm freizubekommen.

Ich packte einen meiner Pumps bei der Fußspitze, holte aus und rammte dem Schwein mit voller Wucht den Absatz gegen die Schläfe.

Sofort ließ Schlangentattoo von mir ab und hielt sich mit einer Hand die schmerzende Stelle. Ich hatte ihm eine wunderhübsche Platzwunde gleich oberhalb der linken Augenbraue verpasst, aus der das Blut geradezu herausschoss.

»Du Schlampe!«, brüllte er wütend.

»Du Arschloch!«, spie ich noch wütender und wischte mir angewidert seinen Speichel vom Gesicht. Ekelhaft. Ich spuckte ihm vor die Füße. »Und jetzt hau endlich ab, du Schwein!«

Das war natürlich ein großer Fehler, aber in jenem Moment war ich einfach nicht fähig, einen vernünftigen Gedanken zu fassen.

Seine Faust kam wie aus dem Nichts und traf mit voller Wucht auf meinen rechten Wangenknochen.

Ächzend taumelte ich zurück. Meine Pumps fielen klappernd zu Boden und mir wurde kurz schwarz vor Augen. Benommen sackte ich zusammen.

Bevor ich auf dem Asphalt aufschlug, spürte ich, wie mir etwas die Luft abschnürte. Schlangentattoo hatte mir einen Arm um den Hals geschlungen und schleifte mich wie einen nassen Sack über den Teer. Ich bemerkte noch, dass der Riemen meine Handtasche abriss, bevor ich wieder für wenige Sekunden beinahe das Bewusstsein verlor und alles um mich herum nur verschwommen wahrnahm.

Als ich wieder einigermaßen klar wurde, lag ich auf dem Rücken und blinzelte in ein helles Licht. *Metzgerei Obermeier* verkündeten die Buchstaben, die auf dem Kopf standen. Ich befand mich also auf einem kleinen Parkplatz, der durch ein großes Gebäude von der Hauptstraße abgeschirmt wurde. Ich stöhnte und versuchte, die Situation zu begreifen.

Schon war er über mir.

Er lag mit vollem Gewicht auf mir und hinderte mich somit am Weglaufen. Mit einer Hand fuhr er mir geifernd über den Hals hinunter zur Brust. Seine Augen verrieten deutlich, was mir jetzt unweigerlich bevorstand. Ich holte tief Luft und schrie, so laut ich konnte.

Sofort presste er mir seine Hand auf den Mund. Er lachte höhnisch.

»Das wird dir nichts nützen, Nutte. Am besten hörst du jetzt endlich auf zu zappeln und genießt es einfach. Es wird dir bestimmt gefallen!«

Todesangst überkam mich. Über mir lag ein komplett Wahnsinniger und wollte mich vergewaltigen. Direkt auf dem Parkplatz einer Metzgerei in einer idyllischen Kleinstadt namens

Wollbach. Irgendetwas war hier nicht richtig. So etwas passierte in meiner Heimatstadt nicht. Und vor allem passierte mir so was nicht. So etwas durfte mir einfach nicht passieren!

Ich wimmerte und versuchte verzweifelt, seine Hand von meinem Mund zu zerren. Obwohl ich kratzte und zwickte so fest ich nur konnte, ließ er nicht im Geringsten locker.

Als ich etwas Kaltes an meinem Hals spürte, hielt ich entsetzt inne.

»So ist's brav. Wenn du nicht stillhältst, werde ich dir nämlich dein hübsches Gesicht zerschneiden. Wäre doch schade drum.« Grinsend hielt er mir ein riesiges Messer vor die Augen. »Also, wirst du jetzt stillhalten?«

Er drängte sein Becken zwischen meine Beine und ich konnte deutlich seine Erektion durch seine Jeans fühlen. Sein Atem ging stoßweise und stank wie der Tod höchstpersönlich.

Ekel und Panik überrollten mich wie eine Welle.

Verzweifelt bäumte ich mich auf und griff nach der Hand mit dem Messer, denn eines wusste ich genau: Ich würde lieber sterben, als mich einfach kampflos zu ergeben!

Er löste fluchend seinen Knebel, um meine wilden Schläge abzuwehren. Sofort begann ich, wie von Sinnen zu kreischen. Ein dumpfer Schmerz durchfuhr meinen rechten Unterarm.

Blut tropfte auf mein Gesicht.

Ich wusste nicht, ob es von ihm war oder von mir, doch das war mir in diesem Moment auch völlig egal. Ich drosch einfach weiterhin um mich, während mir die warme Flüssigkeit über die Augen rann und meine Sicht behinderte.

Plötzlich spürte ich, wie das Gewicht seines Körpers ruckartig verschwand. Sofort rollte ich mich auf die Knie und krabbelte blindlings nach vorne. Hinter mir ertönten dumpfe Geräusche und ein männlicher Schmerzensschrei. Zitternd vor Angst und Panik rappelte ich mich auf und wischte mir unbeholfen das Blut von den Augen, um wieder etwas sehen zu können.

Danach brauchte ich einen Moment, um zu verstehen, was sich da gerade vor mir abspielte.

Desiderio stand mit erhobenen Fäusten vor Schlangentattoo, der drohend mit seinem Messer vor ihm herumfuchtelte. Die beiden umkreisten sich langsam, die Muskeln bis zum Äußersten angespannt. Beide schienen nur noch auf ein kleines Zeichen zu warten, um sich gegenseitig zu zerfleischen.

Hektisch sah ich mich um. Desiderio schien durchaus zu wissen, was er tat, denn seine Körperhaltung zeugte von Kampfsporterfahrung. Trotzdem besaß Schlangentattoo immer noch sein Messer, mit dem er nur einen einzigen Treffer landen musste, um einen eindeutigen Sieg zu erringen.

Was konnte ich jetzt tun? Ich musste Desiderio unbedingt helfen!

Und was machte er überhaupt hier?

Okay, das war im Augenblick wohl kaum von Bedeutung, trotzdem schoss mir diese Frage durch den Kopf.

Fakt war, dass er den Vergewaltiger von mir heruntergezogen hatte und ihm nun todesmutig gegenüberstand. Und ich stand wenig hilfreich herum und glotzte blöd.

Mein Blick fiel auf die faustgroßen Steine, die fein säuberlich in einer vertieften Umfassung das Gebäude der Metzgerei umgaben. Ohne lange darüber nachzudenken, klaubte ich ein paar auf und attackierte damit Schlangentattoo.

Meine Sportlehrerin aus der Schule wäre stolz auf mich gewesen.

Gleich mein erster Wurf traf das Arschloch hart an der Schulter. Er ächzte überrascht auf und Desiderio nutzte sogleich die Chance zum Angriff.

Mit beinahe übermenschlicher Geschwindigkeit kickte er dem Vergewaltiger das Messer aus der Hand. Fast gleichzeitig sprang er nach vorne und verpasste ihm in nur einer einzigen fließenden Bewegung eine wahre Salve von Faustschlägen in die Magengegend.

Ich leistete meinen Beitrag, indem ich weitere Steine auf den taumelnden Vergewaltiger abfeuerte. Dabei brüllte ich wüste Beschimpfungen, die mehr oder weniger automatisch aus mir heraussprudelten.

Schlangentattoo zog sich duckend immer weiter zurück, bis er schließlich endlich die Beine in die Hand nahm und davonrannte.

»Ja! Lauf nur weg, du armseliges Schwein!«, schrie ich ihm nach und spuckte dabei Blut aus wie eine Fontäne. »Du Arschloch! Du widerliche Drecksau!«

Desiderio war inzwischen an mich herangetreten, doch ich nahm ihn erst wahr, als er beruhigend eine Hand auf meine bebenden Schultern legte. »Er ist weg«, sagte er sanft.

Ich sah meinen Lebensretter an, als wäre er eine Fata Morgana, während er mich entsetzt von oben bis unten musterte. Sein Blick verriet mir, dass ich ziemlich schrecklich aussah.

»Scheiße«, murmelte er. »Ich rufe besser einen Krankenwagen.«

Er kramte bereits nach seinem Handy, als ich entschlossen den Kopf schüttelte.

»Nein«, bestimmte ich.

»Nein?«, wiederholte er ungläubig.

»Ich brauche jetzt eine Dusche und ein Bett«, sagte ich monoton.

»Aber du bist voller Blut! Wahrscheinlich musst du …«

»Das ist nicht meines«, unterbrach ich ihn barsch. »Zumindest nicht alles. Glaube ich. Egal, ich will nach Hause, verstehst du? Einfach nur nach Hause.«

Meine letzten Worte gingen beinahe in ein Flüstern über. Desiderio war ganz und gar nicht mit meiner Entscheidung einverstanden, doch er akzeptierte meinen Wunsch. »Aber nur, wenn ich dich heimbringen darf.«

Ich nickte matt und humpelte in Richtung Hauptstraße. Auf dem Weg fand ich meine kaputte Handtasche und meine Schuhe. Beides hob Desiderio auf und trug es für mich. Wir sprachen die dreihundert Meter bis zu meiner Wohnung kein Wort miteinander.

Die ganze Zeit über fühlte ich mich wie in einem seltsamen Traum. Dieses Erlebnis war einfach zu schrecklich, um wahr zu sein. Ich sah alles wie durch einen dichten Schleier, setzte nur automatisch einen Fuß vor den anderen und hoffte, dass ich bald aufwachen würde.

An meiner Wohnungstür angekommen wollte ich Desiderio abwimmeln. Er brachte mich mit nur einem Blick zum Schweigen und ich wusste, dass ich ihn niemals dazu bewegen könnte, mich jetzt alleine zu lassen. Kraftlos ließ ich ihn gewähren.

»Ich geh duschen«, murmelte ich und ließ ihn alleine im Flur stehen.

»Aber sperr nicht ab«, forderte er.

Ich starrte ihn an.

»Bitte sperr nicht ab, damit ich zu dir kann, wenn es nötig sein sollte«, erklärte er ruhig.

Ohne darauf zu antworten, verschwand ich im Bad. Drinnen verharrte meine Hand kurz über dem Schlüssel. Ich drehte ihn nicht um.

Mechanisch schälte ich mich aus meinem zerrissenen Kleid und stopfte es umgehend in den Mülleimer. Wirklich eine Schande. Meine Unterwäsche warf ich auch gleich noch weg, obwohl dem Stoff auf den ersten Blick nichts zu fehlen schien. Trotzdem. Meinen Schmuck und den Haarreif legte ich fein säuberlich neben das Waschbecken. Dann sah ich in den Spiegel.

Ein blutverschmiertes Gesicht mit glasigen Augen blickte mir ausdruckslos entgegen.

Ich erkannte mich selbst nicht wieder. Das Mädchen mit der verkrusteten Blutmaske und den leeren Augen musste ein Geist sein, denn niemand konnte so schrecklich aussehen und gleichzeitig noch am Leben sein.

Eine rote Flüssigkeit tropfte in das Waschbecken. Durch den trüben Schleier meines Blickes hindurch erkannte ich, dass ich am rechten Unterarm eine lange Schnittwunde hatte, die leicht vor sich hin blutete. Fachlich überprüfte ich die Verletzung, als wäre es nicht meine eigene. Der Schnitt war glatt und relativ oberflächlich, also musste er nicht unbedingt genäht werden. Ich spülte die Wunde mit Wasser und wickelte ein wenig unbeholfen mit der linken Hand einen provisorischen Verband darum.

Dann stieg ich endlich unter die Dusche und befreite mein Gesicht vom Blut meines Peinigers. Während ich mich sorgfältig einseifte und schrubbte, war mein Kopf die ganze Zeit über völlig leer. Mein einziges Ziel war, sauber zu werden. Ich musste den ganzen Schmutz loswerden. Alle Spuren, die Schlangentattoo auf meinem Körper hinterlassen haben könnte, mussten beseitigt werden. Ohne Rücksicht auf meine Verletzungen bearbeitete ich meine Haut mit einem Peelingschwamm, um auch jedes noch so kleine Schmutzkörnchen zu vernichten.

Erst als das Brennen meiner Abschürfungen zu meinem abgeschalteten Hirn durchdrang, stellte ich das Wasser ab und stieg aus der Dusche. Tropfnass stellte ich mich vor den Spiegel und überprüfte, ob der Geist darin mittlerweile verschwunden war.

Das war er. Das Gesicht, das ich jetzt anstarrte, gehörte tatsächlich mir.

Mit einem Kosmetiktuch entfernte ich ruhig die letzten Überreste meiner Wimperntusche. Danach stand ich einfach nur vor dem Spiegel und betrachtete meine geschwollene Wange.

Allmählich verschwand das dumpfe Gefühl aus meinen Gliedern, und ich nahm erstmals das volle Ausmaß meiner Verletzungen wahr. Zu der Schnittverletzung und der Prellung im Gesicht gesellten sich nach und nach ein schmerzender Hals vom Würgegriff und diverse Schürfwunden an beiden Beinen. Gleichzeitig mit den Schmerzen trat auch die Erinnerung ein.

Das höhnische Lachen meines Angreifers, der stinkende Atem, die Beule in seiner Hose. Das Gefühl von absoluter Hilflosigkeit, als er über mir lag …

Ein gewaltiger Ekel überkam mich und ich musste würgen. Schnell stürzte ich zur Kloschüssel, kniete mich davor hin und übergab mich. Als sich mein Magen nach einer Weile einigermaßen beruhigt hatte, sackte ich kraftlos zusammen und begann zu weinen.

Wie ein geschlagener Hund kroch ich in eine Ecke des Badezimmers und lehnte mich gegen die eiskalten Fliesen. Schluchzend wickelte ich meine Arme um die Knie und faltete mich so klein wie möglich zusammen. Die Kälte der Fliesen tat gut. Sie kühlte meinen geschundenen Körper und machte ihn wieder taub.

Die Tür zum Badezimmer öffnete sich mit einem leisen Geräusch.

Desiderio. Ich hatte in meinem Elend ganz vergessen, dass er da war. Und jetzt kauerte ich splitterfasernackt in einer Ecke und flennte vor mich hin …

»Geh weg«, schluchzte ich und vergrub mein Gesicht in meiner Armbeuge. »Bitte geh weg.«

Ich fühlte, wie er mich mit einem warmen Stoff zudeckte. Mein Bademantel. Ohne aufzublicken, hüllte ich mich darin ein, als könnte ich mich so vor ihm verstecken.

»Geh weg«, flüsterte ich wieder.

Er ignorierte es und setzte sich stattdessen neben mich auf den Boden. Ich wollte nicht, dass er mich so sah.

»Lass mich«, wimmerte ich. »Bitte geh jetzt.«

»Nein«, sagte Desiderio ruhig und legte vorsichtig einen Arm um mich. »Ich werde jetzt nicht gehen. Ich werde für dich da sein.«

Überwältigt schluchzte ich auf und ließ mich gegen ihn fallen. Er empfing mich mit einer sanften Umarmung und hielt mich einfach nur fest. Ein ungeahntes Gefühl von Geborgenheit umgab mich und öffnete in mir die Schleusen zu meiner Verzweiflung. Wie eine Flut strömten die ganzen Ängste und die Panik des schrecklichen Erlebnisses aus mir heraus. Während ich heulte und mein ganzer Körper von Krämpfen geschüttelt wurde, strich mir Desiderio immer wieder zärtlich über den Rücken. Obwohl ich mehr oder weniger nackt war, fühlte ich mich bei ihm absolut sicher. In diesem Moment wusste ich mit restloser Gewissheit, dass er mir nie im Leben etwas antun würde. Bei diesem Gedanken heulte ich noch mehr und klammerte mich wie eine Ertrinkende an ihn.

Langsam versiegten meine Tränen und die krampfartigen Schluchzer wurden leiser. Desiderio flüsterte unentwegt beruhigende Worte in mein Haar und wiegte mich dabei sanft in seinen Armen, wie ein kleines Kind. Mit geschlossenen Augen ließ ich mich von ihm halten und überließ mich einfach nur der wärmenden Sicherheit, mit der er mich umgab.

»Es tut mir so leid«, brachte ich schließlich mit belegter Stimme hervor.

»Was tut dir leid?«, fragte er verblüfft.

»Na, das. Das alles hier«, erklärte ich, als wäre das nicht sowieso klar. »Dass du deine Nacht hier auf dem Boden mit mir verbringen musst und, ach, dass du beinahe getötet worden bist.«

Er lachte leise, wodurch sein Brustkorb leicht vibrierte. »Du bist wirklich erstaunlich, kleine Kriegerin.« Liebevoll sah er mich an. »Du brauchst dich für gar nichts zu entschuldigen. Wenn, dann bin ich schuld an dem ganzen Schlamassel.«

»Du?« Ich sah verwundert zu ihm auf.

»Wenn ich nicht wieder so ein Idiot gewesen wäre, dann wärst du nicht weggelaufen.«

Ich schüttelte energisch den Kopf. »Nein, ich wäre sowieso nach Hause gegangen.«

»Hm, dann hätte ich einfach schneller sein müssen«, sagte er und klang dabei ziemlich verbittert.

»Warum warst du überhaupt da?«, wollte ich wissen. »Ich meine, nicht dass ich darüber nicht froh wäre, aber ... du weißt schon. Was wolltest du dort?«

»Ich habe dich gesucht, weil ich noch einmal mit dir reden wollte. Vera hat mir verraten, wo du wohnst, darum bin ich dir gefolgt. In dem Moment, als ich deine Schuhe auf dem Weg liegen sah, hast du geschrien, deshalb habe ich dich auf dem Parkplatz gefunden.« Er hielt inne und strich mit den Fingerspitzen ganz leicht über meine geschwollene Wange. Ich zuckte trotz der vorsichtigen Berührung kurz zusammen. »Dieses Dreckschwein. Wenn ich doch nur ein paar Minuten früher ...«

»Hör auf«, unterbrach ich ihn und kuschelte mich wieder an seine Brust, als wäre dies das Selbstverständlichste auf der Welt. »Ich bin froh, dass du überhaupt da warst. Nicht auszudenken, was sonst mit mir passiert wäre.«

Bei dem Gedanken überlief mich ein ängstlicher Schauer. Desiderio spürte ihn ebenfalls und zog mich noch näher zu sich heran.

Trotz der körperlichen Nähe und meiner zusätzlichen Nacktheit lag in unserer Umarmung keineswegs etwas Sexuelles. Die Intimität, die zwischen uns entstanden war, basierte auf einer ganz anderen Ebene. Auf Vertrauen. Und dieses Gefühl der Vertrautheit verwirrte mich zusehends.

Obwohl sich jede Faser meines Körpers dagegen sträubte, rückte ich schließlich ein wenig von ihm ab.

»Wir sollten aufstehen. Mein Hintern ist schon ganz taub«, meinte ich und lächelte verlegen.

Er lächelte sanft zurück. »Na, Gott sei Dank. Ich dachte schon, ich wäre der Einzige mit diesem Problem.« Desiderio stand auf und streckte seinen Rücken. »Uff, ich war auch schon mal jünger!«

Ich kicherte leise.

»Das ist nicht lustig, junge Dame. In vier Jahren wirst du das auch noch merken.« Grinsend reichte er mir eine Hand, um mir aufzuhelfen.

»Äh … Vielleicht gehst du einfach schon mal vor, ja?«, schlug ich vor und deutete erklärend auf meine momentan recht dürftige Körperbedeckung.

»Oh. Ja. Natürlich. Tut mir leid.« Schnell eilte er aus dem Bad. War der obercoole Desiderio wirklich gerade rot geworden?

Ächzend rappelte ich mich auf und zog den Bademantel an, so wie es sich eigentlich gehörte. Meine Haare waren in der Zwischenzeit schon halb trocken, darum verzichtete ich auf den Fön und machte mir einfach nur einen Handtuchturban. Ich kramte noch in meiner Erste-Hilfe-Schublade nach Verbandsmaterial und tapste dann zu Desiderio ins Wohnzimmer.

»Kannst du mir bitte den Arm anständig verbinden?«, fragte ich, obwohl es mir zuwider war. »Mit einer Hand schaffe ich das nicht so richtig.«

»Sicher.«

Ich setzte mich neben ihn auf die Couch und streckte meinen dürftig bandagierten Arm aus. Sofort befreite Desiderio ihn von der klatschnassen Binde.

»Mensch, Lena! Das muss man nähen!«, rief er erschrocken, als der Schnitt zum Vorschein kam.

»Quatsch«, entgegnete ich bestimmt. »Klammerpflaster reichen vollkommen aus. Hier, ich hab sogar welche da.«

»Also meiner Meinung nach sollte man die Wunde nähen«, widersprach er sachlich. »Das ist quasi eine ärztliche Ansicht.«

»Nun, Herr Doktor. Aus Sicht einer erfahrenen Krankenschwester befindet sich diese Wunde in einem grenzwertigen Bereich. Die Wundränder klaffen kaum auseinander und außerdem liegt die Verletzung in genügender Entfernung zu einem Gelenk. Also werden Klammerpflaster die Haut ausreichend zusammenziehen können.«

Wir fochten einen kleinen, stummen Machtkampf aus, den Desiderio nach einer Weile aufgab.

»Na schön«, seufzte er ergeben und betupfte den Schnitt mit Jod. »Aber wehe, du beschwerst dich, wenn du eine Wundheilungsstörung bekommst.«

»Dann verklag ich dich auf Schmerzensgeld«, scherzte ich grinsend.

Er schüttelte tadelnd den Kopf und fixierte die Wundränder professionell mit besagten Klammerpflastern. Dann legte er mir einen sauberen Kompressenverband an, den keine Krankenschwester der Welt besser hinbekommen hätte. Ich war fast ein wenig beeindruckt.

Zum Abschluss hauchte er mir noch einen Kuss auf den Verband.

Gott, war das süß!

Peinlich berührt zog ich meinen Arm von ihm weg.

»Tut mir leid«, murmelte er sofort und rückte ein Stück von mir ab.

»Ist schon gut«, sagte ich schnell. Verlegen suchte ich nach den richtigen Worten. »Es ist nur alles so … schwierig für mich. Ich bin nur … ach, ich weiß nicht.«

»Lena«, unterbrach er mich sachte. »Du musst mir rein gar nichts erklären. Zumindest nicht jetzt. Wir werden über alles sprechen, wenn du dich dazu bereit fühlst. Heute möchte ich einfach nur auf dich aufpassen und für dich da sein, ohne dass du mir dafür etwas schuldig bist. Ist das für dich in Ordnung?«

Ich nickte nur. Hätte ich noch Tränen übrig gehabt, dann hätte ich jetzt vor Dankbarkeit geweint. Sein Verständnis und Einfühlungsvermögen waren wirklich überwältigend. Es war, als säße ein völlig anderer Desiderio vor mir, als ich ihn bisher wahrgenommen hatte.

»Willst du jetzt schlafen?«, fragte er und legte das Verbandszeug auf den Couchtisch.

Erschöpft bejahte ich und stand auf. Ich haderte kurz mit mir und meinen widerstrebenden Gefühlen, doch dann fragte ich leise: »Kommst du mit?«

»Ja.«

Schweigend führte ich ihn in mein Schlafzimmer und schlüpfte mitsamt Bademantel und Handtuchturban unter meine Bettdecke. Desiderio löschte das Licht. Etwas raschelte leise und ich spürte, wie er sich vorsichtig neben mich legte.

Eine ganze Weile lagen wir einfach so nebeneinander und sprachen kein Wort.

»Desiderio?«, flüsterte ich schließlich in die Dunkelheit.

»Hm?«

»Kannst du mich noch einmal so festhalten wie vorhin?«

Ich hatte lange gebraucht, bis ich die Worte endlich laut aussprechen konnte und jetzt lauschte ich gespannt auf seine Antwort.

»Sooft und solange du willst«, schnurrte er und zog mich in seine Arme, als hätte er nur gewartet, bis ich ihn darum bat.

Ein wenig erschrocken stellte ich fest, dass er sein Hemd ausgezogen hatte und ich nun seinen nackten Oberkörper berührte. Meine anfängliche Scheu überwand ich aber schnell.

Er strich sanft über mein Haar und seine Haut war so warm und so herrlich weich, dass ich mich schon bald mit einem wohligen Seufzer an seine glatte Brust schmiegte. Sofort lullte mich dieses wunderschöne Gefühl der Geborgenheit ein.

»Ich weiß genau, wie viel Überwindung dich diese Frage eben gekostet hat«, sagte er leise. »Und das weiß ich wirklich zu schätzen, kleine Kriegerin.«

»Ach, halt einfach die Klappe«, murmelte ich benommen.

Sein kehliges Lachen war das Letzte, was ich wahrnahm, bevor ich in einen tiefen Schlaf sank.

Kapitel 16

Spät am nächsten Vormittag erwachte ich aus einem überraschenderweise völlig traumlosen Schlaf. Ich wusste sofort, dass Desiderio nicht mehr neben mir lag, trotzdem drehte ich vorsichtig den Kopf und überprüfte die andere Seite des Bettes. Gähnende Leere – und ich wusste nicht, ob ich mich darüber nun freute oder eher am Boden zerstört war.

Langsam ließ ich den gestrigen Vorfall Revue passieren. Ich tastete über meine Wange. Autsch! Okay, ich hatte nicht geträumt, ich war wirklich mitten in Wollbach einem Psychopathen zum Opfer gefallen. In meiner Brust versammelte sich wieder das Gefühl der Panik und drohte, mir die Luft abzuschneiden. Ich atmete tief ein und aus. Nein, wegen so eines Arschlochs würde ich gewiss kein Wrack werden! Entschlossen ballte ich die Fäuste und steigerte mich in meine Wut auf den Vergewaltiger.

Wut war gut.

Mit Angst und Panik konnte ich nicht umgehen, mit Wut schon.

Ich war mir sicher, dass ich dem Schwein die Eier abreißen würde, würde er mir je wieder über den Weg laufen!

Mit immer noch geballten Fäusten quälte ich mich unter einiger Anstrengung aus dem Bett. Mir tat alles weh. Mein Körper war quasi ein einziger Schmerz, der mir augenblicklich Tränen in die Augen trieb.

Dieser dreckige, feige, miese, stinkende Schwanzlurch!

Oh ja, Wut war gut.

Ich stand auf und merkte, dass sich der Gürtel meines Bademantels gelöst hatte und jetzt nur noch mein Rücken von dem Frottee bedeckt wurde. Sofort dachte ich an Desiderio und mir schoss das Blut in den Kopf.

Hatte ich ihn wirklich zu mir ins Bett gebeten, obwohl ich eigentlich halb nackt war? Und hatte ich mich tatsächlich einfach so an seine blanke Brust gepresst?

Jesses, hier war eindeutig zu viel nackte Haut im Spiel gewesen!

Ich hatte keine Ahnung, was da in mich gefahren war, und führte es schließlich auf meinen Schock zurück.

Natürlich erinnerte ich mich ganz genau an das unglaubliche Gefühl der Sicherheit, das er mir mit seiner Umarmung geschenkt hatte. Und an seine besondere, liebevolle und feinfühlige Art, mit der er sich um mich gekümmert hatte. Und nicht zuletzt daran, dass er mich heldenhaft vor einem noch schlimmeren Verbrechen bewahrt hatte …

Weil mir der Kopf von den unterschiedlichsten Emotionen schwirrte, schlurfte ich erst einmal ins Bad. Auf dem Gang lauschte ich kurz auf die Geräusche meiner Wohnung. Sie umgab mich still und ruhig. Also kein Desiderio weit und breit, was ich dann doch als sehr angenehm empfand. Ich hatte nämlich keine Ahnung, wie ich ihm nach der letzten Nacht gegenübertreten sollte.

Mein Spiegelbild sah erschreckend aus. Und das sogar für mich als Krankenschwester, die täglich mit Blutergüssen und dergleichen zu tun hatte. Meine Wange war auf das Dreifache angeschwollen und machte mein Gesicht seltsam asymmetrisch. Dazu leuchtete die Schwellung in den verschiedensten Rottönen.

Oh Mann, die nächsten Tage würde ich mich wohl zu Hause verstecken müssen, denn kein Make-up der Welt konnte so ein Veilchen überdecken.

Mein Hals sah auch nicht viel besser aus. Allerdings konzentrierten sich die Farben hier eher auf Lila und Dunkelblau. Wie ein Kragen zog sich die Verfärbung um meine Kehle herum. Wenigstens konnte ich dies mit einem Schal abdecken.

Der Verband an meinem Arm saß bombenfest, darum beließ ich ihn erst einmal. Meine Knie waren beidseitig mit Schorf bedeckt und brannten bei jeder Bewegung wie Hölle. Außerdem schmerzten meine Fußsohlen und mein Außenknöchel.

Alles in allem war ich ein körperliches Desaster. Ein Polytrauma.

Dieser beschissene Drecksack!

In der heutigen Zeit musste freilich niemand mehr unnötige Schmerzen erleiden, darum warf ich mir mit grimmigem Blick eine Ibuprofen-Tablette ein.

Nach einer Katzenwäsche schlurfte ich in die Küche, um mir einen Kaffee zu machen. Mit einem Kaffee würde die Welt gewiss gleich viel besser aussehen. Verwundert näherte ich mich der orangen Bäckertüte, die auf dem Küchentresen lag. Daneben wartete eine handgeschriebene Nachricht:

Guten Morgen,
ich hatte das Gefühl, dass es wohl besser ist, wenn du alleine aufwachst und du erst einmal in Ruhe über alles nachdenken kannst. Glaub mir, es ist mir sehr schwergefallen, zu gehen. Wenn du mich brauchst, werde ich sofort da sein. Hab keine Scheu, kleine Kriegerin! Jeder Mensch braucht ab und zu die Unterstützung eines Freundes.
Desiderio

Darunter standen fein säuberlich aufgelistet seine Handynummer, die Festnetznummer, E-Mail-Adresse und sogar seine Wohnanschrift. Ich musste lachen und spähte in die Papiertüte, aus der es himmlisch duftete.

Hmm … Schokohörnchen!

Entzückt holte ich eilig mein Telefon und speicherte Desiderios Nummer ab. Ich öffnete das SMS-Programm und starrte eine Weile auf das leere Display.

Was sollte ich ihm schreiben?

Das Erste, was mir einfiel, war: »Danke.«

Weil mir das doch ein bisschen wenig erschien, tippte ich noch dazu: »Ich liebe Schokohörnchen!«

Ich drückte auf Senden und dachte mir gleichzeitig, dass ich da gerade absoluten Schrott geschrieben hatte. Er hatte mir das Leben gerettet und ich versteifte mich auf das Gebäck? Was war ich denn für ein Depp?

Noch während ich mich über mich selbst ärgerte, kam seine Antwort: »Ich weiß.«

Mehr nicht?

Ich schloss die SMS und öffnete sie wieder, doch dabei kamen auch nicht mehr Buchstaben zum Vorschein.

Verrückter Kerl.

Ich schüttelte den Kopf und lächelte vor mich hin. Dann legte ich mein Handy zur Seite und richtete beinahe feierlich mein kleines Frühstück an. Da es sich nur um einen Teller und eine Tasse Kaffee handelte, saß ich schon eine Minute später an meinem Esstisch und biss genüsslich in das schokoladige Croissant. Die Schmerzen in meiner Wange hemmten das Geschmackserlebnis erheblich, doch ich versuchte, das Beste daraus zu machen.

Ein kratziges Geräusch an meiner Wohnungstür kündete Unheil an.

Vera.

Ich hatte ihr vor langer Zeit den Zweitschlüssel zu meiner Wohnung für Notfälle überlassen, doch ihrer Meinung nach war jeder ihrer Besuche dringend notwendig. Normalerweise hatte ich kein Problem damit, dass sie einfach in meine Ruheoase platzte, so konnte ich mir wenigstens den lästigen Gang zur Wohnungstür sparen, aber heute wäre ich meiner Freundin doch eher aus dem Weg gegangen.

»Lena? Huhu! Pennst du noch?«, trällerte es aus dem Flur. Ich hörte, wie sie ihre Schuhe in die Ecke pfefferte und ihren Schlüsselbund auf die Kommode warf.

»Küche!«, rief ich zurück, weil es ja jetzt doch keinen Sinn mehr hatte, meine Anwesenheit zu leugnen.

Vor sich hin schnatternd bog Vera um die Ecke. »Ich dachte mir, ich komm einfach schnell vorbei, weil ich gerade sowieso unterwegs war. Hab meiner Tante endlich ihre Kuchenform zurückgebracht – nach über einem halben Jahr! Puh, ich bin stolz auf mich. Und du? Geht's dir …« Sie stockte, als sie mein lädiertes Gesicht sah. »Heilige Scheiße! Was ist das? Und sag jetzt ja nicht irgendetwas von wegen ›Treppe hinuntergefallen‹!«

Ich setzte zu einer Erklärung an, doch Vera unterbrach mich gleich wieder.

»Wer war das?«, bellte sie. »War das der Itaker? Ich dreh durch! Das hätte ich dem nie zugetraut! Dieser Wichser! Wo ist er? Aus dem mach ich Antipasti!«

Mit irrem Blick sah sie sich um, als könnte er sich in meiner winzigen Küche vor ihm verstecken. Veras ganze hundertsechzig Zentimeter vibrierten geradezu vor Zorn.

»Cool bleiben, Rumpelstilzchen«, mahnte ich, doch meine Freundin haute nur mit der Faust auf den Tisch.

»Aus dem mach ich Bolognese!«, rief sie.

»Hey«, beschwerte ich mich, weil sie mit ihrem Anfall meinen Kaffee umgeschüttet hatte. »Das war nicht Desiderio!«

»Nicht?«, schnaufte Vera.

»Nein. Ganz im Gegenteil.« Ich schnappte mir einen Lappen und wischte die Kaffeelache auf. »Und jetzt setzt dich erst einmal. Keiner macht hier aus irgendwem italienisches Essen, okay? Du machst mich ganz kirre und das kann ich jetzt so gar nicht gebrauchen!«

Sofort ließ sich Vera auf einen Stuhl plumpsen und starrte mich gebannt an. Als der Tisch wieder sauber war, setzte ich mich zu ihr, atmete einmal tief durch und erzählte dann mit belegter Stimme, was auf meinem gestrigen Nachhauseweg passiert war. Ihre Augen wurden groß und klein und noch größer, und sie hörte die ganze Zeit über mit entsetztem Schweigen zu.

»Desiderio hat den Typen dann vertrieben und mich nach Hause gebracht«, schloss ich mit zitternder Stimme meine Schilderung und wischte mir eine verirrte Träne aus dem Augenwinkel.

Mit einem Satz war Vera bei mir und schloss mich in ihre Arme. »Gott, Süße! Das tut mir so leid! Ich weiß gar nicht, was ich sagen soll.«

Ihr Mitgefühl war überwältigend. Sie war absolut fassungslos und beinahe genauso schockiert wie ich selbst. Wir weinten beide stumme Tränen, bis ich sie mit einem gequälten Lächeln von mir schob.

»Hör auf, mein Kaffee wird kalt«, schniefte ich.

»Okay.« Sie strich mir noch einmal über den Kopf und setzte sich dann wieder neben mich. »Und es war wirklich der Kerl von der Tanzfläche?«

Ich nickte stumm.

»Dieses Schwein! Was machen wir denn jetzt?«

»Was meinst du?«

»Na, wir müssen Anzeige erstatten, damit dieses Arschloch zur Rechenschaft gezogen wird!«, rief sie und schlug wieder auf meinen unschuldigen Tisch ein.

»Was bringt das denn? Ich kenne ja nicht einmal seinen Namen. Ich weiß nur, dass er nicht von hier ist und bei einem Freund übernachtet hat. Und dass er eine Platzwunde von meinem Absatz an der linken Braue hat.«

Vera rieb sich die Hände. »Das hast du wirklich sehr gut gemacht, Lena. Wenn er in ein Krankenhaus gegangen ist, um sich versorgen zu lassen, dann haben wir den Kerl doch schon!«

Daran hatte ich noch gar nicht gedacht.

»Stimmt«, meinte ich langgezogen. Das reichte meiner Freundin als Bestätigung.

»Alles klar!« Sie sprang auf. »Los, ich fahr dich zur Polizei.«

Ich verzog das Gesicht. »Darf ich wenigstens noch fertig frühstücken? Und mich vielleicht noch anziehen?« Die Aussicht darauf, meinen Überfall einem Fremden zu schildern, erschien mir wenig prickelnd.

Vera musterte meinen Bademantel und nickte dann ergeben. »Wenn's sein muss … Aber dann mach ich mir auch noch einen Kaffee.« Zielstrebig holte sie sich eine Tasse aus dem Schrank und peilte die Kaffeemaschine an. »Wo hast du eigentlich das Frühstück her? Aha!«

Noch bevor ich antworten konnte, hatte sie Beweisstück A – Desiderios Nachricht – gefunden und hielt es triumphierend in die Höhe.

»Das ist privat«, schimpfte ich noch, doch da hatte sie auch schon ihren Zinken in das Papier gesteckt und las mit leuchtenden Augen die wenigen Zeilen.

»Oh! Der Süße hat hier geschlafen?«, hauchte sie und presste sich den Zettel an die Brust.

Wie war das vorhin noch mit dem Itaker?

Ich bekam rote Ohren und versteckte mein Gesicht hinter meiner Kaffeetasse.

»Lena! Ruf ihn an!« Sie knallte mir das Papier vor die Nase. »Sofort!«

»Mensch, jetzt!«, rief ich, weil sie es schon wieder geschafft hatte, dass ich etwas von der kostbaren, schwarzen Flüssigkeit verschüttete. »Gönnst du mir heute meinen Kaffee nicht, oder was?«

»Scheiß auf den Kaffee! Das hier ist viel wichtiger!« Vera nahm den Zettel wieder in die Hand und las ihn nochmals durch, als hätte sie beim ersten Mal etwas Wichtiges übersehen können.

»Gott, ist das romantisch«, kommentierte sie. »Kleine Kriegerin?«

»Sei bloß still«, grummelte ich.

»Wieso denn? Das ist ja wohl das schönste Kosewort, das ich je gehört habe!«

Fand ich auch. Trotzdem war's mir peinlich.

»Jetzt ruf ihn endlich an«, forderte Vera nochmals und ließ sich einen Kaffee von meinem ganzen Stolz, dem Vollautomaten, einschenken.

»Ich hab ihm doch eh schon eine SMS geschickt«, erklärte ich, damit sie endlich Ruhe gab.

»Du hast ihm … Toll, Lena! Ich bin begeistert«, meinte sie ironisch und setzte sich wieder hin. »Der Typ hat dir das Leben gerettet und du hast gerade mal eine windige SMS für ihn übrig.«

Ich schürzte beleidigt die Lippen, obwohl sie natürlich recht hatte.

Vera studierte unterdessen nochmals die Nachricht. Vielleicht hoffte sie, einen versteckten Code, oder so was, zu entdecken. »Hach, ist das goldig. Übrigens habe *ich* dir den Hübschen hinterher geschickt. Du solltest mir danken.« Mein gemurmeltes »Schon klar« überhörte sie einfach. »Er hat dir sogar seine E-Mail-Adresse aufgeschrieben! Er möchte wirklich unter allen Umständen für dich erreichbar sein.«

»Tja, ich wollte ihm ja eigentlich ein Fax schreiben, aber leider konnte ich keine dementsprechende Nummer finden. Darum musste eben eine SMS genügen«, sagte ich ernst.

Meine Freundin rollte mit den Augen. »Du bist echt furchtbar, weißt du das?«

»Ja«, seufzte ich und stand auf. »Irgendwer muss schließlich mit dir mithalten können. Ich geh mich jetzt anziehen.«

Damit ließ ich Vera mit ihrer Codeentschlüsselung alleine.

Polizeiwachtmeister Niederhuber war eindeutig noch nervöser als ich selbst. Während ich den Tathergang schilderte, rutschte er unruhig auf seinem Stuhl hin und her und kritzelte aufgeregt Notizen auf ein Blatt Papier. Mein Überfall überstieg das Durchschnittsverbrechen von Wollbach wohl um einiges an Brutalität.

»Sapperlot, das ist ja allerhand«, kommentierte Niederhuber, als ich alles aufgezählt hatte. »Wirklich. Allerhand.«

Dabei wirkte er eher begeistert als entsetzt. Ich wusste nicht so recht, ob ich mich beleidigt oder geschmeichelt fühlen sollte.

Der Polizist räusperte sich. »Also, das mit der Platzwunde ist wirklich ein toller Anhaltspunkt. Wir werden sofort alle Krankenhäuser checken.«

Vera reckte sich stolz. Schließlich war das genau ihre Idee gewesen. »Außerdem hat er eine auffällige Tätowierung am Hals. Eine Schlange«, erklärte sie eifrig. »Mit einem solch auffälligen Körpermerkmal sollte es sehr einfach werden, den Täter zu identifizieren, oder?«

Ich kam mir beinahe ein wenig vor wie bei CSI.

Niederhuber zeigte sich tatsächlich sehr zuversichtlich. »Ein Schlangentattoo? Ja, das ist wirklich praktisch. Dann auch noch am Hals. Sehr auffällig.«

Mann, war ich froh, dass ich mir ausgerechnet diesen Kerl als Täter ausgesucht hatte …

»Können Sie mir noch eine ausführlichere Personenbeschreibung geben?«, fragte der Polizist.

»Natürlich«, antwortete Vera an meiner statt und begann umgehend, den Vergewaltiger zu beschreiben. Da sie wirklich jedes Detail erwähnte, pflichtete ich ihr nur stumm nickend bei und ließ sie reden. Niederhuber war ohnehin egal, wer von uns beiden sprach, denn er hatte genug damit zu tun, die ausführliche Personenbeschreibung auf Papier festzuhalten.

Als er alles erfasst hatte, tippte er fröhlich mit seinem Kugelschreiber auf sein Protokoll. »Ja, also das ist ja schon ein sehr auffälliger Typ gewesen, nicht wahr? Nun, Frau Berger, können Sie morgen noch einmal hierher kommen? Dann werde ich den Phantombildzeichner aus Passau bestellen, so einen haben wir hier nämlich nicht. In Wollbach brauchen wir so jemanden halt eigentlich nie, gell? Höhö. Jedenfalls brauche ich zusätzlich noch die Aussage von Di…, ähm, ah ja – DiCastello. Geben Sie ihm Bescheid oder sollen wir ihn kontaktieren?«

»Das mache ich«, sagte ich schnell. »Muss er heute noch kommen?«

»Nein, das reicht morgen auch noch. Außerdem sollten Sie sich noch ein ärztliches Attest bezüglich Ihrer Verletzungen holen. Sollte es zu einer Verhandlung kommen, wird das dem Richter bestimmt imponieren.«

Ich verzog das Gesicht, nickte aber trotzdem. »Okay.«

»Was ist eigentlich mit der Tatwaffe geschehen? Hat der Täter sie mitgenommen?«

»Hm … Ich weiß nicht genau«, sagte ich langsam und überlegte kurz. Dann schüttelte ich den Kopf. »Nein, also mitgenommen hat er das Messer nicht. Zumindest nicht gleich. Vielleicht ist er später noch mal zurück und hat es geholt? Keine Ahnung, wir haben jedenfalls gar nicht mehr daran gedacht.«

Niederhuber winkte ab. »Wir werden gleich zum Tatort fahren und alles durchsuchen. Quasi Spurensicherung, höhö. Also, ich hätte so weit alles, brauchen Sie noch etwas?«

Ich schüttelte stumm den Kopf.

»Gut, dann sehen wir uns morgen.« Wir standen auf. »Ach, eine Frage noch.«

»Ja?«

»Warum haben Sie nicht gleich die Polizei gerufen?«

Unwohl wiegte ich meinen Kopf. »Weil mir das Ganze irgendwie peinlich war.«

Niederhuber blickte mich mit großen Augen an. Er konnte natürlich überhaupt nicht verstehen, dass mir dieser spektakuläre Überfall peinlich war.

Wir verließen die Polizeiwache, und ich war mir sicher, dass schon in wenigen Stunden ganz Wollbach von dem Verbrechen wissen würde.

Schöne Scheiße.

Vera fuhr mich umgehend zu einer Notaufnahme, um meine Verletzungen dokumentieren zu lassen. Natürlich wollte ich keinesfalls, dass meine Arbeitskollegen mich so sahen, deshalb wählten wir eine Klinik im nächsten Landkreis. Sie beschwerte sich mit keinem Wort über die rund vierzig Kilometer Fahrt und ich war dankbar für ihr Verständnis.

Ich versuchte mir einzureden, dass das ganze Theater doch etwas Gutes hatte. Schließlich konnte ich zum ersten Mal völlig inkognito eine fremde Notaufnahme ausspähen.

Auf den ersten Blick wirkte alles genauso wie bei uns.

Auf den zweiten auch.

Hier herrschte das gleiche organisierte Chaos, dieselbe allgemeine Hektik, und es gab genau die gleichen ungeduldigen Nervensägen im Wartezimmer, die stets darauf bedacht waren, eine kleine Revolution anzuzetteln.

In unserem Fall war der Quälgeist eine ältere Frau, mit Sicherheit bereits in der Rente, die mich langsam, aber sicher den letzten Nerv kostete. Erst hatte sie noch erklärt, dass sie sich ja eigentlich nur den kleinen Zeh gestoßen hatte, was aber auch gar nicht so schlimm war. Trotzdem dachte sie sich halt, dass sie ihn mal kurz anschauen lassen sollte. Man konnte ja nie wissen, oder?

Schon nach einer halben Stunde ging's dann los.

Warum denn das hier so ewig dauerte?

Ob die uns denn hier drin vergessen hätten?

Seit einer Ewigkeit war keiner mehr aufgerufen worden!

Machten die hier Kaffeepause, oder was?

Dann wurde es mir zu viel …

»Haben Sie sich auch an den Augen verletzt, oder warum sind Ihnen die beiden Rettungswagen nicht aufgefallen, die vorhin an uns vorbeigefahren sind?«, fragte ich freundlich.

Alle Anwesenden hielten gespannt den Atem an. Die Frau wurde augenblicklich puterrot im Gesicht.

»Also, was erlauben Sie sich!«, entrüstete sie sich schließlich.

»Was erlauben Sie sich denn? Glauben Sie wirklich, dass Ihr bekackter Kleinzeh einem Verkehrsunfall vorgezogen werden sollte?«

Sie schnappte nach Luft. »Was fällt Ihnen ein!«

»Nein, was fällt Ihnen ein! Wenn Sie an einem Sonntag nichts Besseres zu tun haben, als wegen so einem Scheißdreck in die Notaufnahme zu gehen, dann müssen Sie gefälligst warten!«

»Ach ja? Und Sie haben wohl mehr Berechtigung hier zu sein als ich?«

»Wissen Sie, eigentlich geht Sie das überhaupt nichts an, aber ja, das habe ich sehr wohl. Ich brauche ein ärztliches Attest, weil ich gestern überfallen, zusammengeschlagen und fast vergewaltigt worden wäre«, sagte ich ernst und sah das alte Schrapnell herausfordernd an. »Also, ich denke doch, dass mein Leiden das Ihre übertrumpft, nicht wahr? Übrigens hat es absolut keine Konsequenz, ob Ihr kleiner Zeh gebrochen ist oder nicht. Heilen muss er sowieso von selber. Schon alleine deswegen könnten Sie sich die Warterei sparen und unser aller Nerven schonen.«

Die Frau öffnete und schloss ihren Mund ein paar Mal. Dann rauschte sie mit ungeahnter Geschwindigkeit aus dem Wartezimmer und ward nicht mehr gesehen. Die übrigen Patienten spendeten mir einen kleinen Applaus und feierten mich wie eine Heldin. Ich verteilte ein paar Kusshände und wurde dann auch schon in den Behandlungsraum geholt.

Eine erfahrene Oberärztin hatte, zu meinem Glück, Dienst, und sie behandelte meinen Fall äußerst professionell und ohne unnötiges Trara. Ich wurde untersucht, fotografiert und frisch verbunden. Nach einer kurzen Diskussion ließ ich mich sogar noch röntgen, weil mir das Argument, eine verweigerte Untersuchung käme vor Gericht nicht sehr gut an, einleuchtete.

Natürlich war nichts gebrochen, und ich verließ mit Vera, dem Notfallbericht und einer Krankmeldung nach nur zwei Stunden die Notaufnahme.

Ja, es war wirklich genau wie in unserer Ambulanz.

Kapitel 17

Ziellos lief ich ihn meiner Wohnung hin und her und trug dabei mein Handy spazieren.

Ich musste Desiderio anrufen und ihn darum bitten, eine Aussage bei der Polizei zu machen. Das konnte doch nicht so schwierig sein! Im Endeffekt war es sogar nur ein Satz, den ich zu sagen hatte. Aber warum stellte ich mich dann so an?

Also los – Nummer wählen, Verbindung aufbauen, sprechen … war doch gar nicht so schwer.

Weil ich aber ein Feigling war, hatte ich zuerst einmal Sandra an der Strippe. Ich erklärte ihr knapp, dass ich einen Unfall hatte und deswegen krankgeschrieben war. Vorerst für eine Woche, dann würde ich mich wieder melden. Natürlich wollte sie wissen, was das denn für ein Unfall war, und ich redete mich damit heraus, dass ich momentan total durcheinander war und ihr alles baldmöglichst erzählen würde. Schweren Herzens akzeptierte Sandra dies und wünschte mir noch gute Besserung.

Danach ging ich wieder eine Weile mit meinem Handy spazieren.

So ein Blödsinn!

Ich wählte Desiderios Nummer, nur um sie gleich wieder wegzudrücken. Dann öffnete ich das SMS-Programm, tippte irgendetwas ein und löschte die Nachricht gleich wieder.

Nein, ich war ihm wirklich einen echten Anruf schuldig, nicht nur eine unpersönliche Textnachricht.

Insgesamt brauchte ich ganze fünf Anläufe, bis ich nervös das Handy an mein Ohr hielt und auf das Tuten darin lauschte.

»Hallo?«, meldete sich Desiderio schon nach dem dritten Läuten, und ich zuckte erschrocken zusammen.

»Hallo?«, wiederholte er, weil ich immer noch nichts sagte. Er klang beunruhigt. »Lena?«

Großer Gott!

»Hallo?«, quiekte ich schnell und schlug mir gegen die Stirn. »Ähhh … hörst du mich jetzt? Ich hab schlechten Empfang, glaub ich.«

»Ja, jetzt. Hi.«

»Hi.«

Schweigen.

»Was ist los?«, fragte er schließlich. Irgendwie wusste ich genau, dass er dabei grinste.

»Äh, ach ja! Ähm, ich wollte dir nur Bescheid geben, dass ich heute bei der Polizei war und Anzeige erstattet habe, und dann wollte ich dich noch fragen, ob du ebenfalls eine Aussage machen könntest. Aber das würde morgen auch noch reichen, hat der Niederhuber gesagt. Wahrscheinlich, weil die am Sonntag auch nicht viel machen. Nun, ich weiß ja nicht, wie du morgen arbeitest, aber – kannst du das machen?«

Meine Worte sprudelten in einem Atemzug hervor. Zwischendurch glaubte ich, Desiderio leise lachen zu hören. Vielleicht bildete ich mir das aber auch nur ein.

»Natürlich mache ich das«, antwortete er ohne Umschweife. »Wer ist der Niederhuber?«

»Ach, der Polizist, der meine Aussage aufgenommen hat.«

»Muss ich mich bei dem melden?«

»Äh, keine Ahnung. Hm, ich glaube, das ist ziemlich egal. Die wissen bestimmt alle, um was es geht. So einen Fall hatten die hier in Wollbach wohl noch nie, so aufgeregt wie der Polizist war.«

»Tja, das denke ich auch«, seufzte er. »Wie geht es dir?«

Seine Frage war nicht nur eine Floskel. Er wollte es wirklich wissen, das konnte ich an seinem Tonfall hören.

»Hervorragend«, sagte ich. »Ich sehe zwar aus wie der Glöckner von Notre-Dame, aber ansonsten kann ich mich nicht beklagen.«

»Nein, *du* kannst das natürlich nicht«, sprach er mit deutlich hörbarer Ironie.

Die gestrige Szene aus meinem Bad fiel mir wieder ein.

»Ja, du, ich muss dann auch schon wieder Schluss machen«, erklärte ich hastig, weil ich ja so im Stress war.

»Schon gut, Quasimodo.«

»Okay, also, bis dann. Ciao!«, brabbelte ich noch und legte auf, ohne auf seine Antwort zu warten. Dann klopfte ich mir mit meinem Handy verzweifelt ein paar Mal auf den Kopf.

Mann, war ich vielleicht eine Idiotin! Erst warf ich mich dem Kerl nackig an den Hals und dann war ich nicht einmal fähig, mit ihm vernünftig zu telefonieren, oder was?

Ich ließ mich aufs Sofa fallen und vergrub meinen Kopf in den Kissen, wofür ich sogleich mit pochenden Schmerzen in der Wange bestraft wurde. Mein Blick fiel auf das Verbandszeug, das noch auf dem Couchtisch lag.

Ich sah Desiderio vor mir, wie er mir den Verband anlegte und einen Kuss darauf hauchte …

Himmel Herrgott!

Diese ganze Sache entwickelte sich langsam, aber sicher in eine völlig falsche Richtung. Eine absolut falsche Richtung. Quasi in eine Geisterfahrt auf der Autobahn!

Der aufmerksame, liebevolle Typ von gestern hatte aber auch rein gar nichts mit dem arroganten Schönling gemein, den ich seit Wochen hartnäckig abwehrte.

Wenn ich dich einmal in meiner Kiste drin habe, dann will ich dich nicht so schnell wieder herauslassen, hatte er gesagt. Oder so ähnlich.

Je länger ich darüber nachdachte, umso aufregender klang der Satz.

Aber hatte er es auch ernst gemeint?

Sicher, die vergangenen Stunden wären wirklich ein krasser Aufwand, nur um die Betthäschen-Statistik zu füttern, doch mein beinahe krankhafter Selbstschutzmechanismus ließ mich immer noch misstrauisch sein.

Ich schreckte hoch, als die Türglocke schellte. Anscheinend war ich auf dem Sofa eingedöst. Meine Wanduhr erklärte mir, dass es halb sieben am Abend war.

Es klingelte noch mal.

Schlaftrunken wackelte ich zur Sprechanlage und krächzte hinein: »Ja?«

»Lena? Darf ich raufkommen?«

Desiderio!

Mit einem Schlag war ich hellwach. Ich sprang ein paar Mal hysterisch im Kreis. Dann antwortete ich mit schriller Stimme: »Okay«, und drückte den Türöffner.

Hektisch überprüfte ich mein Antlitz im Garderobenspiegel. Jogginghose, Schlabbershirt, Steckdosenfrisur, von dem leuchtenden Veilchen ganz zu schweigen – alles zusammen ein hoffnungsloser Fall.

Trotzdem nahm ich mein Schicksal an und riss die Tür zu meiner Wohnung genau in dem Moment auf, als Desiderio gerade klopfen wollte. Mit erhobener Hand stand er da und schaute mich an.

Ich schaute zurück.

Er lächelte.

Ich schluckte.

Er sah noch hinreißender aus als in meiner Erinnerung. Verwaschene Jeans, einfaches Sweatshirt, zerzauste Haare … und das Tollste war, dass er irgendwie verlegen wirkte, was ihm wirklich ausgezeichnet stand.

»Hi, ich wollte dich nicht überfallen, oder so«, erklärte er und ließ langsam seine Hand sinken, »aber ich dachte mir, dass du vielleicht Hunger hast, und da ich sowieso gerade unterwegs war …« Schüchtern hielt er mir eine Pizzaschachtel entgegen.

Mir lief sofort das Wasser im Mund zusammen und mir fiel auf, dass ich tatsächlich Hunger hatte. Und was für einen! Gierig beäugte ich die Schachtel und sagte nur: »Geil.«

Wir sahen uns wieder an. Dann lachten wir gleichzeitig.

»Also komme ich gerade richtig, wie?«, meinte er grinsend, und die anfängliche Verlegenheit war verschwunden.

»Tatsache. Du bist mein Retter in der Not. Schon wieder.«

Ich bat ihn herein und führte ihn ins Wohnzimmer. Nervös strich ich mir über meine sackartigen Klamotten.

Desiderio sah mich feixend an. »Also, an Quasimodo kommst du bei Weitem nicht heran, mit deinem blauen Auge. Du hast eher was von Rocky.«

Ich knurrte, musste aber dann doch lachen.

»Willst du dich raussetzen?«, fragte ich, um meine Unbeholfenheit zu überspielen.

»Gerne.«

Ich wies mit dem Arm zur Balkontür. »Cola oder was anderes?«

»Cola klingt gut.«

Er wanderte auf den Balkon und ich stürzte in die Küche. Während ich Gläser, Cola und Teller auf ein Tablett stellte, bemerkte ich, dass meine Finger vor Aufregung zitterten.

Ruhig bleiben. Wir werden nur Pizza essen und uns dabei wie zivilisierte Menschen unterhalten.

Na, klar, als ob das so einfach wäre …

Ich beschloss, einfach mein Bestes zu geben, und jonglierte das Tablett hinaus.

»Brauchst du Besteck?«, wollte ich von Desiderio wissen, als ich das Geschirr und die Cola auf dem Tisch platzierte.

Er tat empört. »Also, bitte!«

»Ach, ich vergaß, dass die Italiener keine Tischmanieren haben«, scherzte ich und setzte mich ihm gegenüber.

»Nicht frech werden, sonst gibt's keine Pizza«, drohte er und öffnete die Schachtel.

Hmm … Schinken, Salami, Peperoni und extra viel Käse.

»Ich bin ganz brav«, versprach ich, und mein Magen knurrte erwartungsvoll. Und laut. Peinlich berührt hielt ich mir den Bauch. »Oh.«

Desiderio kicherte ausgelassen und reichte mir ein riesiges Stück der duftenden Pizza.

»Keine Sorge, ich bin Arzt. Mit den Geräuschen des menschlichen Körpers kenne ich mich aus.«

»Na, wenn das so ist«, meinte ich und nahm gierig den ersten Bissen. »Heiff«, jammerte ich gleich darauf mit vollem Mund und fächerte mir Luft zu.

»Ganz frisch aus dem Ofen«, erklärte er und beobachtete amüsiert meine Versuche, mir den Mund abzukühlen. »Ist zwar nicht so gut wie die von Oma, aber die beste, die man hier in Wollbach kriegen kann.«

Ich löschte meine Verbrennung mit einem Schluck Cola und inspizierte die Anschrift auf der Pizzaschachtel. »Ja, das *Condutto* ist wirklich die beste Pizzeria hier in der Gegend.«

Eine Zeit lang aßen wir schweigend, weil uns beiden wohl kein vernünftiges Gesprächsthema einfallen wollte.

»Ich war vorhin bei der Polizei«, begann Desiderio schließlich.

»Schon?«

»Ja, ich dachte mir, je eher, umso besser. Jedenfalls haben sie das Messer gefunden und sichergestellt.«

»Aha. Okay.«

»Der Niederhuber war übrigens immer noch total aufgeregt. Eines ist sicher – der hängt sich voll rein in die ganze Sache, weil die endlich einmal Schwung in seinen sonst wohl eher langweiligen Job bringt.«

»Tja, das freut mich, dass ich ihn vor dem Alltag der Verkehrskontrollen gerettet habe«, sagte ich bitter.

Er sah mich an und legte den Kopf schräg. »Gib's zu, du hast dich nur wegen ihm mit diesem Kerl angelegt.«

Sein kleiner Versuch, mich aufzuheitern, stimmte mich tatsächlich fröhlich.

»Natürlich«, nickte ich. »Bist du jetzt eifersüchtig?«

»Und wie.«

Desiderio lächelte. Ich versteckte mich hinter meiner Pizza.

»Was war das eigentlich gestern für eine Bruce-Lee-Einlage?«, fragte ich dann. »War das Karate, oder hast du nur zu viele Tarantino-Filme gesehen?«

»Nicht ganz«, grinste er. »Ich war früher Kickboxer und habe sogar an Meisterschaften teilgenommen.«

»Ach so«, meinte ich nur, obwohl ich eigentlich ganz schön beeindruckt war. »Und warum jetzt nicht mehr?«

»Na ja, in meinem Job kommt das nicht so gut, wenn ich ständig mit einem blauen Auge oder Platzwunden daherkomme.«

»Stimmt. Darum habe ich mich auch krankschreiben lassen.« Ich betrachtete eingehend sein Gesicht. »Platzwunden? Aber du hast doch gar keine Narben.«

Er zwinkerte mir schelmisch zu. »Zumindest nicht im Gesicht. Das mit der Deckung habe ich immer gut beherrscht. Soll ich dir meinen Rücken zeigen?«

Um Gottes willen!

»Gna, lass mich erst fertig essen, bevor du hier einen Strip hinlegst«, wehrte ich betont gelangweilt ab.

»Alles klar.« Er lehnte sich zurück und ließ seinen Blick über meine Nachbarschaft schweifen. »Erstklassiger Balkon. Hier kann man's echt aushalten. Der Alte von gegenüber beobachtet uns übrigens mit einem Fernglas von seinem Fenster aus.«

»Ich weiß, das tut er immer«, seufzte ich. »Wenn er dich stört, musst du ihm nur winken, dann gibt er für ein paar Stunden Ruhe.«

»Wirklich?« Desiderio winkte probehalber und sofort war Herr Kaltenberger verschwunden. »Ha, unglaublich. Und das macht der immer? Nervt dich das nicht?«

»Ach wo. Ich glaube, es ist das Einzige, was ihn noch am Leben hält, darum gönne ich ihm einfach seinen Spaß. Wenn er wieder recht schlecht aussieht, lege ich mich einfach für ein paar

Stunden im Bikini hier heraus und schon geht es ihm wieder besser.«

»Du bist einfach zu gut für diese Welt«, schmunzelte er.

»Tja, ist wohl so eine Art Helfersyndrom. Vor allem im Winter kann das manchmal ganz schön hart werden.«

Wir kicherten und hingen eine Weile unseren Gedanken nach.

»Glaubst du, sie finden den Typen?«, fragte ich schließlich im Plauderton.

»Ich hoffe es.«

»Weißt du, ich hatte den Eindruck, als hätte er so etwas nicht zum ersten Mal getan«, sagte ich leise. »Das war nicht irgendeine Tat im Affekt. Ich hatte eher das Gefühl, als wüsste er genau, wie er …« Meine Stimme versagte.

Desiderio ergriff schweigend meine Hand und hielt sie einfach nur fest. Diese kleine Geste hatte etwas so ungemein Tröstliches, dass ich es schaffte, weiterzusprechen. Mit einem Mal kamen alle meine Ängste und Empfindungen des Überfalls aus mir heraus.

»Er war so schrecklich stark. Ich hatte überhaupt keine Chance. So hilflos habe ich mich in meinem ganzen Leben nicht gefühlt! Als er mich geküsst hat, habe ich mich geekelt wie nie zuvor, konnte aber gar nichts dagegen tun, verstehst du? Es war entsetzlich. Das Schlimmste war, als ich die Beule in seiner Hose gespürt habe. Da wusste ich genau, was jetzt kommen würde. Gott, war das ekelhaft! Aber ich wäre lieber gestorben, als mich von ihm besteigen zu lassen.«

Tränen der Wut rannen über mein Gesicht. Meine freie Hand war zu einer bebenden Faust geballt. Desiderio hatte mir die ganze Zeit über reglos zugehört. Jetzt beugte er sich vor und wischte mir sanft über die unverletzte Wange.

»Du hast mutig gekämpft«, sagte er ernst. »Deine Gegenwehr hat dem Dreckskerl einen gehörigen Strich durch die Rechnung gemacht. Ich bin stolz auf dich.«

Mein Atem stockte und ein warmes Gefühl breitete sich in meiner Brust aus.

Ich bin stolz auf dich, …

Seine Worte berührten mich zutiefst. Vor allem, weil er mir dabei tief in die Augen sah und ich mir dadurch sicher war, dass er die Wahrheit sagte. Das war mit Abstand das Schönste, das je ein Mann zu mir gesagt hatte.

Plötzlich fühlte ich mich wieder völlig verunsichert. Hastig wich ich vor ihm zurück und trocknete fahrig meine Tränen mithilfe meines überdimensionalen T-Shirts. Er bemerkte mein Unwohlsein sofort, gab sanft meine Hand frei und gewährte mir so wieder eine ausreichende Sicherheitszone.

»Willst du das letzte Stück noch?«, wollte er wissen, als wäre gerade überhaupt nichts gewesen.

Ich schüttelte stumm den Kopf.

»Ich bin auch voll. Vielleicht magst du es ja später noch.« Er schloss sorgfältig den Karton. »Da nicht alle Anwesenden morgen frei haben, werde ich jetzt nach Hause gehen und todmüde in mein Bett fallen.«

»Wenn du unbedingt willst, dann kann ich dir gerne auch so ein Veilchen verpassen.«

»Ach, nein danke. Ich glaube, da nehme ich dann doch lieber vier Stunden OP mit OA Reinmann auf mich.«

Hilfsbereit begann er, das wenige Geschirr auf das Tablett zu laden.

»Lass nur«, sagte ich schnell. »Ich mach das schon.«

»Okay.«

Schweigend brachte ich ihn zur Tür.

Erst als er schon im Treppenhaus stand, schaffte ich es, noch das zu sagen, was mir auf dem Herzen lag: »Danke. Für alles.«

»Gern geschehen.« Desiderio schenkte mir sein atemberaubendes Lächeln. »Ruf an, wenn du was brauchst, in Ordnung?«

»Mach ich. Gute Nacht.«

Schnell schloss ich die Tür, bevor ich noch etwas Unüberlegtes tun konnte. Eigentlich wollte ich nämlich überhaupt nicht, dass er ging. Ich wollte, dass er hier blieb. Bei mir. Und mich wieder in den Schlaf streichelte.

Gedankenverloren räumte ich den Balkontisch ab und stellte die Spülmaschine an. Danach kuschelte ich mich auf das Sofa und sah ein wenig fern. Zumindest versuchte ich es, aber die Bilder des Flimmerkastens verwandelten sich irgendwie ständig wie von Zauberhand in ein hübsches Gesicht mit blauen Augen und dunklen Haaren.

Es war wirklich zum Verrücktwerden.

Eine Stunde später piepste mein Handy und kündigte eine SMS an.

Desiderio: »Ich hoffe, du träumst was Schönes.«

Oh ja, spätestens jetzt würde ich das ganz gewiss tun!

Falls ich überhaupt einschlafen konnte.

Kapitel 18

Der Montag begann für mich reichlich unspektakulär mit Cornflakes und Kaffee auf dem Balkon. Ich war unausgeschlafen und verwirrt, denn wie bereits befürchtet hatte ich in der Nacht kein Auge zugetan, weil mich ständig eine einzige Frage beschäftigte:

Was sollte ich mit Desiderio anstellen?

Ich hatte keine Ahnung. Ich wusste nur, dass ich jedes Mal, wenn ich die Augen schloss, sein Gesicht vor mir sah. Und das war kein gutes Zeichen. Solche Symptome traten doch nur bei einem einzigen Phänomen auf, oder?

Nein, das konnte doch nicht sein. Ich konnte mich doch nicht wegen ein paar freundlicher Gesten in Desiderio verl… Bestimmt nicht! Moment, wie hieß denn diese Erscheinung, wenn man sich in einer Extremsituation zu seinem Retter hingezogen fühlte? Stockholm-Syndrom? Nein, Quatsch. Das geschah zwischen Opfer und Entführer, war also wieder was anderes.

Ich beschloss, später noch Wikipedia zu meinem speziellen Fall zu befragen, vielleicht gab es eine fundierte Behandlungsmöglichkeit.

Zwei Tabletten im Abstand von sechs Stunden jeweils nach einer kleinen Mahlzeit und schon sind Sie geheilt!

Okay, jetzt begann ich wohl wirklich, völlig durchzudrehen …

Auf der Straße unter mir erregte etwas meine Aufmerksamkeit. Ein Streifenwagen fuhr langsam heran und hielt gegenüber meinem Wohnhaus. Neugierig reckte ich den Hals und lugte über die Brüstung, denn die Anwesenheit der Polizei in unserer sonst allzeit ruhigen Siedlung war ganz und gar nicht alltäglich. Ich fragte mich, welcher meiner Nachbarn denn ein Verbrechen begangen hatte, als Herr Niederhuber aus dem Streifenwagen stieg und sich suchend umblickte.

Oh je, die verbrecherische Nachbarin war wohl ich.

Eine Weile blieb ich stumm auf meinem Beobachtungsposten und wartete ab. Als der Polizist aber freudig die 36a, also mein Wohnhaus, anvisierte, stand ich auf und beugte mich über das Geländer.

»Guten Morgen, Herr Niederhuber!«, rief ich zu ihm hinunter.

Er erschrak so sehr, dass er sogar einen kleinen Hüpfer vollführte. Hoffentlich hatte ich mit meinem Geschrei keine verdeckte Operation gefährdet …

Niederhuber ging ein paar Schritte zurück, legte den Kopf in den Nacken und sah zu mir hinauf.

»Ah, Fräulein Berger, Ihnen auch einen guten Morgen! Genau Sie habe ich gesucht!«

Meine Befürchtung bestätigte sich also, obwohl mich das »Fräulein« durchaus ein wenig besänftigte. Eine Drogendealerin würde man doch wohl nicht so ansprechen, oder?

»Wir waren doch erst für vierzehn Uhr verabredet?«, fragte ich hinunter.

»Richtig, aber der Zeichner aus Passau konnte schon früher, darum bin ich gekommen, Sie jetzt abzuholen«, antwortete er hinauf.

Wie, abholen? Mit dem weiß-grünen BMW da etwa???

»Äh, also ich, ja, ich brauche aber noch ein paar Minuten! Dann komme ich gleich auf die Wache.«

Niederhuber winkte großzügig ab. »Nein, ich warte. Dann fahre ich Sie, quasi mit Polizeieskorte, höhö!«

»Ahaha«, gab ich verkrampft zurück und verzog mich schnell in meine Wohnung, damit er mein wenig begeistertes Gesicht nicht sehen konnte.

So ein Mist, jetzt würden meine ganzen Nachbarn denken, dass ich verhaftet wurde! Hoffentlich sahen sie dann auch alle aus dem Fenster, wenn ich zurückgebracht wurde, nicht dass es plötzlich hieß: Die Berger sitzt im Knast!

Ich zog mich kurz um und kramte trotz der sommerlichen Außentemperatur eine Mütze aus meinem Schrank, die ich mir tief ins Gesicht ziehen konnte. Sonnenbrille auf, Halstuch rum – perfekt, jetzt sah ich wenigstens wirklich aus wie eine Kriminelle auf dem Weg ins Gericht.

Scheiße.

Ich beugte mich meinem Schicksal und trippelte hinunter zu Polizist Niederhuber, der mich bereits freudestrahlend erwartete.

»Kann ich vorne sitzen? Hinten wird mir schlecht«, sagte ich zu ihm im Vorbeigehen und stellte mich sogleich neben die Beifahrertür.

»Na, ausnahmsweise!«, flötete Herr Niederhuber. »Sie sind ja nicht festgenommen, denn sonst müssten Sie schon auf die Rücksitzbank, gell? Höhö!«

»Jaa … Hehe.«

Als ich einstieg, fiel Spanner Kaltenberger fast sein Fernglas aus der Hand, das konnte ich ganz genau sehen.

Da man als Durchschnittsbürger im Regelfall eher selten in einem Streifenwagen mitfuhr, war es dann doch irgendwie interessant. Am witzigsten fand ich die angespannten Gesichter der Passanten, die sich beim Anblick des Polizeiautos allesamt sofort benahmen, als hätten sie etwas Grausiges zu verbergen, und sich dermaßen unauffällig gaben, dass ihr Verhalten sofort auffiel. Ganz Wollbach schien ein schreckliches Geheimnis zu hüten. Als ich Herrn Niederhuber von meiner Beobachtung berichtete, lachte er.

»Die, die nicht nervös werden, haben halt meistens Dreck am Stecken«, weihte er mich ein.

Ja, klang doch irgendwie logisch, oder?

Zumindest beruhigte mich der Umstand, dass ich in Gegenwart der Polizei auch immer nervös wurde. Das hieße dann nämlich, dass ich ein absolut reines Gewissen hatte.

Polizist Niederhuber war ein fröhlicher Mensch und erzählte mir auf unserer kurzen Fahrt ganze drei Beamtenwitze. Obwohl ich keinen davon übermäßig lustig fand, lachte ich jeweils höflich darüber und der Mann in Uniform freute sich. Eigentlich war er mir ganz sympathisch, der Niederhuber. Polizisten waren wohl auch nur Menschen.

In der Wache angekommen, wurde ich behandelt wie ein Star. Wirklich jeder hier kannte meinen Namen, und alle Anwesenden wollten einen kurzen Blick auf das sensationelle Opfer werfen. Ich bekam Kaffee, Cola, ein Sandwich und insgesamt drei Snickers, und jedes Lebensmittel wurde von einem anderen Polizisten gebracht. Ich befürchtete schon fast, dass ich jetzt auch noch Autogramme austeilen sollte, denn dann hätte ich dem ganzen Zirkus Einhalt gebieten müssen.

Einzig der Phantombildzeichner namens Schmitt strahlte reinste Professionalität aus. In seinem Beruf hatte er täglich mit solchen Verbrechen zu tun, deshalb ging ihm das ganze Tohuwabohu seiner Kleinstadtkollegen komplett auf die Nerven.

Als das vierte Snickers geliefert wurde, ließ er gebieterisch seine Faust auf den Tisch knallen.

»Herrgott, jetzt ist aber mal Schluss!«, brüllte er. »Die Frau Berger wird schon nicht verhungern, und wenn wir endlich mal vernünftig arbeiten könnten, würden wir auch irgendwann fertig werden!«

Der junge Polizist legte vorsichtig die Schokolade auf den Tisch, zog den Kopf ein und schlich aus dem Zimmer.

»Danke.« Ich grinste und schob Herrn Schmitt als Belohnung einen Schokoriegel zu.

Nachdem nun endlich Ruhe eingekehrt war, konnte ich mich voll und ganz der Täterbeschreibung widmen. Beeindruckt verfolgte ich, wie Herr Schmitt nach und nach meine Worte zu

Papier brachte. Immer wieder korrigierte er nach meinen Angaben und zeichnete neu, sodass es tatsächlich nicht lange dauerte und Schlangentattoo mir finster entgegenblickte. Sogar die Tätowierung am Hals hatte der Beamte maßstabsgetreu hinbekommen. Die Zeichnung sah so echt aus, dass mir ein Schauer über den Rücken lief.

»Ja, das ist er«, bestätigte ich leise und schluckte schwer.

Schmitt legte die Zeichnung weg und sah mich mitfühlend an. »Glauben Sie mir, Frau Berger. Auch wenn es momentan nicht den Anschein haben mag, aber die Kollegen da draußen sind allesamt erfahrene Leute. Sie werden alles daran setzen, den Täter zu finden und dingfest zu machen.«

»Okay.« Ich lächelte tapfer.

»Wurde Ihnen eine Seelsorge angeboten?«

Nein, das hatten die wohl in ihrer Aufregung ganz vergessen.

»Nicht nötig«, sagte ich, weil ich keine Inkompetenz beklagen wollte. »Ich habe wunderbare Freunde, die mir Tag und Nacht zur Seite stehen.«

Vor allem einer hängt sich da voll rein …

Er musterte mich ernst, dann nickte er zustimmend. »Na, schön. Ich wünsche Ihnen alles Gute, Frau Berger. Falls Ihnen noch etwas einfällt, können wir die Zeichnung jederzeit nachkorrigieren.«

Wir verabschiedeten uns und Niederhuber nahm mich wieder in seine Obhut. Am Ende musste ich tatsächlich noch ein Autogramm geben, da es sich aber dabei um die Unterschrift unter meine fein säuberlich abgetippte Aussage handelte, machte ich das natürlich.

Bepackt mit einem Sandwich und drei Schokoriegeln stieg ich wieder in den Streifenwagen und ließ mich nach Hause chauffieren. Auf der Fahrt musste ich mir weitere Beamtenwitze anhören, und einer davon war sogar lustig. Niederhuber versprach mir, sich sofort zu melden, wenn die Ermittlungen Fortschritte machten. Ich wies ihn freundlich darauf hin, dass ich auch im Besitz eines Telefons war und er sich darum nicht noch mal die

Mühe machen musste, bei mir vorbeizufahren. Er verstand den Wink nicht wirklich und erklärte mir, dass das überhaupt kein Problem sei, denn der Sprit werde ja sowieso vom Steuerzahler bezahlt, höhö. Dann entließ er mich und brauste mit dem staatlichen Diesel davon.

Vor meinem Wohnhaus sah ich noch einmal grimmig in die Runde, um ja allen Nachbarn mitzuteilen, dass ich nicht verhaftet, sondern wohlbehütet zu Hause angekommen war.

Dem Kaltenberger winkte ich sogar mit meinem Sandwich.

Ich war gerade mal eine halbe Stunde zu Hause, da kündigte sich schon der nächste Trubel an. Vera stürmte meine Wohnung mit einem schallenden »Krankenbesuch!« und führte zwei wandelnde Geschenkläden auf jeweils zwei Beinen mit sich. Dabei handelte es sich um Sebastian und Frank, die beide über und über mit Blumensträußen, Pralinen und Luftballons beladen waren.

Mein Montag schien langsam in Stress auszuarten.

»Ihr seid ja total verrückt«, stöhnte ich angesichts der vielen Mitbringsel.

Eine dramatische Begrüßung folgte. Ich wurde geherzt und gedrückt, mit Mitleid und Fassungslosigkeit überschüttet und kam mir schon bald vor, als wäre ich geradezu von den Toten wiederauferstanden.

Vor allem Frank war völlig aus dem Häuschen. Er marschierte aufgebracht auf und ab und sagte immerzu »So ein Arschloch!« oder »Wenn ich den erwische!«. Irgendwann herrschte Vera ihn an, er solle jetzt endlich Ruhe geben und sich auf seinen Allerwertesten setzen, was er dann, dem Himmel sei Dank, auch tat.

Er platzierte sich eng neben mich, obwohl locker noch drei Meter Platz gewesen wären, und machte ein Gesicht, als würde er nie wieder von meiner Seite weichen wollen. Er erinnerte mich ein wenig an einen Wachhund mit schlechtem Gewissen.

»Mir geht's gut. Wirklich«, beteuerte ich nun schon zum tausendsten Mal. »Ich war heute schon bei der Polizei und habe das

Phantombild anfertigen lassen. Die Sache läuft jetzt so richtig an.«

»Warum hast du denn nichts gesagt? Ich hätte dich doch hingefahren!«, schimpfte Vera beleidigt.

»Tja, da war der Niederhuber schneller als du. Der hat mich nämlich mit seinem Streifenwagen abgeholt.«

»Nein!«

»Doch. War echt peinlich.«

Sebastian kicherte. »Musstest du wenigstens hinten sitzen?«

»Von wegen! Ich war in der Wache der reinste Stargast. Mein lieber Schwan, die sind wirklich total ausgeflippt. Ich hab sogar ein Sandwich gekriegt.«

»Was? Ein echtes Polizei-Sandwich?«, fragte Sebastian belustigt.

»Ja. Liegt auf dem Esstisch, wenn du es mir nicht glaubst.«

Er tapste wirklich in die Küche, um nachzusehen. Ein staunendes »Uuui!« war zu hören.

»Du kannst es ruhig essen, wenn du willst«, rief ich schmunzelnd.

Natürlich ließ sich Sebastian nicht zweimal bitten und kam glückselig kauend zurück. Vera schüttelte den Kopf. »Gott, der Mann frisst mir noch die Haare vom Kopf!«

Endlich gelang es auch Frank, seine Trauermiene abzulegen.

»Du solltest in eurem Ehevertrag festhalten, dass du nur in bestimmten Maßen für ihn kochst«, scherzte er. »Nicht, dass der liebe Sebastian nach der Hochzeit auseinandergeht wie ein Hefekloß.«

»Hey!«, entrüstete sich der potenzielle Kloß mit vollem Mund. »Red' ihr nicht so einen Stuss ein!«

Wir lachten alle und verfielen in ein fröhliches Gespräch über die Ehe und ihre Gefahren. Es tat einfach nur gut, dass ich mich mit etwas beschäftigen konnte, das nicht mit dem Überfall oder Desiderio zu tun hatte.

Meine Freunde blieben bis spät abends. Damit Sebastian nicht vom Fleisch fiel, plünderten wir meinen Kühlschrank und kreierten noch etwas, das man mit viel Fantasie asiatische Nudelpfanne nennen würde. Es machte satt und schmeckte relativ gut, darum beschwerte sich niemand. Außerdem versprach Vera, sie würde am nächsten Tag für mich einkaufen, denn ein solch schlecht bestückter Kühlschrank sei ja wohl eine Zumutung. Sie war eben schon voll in ihrer Rolle als fürsorgliche Ehefrau angekommen. Ich fand das toll, denn so musste ich nicht mit meinem Veilchen durch die Stadt spazieren und mich blöd angaffen lassen. Zur Feier meiner Wiederauferstehung köpften wir schließlich noch eine Flasche Wein. Aus der einen Flasche wurden drei, nachdem Frank geschwind an der Tankstelle für Nachschub gesorgt hatte, und meine Besucher verließen mich später mit geröteten Wangen und einer Art Dauergrinsen im Gesicht.

In dieser Nacht schlief ich wie ein Stein.

Kapitel 19

Vera hielt natürlich ihr Versprechen und schleppte am darauffolgenden Nachmittag zwei riesige Körbe voll mit Lebensmitteln an.

»Hilfe, wer soll denn das alles essen?«, fragte ich staunend und begann, die Sachen irgendwie in meiner doch recht bescheidenen Küche zu verstauen.

»Ja, du! Wer sonst?«

»Keine Ahnung, die Kelly Family vielleicht? Ausreichen würde es.«

»Quatsch.« Sie hievte den zweiten Korb auf die Arbeitsplatte und sah mich an. »Du siehst übrigens schrecklich aus.«

»Vielen Dank. Warum bist du eigentlich meine beste Freundin?«

Sie zuckte mit den Schultern. »Na, weil ich dir immer die Wahrheit sage.«

»Aha.«

Natürlich hatte sie recht. Ich sah wirklich schrecklich aus. Das Veilchen hatte sich nämlich in ein dunkles Lila verfärbt und verlief inzwischen über meine ganze Gesichtshälfte. Ich wusste zwar, dass das der normale Heilungsvorgang eines Blutergusses war, aber das Ganze sah trotzdem scheiße aus.

Wir vollführten eine logistische Meisterleistung und brachten tatsächlich sämtliche Lebensmittel in den wenigen Schränken unter. Zwar mussten wir für eine Handvoll Dosenravioli auf das Geschirrfach ausweichen, aber damit konnten wir beide gut leben.

»Gibt's denn eigentlich sonst irgendwas Neues?«, fragte Vera, als wir vor einem wohlverdienten Kaffee saßen.

»Nicht wirklich. Frank ruft mich alle zwei Stunden von der Arbeit aus an und will wissen, wie's mir geht, aber das ist auch schon das Einzige, was ich seit gestern Abend erlebt habe.«

Das war keine Übertreibung. Er rief wirklich alle zwei Stunden an. Ich war sogar schon kurz davor gewesen, mein Handy auszuschalten.

»Oh je«, meinte Vera mitfühlend.

»Ja, ziemlich nervig.«

Sie nahm einen Schluck von ihrer Tasse und fragte dann völlig belanglos: »Und sonst? Keine Telefonate?« Sie machte eine bedeutungsvolle Pause. »Oder wilde Knutschereien mit dem Herrn Doktor?«

Ach ja, alles klar ...

»Du bist blöd«, äffte ich.

Vera gackerte nur. »Deinen roten Ohren nach habe ich direkt ins Schwarze getroffen! Also, raus damit, du Kriegerprinzessin!«

»Wenn, dann ›kleine Kriegerin‹, verstanden?«, korrigierte ich überheblich.

Dann musste ich wohl oder übel mit der Sprache herausrücken, sonst würde meine Freundin nie wieder Ruhe geben. Nüchtern erzählte ich ihr von Desiderios Besuch.

»Mensch, ist das süüüß!«, jubelte sie anschließend. »Und seitdem? Hast du dich wieder bei ihm gemeldet?«

»Nein.«

Vera sog lautstark die Luft ein und funkelte mich entrüstet an. »Lena, du bist doch echt bescheuert! Da hüpft der absolute Traummann vor deiner Nase herum, und du schaffst es immer noch nicht, über deinen eigenen Schatten zu springen!«

Von ihrem harten Tonfall war ich so überrascht, dass ich sie nur mit großen Augen ansah.

»Da brauchst du jetzt gar nicht so blöd zu glotzen, Frau Berger!«, zeterte Vera weiter. »Ich kann langsam wirklich nicht mehr einfach so zusehen, wie du dir dein eigenes Leben kaputtmachst! Scheiß endlich auf deine Vergangenheit und konzentriere dich auf die Zukunft! Und erzähl mir jetzt ja nicht, dass der Italiener dir nicht gefällt, denn das sehe ich an deinen roten Backen, na ja, zumindest an einer, aber egal. Du magst ihn und er mag dich, was ist denn daran so schwierig, Herrgott noch mal!«

Sie schnaufte wie nach einem Hundertmeterlauf und ich starrte betrübt in meine Tasse. War das denn wirklich so? Machte ich mein eigenes Leben zunichte, weil ich ständig darauf bedacht war, mein Herz zu beschützen?

Wahrscheinlich schon.

Aber war Desiderio denn der Richtige, um mein Schneckenhaus endlich zu verlassen?

Zumindest war er der Einzige, der mich überhaupt dazu gebracht hatte, darüber nachzudenken. Das Gefühlschaos, das er in mir hinterließ, konnte ich nicht einfach so verleugnen.

»Ich glaube, du hast recht«, lenkte ich schließlich langsam ein.

»Sicher habe ich das«, behauptete Vera steif, jedoch mit einem weit milderen Tonfall.

»Ja, aber was soll ich denn jetzt machen?«, jammerte ich hilflos.

»Mensch, Lena! Wie hast du denn deine Bettgeschichten sonst immer abgeschleppt, hm?«

»Das ist doch was ganz anderes!«

»Stimmt schon, aber vom Prinzip her das Gleiche. Nur, dass du ihm halt nicht gleich am nächsten Tag den Laufpass gibst. Sei einfach nur sexy und selbstbewusst, und lass den Dingen ihren Lauf.« Sie betrachtete kurz mein lila Gesicht. »Okay, das mit dem sexy muss wohl noch warten, aber ansonsten steht dem Angriff doch nichts im Wege, oder?«

Oh doch, da war schon noch etwas, das mir im Wege stand.

Und zwar ich selbst.

Und das stellte durchaus ein erhebliches Hindernis dar.

Ich brauchte ganze vier Tage, bis ich letztlich die erste Hürde meistern konnte.

Sechsundneunzig Stunden, bis ich es endlich schaffte, mich dazu durchzuringen, mich Desiderio anzunähern.

Nach stolzen 5 760 Minuten setzte ich mich in den Schaukelstuhl auf meinem Balkon, tippte eine SMS und schickte sie ab.

»Hi, was macht die Arbeit?«

Klasse. Ich konnte wirklich stolz auf mich sein.

Nach nur 345 600 Sekunden hatte ich es also tatsächlich über mich gebracht, ihm zu schreiben, und dann gab ich nur belanglosen Stuss von mir.

Verdammt.

Wütend warf ich mein Handy auf den Tisch und lehnte mich zurück. Jetzt war es zu spät. Meine Nachricht kämpfte sich bereits durch die Wirren des Mobilfunknetzes und landete wahrscheinlich in genau diesem Moment auf Desiderios Telefon. Bestimmt würde er die Nachricht öffnen und sich darüber kaputt lachen.

Ich stand auf, holte mir was zu trinken, setzte mich wieder und starrte mein Handy an. Unbeeindruckt schwieg es vor sich hin.

Mist.

Eine Weile trommelte ich nervös mit den Fingern auf dem Tisch herum. Schließlich kontrollierte ich mein Telefon, nicht dass ich es aus Versehen auf lautlos gestellt hatte. Nein, alles wunderbar. Eine SMS würde sich mit dem gewohnten Piepton ankündigen. Oder war es vielleicht kaputt?

Quatsch, Desiderio wusste wahrscheinlich nur nicht, was er auf so eine dumme Nachricht antworten sollte.

Es könnte natürlich auch sein, dass er die SMS noch gar nicht gelesen hatte, weil er gerade beschäftigt war.

Mit was könnte er denn beschäftigt sein? Etwa mit einer anderen Frau???

Okay, jetzt hatte ich Wahnvorstellungen. Ich mahnte mich also selbst zur Ruhe und zwang mich dazu, ins Wohnzimmer zu gehen, um ein wenig zu lesen.

Als mein Handy kurz darauf piepste, rannte ich mir fast das Hirn ein.

Eine SMS!

Von Vera.

Mann, die blöde Kuh schuldete mir einen neuen großen Zeh, denn diesen hatte ich mir in meiner Aufregung an der Schwelle zum Balkon ganz böse angeschlagen. Obwohl es in meiner derzeitigen Situation auf eine Verletzung mehr oder weniger auch nicht mehr ankam, tat es höllisch weh.

Ich fluchte laut und überflog ihre Nachricht. Ob ich mich denn schon bei Desiderio gemeldet hatte, wollte sie wissen. Ja, was dachte die denn?

Ich verzichtete auf eine Antwort und legte mein Handy weg. Kaum berührte es die Tischplatte, piepste es schon wieder.

Eine SMS!

Von Frank.

Das durfte doch wohl nicht wahr sein! Wollten die mich alle in den Wahnsinn treiben?

Nein, Frank wollte nur mal wieder wissen, wie es mir denn so erginge und ob ich trotz meiner Invalidität einmal Lust hätte, mit ihm Garderobenschränke auszusuchen. Ich antwortete, dass ich natürlich Lust hätte, wir uns aber derzeit auf Kataloge beschränken mussten, da ich mit meiner Boxkampf-Visage keinesfalls ein Möbelhaus betreten wollte. Das verstand er natürlich und kündigte sich für Montag zu einem Katalog-Abend an.

Völlig entnervt verzog ich mich wieder auf die Couch. Um weitere Unfälle zu vermeiden, nahm ich mein Handy lieber mit.

Es dauerte beinahe eine ganze Stunde, bis es wieder piepste.

Eine SMS.

Von Desiderio!

Mit zittrigen Fingern öffnete ich die Nachricht: »Wenn du nicht da bist, ist es sogar in der Notaufnahme schrecklich trist und langweilig.«

Mein Gott!

Eigentlich waren solche Sprüche ja so gar nicht mein Fall. Als die Romantik verteilt wurde, stand ich nämlich in der allerletzten Reihe, deswegen wunderte es mich umso mehr, dass ich von diesem kitschigen Satz Herzklopfen bekam.

Ich klappte das Telefon zu, wieder auf, wanderte einmal um den Couchtisch und las die Nachricht noch einmal.

Mein Herz klopfte immer noch.

Mist, was sollte ich denn jetzt schreiben? Hätte er mir nicht irgendeine Frage stellen können, so wie: Wie geht es dir?, dann hätte ich antworteten können: Super, und dir?, und schon hätten wir eine Art Unterhaltung am Laufen, aber nein! Er musste ja mit seinem Kitsch aufwarten und mir wieder einmal Vorhofflimmern bescheren. Dieser Sack!

So. Jetzt einmal tief durchatmen. Was hatte Vera noch gleich gesagt? Sexy und selbstbewusst sein. Na schön, das war ja wohl die leichteste Übung: »Oh je, gibt es denn keine würdige Vertretung für mich?«

Nach nur fünfmal tippen und wieder löschen schickte ich den Satz ab. Wo ich darin das Sexy und das Selbstbewusst versteckt hatte, wusste ich selbst nicht so genau.

Diesmal kam seine Antwort so schnell, dass ich gar nicht richtig Zeit hatte, mich in meine eigene Unfähigkeit hineinzusteigern: »Reinmann gibt sein Bestes, aber mit ihm zu flirten macht nicht halb so viel Spaß wie mit dir. Du fehlst mir.«

Dumdum, dum, dumdum, di, dum – auch ein Laie musste erkennen, dass dieser Pulsschlag nicht normal war!

»Du fehlst mir«, …

Ich war sprachlos. Gut, dass ich nicht reden musste, sondern nur Tasten bedienen: »Du fehlst mir irgendwie auch.«

Irgendwie? Warum hatte ich das denn noch dazugequetscht? Ich war wirklich ein hoffnungsloser Fall. Verzweifelt warf ich mich aufs Sofa und versteckte mich hinter meinen Händen.

Ich lugte erst wieder hervor, als er antwortete: »Mit diesem Satz hast du mich gerade sehr glücklich gemacht, kleine Kriegerin.«

Hatte ich das?

Mein ganzer Körper schien zu kribbeln, als meine Finger zielstrebig über das Bedienfeld meines Handys flogen. Die Nachricht entstand wie von selbst: »Könntest du mich noch einmal fragen, ob ich mit dir ausgehe?«

Angespannt wartete ich auf seine Antwort. Der Sekundenzeiger meiner Wanduhr wurde immer lauter und tat mir schon fast in den Ohren weh. Als mein Handy zu klingeln anfing, wäre ich beinahe in Ohnmacht gefallen.

Ein Anruf!

Von Desiderio!

Hilfe, was sollte ich denn jetzt machen? Von Telefonieren war hier absolut nicht die Rede gewesen!

Es klingelte weiter.

Verdammter Mist, ich fühlte mich absolut nicht dazu in der Lage, auch nur einen vernünftigen Satz über die Lippen zu bekommen.

Es klingelte immer noch.

Du verdammtes Riesenbaby, geh endlich ran!

Ich folgte meinem eigenen Befehl, drückte die Anruftaste und hielt mir das Telefon langsam ans Ohr. »Hallo?«

Obwohl ich mein Bestes gab, klar und deutlich zu sprechen, hörte sich meine Stimme an, als stände ich kurz vor einem Nervenzusammenbruch. Was ja auch so war …

»Hi, Lena«, sagte Desiderio. Laut und klar. Wie immer das Selbstbewusstsein in Person.

»Hi«, hauchte ich.

»Weißt du, ich habe gerade an dich gedacht und da ist mir doch glatt etwas eingefallen«, plauderte er fröhlich. »Und zwar, dass ich dich schon lange nicht mehr um ein Date gebeten habe, nicht wahr? Da dachte ich mir, ich könnte es doch einfach noch einmal versuchen. Also, Lena Berger, würdest du mir die Ehre erweisen und mit mir ausgehen?«

Für einen Moment fiel ich tatsächlich in eine Art Ohnmacht. Ich klammerte mich stumm an den Hörer und hörte einfach auf zu atmen.

Würdest du mir die Ehre erweisen? Meine Güte, wer redete denn heutzutage noch so? Außerdem konnte ich ganz deutlich sein Gesicht vor mir sehen, und sein verheißungsvolles Lächeln wirkte sich sogar in meiner Erinnerung fatal auf meinen Körper aus.

Desiderio wartete geduldig auf meine Antwort.

Ich gab mir selbst eine Ohrfeige – natürlich auf meine gesunde Backe – und presste schließlich hervor: »Das würde ich sehr gerne.«

Meine Tonlage erklang zwar mindestens eine Oktave zu hoch, aber wenigstens hatte ich es geschafft, überhaupt zu antworten.

Desiderio enthielt sich diesbezüglich eines Kommentars und entgegnete mir mit ehrlicher Begeisterung. »Klasse!«, freute er sich. »Ich weiß auch schon ganz genau, wo es hingehen wird!«

»Wohin denn?«, piepste ich.

»Das bleibt mein Geheimnis. Ich hoffe nur, dass du nächsten Freitag um, sagen wir, achtzehn Uhr bereit bist.«

Bereit sein? Ich würde wohl nie im Leben richtig bereit zu einem Date mit Desiderio sein.

»Okay«, murmelte ich.

»Wunderbar! Wann kommst du eigentlich wieder zur Arbeit?«

»Ich weiß noch nicht so genau. Am liebsten würde ich schon am Montag wieder kommen, aber ich fürchte, dass ich dann immer noch aussehe wie einer von den Klitschko-Brüdern.« Oh, da fiel mir ein: »Ähm, nächsten Freitag. Äh, können wir das vielleicht noch einmal verschieben, weil …«

»Nein, können wir nicht«, fiel er mir lachend ins Wort. »Der Termin steht fest und kann nicht storniert werden. Außerdem wollte ich schon immer mal mit einem von den Klitschkos ausgehen!«

»Hm.«

»Keine Angst, ich finde, du siehst sogar mit Veilchen hinreißend aus.« Herzrasen. »Das macht dich irgendwie noch interessanter.«

»Haha. Witzig.«

»Das war kein Witz, das war mein voller Ernst«, sagte er gelassen.

Wieder Herzrasen. Kurzes Schweigen.

Schließlich räusperte er sich vernehmlich. »Gut, dann versprich mir jetzt bitte noch, dass du deine Krankmeldung verlängern wirst. Deine Kollegen werden das sicher verstehen. Und wir sehen uns dann am nächsten Freitag, ja?«

»Geht klar.«

»Dann wünsche ich dir noch eine schöne Woche. Machs gut!«

»Wünsche ich dir auch. Ciao!«

»Lena?«

»Ja?«

»Jetzt bin ich wirklich der glücklichste Mann auf dieser Welt.«

In der Leitung klickte es. Obwohl ein nervtötender Dauerton einsetzte, hielt ich mein Telefon noch eine Weile an mein Ohr gepresst.

Ich war fassungslos.

Ich war verloren.

Ich hatte ein Date mit dem arrogantesten, schönsten, selbstverliebtesten, charmantesten und jetzt auch noch glücklichsten Mann der Welt.

Irgendetwas lief hier völlig verkehrt …

Kapitel 20

Am nächsten Tag ging ich brav zu meinem Hausarzt und ließ meine Krankmeldung bis einschließlich Mittwoch verlängern. Danach hatte ich laut Dienstplan sowieso frei, also brauchte ich kein schlechtes Gewissen zu haben, dass, zum einen, wegen mir jemand einspringen musste, und, zum anderen, ich dann auch noch mit Desiderio in der Gegend herumturnte.

Desiderio …, Verabredung …, Unglück …

Um mich abzulenken, rief ich Sandra an und teilte ihr meinen verlängerten Krankenstand mit. Obwohl ich dazu nicht verpflichtet war, hatte ich das Gefühl, ihr doch eine Erklärung schuldig zu sein, darum erzählte ich ihr knapp von dem Überfall. Früher oder später würden meine Kollegen es ohnehin erfahren, und so hatten sie eine ganze Woche Zeit, sich darüber den Mund zu zerreißen, und bis ich wieder zur Arbeit ging, hatte sich die erste Aufregung dann vielleicht schon gelegt.

Sandra reagierte schockiert, wie alle anderen auch, und war genauso fassungslos.

Ich beruhigte sie ein wenig, indem ich ihr versicherte, dass es mir den Umständen entsprechend gut ging und mir bis auf die Wange so gut wie nichts weh tat. Meine Schnittwunde erwähnte ich gar nicht erst.

Natürlich wünschte sie mir alles erdenklich Gute und beschwor mich, dass ich mir ja nur genügend Zeit nehmen sollte.

Nachdem ich aufgelegt hatte, fragte ich mich, wie viele Kollegen die Neuigkeit wohl in dieser Minute erfahren würden. Bis zum Abend würde es vermutlich sogar bis zum Hausmeister vorgedrungen sein. Das war auch der Grund, warum ich Desiderios Beteiligung an dem Vorfall nicht erwähnt hatte.

Wo wir wieder einmal bei Desiderio angelangt wären …

Meine Güte, seit unserem Telefonat verging nicht eine Sekunde, in der ich nicht an ihn dachte! Selbst wenn ich mich dazu zwang, über etwas scheinbar Belangloses nachzudenken, landete ich auf mysteriöse Weise immer wieder bei dem Mann mit den ozeanblauen Augen.

Es war zum Verrücktwerden.

Selbst als Frank – mitsamt Möbelkatalogen, Vera und Sebastian – meine Wohnung belagerte, kreisten meine Gedanken ständig um die bevorstehende Verabredung.

Vera war nicht umsonst meine beste Freundin, deshalb dauerte es nicht lange, bis sie mich mit einem selbstgefälligen Grinsen in der Küche abfing.

»Raus damit!«, forderte sie und knuffte mich in die Seite.

»Hä?«

»Nix hä! Glasiger Blick, Abwesenheit, Dauerlächeln … Also – wann trefft ihr euch?«

Ja, Vera war wirklich erstaunlich. Und weil es natürlich definitiv keinen Sinn hatte, jetzt noch irgendetwas zu leugnen, seufzte ich: »Freitag.«

»Juhu!«, kreischte sie und tanzte um mich herum wie eine Verrückte.

Sie umarmte mich gerade, als die beiden Männer verwundert zur Tür hereinsahen.

»Was ist denn hier los?«, wollte Sebastian wissen.

»Lena hat ein DATE!«

»Mann!« Mit knallrotem Kopf schubste ich die Verrückte von mir. »Du bist so was von blöd. Wir sind doch hier nicht im Kindergarten! Werd' erwachsen, Vera!«

»Hihi, werde du mal erwachsen«, kicherte sie unbeeindruckt. »In deinem Alter muss man nicht mehr knallrot werden, wenn man ein Date hat, weißt du?«

»Ja, aber sag mal, wer ist denn überhaupt der Glückliche? Kennt man ihn?«, fragte Sebastian neugierig.

Ich gab ein paar seltsame Geräusche von mir, die allgemeines Unwohlsein ausdrückten, und versuchte, mich unsichtbar zu machen.

Natürlich konnte Vera es nicht lassen, die Frage an meiner statt zu beantworten.

»Mit ihrem Retter!«, posaunte sie und klatschte jauchzend in die Hände.

Sie erinnerte mich irgendwie an dieses Duracell-Äffchen. Hatte sie vielleicht auch einen Schalter am Rücken? Nein, das wäre zu schön, um wahr zu sein.

Sebastian wirkte augenblicklich genauso entzückt wie seine Zukünftige. »Mit dem Arzt? Respekt! Wir haben uns zwar nur kurz unterhalten, aber er scheint wirklich nett zu sein.«

»Pff«, machte Frank. Das war seine erste Reaktion auf die Date-Geschichte.

»Findest du wohl nicht?«, wollte Sebastian wissen.

Frank zuckte mit den Schultern. »Hm, ich finde, er wirkt ziemlich eingebildet.«

Tja, wie wahr …

»Also, *ich* finde«, mischte sich Vera ein, »dass er sehr sympathisch ist und eine Chance verdient hat. Außerdem passen die zwei zusammen wie die Faust aufs Auge. Sorry, nichts für ungut.« Ich winkte ab. »Auf jeden Fall freue ich mich für dich! Wo geht ihr zwei Hübschen eigentlich hin?«

»Keine Ahnung. Er hat gesagt, er will mich überraschen.«

»Uuuui! Wie romantisch«, schwärmte Vera.

»Ziemlich riskant«, brummte Frank. »Was ist, wenn ihr irgendetwas macht, was du überhaupt nicht leiden kannst?«

»Was denn zum Beispiel?«, fragte Vera und sah ihn scharf an.

»Ja, keine Ahnung. Vielleicht geht er mit dir in ein Technikmuseum? Oder zum Angeln?«

Waaas?

»Mach dich doch nicht lächerlich! Sieht Desiderio für dich aus wie ein Fischer, oder was?«

»Italiener mögen doch alle Fisch, also wer weiß?«

Angeln gehen?

Mein Gesicht sprach wohl Bände, denn Vera klopfte mir aufmunternd auf die Schulter, während sie Frank mit giftigen Blicken bedachte. »So ein Blödsinn. Jetzt hör auf, der Kleinen Angst zu machen, bevor sie es sich anders überlegt.«

»Ähm, die Kleine ist übrigens noch anwesend«, meldete ich mich zu Wort.

»Ich wollte nur meine Meinung dazu sagen«, verteidigte sich Frank.

»Die interessiert hier aber niemanden«, fauchte Vera.

»Ach so? Lena ist auch meine Freundin, also geht mich das Ganze schon etwas an!«

»Eben! Darum solltest du dich für sie freuen, anstatt alles schlechtzureden!«

»Ich habe nichts schlechtgeredet, ich habe nur … Bedenken geäußert.«

»Bedenken? Warum hast du denn, bitte schön, Bedenken?«

Ich stand zwischen den beiden Streithähnen und wusste nicht, was ich zu dem Theater sagen sollte. Sebastian beendete das Drama schließlich.

»Schluss jetzt!«, befahl er laut. »Und zwar alle beide! Lena hat ein Date, wir freuen uns für sie und jetzt reden wir wieder über etwas anderes!«

Frank sah betreten zu Boden. »Sorry«, murmelte er in Veras Richtung.

»Schon in Ordnung«, sagte sie.

Dann verließen die beiden Männer die Küche.

»Was war das denn bitte?«, wollte ich leise von Vera wissen und meinte damit Franks seltsames Getue.

»Keine Ahnung«, antwortete sie nachdenklich. Schließlich räusperte sie sich und sah mich mit blitzenden Augen an. »Viel wichtiger ist: Was willst du anziehen?«

»Ich weiß es nicht!«, jammerte ich sofort los. »Ich weiß ja gar nicht für welchen Anlass! Oh mein Gott, wenn ich Jeans anziehe und er geht mit mir in ein schickes Restaurant? Oder ich ziehe mein Cocktailkleid an und dann gehen wir nur in einen Biergarten? Hilfe!«

»Ja, also das stellt in der Tat ein gewisses Problem dar«, pflichtete Vera mir bei. »An deiner Stelle würde ich Desiderio schon fragen, bevor dir ein solches Desaster passiert. Er muss dir ja nur ungefähr den Anlass verraten.«

Ich nickte. »Okay.«

Vera sah mich abwartend an. Ich sah verwundert zurück.

»Was ist?«, fragte ich nach einer Weile.

»Ja, willst du ihn denn nicht anrufen?«

»Nein! Zumindest nicht, wenn du dabei bist!«

Vera zog enttäuscht eine Schnute. Trotzdem blieb ich eisern. Ich konnte mir ihren dümmlichen Gesichtsausdruck lebhaft vorstellen, wenn ich neben ihr meine Stottershow am Telefon abzog, und das wollte ich mir nun wirklich nicht antun.

Auch als ich wieder alleine in meiner Wohnung war, hatte ich keine Lust, mich erneut bei einem Telefonat zu blamieren. Diese Unlust hielt sogar ganze drei Tage an.

Ich lag hellwach in meinem Bett und wusste genau, dass mir wieder eine schlaflose Nacht blühen würde, wenn ich mich nicht endlich dazu durchrang, ihn zu fragen. Schließlich gelang es mir, über meinen Schatten zu springen, und ich zückte entschlossen mein Handy.

Weil ich natürlich nach wie vor ein Feigling war, schaffte ich es allerdings nur, eine SMS zu schreiben: »Hey! Deine Überraschung stellt mich vor ein ernsthaftes, weibliches Problem: Ich weiß absolut nicht, was ich anziehen soll! Kannst du mir bitte einen kleinen Tipp geben?«

So, war doch gar nicht so schwierig. Und dafür hatte ich nun drei Tage gebraucht? Meine Güte.

Obwohl es schon kurz vor Mitternacht war, kam umgehend Desiderios Antwort: »Ich will nicht zu viel verraten, trotzdem möchte ich dein ernsthaftes Problem nicht einfach so übergehen. Hier also mein Tipp: Wir sind draußen, du solltest bequeme Schuhe anziehen und wir werden uns viel bewegen.«

Um Himmels willen, wollte er mit mir wandern gehen?

Einigermaßen schockiert teilte ich ihm meine Vermutung mit: »Ich hoffe, du willst keine Nachtwanderung mit mir machen! Ich bin nämlich nicht so der sportliche Typ … Habe ich dich eigentlich geweckt, oder bist du immer so spät wach?«

Ich konnte deutlich sein schiefes Lächeln vor mir sehen, als ich seine Antwort las: »Keine Angst, kleine Kriegerin, ich liege zwar schon im Bett, aber ich war noch wach. Obwohl ich mir nichts Schöneres vorstellen kann, als von dir geweckt zu werden. Und zu deiner Befürchtung – wir werden nicht wandern. Keine Sorge, mein Plan wird dir gefallen, da bin ich mir ganz sicher!«

Mir wurde heiß und kalt gleichzeitig. Warum musste er immer solche Sachen von sich geben? Und warum konnte ich nicht genauso charmant antworten? Seine SMS hatte mich mal wieder hoffnungslos überfordert. Mein Daumen schwebte eine Weile über dem Tastenfeld, während ich fieberhaft über eine nette Antwort nachdachte.

Schließlich tippte ich: »Okay, ich bin schon sehr gespannt auf Freitag. Gute Nacht und bis bald!«

Gute Nacht und bis bald? Mann, war ich eine Poetin!

Da klang Desiderios Antwort um Welten besser: »Ich kann es auch kaum mehr erwarten. Ich wünsche dir ebenfalls eine gute Nacht und angenehme Träume. Meine werden gewiss angenehm, denn ich weiß schon jetzt, dass du darin vorkommen wirst.«

Was für ein Schleimer …

Grinsend legte ich mein Handy auf den Nachttisch und schloss die Augen. Sofort erschien Desiderios Gesicht vor mir. Mit diesem schönen Bild in meinem Kopf schlief ich ein.

Kapitel 21

Es war Freitag. DER Freitag!

War ich die letzten Tage über nervös gewesen, so stand ich jetzt endgültig vor einem Nervenzusammenbruch. Die ganze Zeit über fragte ich mich, was eigentlich in mich gefahren war, mich mit Desiderio treffen zu wollen. Diese Verabredung widersprach meinen gesamten Prinzipien und stand im drastischen Gegensatz zu allem, was ich mir in Bezug auf den Schönling geschworen hatte. Eigentlich hätte er sich an mir die Zähne ausbeißen sollen und ich hatte ihm niemals nachgeben wollen!

Ich tigerte bereits seit dem Morgengrauen in meiner Wohnung umher und stellte mir immer wieder dieselbe Frage: Würde ich meine Entscheidung bereuen?

Natürlich fand ich darauf keine Antwort. Zumindest noch nicht.

Mitten im Wohnzimmer blieb ich stehen und kaute an meinen Fingernägeln. Nicht zum ersten Mal fiel mein Blick auf das Telefon, und ich haderte mit dem Gedanken, das Date abzusagen.

Nein, diese Blöße durfte ich mir nicht geben!

Ich würde das jetzt durchziehen!

Entschlossen wanderte ich ins Bad und überprüfte mein Spiegelbild. Das hatte ich in der vergangenen Woche beinahe stündlich getan, und jedes Mal hatte ich an meine Selbstheilungskräfte appelliert, ihr Bestes zu geben. Tatsächlich schimmerte mein Veilchen mittlerweile nur noch in einem zarten Blaugrün, das sich mit etwas Make-up überdecken ließ.

Gott sei Dank.

Obwohl ich noch über zwei Stunden Zeit hatte, legte ich ein Probe-Make-up auf. Das Ergebnis konnte sich durchaus sehen lassen. Dummerweise, fiel mir ein, hatte ich noch gar nicht geduscht, darum schminkte ich mich eine halbe Stunde später erneut.

Die nächste halbe Stunde verbrachte ich vor meinem Kleiderschrank. Bequem und für draußen geeignet … Trotz der Tipps war die Sache nicht einfach. Es war bereits September, und auch wenn es jetzt noch an die dreißig Grad waren, so würde es später, wenn die Sonne sich verkrochen hätte, sicherlich kühl werden. Nachdem ich mich achtmal umgezogen hatte, entschied ich mich für Jeans, die passende Jeansjacke und ein einfaches, schwarzes Shirt, dazu Sneakers, und für alle Fälle würde ich noch eine Softshell-Jacke mitnehmen. Das sollte den genannten Ansprüchen gerecht werden, oder?

Oder???

Mann, ich musste endlich aufhören, mich dermaßen verrückt zu machen. Vor allem, weil ich mittlerweile kaum noch Fingernägel übrig hatte, auf denen ich herumkauen konnte.

Noch eine Stunde.

Ich begab mich wieder ins Bad und kämmte meine Haare. Ich bändigte sie zu einem Pferdeschwanz, einem Dutt, zurück zu einem Pferdeschwanz. Dann schüttelte ich sie wieder aus, türmte sie zu einer Hochsteckfrisur, flocht einen dicken Zopf, schüttelte sie abermals aus …

Schluss jetzt! Pferdeschwanz reicht vollkommen!

Noch eine halbe Stunde.

Ich saß auf meiner Couch und kaute an einem Finger, weil kein Nagel mehr vorhanden war. Ich war bereits vollständig angezogen, hatte Geldbeutel und Handy verstaut und hielt meinen Wohnungsschlüssel in der Hand. Trotzdem fühlte ich mich schrecklich unvorbereitet.

Desiderio mit seiner doofen Überraschung! Ich hasste es, wenn ich nicht wusste, auf was ich mich einstellen musste. Das machte alles nur unvorhersehbar und unkontrollierbar.

Mein Handy klingelte und ich bekam sofort Herzrasen.

War das Desiderio? Wollte er absagen?

Gott sei Dank!

Aber warum wollte er plötzlich absagen?

Fiebrig pfriemelte ich mein Handy aus der Hosentasche und atmete tief durch. Es war nur Vera.

»Was willst du denn jetzt?«, blaffte ich als Begrüßung.

Sie kicherte. »Hehe, ich wollte nur wissen, ob du noch ansprechbar bist oder ob du vor Aufregung schon im Koma liegst.«

»Bla, bla, bla«, äffte ich, obwohl sie nicht ganz unrecht hatte.

»Ach, jetzt sei nicht so! Bist du schon fertig?«

»Ja.«

»Wirklich? Uh-oh, du musst echt wahnsinnig nervös sein.«

Ich stöhnte. »Mensch, was willst du?«

»Eigentlich nichts. Wie gesagt, ich wollte nur deine Stimme hören, ob …«

»Vielen Dank für deinen Anruf, du Kröte!«, knurrte ich und legte auf.

Nur ein paar Sekunden später erhielt ich eine SMS von ihr: »Hihihi – Viel Spaß! Und knutscht nicht so dolle!«

Dieses Weib konnte einem echt auf die Nerven gehen.

Noch zehn Minuten.

Ich begann wieder, ziellos herumzustreunen. Jedes Mal, wenn ich an einem Spiegel vorbeikam, sah ich prüfend hinein. Man konnte ja nie wissen. Wie ein Gefängniswärter klimperte ich unablässig mit meinem Schlüsselbund, während ich langsam meine Runden durch die winzige Wohnung zog.

Als die Türglocke erklang, fiel mein Schlüssel mit lautem Klappern zu Boden.

Fünf Minuten vor sechs! Er war zu früh dran! Viel zu früh!

Oh mein Gott, was sollte ich denn jetzt machen?

Wie wäre es, wenn du dich verdammt noch mal beruhigen würdest?, dachte der restliche Teil meines Verstandes, der eisern ums Überleben kämpfte.

Na schön. Schlüssel aufheben, Spiegelbild überprüfen, Sprechanlage betätigen.

»Ich komme!«, flötete ich in das graue Kästchen an der Wand.

Dann straffte ich meine Schultern und verließ die Wohnung.

Desiderio lehnte an einem schwarzen Wagen und lächelte mir entgegen. Ein Alfa Romeo, wie passend. Mit wackligen Knien ging ich auf ihn zu und versuchte, dabei genauso lässig zu wirken wie er. Je näher ich ihm kam, umso unmöglicher wurde mein Vorhaben. Er sah einfach nur unglaublich aus und ich fühlte mich neben ihm augenblicklich wie ein Bauerntrampel.

Er trug ein einfaches, weißes Hemd und wie immer ausgewaschene Jeans, die von einem breiten Ledergürtel an seinen schmalen Hüften gehalten wurden. Alles in allem nichts Besonderes, und mir wurde klar, dass es ganz egal war, in was sich dieser Mann kleidete – er würde immer aussehen wie ein fleischgewordener Halbgott.

Desiderio löste sich erst von seinem Auto, als ich schon fast bei ihm angekommen war.

»Hi«, sagte er und strahlte mich an. Ich befürchtete schon fast, dass er auf mich zukommen und mir einen Kuss auf die Wange geben wollte, doch er öffnete nur elegant die Beifahrertür. »Darf ich bitten?«

Erleichtert kam ich seiner Aufforderung nach. »Vielen Dank, James«, scherzte ich und versuchte, anmutig einzusteigen. Mit einiger Anstrengung schaffte ich es zumindest, nicht direkt auf den Sitz zu plumpsen, obwohl meine Beine tatsächlich ihren

Dienst versagten, als ich dicht an Desiderio vorbeihuschte und er leise sagte: »Sie sehen heute wahrlich bezaubernd aus, Madame.«

Mein Gott, wie sollte ich das denn einen ganzen Abend lang durchstehen?

Während Desiderio um den Wagen herumging, führte ich ein paar Atemübungen durch. Ich hatte es noch nicht einmal ansatzweise geschafft, mich zu beruhigen, da saß er auch schon neben mir.

Ziemlich dicht neben mir.

Für meine momentane Verfassung ein wenig zu dicht, aber da wir uns in einem Auto befanden, noch dazu in einem Sportwagen, ergaben sich für mich leider keinerlei Ausweichmöglichkeiten.

Desiderio startete unterdessen den Motor. »Bereit?«, wollte er grinsend wissen.

Nein!

Trotzdem nickte ich und legte den Gurt an. Mit einem sanften Schnurren setzte sich der Alfa in Bewegung. Nach ein paar Metern verriegelten sich automatisch die Türen.

Das Geräusch ließ mich kurzzeitig erstarren. Jetzt war ich gefangen auf dem Weg ins Unbekannte …

»… auf den Rücksitz?«, fragte er.

»WAS???« Wir waren gerademal fünfzig Meter unterwegs und dann kam schon so eine Frage?

»Ob du deine Jacke auf den Rücksitz legen willst«, wiederholte er ruhig.

»Ach so. Äh, ja.« Erleichtert stopfte ich die Softshell nach hinten.

»Was hast du denn verstanden?«, lachte er.

»Keine Ahnung«, murmelte ich und begann, mit meinen Fingerknöcheln zu knacksen. »Schönes Auto. Ist noch nicht alt, oder?«

»Nein, ich hab den Wagen erst seit einem halben Jahr.« Beinahe liebevoll tätschelte er das Lenkrad. »Italienische Wertarbeit.«

Ich verkniff mir einen diesbezüglichen Spruch und fragte stattdessen bloß: »Sagst du mir jetzt, wo wir hinfahren?«

»Nein.«

»Wieso nicht?«

»Weil es immer noch eine Überraschung ist.«

»Hm.« Ich knackte wieder mit den Knöcheln.

»Macht dich das nervös?«, fragte er mit einem Seitenblick auf meine Finger.

»Nein!« Schnell versteckte ich meine verräterischen Hände zwischen den Oberschenkeln. »Wieso?«

»Nur so.«

Wir verließen Wollbach, und Desiderio fuhr auf die Bundesstraße. Er beschleunigte den Wagen, und ich konnte nicht anders, als ihn beim Schalten zu beobachten. Ich war beinahe enttäuscht, als er den sechsten, und somit letzten, Gang erreicht hatte und seine schlanke Hand mit den feingliedrigen Fingern auf das Lenkrad legte.

Ich wandte mich wieder nach vorne und starrte auf die Straße.

»Wie lange fahren wir?«, wollte ich schließlich wissen.

»Ach, noch eine Weile.«

»Wie lange genau?«

»Eine Weile.«

»Du machst mich wahnsinnig«, seufzte ich resigniert und lehnte mich zurück.

»Das freut mich.«

»Das war kein Kompliment!«

Desiderio sah erstaunt zu mir. »Wirklich nicht?«

»Nein«, brummte ich und fragte mich erneut, was zur Hölle ich mir mit diesem Date eingehandelt hatte.

Er musterte mich kurz, dann wandte er seine Augen wieder nach vorne. »Magst du im Allgemeinen keine Überraschungen, oder liegt es daran, dass du mir immer noch nicht vertraust?«

Ich rutschte unwohl auf meinem Sitz hin und her. »Im Allgemeinen. Glaube ich.«

»Glaubst du?« Er biss sich auf seine hübsche Unterlippe. »Okay. Kannst du mir bitte etwas versprechen?«

»Was denn?«

»Versprich mir, dass du mir heute eine Chance gibst«, forderte er ernst. »Wenn ich sie vermasseln sollte, dann kannst du mich auf ewig hassen.«

Ich schluckte und wusste erst gar nicht, was ich darauf sagen sollte. Schließlich sagte ich leise: »Okay.«

Er nickte erfreut und grinste vor sich hin. Ich betrachtete verstohlen sein Profil und konnte nicht anders, als ebenfalls zu grinsen. Warum eigentlich, wusste ich auch nicht, aber es fühlte sich gut an. Allmählich entspannte ich mich sogar etwas und ich konnte meine Hände wieder ruhig halten. Und das, obwohl mir langsam sein unwiderstehliches Aftershave in die Nase stieg.

»Da wir ja ›eine Weile‹ unterwegs sein werden, könntest du mir in der Zwischenzeit die Neuigkeiten aus der Notaufnahme erzählen«, schlug ich vor.

»Gerne. Aber eigentlich hat sich in den letzten zwei Wochen nicht wirklich viel getan.«

»Keine Dramen, skurrile Unfälle oder Massenkarambolagen?«

»Nein. Obwohl …, wusstest du, dass der Pfleger aus der Endoskopie schwul ist?«

Ich kicherte. »Natürlich. Oh, warte! Hat er dich etwa angemacht?«

»Und wie!« Er gluckste fröhlich. »Ein wahrer Profi, das muss man ihm lassen! Aber er hat meine Abfuhr wirklich humorvoll entgegengenommen.«

Nach und nach verfielen wir in ein unbeschwertes Gespräch über die Arbeit und unsere Kollegen. Während die Landschaft an uns vorbeizog, wurde ich immer lockerer und befreiter, bis ich eigentlich ganz ich selbst war. Nur manchmal, wenn sich unsere Blicke kreuzten, begann mein Herz wieder mit diesem nervigen Gehüpfe, doch es beruhigte sich jedes Mal schnell wieder.

Wir waren schon eine gute Stunde unterwegs, und draußen würde es bald dämmern, als Desiderio in einer kleinen Gesprächspause die Musik lauter drehte. Aus den Boxen ertönte ein Gemisch aus E-Gitarre und Gebrüll, das mir keine Spur bekannt vorkam und mir erst recht nicht gefiel.

»Mein Gott, was ist das denn?«, fragte ich und verzog das Gesicht.

»Gefällt dir das nicht?«

Ich schüttelte energisch den Kopf. »Überhaupt nicht mein Fall!«

»Hm.« Er machte leiser und blickte verwundert zu mir. »Aber ich dachte, du magst Iron Maiden?«

»Iron … Oh!« Ich wusste nicht, was mich mehr schockierte. Die Tatsache, dass er sich überhaupt an das T-Shirt unserer ersten Begegnung erinnerte, oder dass er wirklich glaubte, mir würde diese Art von Musik gefallen. Wahrscheinlich war es Ersteres.

»Also, weißt du, dieses Shirt … meine Güte, ich habe keine Ahnung, warum ich das überhaupt habe, aber darin schlafe ich eigentlich nur und damals hatte ich es ziemlich eilig, darum habe ich auch so schrecklich ausgesehen«, versuchte ich zu erklären.

»Ich finde absolut nicht, dass du schrecklich ausgesehen hast«, widersprach Desiderio.

»Was? Na, also bitte. Ich bin gerade aus dem Bett geklettert und war noch total verschlafen und …«

»… warst trotzdem wunderschön.«

»Ich … äh … Quatsch.« Ich winkte fahrig ab und kämpfte dagegen an, rot zu werden. Da kam mir ganz gelegen, dass Desiderio den Blinker setzte und abbog.

»München?«, stellte ich erstaunt fest und sah mich um. Mir war gar nicht aufgefallen, dass wir schon so lange unterwegs waren.

»Richtig.«

»Ja, und was machen wir jetzt hier?«

»Wart's ab, wir sind gleich da.«

Gespannt beobachtete ich das Treiben auf dem mittleren Ring und versuchte zu erkennen, wohin Desiderio mich wohl brachte.

Erst nach dem zweiten Wegweiser zum Olympiastadion erhellte mich ein Geistesblitz.

»Wir fahren zu Pink?«, quietschte ich.

Er lächelte nur, doch das war mir Antwort genug. Aufgeregt trommelte ich mit meinen Händen auf den Oberschenkeln, und schon kam das hell erleuchtete Stadion in Sicht. Als Desiderio einen Parkplatz suchte, zappelte ich herum wie ein kleines Kind und konnte mein Glück kaum fassen.

Ich würde Pink live sehen!

Kaum hatte er seinen Alfa in einer Parklücke platziert, sprang ich auch schon aus dem Wagen.

»Willst du deine Jacke nicht mitnehmen?«, wollte Desiderio wissen.

»Nein, die stört mich nur«, wehrte ich eilig ab und trippelte ungeduldig auf der Stelle.

»Keine Sorge, das Konzert beginnt erst in einer Stunde«, meinte er belustigt über meine Hektik.

»Ja und? Wir müssen erst noch hinein und dann müssen wir uns noch nach vorne durchquetschen und dann kommen wir vielleicht zu spät!«, drängelte ich.

Er ließ sich natürlich mal wieder nicht aus der Ruhe bringen. Gelassen blieb er stehen und schmunzelte in sich hinein. »Ich habe das Gefühl, als hätte ich mit meiner Überraschung voll und ganz ins Schwarze getroffen.«

Aufregung und Vorfreude ließen mich jegliche Scheu vergessen. Überglücklich hopste ich auf Desiderio zu und schloss ihn in meine Arme. »Und wie! Danke, danke, danke!«, kreischte ich in sein Ohr und drückte ihm zu guter Letzt noch einen dicken Schmatzer auf die Wange. Dann hakte ich mich bei ihm unter und schleifte ihn mehr oder weniger Richtung Haupteingang.

Das Konzert war unglaublich!

Meinen Plan, uns in die vorderste Reihe durchzumogeln, mussten wir zwar schnell wegen akuter Quetschgefahr aufgeben, aber das war völlig egal. Wir hatten es etwa bis zum vorderen Drittel der Zuschauer geschafft und ließen uns von der grandiosen Stimmung mitreißen.

Wir jubelten, wir grölten, wir sangen und wir schunkelten bis weit nach Mitternacht und die Rockröhre Pink machte ihrem Namen dabei alle Ehre.

Nach der letzten Zugabe ließen wir uns von der Menge zum Ausgang treiben, und ich trat völlig benebelt von den vergangenen Stunden in die frische Nacht hinaus.

»Das war soo toll!«, schwärmte ich und taumelte lachend gegen Desiderio.

Die ganze Euphorie wirkte sich wie ein Rausch auf meinen Körper aus. Ich fühlte mich locker, gut gelaunt und redete die ganze Zeit über wie ein Wasserfall. Im Geiste sah ich immer noch die blitzenden Scheinwerfer vor mir, die tolle Sängerin, wie sie über die Bühne wirbelte … Diesen Abend würde ich bestimmt niemals vergessen.

»Wie oft hat sie sich eigentlich umgezogen? Das waren doch mindestens zwanzig verschiedene Kostüme!«, plapperte ich weiter.

»Keine Ahnung«, sagte Desiderio, »aber die Bühnenshow war wirklich fantastisch.«

»Welche Untertreibung!«, rief ich. »Sie war gigantisch, unbeschreiblich, phänomenal!«

Meine Stimmung trübte sich, als ich den schwarzen Alfa sah. Wenn wir einstiegen, dann würde der Abend vorbei sein. Und ich wollte nicht, dass der Abend vorbei war! Ich wollte weiterhin jubeln und singen und tanzen! Außerdem war die Schulter, an der ich mich den ganzen Weg bis hierher angelehnt hatte, so herrlich warm und stark …

Desiderio sperrte den Wagen per Fernbedienung auf. Das Blinken wirkte irgendwie deprimierend.

»Jetzt ist es vorbei«, schniefte ich laut und verließ schweren Herzens die starke Schulter, um mich auf die Beifahrerseite zu begeben.

»Tja, selbst Pink muss ab und zu ein wenig schlafen«, meinte Desiderio amüsiert. »Aber ich habe das neue Album von ihr im Auto, falls dich das ein wenig tröstet.«

»Was? Kein Iron Maiden?«, feixte ich.

»Wenn dir das lieber ist ...«

»Nein, nein! War bloß ein Witz!«

Wir stiegen in den Wagen und legten synchron die Gurte an. Dabei berührten sich unsere Hände und wir sahen uns gleichermaßen verschreckt an.

Dass ich nun in dieser Situation verlegen wurde, war klar, aber dass Desiderio einen Moment lang unsicher wirkte, war fast ein wenig gruselig.

Wie auf Kommando blinzelten wir und sagten gleichzeitig: »Also lieber Pink!«

Wir lachten beide ein wenig übertrieben und sahen gekonnt in verschiedene Richtungen. Während er am Autoradio herumfummelte, tat ich so, als wäre urplötzlich mein Schnürsenkel aufgegangen. Erst als der Wagen sich in Bewegung setzte, tauchte ich aus dem Fußraum wieder auf. Pink begann zu singen, wir lauschten schweigend und hingen unseren eigenen Gedanken nach.

Das Schweigen zwischen uns war keineswegs unangenehm. Und das vermochte durchaus etwas zu bedeuten, zumindest für mich. Peinliche Stille mit bedeutungslosen Worten zu füllen, war einfach, aber einfach nur zu schweigen und sich dabei wohlzufühlen, zeugte von einer wahren zwischenmenschlichen Beziehung.

Erst als wir München schon weit hinter uns gelassen hatten, drehte Desiderio die Musik leiser.

»Darf ich dich etwas fragen?«, wollte er wissen.

Sein Tonfall ließ mich sofort aufhorchen. Neugierig musterte ich sein Profil, das nur von dem schwachen Licht der Armatur erleuchtet wurde.

»Natürlich«, sagte ich.

Er machte eine kurze Pause. Ich bemerkte, dass er mit den Zeigefingern unablässig die Naht am Lenkrad auf und ab fuhr, als wäre er ein wenig nervös. Die Frage, die er mir stellen wollte, schien ihm sehr viel zu bedeuten. Gespannt wartete ich ab.

Schließlich räusperte er sich vernehmlich und fragte: »Habe ich meine Chance genutzt?«

Ich atmete tief ein. Diese Frage war ihm so wichtig?

Ein Kribbeln breitete sich in meinem Bauch aus und zauberte mir ein Lächeln auf die Lippen.

»Der Abend ist noch nicht vorbei«, antwortete ich erstaunlich gelassen.

Desiderio sah mich an. »Ist er nicht?«

»Nein, ich bin viel zu aufgedreht, um jetzt ins Bett zu gehen.«

Jetzt war er eindeutig nervös!

»Hm«, machte er und nestelte am Lenkrad herum.

Gott, war das herrlich! Zum ersten Mal war ich am Zug und konnte die Coole spielen!

»Ja. Aber bis wir daheim sind, schläft ganz Wollbach bestimmt schon«, überlegte ich laut.

»Bestimmt«, pflichtete er mir bei und blickte stur geradeaus.

Ich tat so, als würde ich über den weiteren Verlauf des Abends nachdenken, obwohl ich schon ganz genau wusste, wohin wir fahren würden.

»Vielleicht ist es doch besser, wenn wir einfach ins Bett gehen«, meinte ich langsam und genoss, wie Desiderios Anspannung sich in Enttäuschung wandelte.

So erhaben fühlte er sich also die ganze Zeit? Es war wirklich zu verlockend, meine neu gewonnene Macht auszunutzen, aber da ich kein Untier war, erlöste ich ihn schnell wieder von seiner Enttäuschung.

»Hach, jetzt weiß ich, wo wir noch hinfahren können!«

»Wohin denn?«

»Tja, das bleibt vorerst mein Geheimnis«, flötete ich.

Ja, Rache ist süß …

Desiderio warf mir einen abschätzigen Blick zu. »Verstehe. Die Retourkutsche.«

Ich grinste nur, drehte die Musik wieder lauter und hüllte mich in Schweigen.

Kapitel 22

Ich hatte einen Entschluss gefasst. Die wahre Antwort auf Desiderios Frage war nämlich: ja.

Ja, er hatte seine Chance genutzt und ich war endlich dazu bereit, ihm mein Vertrauen zu schenken, und um ihm dies zu zeigen, gab es für mich einen perfekten Ort.

»Hier rechts abbiegen«, wies ich ihn kurz vor dem Wollbacher Ortsschild an.

Ohne nachzufragen, setzte er den Blinker und lenkte den Alfa in eine Seitenstraße.

»Jetzt links.«

Sein Mundwinkel zuckte, als er erkannte, wohin ich ihn lotste.

Wir gelangten auf den Parkplatz vom Waldsee, und Desiderio machte Anstalten, den Wagen anzuhalten.

»Nein«, sagte ich ruhig. »Siehst du den Feldweg, der mit Privat gekennzeichnet ist? Dort entlang.«

Obwohl sich seine Brauen verwundert wölbten, folgte er meiner Anweisung. Langsam holperte der Wagen über den verwahrlosten Kiesweg, der schier in die Dunkelheit führte. Mit jedem Meter wunderte sich Desiderio wohl mehr über meine Navigation, denn er sah mich ein paar Mal fragend an. Vielleicht hatte er aber auch nur Angst um seinen neuen Sportwagen.

»Hier parken«, sagte ich und deutete auf den kleinen Platz vor dem zerfallenen Haus.

»Da willst du rein?«, fragte Desiderio einigermaßen entsetzt.

»Quatsch. Komm einfach mit!«, lachte ich und stieg aus.

Er folgte meinem Beispiel, wenn auch nicht ganz überzeugt.

»Hast du zufällig eine Decke dabei?«, fragte ich hoffnungsvoll.

»Nein, aber mein Strandtuch. Geht das auch?«

»Perfekt. Warum hast du denn ein Strandtuch dabei?«

Desiderio öffnete den Kofferraum und warf mir das gefaltete Frottee hin. »Man kann nie wissen, wann man ein Strandtuch braucht, oder?«

Ich kicherte und wartete, bis er den Wagen abgeschlossen hatte. Dann nahm ich seine Hand und zog ihn entschlossen auf das Gestrüpp zu.

»Warte, ich habe meine Machete vergessen«, scherzte er. »Wo willst du denn überhaupt hin? Zum Lebkuchenhaus?«

»Nicht ganz. Wart's einfach ab!«

Zielstrebig bahnte ich uns einen Weg durch das Dickicht und zerrte Desiderio hinter mir her. Er ließ es geschehen, obwohl sein leises Gemurmel darauf hindeutete, dass er langsam ein wenig an meinem Verstand zweifelte. Ich konnte es ihm nicht verübeln, denn in der Dunkelheit sah es wirklich aus, als wären wir mitten im Nirgendwo, und wäre ich den Trampelpfad nicht schon tausendmal gegangen, dann hätten wir uns in Nullkommanix verlaufen. Außerdem war es in der Nacht sowieso ziemlich gruselig, so mitten im Wald.

»Wir sind da«, flüsterte ich andächtig, als wir endlich auf meiner Lichtung ankamen.

Der Himmel war zwar leicht bewölkt, aber der Mond war halb voll und kräftig genug, um den Ort in sanftes Licht zu tauchen. Abertausende von Sternen spiegelten sich auf der Wasseroberfläche des Sees wider und funkelten um die Wette. Die Trauerweide rauschte im Wind und spielte zur Begrüßung mit ihren Blättern eine zauberhafte Melodie.

Desiderio stand einen Moment ganz still und sah sich staunend um. Ich breitete unterdessen das Strandtuch am Fuße der Weide aus, setzte mich darauf und klopfte auffordernd neben mich.

Eine Weile saßen wir schweigend nebeneinander und ließen die unbeschreibliche Schönheit der Natur auf uns wirken.

»Ich dachte, das ist dein Geheimort?«, fragte Desiderio schließlich leise.

Meine Finger hatten einen abgebrochenen Zweig gefunden und ich malte damit kleine Kreise in den Sand. »So ist es.«

»Danke, dass du mir vertraust«, sagte er.

Ein wohliger Schauer lief über meinen Rücken. Er hatte meine Geste verstanden.

»Bitte enttäusch mich nicht«, flüsterte ich. Meine Stimme war kaum lauter als das Rascheln der Weide, aber Desiderio hatte mich dennoch gehört.

»Das werde ich nicht«, versprach er.

Vorsichtig lehnte ich mich an ihn und schloss die Augen. Er legte seinen Arm um mich und hielt mich einfach nur fest. Seine Berührung strahlte eine solche Vertrautheit aus, dass ich für einen Moment überwältigt war.

Ich wusste nicht, wie lange wir schon so dasaßen, und mir war es eigentlich auch egal, aber irgendwann holte mich seine sanfte Stimme zurück in die Realität.

»Erzählst du mir jetzt, was dich in der Vergangenheit so schwer enttäuscht hat?«

»Okay.«

Nachdenklich zupfte ich am Saum meiner Jacke und suchte nach den richtigen Anfangsworten. Mir fiel es auch nach so vielen Jahren schwer, über den größten Fehler meines Lebens zu sprechen. Trotzdem musste Desiderio diesen Teil meiner Vergangenheit kennenlernen, um mich und meine Entscheidungen wirklich verstehen zu können. Ich atmete tief durch und begann anschließend ruhig und überlegt zu erzählen.

»Von der Scheidung meiner Eltern weißt du ja bereits. Und dass ich ein etwas schwieriges Kind war, habe ich auch schon erwähnt. So weit, so gut. Richtig kompliziert wurde mein Leben erst, als ich siebzehn Jahre alt war. Ich war auf dem Gymnasium, hatte viele Freunde und lebte nach dem Vorsatz: erst das Vergnügen, dann die Arbeit. Tja, trotz meiner vielen Partys waren meine Noten erstaunlich gut, sodass ich mit meiner Einstellung ziemlich gut zurechtkam. Eines Tages traf ich auf ihn. Marek. Er war ein junger, aufstrebender Künstler und stellte seine Werke im Haus der Kunst aus, als wir zufällig einen Tagesausflug mit der Schule dorthin unternahmen. Es war Liebe auf den ersten Blick. Ich konnte mein Glück kaum fassen, als er meine Zuneigung gleichermaßen erwiderte. Vom ersten Moment an war ich seine Muse und er umwarb mich wie eine Kostbarkeit. Obwohl wir uns nur an den Wochenenden trafen, schwebte ich auf Wolke sieben und kannte in meinem Leben nichts anderes mehr als ihn. Als mir meine Mutter damals eröffnete, dass sie mit mir nach Hamburg ziehen wollte, brach eine Welt für mich zusammen. Ich sollte ihn verlassen? Meine große Liebe? Niemals. Hals über Kopf floh ich zu Marek nach München. Er versprach mir das Blaue vom Himmel: Er würde für mich sorgen, für mich da sein, denn schließlich war ich doch seine Muse! Ja, und ich glaubte alles. Schon ein paar Wochen später nahm er mich mit nach Italien. Dort wollte er sich weiterbilden, Inspiration suchen, neue Wege entdecken. Die erste Zeit war toll. Wir kannten keine Sorgen, keine Probleme und lebten einfach so in den Tag hinein. Marek war bereits ein bekannter Maler und verfügte schon damals über ein beachtliches Vermögen.«

Ich hielt kurz inne und lachte bitter.

»Es dauerte lange, bis ich erkannte, wo Marek sich seine Inspiration holte. Ich weiß nicht, wie oft er mich schon betrogen hatte, bis ich ihn eines Tages sozusagen in flagranti erwischt habe. An diesem Tag zerbrach mein Herz in tausend Scherben, und er hatte nicht einmal den Anstand, Reue zu zeigen. Er sei Künstler und Freigeist, erklärte er, eine Seele wie ihn könne man nicht einsperren und ich solle ihm seine Freiheit lassen, wenn ich weiterhin seine Muse sein wollte. Nun, ich wollte natürlich nicht. Nur, dass ich inzwischen vor einem riesigen Problem stand: Ich war zwar mittlerweile achtzehn, doch ich befand mich ohne einen Cent mitten in den Bergen von Sizilien. Marek verweigerte mir seine finanzielle Unterstützung für die Heimreise. Aus purer Verzweiflung blieb ich tatsächlich noch für ein paar Tage in seinem Haus und musste mit ansehen, wie seine ›Inspirationen‹ in seinem Schlafzimmer ein- und ausgingen. Irgendwann hielt ich es nicht mehr aus, packte meine wenigen Sachen und schlug mich bis nach Palermo durch. Dort hatte ich ein paar Wochen zuvor ein sehr nettes Pärchen kennengelernt, das mir bestimmt helfen würde. Natürlich hätte ich auch meine Freunde zu Hause oder meine Mutter anrufen können, doch dazu schämte ich mich viel zu sehr. Alle hatten mich damals gewarnt. Sie hatten mir gesagt, dass ich mir mit diesem Charmeur nur mein Leben kaputtmachen würde, und ich hatte sie als Neider abgetan. Gott, wie ich mich schämte, meine besten Freunde und vor allem meine Mutter so sehr enttäuscht zu haben! Nun, das besagte Pärchen half mir tatsächlich. Weil ich kein Geld von den beiden nehmen wollte, boten sie mir kostenlose Unterkunft und verschafften mir einen Job als Kellnerin. Nach ein paar Wochen hatte ich dann endlich genügend Geld, um mir ein Flugticket nach Deutschland zu kaufen und nach Hause zu fliegen. Da meine Mutter inzwischen nach Hamburg gezogen war, stand ich schließlich mitten in der Nacht vor Veras Tür. Natürlich nahm sie mich sofort herzlichst auf und unterstützte mich, so gut sie nur konnte, bis ich wieder Fuß in Wollbach gefasst hatte. Weil ich so schnell wie möglich Geld verdienen musste, war an das Abitur gar nicht mehr zu denken, darum habe ich die Ausbildung zur Krankenschwester angefangen. Erst ein halbes Jahr später, als mein Leben wieder in einigermaßen geregelten Bahnen lief, habe ich mich dann getraut, meine Mutter anzurufen und ihr alles zu beichten.« Ich schnaufte schwer. »Ja, so war das mit meinem verkorksten Leben.«

Desiderio hatte die ganze Zeit über schweigend zugehört und brauchte wohl einen kleinen Moment, um die ganzen Informationen zu verdauen. Ich gab ihm die Zeit, schließlich hatte ich selbst mehrere Jahre gebraucht, um die Geschichte wenigstens ansatzweise zu überwinden.

»Meine Güte, du hast innerhalb von einem halben Jahr mehr erlebt als so mancher Achtzigjähriger«, kommentierte er schließlich.

»Tja.«

»Und dieser Arsch ist schuld, dass du nicht Medizin studiert hast?«

»Leider.«

»Mann.« Desiderio ballte wütend eine Faust. »So ein Mistkerl. Dem würde ich am liebsten eine Abreibung verpassen.«

Obwohl ich seine Wut irgendwie niedlich fand, legte ich beruhigend meine Hand auf seine Faust. »Keine Sorge, er hat gebüßt. Glaub mir.«

Ein wenig erschrocken sah er mich an. »Wie meinst du das?«

»Ach, irgendwer hat dem Herrn Geinburg das Finanzamt auf den Hals gehetzt und er musste geschlagene zwei Jahre wegen Steuerhinterziehung ins Gefängnis«, erklärte ich unschuldig.

»Wow, das ist … krass. Aber er hat es wirklich verdient.« Er überlegte kurz. »Geinburg, Geinburg … etwa van Geinburg?«

»Ja?«

»Wirklich? Mein Gott, von dem Kerl habe ich sogar ein Bild!«

»Was? Bist du dir da sicher?« Ich rückte ein wenig von ihm ab und sah ihn erstaunt an.

»Ja, ganz sicher! Ich liebe dieses Bild – nichts für ungut, aber er ist tatsächlich ein begnadeter Maler.«

Ich seufzte schwer. »Oh ja …«

»Es ist eine Kohlezeichnung«, erklärte Desiderio. »Also, leider nicht das Original, aber es ist trotzdem wunderschön. Ich glaube, es heißt: *Die Frau am Fenster.*«

Der kleine Ast in meiner Hand zerbrach. »Wie bitte?«

»Die Frau am Fenster. Doch, so heißt es. Das ergibt auch einen Sinn, weil es nämlich eine nackte Frau zeigt, die nachdenklich aus dem Fenster sieht.« Desiderio hatte inzwischen seine Faust geöffnet und spielte verträumt mit meinen Fingern. »Immer wenn ich dieses Bild ansehe, frage ich mich, was sie wohl gerade denkt, während sie in die Welt hinausblickt.«

Deutlich sah ich die Aktzeichnung vor mir. Ja, ich kannte dieses Bild. Im Vordergrund stand eine junge Frau vor einem hohen, geöffneten Fenster. Die durchscheinenden Vorhänge wehten hinein und verhüllten einen Teil ihres nackten Körpers. Eine Hand ruhte auf dem Fensterrahmen, während die andere die wehenden Vorhänge beiseite hielt, um freie Sicht auf eine verschwommen dargestellte Landschaft zu erhalten.

Ja, ich kannte dieses Bild sehr gut.

»In diesem Moment habe ich mich gefragt, was ich gerade machen würde, wenn ich in Deutschland geblieben wäre«, sagte ich und lächelte Desiderio schief an.

Er brauchte einen Augenblick, um meine Aussage zu verstehen.

»Das vor dem Fenster bist du?«, fragte er dann perplex. »Wahnsinn.«

»Wirklich erstaunlich. Zufälle gibt's …«

»Ja, Zufälle«, wiederholte er langsam und beobachtete gedankenverloren, wie seine eigenen Finger unsichtbare Linien auf meinen Handrücken malten.

»Oh mein Gott!«, rief ich in gespieltem Entsetzen. »Das bedeutet ja, dass du mich schon nackt gesehen hast!«

Schon wieder, musste man eigentlich sagen, wenn man die Schockszene in meinem Badezimmer mit einbezog.

»Hm, ich wusste doch gleich, dass mir dein Hintern irgendwie bekannt vorkam«, meinte er lässig. »Ein hübscher Hintern, wohlgemerkt.«

Ja, da war er wieder. Der selbstsichere Italiener mit dem verschmitzten Grinsen. Und sofort schaffte er es, mir die Röte in die Wangen zu treiben!

»Ach, da war ich noch um ein paar Jahre jünger«, winkte ich verlegen ab.

»Also auf den ersten Blick habe ich da aber keinen Unterschied bemerkt.« Er neigte sich nach hinten und lugte nach unten. »Und auf den zweiten auch nicht. Obwohl man das in Jeans natürlich nicht so sehr beurteilen kann.«

Ich boxte ihn strafend auf die Schulter. »Bitte sag mir jetzt nicht, dass mein Bild über deinem Bett hängt.«

»Ähm, nein. Es thront sozusagen als Highlight über dem Kamin im Esszimmer. Aber du bringst mich da auf eine Idee …«

Wieder boxte ich ihn, doch diesmal wehrte er sich. Ohne Vorwarnung begann er, mich in die Seiten zu piksen, woraufhin ich einen kleinen Lachanfall bekam.

»Aufhören! Stopp!«, flehte ich gackernd und wälzte mich gewissermaßen wehrlos auf dem Boden herum, um seinen Händen zu entfliehen. »Bitte!«

Wir waren so sehr mit unserem kleinen Kampf beschäftigt, dass wir die dunklen Wolken erst bemerkten, als die ersten Tropfen vom Himmel fielen. Tatsächlich war bereits der ganze See von einer schweren Regenwolke verhangen, die zusammen mit dem plötzlich aufgekommenen Wind nichts Gutes bedeuten konnte.

»Der Wettergott zeigt Gnade mit dir«, tönte Desiderio und ließ von mir ab. Er warf einen Blick auf die unheilvolle Wolkendecke. »Wir sollten lieber zurück zum Auto gehen. Das sieht mir ganz nach einem Wolkenbruch aus.«

Kaum hatte er die Worte ausgesprochen, öffnete der Himmel seine Schleusen. Und wie er sie öffnete! Der Regen kam wie ein wahrer Sturzbach und fiel in einer dichten Masse auf uns herab.

Ich quiekte, rappelte mich auf und schnappte mir Desiderios Hand.

Er warf mir das Strandtuch über den Kopf und folgte mir eiligst in das Dickicht.

Der Wald fing zwar den Großteil des Regens ab, trotzdem war ich innerhalb von Sekunden bis zur Unterwäsche patschnass.

»Iih, ist das kalt!«, kreischte ich, als wir durch das Gestrüpp brachen.

»Beeil dich!«, schnaufte Desiderio hinter mir.

Ja, als ob ich mir gerade Zeit lassen würde! Weil ich viel zu beschäftigt war, nicht über meine eigenen Füße zu stolpern, schluckte ich einen diesbezüglichen Kommentar hinunter.

Endlich kam das Auto in Sicht.

Ich ließ Desiderio los und sprintete zur Beifahrerseite. Ich hatte bereits die Hand am Türgriff und wartete nur noch auf die rettenden Blinklichter, doch es tat sich nichts.

»Sperr endlich auf!«, rief ich durch den dichten Regenvorhang.

»Geht nicht!«

Was?

»Warum nicht?« Das Strandtuch über meinem Kopf erhoben, trippelte ich zu Desiderio, der hektisch seine Hosentaschen durchsuchte.

»Ich habe den Schlüssel verloren!«

»Nein!«

Desiderio begann, eilig den Boden abzusuchen. »Verdammter Mist, ich kann überhaupt nichts sehen!«, fluchte er.

»Das bringt doch jetzt nichts«, schimpfte ich und packte ihn eilig am Oberarm. »Komm mit!«

Um dem eiskalten Nass zu entgehen, zerrte ich ihn kurzerhand zu der verwilderten Ruine, die einst ein Haus gewesen war. Schon nach ein paar Schritten entdeckte ich den Rest eines Schuppens, der zwar nur noch zwei Wände, aber dafür ein relativ intaktes Dach hatte. Völlig durchnässt und nach Atem ringend standen wir uns schließlich gegenüber.

»So eine Scheiße«, murrte Desiderio. »Was machen wir denn jetzt?«

Ich sah mich in unserem Verschlag um. Sehr einladend wirkte der Unterstand nicht. Eigentlich gab es nur einen hüfthohen Stapel mit Brettern und eine Ansammlung ebenso hoher Brennnesseln. Nur das Dach bot einen gewissen Trost.

»Tja, uns wird wohl nichts anderes übrig bleiben, als hier zu warten, bis der Regen aufgehört hat, damit wir deinen Schlüssel suchen können«, seufzte ich.

Desiderio sagte etwas auf Italienisch, das sich nicht sehr freundlich anhörte.

»Ich hoffe doch sehr, dass das nicht mir gegolten hat«, mahnte ich vorsichtshalber.

»Was? Nein, ich habe gerade das deutsche Wetter beschimpft.«

»Oh ja, das böse, böse Wetter. Wenn sonst keiner Schuld ist, dann das Wetter. Und das deutsche erst! Böse, durch und durch!«

Er sah mich einen Moment zweifelnd an, dann brachen wir gleichzeitig in lautes Lachen aus.

Ich hievte mich auf den Bretterstapel und betrachtete Desiderio feixend. »Also, das mit dem Wet-T-Shirt-Contest hast du wirklich geschickt eingefädelt.«

Er sah kurz an sich hinunter und erkannte sofort, was ich damit meinte. Sein weißes Hemd klebte durch die Nässe an seinem Oberkörper und war beinahe komplett durchsichtig geworden. Ein Jammer, dass es hier so dunkel war …

»Tja, schade, dass du heute schwarz trägst«, grinste er mit einem Blick auf mein Oberteil.

»Ja, eine wahre Schande. Wenn ich das gewusst hätte!«

»Was wäre denn gewesen, wenn du das gewusst hättest?«, fragte er herausfordernd.

»Hmm«, machte ich und legte das Strandtuch beiseite, das sowieso triefnass war. »Wahrscheinlich hätte ich dann einen Regenschirm mitgenommen.«

Desiderio lachte leise und sah mich lange an. Trotz der Dunkelheit konnte ich ein Leuchten in seinen ozeanblauen Augen erkennen, das mir den Atem raubte. Langsam trat er auf mich zu, und zum ersten Mal, seit ich ihn kennengelernt hatte, wich ich nicht vor ihm zurück. Ganz im Gegenteil wartete ich jetzt beinahe ungeduldig darauf, dass er endlich zu mir kam. Zwischen uns lag augenblicklich eine Spannung, die man beinahe greifen konnte.

Dicht vor mir blieb er stehen und betrachtete schweigend mein Gesicht, als würde er ein Kunstwerk bestaunen. Völlig reglos saß ich vor ihm und fühlte, wie mein Puls immer weiter in die Höhe schoss.

»Weißt du, ich habe vorhin nicht gelogen, als ich gesagt habe, dass ich dieses Bild liebe«, sagte er. Seine Stimme klang rau und verursachte ein wahres Rauschen in meiner unteren Bauchregion. Sanft strich er mit dem Zeigefinger über mein Gesicht, während er weitersprach: »Die Frau auf der Zeichnung ist so wunderschön, dass ich es nie satt werde, sie anzusehen. Aber in Wirklichkeit ist sie noch viel schöner.«

Mein Herzschlag und meine Atmung setzten gleichzeitig aus.

Für mich gab es in diesem Moment nur eine einzige Rettung.

Und die hieß Desiderio.

Beinahe verzweifelt schlang ich die Arme um seinen Nacken und zog ihn zu mir heran. Als ich endlich seine heißen Lippen auf meinen spürte, überkam mich das pure Verlangen wie eine Welle. Ich schnappte nach Luft und krallte mich in seinen Haaren fest. Hungrig erwiderte er meine Leidenschaft und küsste mich, wie ich noch nie zuvor geküsst worden war.

Er schmeckte so gut und seine Lippen waren so weich!

Seine Hände waren plötzlich überall und verursachten sprühende Feuerwerke in meinem Innersten. Fordernd drängte ich mich an ihn, erforschte ebenfalls seinen wunderschönen Körper und ließ meine Finger über ihn gleiten.

Desiderio verließ meine Lippen und liebkoste mit seiner Zunge meinen Hals. Stöhnend warf ich den Kopf in den Nacken, um ihm mehr Platz zu schaffen. Sein Atem kribbelte auf meiner Haut und ich wickelte meine Beine um seine Hüften, um ihm noch näher sein zu können. Unsere Münder trafen wieder aufeinander und verfielen in einen rhythmischen Tanz.

Mit zittrigen Fingern begann ich, sein Hemd aufzuknöpfen. Seine Hand legte sich um die meine und hielt sie fest.

»Warte«, keuchte er.

Ich hielt inne. »Was ist?«, fragte ich mit bebender Stimme.

»Ich möchte nicht, dass du jetzt etwas Unüberlegtes tust.«

Sein Atem ging schwer und ich sah genau, wie viel es ihm abverlangte, jetzt aufzuhören.

Genau in diesem Moment wusste ich, dass ich ihm mit jeder Faser meines Herzens verfallen war. Ich war verloren, denn ich hatte mich hoffnungslos in Desiderio verliebt.

Und ich hatte keinerlei Angst davor.

Von dieser Erkenntnis völlig überwältigt, ließ ich mich gegen ihn fallen und suchte seufzend nach seinen Lippen. Meine Hände gingen auf Wanderschaft und bahnten sich einen Weg unter sein klatschnasses Hemd. Seine Haut darunter war so warm, dass sie zu brennen schien, und so glatt, dass ich gar nicht mehr aufhören wollte, sie zu berühren. Neugierig fuhr ich mit meinen Fingerspitzen über die hübsche Mittellinie seines Bauches und arbeitete mich langsam nach hinten, zu seinem Rücken vor. Seine Schultern waren so unglaublich stark, dass ich mich am liebsten darin vergraben hätte.

Desiderio hatte inzwischen auch unter mein Shirt gefunden und erforschte zärtlich meinen Oberkörper. Seine Berührungen waren zurückhaltend und vorsichtig, als hätte er Angst, er könne etwas kaputt machen. Einladend bog ich mich ihm entgegen und zeigte ihm, dass ich noch mehr vertragen würde. Noch viel mehr.

»Lena«, seufzte er und wich ein wenig zurück, »du hast mir noch nicht geantwortet.«

Ich hielt ihn mit meinen Beinen umklammert und hinderte ihn somit an der Flucht. »Ich muss noch kurz darüber nachdenken«, murmelte ich und versenkte meinen Kopf in seiner Halsbeuge. Meine Zunge wanderte hinauf bis zu seinem Ohrläppchen. Ich knabberte zärtlich daran und spürte, dass eine Gänsehaut über Desiderios Rücken lief, und das heizte mich noch weiter an. Er stöhnte leise auf und drückte mich dann energisch von sich weg.

»Ich muss das jetzt wissen«, meinte er mit einem gequälten Lächeln.

»Wieso?«

»Du bringst mich vollkommen um den Verstand … Wenn wir jetzt weitermachen, dann kann ich nicht mehr aufhören und deshalb solltest du dir sicher sein, dass du das jetzt auch wirklich willst. Ich kann mich nämlich noch sehr gut daran erinnern, dass du mir immer unterstellt hast, ich würde dich nur flachlegen wollen.«

Seine Worte brachten mein Herz zum Flattern. Er wollte mir beweisen, dass er nicht nur mit mir schlafen wollte, doch das wusste ich natürlich schon längst. Andernfalls hätte ich mich nie auf ihn eingelassen. Diesen Gedanken behielt ich allerdings für mich, weil sich mein Verstand langsam wieder klärte und mir eine innere Stimme sagte, dass ich wirklich noch warten sollte.

»Und du hättest kein Problem damit, zu warten?«, fragte ich und verfolgte mit meinen Fingern den sanften Bogen seines Schlüsselbeines.

»Natürlich nicht. Es wird mir zwar nicht leicht fallen«, grinste er, »aber wir haben schließlich alle Zeit der Welt.« Er nahm meine Hände, um einen Kuss darauf zu hauchen. »Der Regen hat übrigens nachgelassen.«

Tatsächlich. Außerhalb des Schuppens nieselte es nur noch ein wenig vor sich hin. Enttäuscht ließ ich meine Beine locker und gab seine Hüften frei.

»Dann werden wir jetzt deinen Schlüssel suchen und heimfahren«, sagte ich traurig.

»Ja, das müssen wir. Denn deine Haut wird schon langsam eiskalt. Du musst unbedingt ins Trockene und Warme.«

Ich lächelte, weil er sich so rührend um mich sorgte. Dass er ebenfalls klatschnass und eiskalt war, schien ihm egal zu sein.

»Schläfst du bei mir?«, fragte ich hoffnungsvoll.

Desiderio wirkte im ersten Moment ein wenig überrascht, doch dann nickte er freudig.

»Dir ist aber klar, aufgrund der Tatsache, dass ich völlig durchnässt bin, muss ich pudelnackt neben dir schlafen«, merkte er schmunzelnd an.

Ich wiegte den Kopf. »Na schön, da ich schon immer Verfechterin der Gleichberechtigung war, werde ich einfach ebenfalls auf meine normale Schlafbekleidung verzichten.«

Er ächzte gequält. »Weißt du eigentlich, was du da von mir verlangst? Alleine der Gedanke, dass du nackt neben mir im Bett liegst …«

»Ich könnte ja einen Tanga anziehen, wenn das dann leichter ist.«

»Hör auf, du machst es immer schlimmer!«

»Willst du den Tanga anziehen? Ich könnte dir einen leihen.«

»Gott bewahre. Jetzt komm, bevor du dir noch die Grippe holst.«

Er umfasste mich an der Taille und hob mich ohne sichtliche Anstrengung von dem Bretterstapel. Kaum hatte sich sein warmer Körper von meinem entfernt, fing ich an, ganz erbärmlich zu frieren. Die nassen Klamotten fühlten sich bei Bewegung richtig eklig an, und der leichte Wind schien durch die Feuchtigkeit direkt bis auf meine Knochen vorzudringen. Ich zitterte am ganzen Leib und tat alles daran, nicht auch noch mit den Zähnen zu klappern. Desiderio musste ja von meinem Elend nichts mitbekommen.

Wir nahmen unsere Handys zur Hilfe und leuchteten damit den aufgeweichten Boden aus. Tatsächlich fanden wir den verlorenen Schlüssel schnell, denn er lag keine vier Meter vom Wagen entfernt.

Aber wenn Desiderio ihn nicht verloren hätte, wer weiß, wie der Abend dann verlaufen wäre …

Kapitel 23

Bibbernd und ausgekühlt kamen wir in meiner Wohnung an. Da Desiderio meinen Vorschlag, gemeinsam zu duschen, ablehnte, entwarf ich einen rationellen Plan, um Zeit zu sparen.

»Okay, du gehst als Erstes ins Bad. Deine Klamotten schmeißt du einfach in den Trockner, dann kannst du sie morgen wieder anziehen. Unter dem Waschbecken findest du saubere Handtücher. Ich bereite derweil zwei Wärmflaschen vor. Wir treffen uns anschließend im Bett.«

Hätten meine Zähne nicht so geklappert, hätte ich mich wohl angehört wie ein Feldwebel.

»Willst nicht lieber du zuerst gehen?«, fragte er vorsichtig.

»Nein, jetzt los, los, los!«

Desiderio salutierte noch kurz, bevor ich ihn fortscheuchte und er lachend ins Badezimmer sprintete. Kaum war ich in der Küche, hörte ich auch schon das Brausen der Dusche. Während ich den Wasserkocher befüllte und einschaltete, versuchte ich, irgendwie die Gesamtsituation zu überblicken.

Es war vier Uhr morgens, ich war bis auf die Knochen durchnässt und Desiderio hüpfte nackt in meinem Bad herum, während ich Wärmflaschen vorbereitete.

Hätte mir irgendjemand diese Szene vor zwei Wochen geschildert, dann hätte ich ihn ausgelacht und ihm den Vogel gezeigt. Die Geschichte war aber auch zu verrückt.

Verrückt und schön.

Ja, ich war glücklich. Obwohl meine Kleidung an mir klebte und mein Zittern sich mittlerweile zu einer Art Krampfanfall ausgeweitet hatte, wollte ich um nichts in der Welt tauschen.

Aber ich musste etwas gegen diese verdammte Kälte unternehmen!

Kurzerhand schälte ich mich einfach mitten in der Küche, bis auf die Unterwäsche, aus meinen Klamotten. Platschend landeten sie als Häufchen auf den Fliesen. Tatsächlich fühlte ich mich gleich viel wohler.

Der Wasserkocher begann, leise zu pfeifen, darum kramte ich eilig die Wärmflaschen aus der unteren Schublade. Genau in dem Moment, als ich mich danach bückte, erschien Desiderio in der Küche.

»Hey, ich bin … lieber Heiland!«

Ich schnellte nach oben und drückte mich erschrocken gegen die Kühlschranktür. Zum Glück hatte ich die Unterwäsche anbehalten, sodass ich nicht direkt meinen blanken Hintern in die Höhe gestreckt hatte. Obwohl der himmelblaue Spitzentanga wahrscheinlich auch nicht viel verhüllte. Wenigstens hatte ich heute ausnahmsweise den passenden BH dazu angezogen.

»Was soll das!«, zeterte ich mit knallrotem Kopf und wedelte panisch mit den leeren Wärmflaschen herum. »Treffpunkt Schlafzimmer, so war der Plan!«

Desiderio blinzelte sich von meinem Anblick los. »Jaa, tut mir leid, ich dachte nur, dass ich …, also, ich wusste ja nicht, dass du … Ach, egal. Los, geh du jetzt unter die Dusche, dann mache ich hier fertig.«

Er kam herein und vermied es geflissentlich, mich anzusehen. Ich legte die Wärmflaschen auf den Tresen und glotzte dafür umso mehr, denn Desiderio hatte sich nur ein Handtuch um die Hüften geschlungen und stand ansonsten neben mir, wie Gott ihn erschaffen hatte.

Und wie er ihn erschaffen hatte! Alles in mir schrie danach, mich sofort in seine starken Arme zu werfen. Ich war so fasziniert, dass meine Haut sogar kurzzeitig vergaß zu zittern.

»Lena?«

»Hhmm?«

»Duschen!«

»Äääh, genau. Bin schon weg!«

Völlig durcheinander stürzte ich ins Bad. Meine Klamotten ließ ich einfach liegen. Den Küchenfliesen sollte das ja wohl nichts ausmachen.

Desiderios Kleidung drehte bereits fröhlich ihre Runden im Trockner, als ich endlich das wohltuende, warme Wasser auf meiner unterkühlten Haut spürte. Meine Zehen waren inzwischen so kalt, dass sie schmerzhaft kribbelten, als die Wärme in sie zurückkroch. Die heiße Dusche tat so gut, dass ich wahrscheinlich mehrere Stunden darin verbracht hätte, hätte ich nicht gewusst, dass in meinem Bett noch etwas viel Besseres auf mich wartete.

Desiderio.

Mit glückseligem Gesicht stieg ich aus der Wanne und rubbelte mich eilig trocken. Zum Föhnen nahm ich mir keine Zeit, nicht dass ich plötzlich noch aus diesem tollen Traum aufwachen würde.

Eingewickelt in ein großes Handtuch trippelte ich nervös ins Schlafzimmer.

Es war kein Traum.

Es war real.

Aus meinem Bett lächelte mir wirklich Desiderio entgegen.

Er sah einfach nur hinreißend aus, mit seinen verstrubbelten, nassen Haaren und nackten Schultern.

Ich löschte das Licht, ließ mein Handtuch achtlos auf den Boden fallen und krabbelte vorsichtig zu ihm unter die Decke. Zentimeter für Zentimeter tastete ich mich vor, bis ich ihn endlich berührte.

»Hey«, begrüßte er mich leise.

»Hey«, grüßte ich zurück.

Er hob einen Arm und schuf mir somit den perfekten Platz zum Anschmiegen. Mit einem wohligen Seufzer vergrub ich meinen Kopf in seiner Armbeuge. Sein Körper strahlte eine solche Hitze aus, dass mein Schüttelfrost schon bald nachließ. Die Gänsehaut, die sich nun überall auf mir bildete, rührte von seinen Fingerspitzen her, die sanft über meine Seite glitten.

Ja, ich hatte Marek damals wirklich über alles geliebt, aber dieses Gefühl der grenzenlosen Sicherheit, das Desiderio in mir auslöste, war mir völlig neu. Ich konnte kaum glauben, dass ich mich fast vier Monate lang gegen dieses Glück gewehrt hatte.

»Ich bin froh, dass du so hartnäckig bist«, sagte ich ehrlich.

»Ja, ich auch.« Er hauchte einen zärtlichen Kuss auf meine Stirn und schloss die Arme noch enger um mich.

»Desiderio?«

»Ja?«

»Wirst du da sein, wenn ich aufwache?«

»Natürlich.«

Umgeben von Wärme, Vertrautheit und Glück fiel ich in tiefen Schlaf.

Als ich aufwachte, brauchte ich einen Moment, um meine Gedanken zu sortieren. War das alles wirklich geschehen? Hatte ich mich Desiderio geöffnet und meinen Gefühlen endlich freien Lauf gelassen?

Und hatten wir wirklich die ganze Nacht nackt nebeneinandergelegen und keinen Sex gehabt?

Das war schon eine reife Leistung. Für mich genauso wie für ihn. Die Entscheidung, damit noch zu warten, ging zwar von mir aus, aber an meinem eigenen Vorsatz festzuhalten war fast schon eine Herausforderung. Ich war noch nie so – ähem – scharf auf einen Mann gewesen wie auf ihn. Trotzdem war ich froh, dass er mir die Möglichkeit gegeben hatte, so zu entscheiden. Irgendwie behielt ich mir durch die Abstinenz ein gewisses Maß an Kontrolle. So kam es mir zumindest vor. Oder bildete ich mir ein. Wie auch immer, es fühlte sich richtig an.

Leises Klappern drang durch die Schlafzimmertür und ließ mich aufhorchen.

Er hatte mir versprochen, dass er da sein würde, wenn ich aufwachte, und natürlich war er da.

Ich lachte lautlos in mein Kissen und streckte mich.

Was er wohl gerade machte? Ließ er sich einen Kaffee einschenken oder suchte er nach einem Messer?

Fröhlich wälzte ich mich aus dem Bett, zerrte einen frischen Slip aus meiner Kommode und schlüpfte hinein. Als ich plötzlich Stimmen hörte, hielt ich kurz inne und lauschte.

Sah er etwa fern?

Ein helles Lachen, das mir ziemlich bekannt vorkam, schallte durch meine Wohnung.

Das durfte doch nicht wahr sein!

Ich schnappte mir das Shirt, das mir als Erstes unter die Finger kam, und stampfte geradewegs in die Küche. Wie bereits vermutet, fand ich darin Hausfriedensbrecherin Nummer eins vor, die mit Desiderio am Esstisch saß und ihn nicht mit ihrem Blödsinn verschonte.

»Vera!«, bellte ich und baute mich im Türrahmen auf. »Was wird das, wenn's fertig ist?«

»Guten Morgen, Schlafmütze«, trällerte sie. »Na ja, ich wollte dich besuchen und hab diesen verlorenen Jungen hier vorgefunden, und dann dachte ich mir, ich sollte ihm ein wenig Gesellschaft leisten, bis du aufstehst.«

»Geht's noch? Du weißt ganz genau, dass ich eine Langschläferin bin und du so früh gar nicht anzutanzen brauchst!«

»Süße, es ist schon weit nach Mittag.«

»Gestern ist es spät geworden«, erklärte ich pampig.

»Ich weiß«, grinste Vera augenzwinkernd. »Ja, und überhaupt musste doch jemand dem armen Kerl zeigen, wo die Kaffeetassen sind.«

Desiderio hielt bestätigend seine Tasse in die Höhe und nickte eifrig.

»Die hätte er auch alleine gefunden!«, blaffte ich und stemmte die Arme in die Hüften. »Und jetzt – raus hier, aber flott! Und meinen Schlüssel kannst du gleich hier lassen!«

»Okay, okay«, grummelte Vera und stand auf. »Aber willst du dir nicht erst einmal etwas anziehen? Ich mein' ja nur …«

Ich sah an mir hinunter und bekam einen roten Kopf, als ich bemerkte, dass ich tatsächlich in meinem ganzen Ärger vergessen hatte, eine Hose anzuziehen. Drohend zeigte ich mit dem Finger auf Vera. »Ich bin gleich wieder da!«, fauchte ich und stürmte wutschnaubend ins Schlafzimmer, um meine Kleidung zu komplettieren.

»Also dann«, hörte ich Vera zu Desiderio sagen, »hat mich wirklich gefreut, aber ich muss jetzt dringend los. Ach, und ja, sie ist immer so ein Morgenmuffel, aber keine Sorge, man gewöhnt sich daran.«

Desiderio antwortete etwas, das ich leider nicht verstand, aber es musste unglaublich komisch gewesen sein, wenn man nach Veras Gegacker urteilte.

»Da hast du recht«, zwitscherte sie. »Schönen Tag noch, ich hoffe, wir sehen uns bald wieder! Ciao!«

Die Wohnungstür fiel scheppernd ins Schloss. Meinen Schlüssel hatte sie bestimmt wieder mitgenommen, diese Kröte. Weil Desiderio mich nach meinem Auftritt für eine komplette Furie halten musste, versteckte ich mich erst einmal im Bad.

Weil ich da natürlich nicht den ganzen Tag bleiben konnte, schlich ich mich schließlich angezogen und gestriegelt zurück in die Küche.

»Bist du noch da oder bist du schon geflohen?«, fragte ich vorsichtig und lächelte schüchtern.

»So einfach wirst du mich nicht wieder los«, sagte er verschmitzt.

»Gott sei Dank.«

Verlegen blieb ich an der Tür stehen und nestelte am Saum meines Shirts herum, weil ich nicht wusste, wie ich mich jetzt verhalten sollte. Er rettete mich, indem er kurzerhand zu mir herüberkam und mich in seine Arme schloss. Der morgendliche Kuss dauerte ewig und schmeckte nach Zahnpasta und Kaffee, und natürlich nach Desiderio. Herrlich!

Ich war fast ein wenig außer Atem, als wir uns irgendwann wieder voneinander lösten.

»Hast du gut geschlafen?«, wollte er wissen und strich eine Haarsträhne aus meinem Gesicht.

»Ja«, flüsterte ich an seinen Hals. »So gut wie noch nie.«

Desiderio küsste meine Stirn. »Das habe ich gemerkt. Du hast sogar ein wenig geschnarcht.«

»Waaas?«

»Keine Angst, ich fand das unglaublich niedlich«, gluckste er.

Niedlich, na klar. Ich hatte in meinem ganzen Leben noch nie ein Schnarchen gehört, das auch nur annähernd niedlich klang. Peinlich.

Um von meiner Schnarcherei abzulenken, schlängelte ich mich aus seiner Umarmung und wandte mich eilig der Kaffeemaschine zu. »Willst du auch noch einen?«

»Nein, danke. Vera hat mich schon gut versorgt.«

Ich stöhnte und schenkte ihm einen entschuldigenden Blick.

Er lehnte am Türrahmen und winkte ab. »Nein, nein. Es war zwar ein wenig peinlich, als ich nackt aus deinem Schlafzimmer kam und sie mitten im Wohnzimmer stand, aber danach habe ich mich gut mit ihr unterhalten. Vera ist sehr sympathisch.«

»Sie hat dich nackt gesehen?«, wiederholte ich ungläubig und stellte mir die Szene bildlich vor.

»Jap. Ich glaube, sie war ein wenig schockiert.«

Ich prustete los und kippte vor Lachen beinahe aus den Latschen. Mit einem warmherzigen Ausdruck im Gesicht beobachtete Desiderio mich dabei.

»Dein Lachen klingt unglaublich schön«, sagte er dann.

»Weißt du, du könntest eigentlich langsam damit aufhören, mich verlegen zu machen«, kicherte ich.

Er schwenkte abwägend den Kopf. »Mmh, nein, ich denke, ich werde noch ein wenig weitermachen.«

»Du bist so gemein«, schniefte ich.

Desiderio zuckte unschuldig mit den Achseln und betrachtete mich mit funkelnden Augen. Ich fand, dass er meiner Küchentür wirklich ausgezeichnet stand. Natürlich waren seine Klamotten von der nächtlichen Trockentour ein wenig zerknittert und seine Haare waren vom Schlaf noch ganz zerzaust, aber er hatte nie schöner ausgesehen als in diesem Moment.

»Was willst du heute unternehmen?«, fragte er.

»Egal. Hauptsache du bist dabei«, antwortete ich.

Und das meinte ich auch so. Selbst, wenn er heute den Mount Everest hätte besteigen wollen – ich wäre ihm gefolgt, wenn auch nur, um bei ihm zu sein.

»Um neunzehn Uhr feiert ein Freund von mir Geburtstag«, sagte er. »Und morgen habe ich leider Dienst, also sehen wir uns erst am Montag wieder.«

Meine Enttäuschung stand mir sofort ins Gesicht geschrieben, obwohl ich versuchte, mir nichts anmerken zu lassen. Ich war schließlich kein Klammeraffe.

Natürlich musste er zur Arbeit gehen, das stand außer Frage. Aber er hätte mich auch fragen können, ob ich zu der Party mitgehen wollte … Quatsch, das wäre nun doch ein bisschen übertrieben, wenn er mich schon seinen Freunden vorstellen würde.

Aber meine Freunde kannte er doch auch schon? Vera kannte ihn vielleicht sogar besser als ich! Zumindest optisch. Dieses Miststück.

Schluss jetzt mit dem Wahn!

»Okay«, sagte ich schließlich.

»Ich könnte heute aber auch bei dir bleiben«, schlug er schnell vor, weil ich nicht sehr begeistert klang.

»Nein«, lehnte ich eilig ab. »Das möchte ich nicht. Um Gottes willen, so soll es zwischen uns nicht werden!«

Desiderio blickte mich erwartungsvoll an. »Wie soll es denn zwischen uns werden?«

Gute Frage. Eigentlich hatte ich mir darüber tatsächlich noch keine Gedanken gemacht. Ich wusste nur, dass ich ab sofort jede Nacht neben ihm einschlafen wollte. Genau, das war doch ein guter Anfang. Aber ein guter Anfang für was? Für eine Beziehung? Ich hatte nie einen One-Night-Stand mit ihm gewollt, also blieb eigentlich nur eine Beziehung übrig, oder?

»Ich …, ich weiß nicht so genau«, gab ich vorsichtig zu.

Er quittierte meine Hilflosigkeit mit einem charmanten Lächeln. »Tja, also ich weiß auf jeden Fall, dass ich dich in jeder freien Minute sehen will.« Mit einem großen Schritt war er bei mir und zog mich an sich. Während die Schmetterlinge in meinem Bauch restlos durchdrehten, raunte er leise in mein Ohr: »Und ich weiß, dass ich dich noch viel öfter berühren möchte. Dich immer wieder küssen will …«

Mit einem Seufzer gab ich mich seiner Umarmung hin und genoss seine Liebkosungen. Die zärtlichen Berührungen seiner Hände entfachten sofort wieder eine ungezügelte Leidenschaft in mir. Ich presste mich an ihn und zerrte wild an seinem Hemd. Er umfasste meine Handgelenke und hielt sie fest.

»Du wolltest es doch langsam angehen lassen, kleine Kriegerin«, meinte er mit verführerischer Stimme.

»Du hast angefangen«, verteidigte ich mich atemlos.

Er lachte leise. »Stimmt. Aber du entscheidest, wie es weitergeht …«

Obwohl es mir wirklich schwerfiel, sagte ich: »Ich möchte noch warten.«

»Okay. Was hältst du dann davon, wenn wir uns hinaussetzen?«

»Hört sich gut an.«

Glückselig führte ich ihn auf den Balkon. Desiderio machte es sich auf meinem Schaukelstuhl bequem, und ich ließ mich kurzerhand auf seinem Schoss nieder. Eng umschlungen wiegten wir uns, während die Herbstsonne uns zusätzlich wärmte.

Ich konnte mein Glück kaum fassen. Hätte ich die Möglichkeit, die Zeit anzuhalten, dann hätte ich es getan. In diesem Moment kannte ich keine Ängste und Sorgen. Hier gab es nur Desiderio und mich. Und ab und zu Herrn Kaltenberger, der seine Blumen goss, aber über den konnte ich getrost hinwegsehen. Wir verharrten ganze zwei Stunden auf meinem Schaukelstuhl. Die Harmonie unserer Zweisamkeit war unbeschreiblich.

Bis die Türglocke schrillte.

»Ich bin nicht da«, murmelte ich in Desiderios Hemdkragen.

Es klingelte wieder.

»Na los, vielleicht ist es wichtig«, sagte er und schob mich sachte von seinem Schoß.

Ich sträubte mich erst dagegen, stand aber dann trotzdem auf.

Was sollte denn bitte schön wichtiger sein, als mich von Desiderios starken Armen halten zu lassen?

Missmutig schlurfte ich zur Sprechanlage, doch da klopfte es schon an meiner Wohnungstür. Ich lugte durch den Türspion und sah erst einmal nur Rot. Nach mehrmaligem Blinzeln erkannte ich, dass es sich bei all dem Rot um einen riesigen Strauß Rosen handelte.

Was war das denn? Der Blumenbote?

Neugierig öffnete ich die Tür. Der Strauß senkte sich etwas und Frank kam dahinter zum Vorschein.

»Hi!«, begrüßte ich ihn fröhlich. »Hast du neuerdings einen Nebenjob bei Fleurop, oder was hat das zu bedeuten?«

»Hey, nein, ich … also, ich wollte dich besuchen und da dachte ich mir, dass deine ersten Genesungsblumen inzwischen wahrscheinlich verwelkt sind, und deshalb habe ich dir frische mitgebracht«, erklärte er. Ein wenig schüchtern überreichte er mir den Strauß. »Hier, für dich.«

»Vielen Dank!« Ich winkte ihn herein und steckte meine Nase zwischen die wunderschönen Rosen. »Mmh, wie die duften!«

Wir standen immer noch im Flur, als Frank überrascht über meine Schulter blickte.

»Oh, du hast Besuch. Hi.«

»Hallo.«

Ich wusste, dass die Stimme hinter meinem Rücken zu Desiderio gehörte, und doch war mir der eisige Unterton darin völlig fremd. Verwundert drehte ich mich um. Tatsächlich stand er mit verschränkten Armen da und starrte Frank mehr als nur unfreundlich an. Fast schon feindselig. Wobei Franks Blick dem seinen in nichts nachstand.

»Ähm, ja! Ich glaube, ihr kennt euch noch nicht. Desiderio, das ist Frank. Frank – Desiderio«, stellte ich die beiden höflich vor, in der Hoffnung, die Situation ein wenig aufzulockern.

»Wir haben uns schon einmal gesehen«, sagte Frank emotionslos.

»Kurz«, fügte Desiderio hinzu.

Ich stand überfordert zwischen ihnen und wusste nicht, woher der Testosteronüberschuss in der Luft so plötzlich kam.

»Willst du vielleicht einen Kaffee?«, startete ich einen erneuten Auflockerungsversuch.

Frank sah mich an. Augenblicklich wurden seine Gesichtszüge wieder weicher. Ich atmete erleichtert auf.

»Nein, danke, aber ich muss noch woanders hin«, sagte er freundlich, obwohl es ziemlich aufgesetzt klang. »Ich wollte eigentlich nur wissen, wie weit du mit dem Möbelkatalog gekommen bist.«

»Oh!« Verdammt, meine Aufgabe als Innenarchitektin hatte ich wegen der ganzen Sache mit dem Gefühlschaos völlig vernachlässigt. »Jaaa, ich hab da schon ein paar schöne Dinge gesehen. Wenn du willst, können wir sie morgen ja mal durchgehen?«

»Gerne. Ich ruf dich an, okay? Mach's gut.« Er beugte sich vor und gab mir einen Abschiedskuss auf die Wange, was zwar nicht ganz ungewöhnlich, aber auch nicht alltäglich war. Dann nickte er Desiderio steif zu. »Hat mich gefreut.«

»Gleichfalls.«

Die Tür fiel ins Schloss, und ich stand bedröppelt mit meinen Rosen im Flur.

»Was war das denn, bitte?«, wollte ich von Desiderio wissen.

»Was genau meinst du?«

»Na, das!« Ich legte ein Robotergesicht auf und versuchte, Desiderios Tonfall nachzuahmen. »*Kurz.*«

Er tat so, als wüsste er nicht, was ich damit meinte. »Ja, aber das stimmt doch. Wir haben uns *kurz* im Go gesehen.«

Ich schüttelte den Kopf und schritt an ihm vorbei.

»Und was sollte dann das Machogetue?«, fragte ich, während ich eine Vase aus der Küche holte.

»Er hat dir rote Rosen geschenkt«, sagte Desiderio steif, als würde das alles erklären.

Ich stellte den Strauß in die Vase und drehte mich zu ihm. »Na und? Das machen Freunde nun mal! Sie schenken sich Blumen!«

Er runzelte die Stirn. »Aber das sind rote Rosen.«

»Und? Rosen sind Blumen. Oder zählen die neuerdings zum Gemüse?«

Langsam wurde ich ein wenig ärgerlich. Ich wusste nicht, was das ganze Theater zu bedeuten hatte.

»Lena, man schenkt einer Freundin keine roten Rosen. Solche Blumen vermitteln eine gewisse Botschaft, das ist dir doch klar, oder?«

»Nein, mir ist gar nichts klar! Ich weiß nicht, was du für ein Problem damit hast!«

Ein wenig verzweifelt kratzte er sich am Kinn. »Man nennt es Eifersucht.«

»Waas?« Ich lachte verblüfft. »Frank ist einer meiner ältesten Freunde, ein Kumpel! Da gibt's nichts, auf das man eifersüchtig sein müsste!«

»Bist du dir da sicher? Für mich sah das aber anders aus. Er war nicht gerade begeistert, mich hier zu sehen.«

»Ja, er war eben ein bisschen überrascht …«

»Überrascht, soso. Du solltest dringend einmal mit ihm darüber reden, Lena.«

Wütend ließ ich meine Faust auf den Küchentresen krachen. »Da gibt's nichts zu bereden!«

Einen Augenblick stierten wir uns aufgebracht an. Schließlich fuhr Desiderio sich durch seine Haare und hob beschwichtigend eine Hand. »Okay, okay. Tut mir leid, wahrscheinlich habe ich überreagiert.«

Ich schnaubte kurz, doch dann stahl sich ein Grinsen auf meine Lippen. »Hey, das war unser erster Streit.«

»Oh, der kam aber schon ziemlich früh, findest du nicht?«

»Ach.« Ich winkte ab und schlenderte zu ihm. Meine Finger spielten mit seinem Hemdkragen und ich lächelte ihn an. »Weißt du, Streiten kann ganz schön sein, zumindest wenn man sich danach versöhnt.«

Ich stellte mich auf die Zehenspitzen und küsste ihn.

Unsere letzte gemeinsame Zeit des Tages verbrachten wir im Schaukelstuhl, und der kleine Zwischenfall mit Frank war genauso schnell vergessen, wie er geschehen war.

Kapitel 24

Am nächsten Tag stand ich schon um neun Uhr vor Veras Haustür. Ich fühlte mich, als hätte ich die ganze Nacht kein Auge zugetan und mich nur sinnlos im Bett herumgewälzt. Zum einen lag das daran, dass Desiderio nicht neben mir gelegen hatte, und zum anderen, dass mich die starken Gefühle, die ich für ihn hegte, maßlos aufwühlten. Ich musste unbedingt mit jemandem darüber reden.

Müde, aber total aufgedreht, klingelte ich also an Veras Tür. Sie öffnete mir mit verständlicher Überraschung, während ich sie mit einem strahlenden »Guten Morgään!« beschallte.

»Huch! Lena, so früh am Morgen? Das glaub ich ja nicht!«

»Ja, ich hatte irgendwie das dringende Bedürfnis, mit jemandem zu sprechen.«

Das war natürlich das Stichwort. Vera packte mich am Ärmel und zerrte mich ins Haus. Im Handumdrehen saß ich auf einem Barhocker an ihrem Küchentresen und hatte einen wunderbaren Cappuccino vor mir stehen.

Als Sebastian hereinkam, musste er glatt zweimal hinsehen, ob ich wirklich da war oder eine Art Erscheinung. »Lena? Holla, ich glaube, um diese Uhrzeit habe ich dich ja noch nie gesehen!«

»Ja, ja.« Ich wedelte genervt mit einer Hand, und er entschwand grinsend nach nebenan ins Wohnzimmer, wo er sich gleich in etwas vertiefte, das sehr nach einer Bedienungsanleitung aussah.

Als ich mich wieder nach vorne wandte, stieß ich fast mit der Nasenspitze an Veras. Sie hatte sich verschwörerisch zu mir gebeugt und starrte mich erwartungsvoll an.

»Hey! Darf ich vielleicht auch noch atmen?«, zeterte ich und rückte ein Stück von ihr ab.

»Nur, wenn du jetzt endlich zu erzählen anfängst!«

Ich holte tief Luft. »Hm, ich weiß grad gar nicht, wo ich anfangen soll …«

»Aber ich«, fiel Vera mir ungeduldig ins Wort. »Wie war der Sex?«

»Hallo?« Ich verschluckte mich kurz an meinem Cappuccino. »Das ist wirklich das Erste, das dir dazu einfällt? Der Sex? Mann! Außerdem hatten wir gar keinen.«

»Wie bitte? Der Kerl ist nackt aus deinem Schlafzimmer gekommen!«

»Ich wiederhole: keinen Sex.«

»ICH wiederhole: Der Kerl ist NACKT aus deinem Schlafzimmer gekommen.«

Verlegen kratzte ich mich am Ellbogen. »Ja, aber wir haben wirklich nur gekuschelt.«

»Er. War. Nackt.«

»Herrgott, ich weiß, dass du ihn nackig gesehen hast! Musst du jetzt die ganze Zeit drauf herumreiten?«

»Nein.« Sie lachte dreckig. »Du bist es, die darauf herumreiten sollte!«

Gott im Himmel!

»Krass, neben dir komme ich mir manchmal fast prüde vor«, meinte ich entsetzt.

Sie winkte ab. »Quatsch. Obwohl mir das wirklich nicht einleuchtet«, sie senkte die Stimme, »dass du die ganze Nacht neben *dem* liegen konntest, ohne dich auf ihn zu stürzen.« Vera zeigte bedeutungsschwer einen Abstand von mindestens dreißig Zentimetern zwischen ihren Händen auf.

»Hör auf damit!« Ich schlug schnell nach ihren Händen. Dann biss ich mir auf die Unterlippe und neigte mich zu ihr. »So groß ist er doch nicht wirklich?«, fragte ich leise.

»Was? Du hast ihn gar nicht gesehen?«, wisperte sie überrascht.

Ich schüttelte den Kopf. »Also?«

Vera legte mir vertrauensvoll eine Hand auf die Schulter und flüsterte mir ins Ohr: »Er ist ... beeindruckend.«

»Meine Güte!«, hauchte ich.

»Oh ja, dasselbe wirst du sagen, wenn du ihn das erste Mal vor dir hast«, meinte Vera mit ernstem Gesicht.

Wir kicherten albern und erinnerten uns gleichzeitig an Sebastians Anwesenheit. Unsere Köpfe schnellten ertappt zur Couch herum. Er klappte seufzend seine Bedienungsanleitung zu und stand auf.

»Ich geh in die Garage«, sagte er und gab seiner Verlobten einen Kuss auf den Hinterkopf. »Nicht dass ich noch Albträume bekomme.«

Vera nahm seinen Spruch gelassen. »An dich kommt keiner ran, Baby!«, rief sie ihm noch hinterher.

Ich ließ meine Stirn stöhnend auf die Küchenplatte nieder. »Oooh, zu viele Informationen!«

»Jetzt tu nicht so jungfräulich«, lachte sie fröhlich. »Aber Schluss jetzt mit den Penisgrößen und zurück zum Anfangsthema. Ihr habt also gekuschelt? Was bedeutet das? Wie geht es jetzt weiter? Seid ihr zusammen?«

»Keine Ahnung!«, rief ich und warf verzweifelt die Arme in die Luft. »Deswegen bin ich ja hier! Ich glaube schon, dass wir zusammen sind. Auf jeden Fall waren wir uns wohl einig, dass es keine einmalige Sache war. Glaube ich.«

»Glaubst du? Habt ihr denn nicht darüber gesprochen?«

»Doch schon, irgendwie, aber du weißt doch, dass ich nicht gerade gut darin bin, über solche Dinge zu reden. Darum bin ich selber nicht ganz schlau daraus geworden.«

»Okay, was hat er denn gesagt?«

Ich wurde rot und grinste in mich hinein. »Viele schöne Dinge.«

»Aha«, meinte Vera, »und was war deiner Meinung nach die Botschaft dieser vielen schönen Dinge?«

»Dass er mit mir zusammen sein will?«, vermutete ich hilflos.

»Na, und wo ist jetzt das Problem? Er will mit dir zusammen sein, du mit ihm, ihr werdet heiraten, Kinder kriegen und gemeinsam in Rente gehen. Ist doch alles wunderbar!«

»Halt! Das geht mir aber schon ein wenig zu schnell!«

Sie tätschelte beruhigend meine Hand. »Süße, ich habe keinen dazu gehörigen Zeitrahmen genannt. Die Geschwindigkeit der Abläufe müsst ihr natürlich selbst bestimmen, aber im Prinzip steht eurem gemeinsamen Glück doch nichts mehr im Wege, oder? Also, sei nicht so ein Frosch und freue dich einfach! Ich für meinen Teil freue mich sehr für dich. Und Sebastian übrigens auch.«

Dankbar lächelte ich sie an. Dann erinnerte ich mich an die gestrige Sache zwischen Frank und Desiderio.

»Frank scheint nicht sehr erfreut über die Sache zu sein«, merkte ich nachdenklich an.

»Denkst du?«

Veras hohe Tonlage ließ mich aufhorchen. Ich runzelte die Stirn. Sie fühlte sich unter meinem Blick deutlich unwohl und rutschte ein wenig nervös auf ihrem Hocker herum.

»Was weißt du darüber?«, fragte ich forsch.

»Jaaa, also direkt wissen tu ich nichts«, druckste sie herum. Erst als ich drohend meinen Löffel auf sie richtete, räusperte sie sich vernehmlich. »Na schön. Es ist zwar nur eine Vermutung, aber es gab in letzter Zeit verschiedene Situationen, in denen ich mich dann schon gefragt habe …, also mir ist aufgefallen, dass er … Ihr habt doch so viel Zeit miteinander verbracht, darum …«

»Vera! Spuck's endlich aus!«

»Okay.« Sie atmete tief durch und sah mich ernst an. »Lena, ich glaube, Frank hat sich in dich verliebt.«

Ich schnappte nach Luft. »Blödsinn!«

»Ich fürchte, das ist kein Blödsinn. Ist dir wirklich nie aufgefallen, dass er dich manchmal so komisch ansieht? Also mir schon. Außerdem war er krank vor Sorge, als das mit deinem

Überfall war. Ich meine, wir haben uns natürlich alle um dich gesorgt, aber Frank ist schier ausgeflippt! Tja, und dass er nun mit Desiderio nicht klarkommt, macht die Sache eigentlich glasklar. Er ist eifersüchtig auf seinen Rivalen.«

Veras Worte trafen mich wie ein Schlag in die Magengegend. Leichte Übelkeit stieg in mir auf, als ich auf meine letzten Begegnungen mit Frank zurückblickte. Sah er mich wirklich anders an als früher? Hatte sich zwischen uns etwas verändert? Ich dachte an Desiderios Aussage zu den roten Rosen. »Solche Blumen vermitteln eine gewisse Botschaft …«

»Aber das ist doch … Schwachsinn. Ich meine, das kann nicht sein«, stotterte ich verwirrt, obwohl ich langsam die Wahrheit erkannte. »Wir sind doch schon seit einer Ewigkeit befreundet, wie kann denn so was passieren?«

»Ich glaube, das gibt's öfter«, versuchte Vera zu erklären.

»Was soll ich denn jetzt machen?«, plärrte ich dazwischen und raufte mir die Haare.

»Ich denke, du solltest baldmöglichst mit ihm darüber reden.«

»Reden? Ausgerechnet ICH soll über so etwas reden?« Ich war durchweg überfordert. Flehend wandte ich mich an Vera: »Kannst du denn nicht mit ihm sprechen? Bitte! Du kannst das viel besser als ich!«

Sie schüttelte energisch den Kopf. »Nein, das muss du schon selber erledigen. Das verlangt der Anstand.«

Blöde, anständige Freundin …

Natürlich hatte sie damit recht. Das Dumme war nur, ich hatte keine blasse Ahnung, wie ich die Sache angehen sollte. Das konnte nur auf zwei verschiedene Arten enden: Entweder Frank korrigierte unsere Vermutungen als Wahnvorstellung und wir lachten danach ausgelassen darüber oder, und davor hatte ich richtig Angst, seine Gefühle bewahrheiteten sich und ich würde ihm durch meine Zurückweisung das Herz brechen.

»Okay. Ich rufe ihn sofort an«, sagte ich schließlich entschlossen.

»Anrufen? Nein, nein, nein. Du wirst dich schön brav mit ihm treffen, Fräulein. Solche Dinge klärt man nicht am Telefon«, rügte mich Vera streng.

»Ah.« Ich ließ die Schultern hängen.

»Also, deine zwei Gesichter faszinieren mich immer wieder«, meinte sie kopfschüttelnd. »Einerseits marschierst du aufrecht durchs Leben wie eine wahre Kämpfernatur, aber sobald Gefühle ins Spiel kommen, wirst du zum größten Feigling.«

»Ja, ziemlich armselig«, brummte ich.

»Nein. So bist du eben. Aber manchmal musst du einfach mal deine Zähne zusammenbeißen und Mut beweisen. Vor allem, wenn es um so wichtige Menschen geht wie beispielsweise Frank.«

»Ich weiß.« Zusammengesunken wie ein Häufchen Elend hing ich am Küchentresen. »Krieg ich noch einen Cappuccino?«

»Na, klar.«

Aus dem einen wurden noch zwei. Die ganze Zeit über badete ich in Selbstmitleid und ließ mir von Vera gut zureden. Irgendwann wurde ich dann von ihr freundlich, aber nachdrücklich des Hauses verwiesen, weil sie mit einer Cousine verabredet war. Es war zwar ein sanfter Rausschmiss, aber ich war trotzdem so beleidigt, dass ich ganz vergaß, ihr meinen Wohnungsschlüssel abzunehmen. Das hatte sie ja wieder mal geschickt eingefädelt!

Ich fuhr insgesamt fünf Mal mit meinem Wagen an Franks Wohnung vorbei, bis ich mich endlich dazu durchringen konnte anzuhalten. Danach brauchte ich noch eine ganze Viertelstunde, bis ich es schaffte, bei ihm zu klingeln. Mit flauem Magen wartete ich darauf, dass er die Tür öffnete, obwohl ich insgeheim hoffte, dass er gar nicht zu Hause war.

»Lena!«

Mist, er war zu Hause. Und er freute sich sichtlich, mich zu sehen.

Freute er sich darüber wie ein Freund? Oder sah er dabei verliebt aus?

»Hi, ich dachte, ich schau einfach mal vorbei«, erklärte ich und beobachtete dabei Franks Mimik.

Er freute sich immer noch. »Super! Komm doch rein!«

Ich folgte seiner Einladung und nahm mit ihm im Wohnzimmer Platz. Dabei ließ ich ihn nicht eine Sekunde aus den Augen.

»Soll ich dir etwas zu trinken holen?«, bot er höflich an.

»Nein.«

Wirkte er verlegen? Schüchtern? Hatte er schwitzige Hände, oder warum rieb er sie dauernd an seinen Hosenbeinen??? Ich studierte sein Verhalten beinahe wie eine Wissenschaftlerin.

»Was ist los? Habe ich einen Popel im Gesicht?«, fragte er, weil er mein Gestarre natürlich nicht einordnen konnte.

»Warum hast du mir gestern Rosen geschenkt?«, platzte es völlig zusammenhangslos aus mir heraus.

»Was?« Er blinzelte erstaunt. »Ich wollte dir eine Freude machen. Gefallen sie dir nicht?«

»Warum rote Rosen, Frank?«

»Ja, warum denn nicht? Freunden schenkt man eben ab und zu Blumen.«

»Schon, aber rote Rosen vermitteln immer eine gewisse Botschaft«, wiederholte ich steif Desiderios Worte.

»Ich verstehe nicht ganz«, stammelte er, obwohl ihn sein Gesichtsausdruck schon lange verraten hatte. »Welche Botschaft?«

»Sag du es mir«, forderte ich und bemühte mich um einen neutralen Ton.

Frank wandte sich von mir ab und sah für eine ganze Weile betreten zu Boden. Geduldig wartete ich auf seine Antwort. Schließlich sah er mich bekümmert an. »Lena, ich wusste nie, wie ich es dir sagen soll, aber …«

»Oh Gott«, entfuhr es mir. »Dann ist es also wahr? Deine Gefühle für mich sind mehr als nur freundschaftlich?«

Er rieb sich über das Gesicht und sagte leise: »Ja, das stimmt.«

Trotz der vorangegangenen Vermutungen traf mich sein Geständnis mit der Wucht eines Güterzuges. Die ganze Sache überforderte mich zutiefst und ließ mich völlig überreagieren. Wie in jeder hilflosen Situation wurde ich erst einmal stinksauer. Obwohl ich natürlich wusste, dass das total falsch war, konnte ich doch nichts dagegen tun.

»Wie konnte das passieren?«, herrschte ich Frank an. »Was soll denn das?«

Stöhnend legte er den Kopf in den Nacken. »Scheiße, ich wusste, dass du so reagieren würdest.«

Ja, natürlich hatte er das gewusst. Wir kannten uns schließlich schon lange genug, dass er solche Dinge einfach von mir wissen musste! Also weshalb, zum Teufel, tat er mir das an?

Ich war inzwischen aufgesprungen und marschierte wild gestikulierend vor ihm auf und ab.

»Was habe ich denn getan? Es war doch alles wie immer!«, schimpfte ich vor mich hin. »Wir sind schon seit so vielen Jahren befreundet, wie kann denn das einfach so geschehen?«

»Das weiß ich doch auch nicht!«, rief er aufgebracht und stand mit einem einzigen Satz vor mir. »Ich weiß nur, dass ich Tag und Nacht an dich denken muss. Dass ich ständig dein Gesicht vor mir sehe. Dass ich dich so unendlich gerne berühren möchte …«

»Hör auf!«, schrie ich und hielt mir sogar die Ohren zu. Frank wich erschrocken vor mir zurück. Entschuldigend hob ich meine Hände und senkte meine Stimme: »Bitte, hör auf. Ich weiß nicht, wie ich damit umgehen soll. Du bist einer der wichtigsten Menschen in meinem Leben und ich liebe dich, aber eben nur auf eine freundschaftliche Art und Weise.«

»Ich weiß, aber ich kann meine Gefühle für dich nicht einfach so abstellen«, sagte er ruhig.

Seine Verzweiflung zerriss mir das Herz und trieb mir hilflose Tränen in die Augen.

»Frank, ich will dich nicht verlieren.« Ich ergriff seine Hand und küsste sie sanft. »Versteh das bitte nicht falsch, aber ich glaube, es ist besser, wenn wir uns eine Weile nicht sehen.«

Obwohl sich alles in mir dagegen sträubte, ließ ich ihn alleine zurück.

Aber was hätte ich auch anderes tun sollen?

Zu Hause führte mein erster Weg zum Telefon. Vera meldete sich schon nach dem zweiten Klingeln, als hätte sie geradezu auf meinen Anruf gewartet.

»Du hattest recht«, brabbelte ich los. Mehr brauchte ich nicht zu sagen, sie wusste sofort, was ich damit meinte.

»Oh je. Wie hat er es aufgenommen?«

»Es war schrecklich!«, heulte ich in den Hörer.

»Hm, hast du ihn angeschrien?«

»Ein bisschen.«

»Okay, ich glaube, ich schicke lieber mal Sebastian zu ihm rüber. Er soll vorsichtshalber ein paar Bier mitnehmen.«

»Einen ganzen Kasten!«, schluchzte ich.

»So schlimm? Verdammt. Soll ich zu dir kommen?«

»Nein. Ich bin ja nicht die mit dem gebrochenen Herzen«, schniefte ich verbittert.

»Das stimmt jetzt aber auch nicht so ganz. Die ganze Sache tut dir wahrscheinlich genauso weh wie ihm. Bringt es was, wenn ich jetzt sage, dass die Zeit alle Wunden heilt?«

»Nein.«

»Dachte ich mir schon. Na gut, wir machen Folgendes: Sebastian und ich kümmern uns um Frank und helfen ihm, seine Orientierung wieder in Ordnung zu bringen, und du versuchst, die Sache zu vergessen und konzentrierst dich voll und ganz auf deinen Desiderio.«

»Das geht nicht.«

»Dir bleibt aber nichts anderes übrig, Schätzchen. Ich bin mir sicher, dass wir schon nächstes Jahr mit einem Schmunzeln auf das ganze Dilemma zurückblicken.«

Na klar, wir würden alle bei einem Gläschen Wein zusammensitzen und irgendwer würde rufen: »Hey, wisst ihr noch, wie

Lena dem Frank das Herz entzweigerissen hat? Das war lustig! Hahaha!«.

Ich brachte meine Zweifel mit einem lauten Schnäuzen zum Ausdruck.

»Doch, doch. So, und jetzt beruhige dich und denk lieber an deinen rassigen Italiener mit der Vollausstattung.«

»Du bist blöd«, murrte ich erstickt, obwohl Vera es tatsächlich geschafft hatte, mich zum Lächeln zu bringen.

»Gern geschehen. Ich melde mich morgen bei dir. Mach's gut!«

»Ciao.«

Ich legte auf und vergrub mich unter meinen Sofakissen.

Gott, warum musste das nur passieren? Frank tat mir unendlich leid. Ich war unsagbar wütend auf mich selbst, dass ich diese Entwicklung nicht schon viel eher erkannt hatte. Dann hätte ich bestimmt eine Möglichkeit gefunden, die Notbremse zu ziehen, ohne dass jemand dabei verletzt wurde. So ein Mist, ich war einfach viel zu beschäftigt damit gewesen, meine eigenen Gefühle zu sortieren, und hatte dabei die meiner Mitmenschen völlig ignoriert. Eine tolle Freundin war ich! Und wer war mal wieder schuld an dem Ganzen? Desiderio!

Apropos.

Ich hatte den ganzen Tag noch nichts von ihm gehört, was natürlich irgendwie verständlich war, weil er ja schließlich arbeiten musste. Dennoch wurde ich langsam ein wenig unruhig. Seine letzte SMS war kurz nach Mitternacht gekommen. Er hatte geschrieben, dass er gerade vor meinem Bild stand und mich ganz schrecklich vermisste. Ich hatte vorgeschlagen, dass er es doch einfach mit ins Bett nehmen sollte, was er dann angeblich auch tat. Wahrscheinlich war das geflunkert, aber ich musste trotzdem bei der Vorstellung lachen. Danach hatten wir uns nur noch eine gute Nacht gewünscht und das war's dann. Seither nichts mehr.

Himmel, wie sehr ich ihn vermisste! Wirklich erstaunlich, wie schnell man sich an die Anwesenheit eines Menschen gewöhnen konnte.

Während ich noch darüber nachdachte, klingelte mein Handy und einer dieser seltsamen Zufälle im Leben ließ es doch tatsächlich Desiderio sein.

Ich meldete mich mit einem entzückten: »Hiiii!«

»Hallo Prinzessin. Tut mir leid, dass es so lange gedauert hat, aber hier in der Notaufnahme geht's drunter und drüber. Das Wartezimmer ist seit dem Morgen proppenvoll, aber ich hab es nicht mehr ausgehalten. Die Wehwehchen müssen jetzt warten, ich musste jetzt einfach deine Stimme hören.«

Seine Worte waren süßer als Honig und ich sank völlig verzaubert in meine Kissen zurück.

»Du fehlst mir«, hauchte ich.

»Du mir auch. Sehr sogar.«

»Was, wenn ich einfach zu dir in die Arbeit komme, den Feueralarm auslöse und dich entführe?«, schlug ich vor.

»Das wäre bestimmt aufregend, aber ich möchte nicht, dass du meinetwegen im Gefängnis landest«, lachte er.

»Stehst du nicht so auf Knast-Bräute?«

»Hm, ich denke, dass du mir auch im Streifen-Look gefallen würdest, aber die Gitterstäbe zwischen uns törnen mich ein wenig ab. Die fühlen sich immer so kalt an.«

»Ach so.« Mein Blick fiel auf den Rosenstrauß, der meinen Esstisch zierte. Sogar über die weite Entfernung glaubte ich, seinen Duft wahrzunehmen. Der Geruch wirkte irgendwie vorwurfsvoll.

»Ich habe übrigens mit Frank gesprochen«, erzählte ich Desiderio leichthin, als wäre es nebensächlich. »Du hattest leider recht, aber ich habe die Sache klargestellt.«

»Oh. Geht's dir gut?«

»Mir? Natürlich, alles bestens. Warum sollte es mir nicht gut gehen? Ich bin ja nicht der mit dem gebrochenen Herzen. Zur Abwechslung stehe ich mal auf der anderen Seite. Eine völlig neue Erfahrung für mich.« Ich lachte trocken und humorlos.

Desiderio schwieg eine Weile, dann sagte er sanft: »Das tut mir wirklich leid, Lena.«

»Dir braucht gar nichts leidzutun. Du hast mit der Sache schließlich nichts am Hut.«

»Was dich betrifft, betrifft mich ab sofort genauso, mein Schatz.«

Wie bitte?

Ich riss die Augen auf und ließ vor Schreck beinahe mein Handy fallen.

Okay, dieser eine Satz war jetzt wirklich ein deutlicher Hinweis auf eine ernsthafte Beziehung. Ich musste etwas dazu sagen. Musste ihm zeigen, dass ich es auch wollte. Das erwartete er bestimmt von mir.

Na, dann sag doch endlich etwas!!!

Aber was?

»Das freut mich«, presste ich irgendwann hervor.

Was? Ich war doch wirklich so ein Riesendepp, … einfach unfassbar!

»Mich auch«, meinte Desiderio dazu.

Er klang amüsiert. Hoffentlich hatte er verstanden, was ich eigentlich damit sagen wollte. Ich biss mir auf die Zunge, um nicht noch mehr Schwachsinn von mir zu geben.

»Tut mir leid, aber ich muss wieder arbeiten. Du hast Frühdienst, oder? Dann sehen wir uns praktisch morgen nach der Visite. Ich kann es kaum erwarten, dich wieder zu sehen, auch wenn es nur kurz ist.«

»Ja, geht mir genauso.«

»Also dann, kleine Kriegerin, mach dir noch einen schönen Abend und träum von mir!«

»Das werde ich«, flüsterte ich noch, bevor mir eine unbekannte Frau erklärte, dass die Verbindung beendet wurde.

»Und wie ich von dir träumen werde, *mein Schatz*«, sagte ich zu der Automatenstimme und legte auf.

Kapitel 25

Der Montagmorgen war windig und verregnet. Ein kalter Herbsttag, wie er im Buche steht. Obwohl ich in dieser Nacht wieder kein Auge zugetan hatte, hüpfte ich mit ungewöhnlich guter Laune, die im krassen Gegensatz zu dem trübseligen Wetter stand, in die Notaufnahme.

Der Grund, warum ich nicht hatte schlafen können, war Frank gewesen. Vera hatte mir spät abends noch eine SMS geschrieben, in der sie erklärt hatte, es gehe ihm so weit gut und aus ihrer Sicht würden die Dinge bald schon wieder in Ordnung kommen. Obwohl mir in dieser Sache die Hände gebunden waren, zerbrach ich mir darüber den Kopf, ob sich Veras Zuversicht bewahrheiten würde oder ob ich in der Vergangenheit etwas hätte anders machen sollen.

Dass ich trotzdem himmelhochjauchzend zur Arbeit kam, lag natürlich an Desiderio. Die ganze Nacht hatte ich meine Nase an der Stelle vergraben, an der er in meinem Bett geschlafen hatte, und gierig seinen Geruch eingesogen, der immer noch leicht in den Laken hing. Dass ich dabei vermutlich aussah wie ein verrückter Klebstoffschnüffler, war mir herzlichst egal. Wenn man nach einem Geruch süchtig werden konnte, dann war ich es jetzt. Und ich stand dazu.

Als ich nun voller Vorfreude durch die Ambulanz schwebte, spähte ich aufgeregt in jedes Zimmer, in der Hoffnung, ihm zu begegnen. Er war nirgends zu entdecken, und ich wusste natürlich, dass die Ärztemannschaft um diese Zeit den Tag mit diversen Besprechungen und Visiten startete und er deshalb nicht da war. Trotzdem war ich ein bisschen enttäuscht.

In der Schwesternküche wurde ich von meinen Kollegen begrüßt, als wäre ich direkt aus einer Kriegsregion zurückgekehrt. Sandra hatte gute Arbeit geleistet und die Sache mit meinem Überfall war inzwischen bis in die hinterste Ecke des Krankenhauses vorgedrungen. Das hatte ich zwar beabsichtigt, als ich ihr davon erzählt hatte, aber meine Hoffnung, die erste Aufregung hätte sich dann bis zu meiner Rückkehr gelegt, erfüllte sich leider nicht.

Obwohl der Bluterguss an meiner Wange nur noch ein leichter Schatten war, taten alle so entsetzt, dass ich zwischendurch mein Spiegelbild kontrollierte, weil ich selber schon glaubte, dass das Veilchen wieder voll zurück war. Das war es Gott sei Dank nicht und ich fand das Getue meiner Kollegen langsam richtig albern.

»Bist du dir wirklich sicher, dass du schon arbeiten willst?«, fragte Sandra, inzwischen zum vierten Mal, nachdem sie auch noch meine Schnittverletzung am Arm begutachtet hatte.

So, jetzt reicht's!

Ich rollte demonstrativ mit den Augen und stellte meine Dieter-Tasse hart auf den Tisch.

»Sandra«, begann ich gepresst, »es ist alles in Ordnung. Mir geht es gut, sonst wäre ich nicht hier. Außerdem fällt mir zu Hause die Decke auf den Kopf, wenn ich noch länger herumgammeln muss. Der Alltag wird mir da bestimmt besser tun.«

Diese Erklärung leuchtete ihr tatsächlich ein und sie gab endlich Ruhe. Sie beschränkte sich zumindest auf mitleidsvolle Blicke, die ich gekonnt ignorierte. Das Schokocroissant, das sie mir zuschob, entschädigte mich schließlich. Manchmal durfte man sich ruhig bestechen lassen.

Ein wenig später huschten die ersten Ärzte durch die Notaufnahme, aber so sehr ich meinen Hals auch reckte, Desiderio konnte ich nirgends sehen. War er schon nach Hause gegangen? Aber er hatte gesagt, dass wir uns sehen würden! Und wenn er es vergessen hatte?

Quatsch, der kommt schon noch …

Meine Zuversicht schwand immer mehr, und als wir dann langsam die Arbeit in der Ambulanz aufnahmen, war ich schon beinahe am Boden zerstört. Ich rügte mich zwar selbst, dass ich komplett überreagierte, trotzdem hingen meine Schultern aber mit jeder Minute, die verstrich, immer weiter herunter.

Ich schlurfte gerade antriebslos am Arztzimmer vorbei, als mich jemand am rechten Arm packte und mit einem Ruck hineinzog. Überrascht entfuhr mir ein spitzer Schrei, doch ehe ich mich versah, wurde er von einem sanften Kuss erstickt.

»Guten Morgen«, flüsterte Desiderio, nachdem er sich von mir gelöst hatte.

Er strahlte mich mit seinen blauen Augen an und spielte zärtlich mit einer Haarsträhne, die sich aus meinem Zopf gelöst hatte. Ich lehnte an der Wand und sah fasziniert zu ihm auf.

Es war mir nach wie vor ein Rätsel, wie sich ein Mann derart stark auf meinen Körper auswirken konnte. Seine Ausstrahlung umhüllte mich wie eine Aura, und das verheißungsvolle Lächeln auf seinen Lippen ließ meine Knie wieder einmal kraftlos erzittern.

Es kostete mich einige Anstrengung, bis ich meinen Mund dazu bringen konnte, endlich zu sprechen.

»Ich dachte schon, du wärst nach Hause gegangen«, sagte ich leise und legte meine bebenden Hände auf seine Brust, um mich zu vergewissern, dass er wirklich vor mir stand und nicht nur ein Hirngespinst war. Erst als ich spürte, wie er ruhig atmete, und ich sogar seinen Herzschlag fühlen konnte, war ich mir vollkommen sicher, dass ich nicht träumte.

»Wie hätte ich gehen können, ohne dich gesehen zu haben? Ich habe die ganze Nacht auf dich gewartet, mein Schatz.«

Da war es wieder.

Mein Schatz …

Ich fand keine passenden Worte, darum küsste ich ihn einfach. Er antwortete sofort und drängte sich mir entgegen. Das war gut, denn eingeklemmt zwischen seinem Körper und der Wand hinter mir konnte ich wenigstens nicht umfallen, weil meine Beine sich nun vollends in Wackelpudding verwandelten.

Für einen Moment vergaßen wir beide, wo wir waren. Ich wusste sogar kurzzeitig nicht einmal mehr meinen eigenen Namen, so innig und leidenschaftlich waren seine Küsse. Erst als Reinmanns genervte Stimme vom Gang durch die geschlossene Tür zu uns durchdrang, ließen wir voneinander ab.

Eigentlich sprangen wir mehr oder weniger auseinander, weil wir beide befürchteten, der Oberarzt würde ins Arztzimmer stürmen.

Das tat er jedoch nicht. Gott sei Dank, denn unsere geröteten Gesichter sprachen Bände, sodass sogar Reinmann mit Sicherheit erkannt hätte, was hier gerade vor sich gegangen war.

Desiderio und ich waren somit stillschweigend zu der Übereinkunft gekommen, das Krankenhaus sollte von unserer Liebelei nichts erfahren. Zumindest jetzt noch nicht. Irgendwie erleichterte mich das.

Verlegen rückte ich mein Oberteil zurecht und strich mir die Haare aus der Stirn. »Puh!«

»Ich würde sagen, wir setzen das später fort«, grinste er verschmitzt.

»Ja, wird wohl das Beste sein.«

»Kommst du nach der Arbeit zu mir?«

»Sehr gerne.«

Bei dem Gedanken daran, was wir bei ihm zu Hause alles anstellen könnten, kam ich direkt ins Schwitzen.

»Hast du meine Adresse noch?«, fragte er.

»Hm, ich glaube schon«, meinte ich langsam, obwohl ich sie natürlich noch hatte. Um genau zu sein, lag seine handgeschriebene Nachricht nämlich wohlbehütet in meinem Nachtkästchen. Ich war zwar keine Romantikerin, aber den Brief hätte ich niemals wegwerfen können. Außerdem kannte ich die Adresse längst auswendig.

»Okay. Ich freu mich schon.« Er stupste mir mit dem Zeigefinger auf die Nase und schlüpfte aus der Tür.

Was? Kein Abschiedskuss?

Na, es war wahrscheinlich besser so, denn wenn er mich noch einmal so geküsst hätte wie eben, dann hätte ich ihm wohl seine Klamotten vom Leib reißen müssen.

Ich wartete noch einen Augenblick, dann entschwebte ich dem Arztzimmer mit kribbelndem Bauch und einem verzückten Grinsen im Gesicht.

Das mit dem Arbeiten stellte mich vor eine große Aufgabe. Ich war unkonzentriert und sah öfter auf die Uhr als auf meine Patienten. Sandra verkannte natürlich die Ursache für mein Verhalten und fragte mich beinahe stündlich, ob es mir denn wirklich gut gehe.

Als sie gegen Mittag irgendetwas von einem Seelsorger erzählte, packte ich ein paar Blutproben und floh eilig ins Labor. Obwohl das sonst nicht meine Art war, ließ ich mir viel Zeit auf meinem Weg dorthin. Meine Gangart konnte man fast schon als Schlendern bezeichnen.

Weil ich eben so langsam unterwegs war, schnappte ich ein Gespräch zwischen der dummen Steffi und einer mir unbekannten Kollegin auf. Sie standen im Flur um die Ecke, vermutlich vor dem großen Snackautomaten, und plauderten miteinander. Eigentlich interessierte es mich ja herzlich wenig, was die Plastikkuh zu vermelden hatte, aber als ein bestimmter Name fiel, blieb ich automatisch stehen und spitzte die Ohren.

»Wie geht's denn mit DiCastello voran?«, fragte Schwester Unbekannt.

Steffi kicherte. »Oh, also weißt du, ich habe ihn am Samstag getroffen …«

Bitte was?

»Wirklich? Und? Ist was gelaufen?«, wollte die andere Schnepfe wissen.

Ich hielt den Atem an.

»Noch nicht«, meinte Steffi und senkte verschwörerisch die Stimme, »aber wir haben geflirtet, das glaubst du nicht!«

Nein, das glaubst du nicht!

Ich konnte es nämlich auch nicht glauben. Sie haben geflirtet? Er war doch auf einer Geburtstagsparty? Meine Finger verkrampften sich und drohten, die Blutproben zu zerdrücken.

Die beiden Weiber bekamen von meiner Krise nichts mit, darum flötete Steffi unbeschwert weiter: »Er ist ja so charmant! Ich kann es gar nicht mehr erwarten, ihn mir endlich zu krallen.«

»Ihr wärt wirklich ein tolles Paar«, schleimte die Unbekannte.

Die Plastikröhrchen in meiner Hand knacksten bedenklich.

»Ja, wir passen echt gut zusammen. Zwischen uns knistert es ganz gewaltig. Gestern habe ich ihn in meiner Spätschicht in der Ambulanz besucht. Wir haben zusammen einen Kaffee getrunken und er hat sich sehr über meinen Besuch gefreut, das habe ich deutlich gemerkt.«

Kaffee. Zusammen. Gestern?

Für mich konnte er gerade mal drei Minuten Telefonat erübrigen, weil er ja so im Stress war, aber für diese blöde Kuh nahm er sich Zeit für einen Kaffee???

Und was sollte das mit dem Knistern?

Mein Kopf schwirrte und mir lief es gleichzeitig heiß und kalt den Rücken hinunter.

Er war am Samstag auf keiner Geburtstagsparty gewesen. Nein, er hatte sich mit Steffi getroffen und sie umgarnt.

Ich öffnete meine Faust und starrte auf die Blutröhrchen. Dass die Plastikkuh und ihre Freundin gackernd an mir vorbeigingen, bemerkte ich nur am Rande.

Hatte Desiderio sich wirklich ein nächstes Opfer für seine unwiderstehlichen Charmeurspielchen gesucht? Sollte ich doch recht behalten mit meiner ersten Einschätzung seines Wesens?

Einzig der Umstand, dass wir noch keinen Sex hatten und er deshalb ja sein Ziel gewissermaßen noch nicht erreicht hatte, passte nicht ganz zu der Geschichte.

Dieser Fakt war der einzige, der mein Herz vor dem sofortigen Zerspringen bewahrte. Steffis Worte verwirrten mich so sehr, dass ich plötzlich gar nichts mehr fühlte. Ich war nicht enttäuscht oder sauer oder sonst irgendwas. Ich wollte nur wissen, was an der Sache dran war. Ich musste Desiderio zur Rede stellen, bevor ich explodieren konnte.

Die letzten Stunden meiner Schicht arbeitete ich mechanisch vor mich hin, wie ein Roboter. Mein starrer Blick verunsicherte meine Patienten zwar, aber mir war das egal.

Erst als ich meinen Ford vor einem großen Haus in der Siedlung parkte, die allgemein als das Bonzenviertel Wollbachs bezeichnet wurde, begann sich ein ungutes Gefühl in mir auszubreiten.

Ich bekam Angst.

Angst davor, dass Desiderio mich verarscht hatte.

Angst davor, dass ich schon wieder einen großen Fehler begangen hatte.

Langsam schritt ich auf das beeindruckende Einfamilienhaus zu. Der Vorgarten wirkte sehr gepflegt und ich fragte mich kurz, wer sich wohl um den Rasen kümmern würde. Vermutlich hatte er einen Gärtner angestellt. Neben der einladenden Eingangstür waren Säcke mit Kalkputz gestapelt. Ich erinnerte mich daran, dass Desiderio einmal erwähnt hatte, er würde renovieren.

Die damalige Szene vor dem Baumarkt kam mir wieder in den Sinn.

Ich fröstelte, was nicht unbedingt an dem kalten Herbstwetter lag, und drückte mit bebenden Fingern auf die Klingel. Der Summer ertönte und ich öffnete die Tür.

Desiderio war nirgends zu sehen, darum trat ich zögernd in den breiten Flur. Überall lagen Werkzeuge und Renovierungsmaterial herum.

Ich kam mir ein wenig vor wie bestellt und nicht abgeholt, als endlich Desiderios Stimme aus dem oberen Stockwerk ertönte: »Lena?«

»Ja?«

Wen hatte er denn sonst erwartet? Plastik-Steffi?

»Hey! Ich bin gleich bei dir. Komm einfach rein und mach's dir irgendwo gemütlich!«

Obwohl ich mich ziemlich unwohl in dem großen, fremden Haus fühlte, kam ich seiner Aufforderung nach und schloss leise die Eingangstür hinter mir. Weil ich mir ein wenig wie ein Eindringling vorkam, wanderte ich einfach in das erstbeste Zimmer, das mir unterkam.

Es war ein Esszimmer. Groß und hell und sehr elegant eingerichtet. Es roch nach neuen Möbeln und frischer Wandfarbe. Neugierig sah ich mich um und entdeckte einen wunderschönen, offenen Kamin. Darüber hing *Die Frau am Fenster*.

Ich betrachtete die Zeichnung mit gemischten Gefühlen. Es war schon lange her, dass ich sie gesehen hatte. Sie war mir gleichzeitig fremd und doch so vertraut, als wäre sie ein Teil von mir.

»Wow, du siehst gerade genauso aus wie auf dem Bild«, hörte ich plötzlich Desiderio hinter mir sagen.

Erschrocken fuhr ich herum. War er die Treppe hinuntergeflogen, oder was?

»Genauso wunderschön«, meinte er liebevoll und kam auf mich zu.

Schnell verschränkte ich die Arme und wich mit eisigem Blick vor ihm zurück.

»Wo warst du am Samstag?«, fragte ich mit ausdrucksloser Stimme.

Desiderio hielt verwundert inne. »Bei der Geburtstagsfeier, das weißt du doch.«

»Aha. Und Steffi war auch eingeladen?«

»Was? Nein, wir …«

Ich unterbrach ihn barsch. »Wie kommt es dann, dass du am Samstag mit ihr *geflirtet* hast?«

»Geflirtet?« Er runzelte die Stirn. Dann stöhnte er erkennend auf. »Oh mein Gott, hat sie das etwa gesagt?«

Ich verzichtete auf eine Antwort und sah ihn nur abschätzig an.

»Lena, das glaubst du doch wohl nicht wirklich?«

»Momentan weiß ich nicht so recht, was ich glauben soll«, fuhr ich ihn an.

Desiderio fuhr sich durch die Haare. »Okay, hör zu. Die Feier war im Goose. Zu meinem Leidwesen war Steffi zu späterer Stunde auch anwesend. Das, was sie als Flirten bezeichnet, war eigentlich eher so, dass sie mir ein Ohr abgekaut hat, während ich eigentlich nur mit meinen Freunden abhängen wollte. Du weißt doch genau, wie penetrant sie ist. Weil ich sie nicht abwimmeln konnte, bin ich schließlich nach Hause gefahren.«

»So, und zu deinem Leidwesen musstest du am nächsten Tag noch mit ihr Kaffee trinken?«

»Ja, sag mal, was hat sie dir eigentlich für einen Stuss erzählt? Ich habe sie gestern nur ganz kurz gesehen, als sie mir wieder irgendwelche ominösen Briefe zum Unterschreiben gebracht hat. Dabei hatte ich tatsächlich eine Tasse Kaffee in der Hand, aber das war's dann auch schon!«

Seine Stimme war inzwischen laut geworden, was ich mit einer erhobenen Augenbraue missbilligend zur Kenntnis nahm.

»Wenn's das wirklich schon gewesen ist, warum regst du dich dann so auf?«

»Warum ich mich … Herrgott, Lena! Du kommst hierher und unterstellst mir irgendwelchen Unsinn, den eine dumme Ziege herumerzählt, und wunderst dich dann, dass mich das aufregt? Ich hatte eigentlich gehofft, dein Vertrauen zu mir wäre inzwischen gefestigt, aber da habe ich mich wohl geirrt«, stieß er bitter hervor.

Drehte er jetzt den Spieß um, oder was?

Leider schaffte er es tatsächlich, mir mit seinem enttäuschten Gesicht ein schlechtes Gewissen zu bereiten und mich damit völlig aus dem Konzept zu bringen. Ich wich seinem Blick aus und spielte nervös mit meinem Schlüsselbund, obwohl mir das Geklimper selber auf die Nerven ging. Desiderio sah mich die ganze Zeit über schweigend an und wartete darauf, dass ich endlich etwas sagte.

»Tut mir leid«, murmelte ich schließlich.

Er kam zu mir und hielt meine Hände fest. Die plötzlich eingetretene Ruhe war beinahe ein wenig unheimlich.

»Ich verstehe gar nicht, wie du eine solche Tussi als ernsthafte Konkurrentin ansehen kannst«, sagte er ruhig. »Sie spielt bei Weitem nicht in deiner Liga und selbst wenn, wäre mir das egal. Für mich gibt es nur dich.«

Seine Worte gingen runter wie Öl. Desiderio wusste ganz genau, wie er mich zum Schmelzen bringen konnte, und das ärgerte mich. Trotzdem ließ ich es geschehen, weil ich gar nicht anders konnte; und obwohl ich genau wusste, dass mir das den Rest geben würde, hob ich den Kopf. Sofort nahmen mich seine Augen gefangen und ließen mich mein gesamtes Misstrauen vergessen.

Dieser verdammte Italiener hat dich voll im Griff, Lena!

Oh ja, das hatte er.

Er hatte vollständig die Kontrolle über mich übernommen, und dieses Gefühl war beängstigend und aufregend zugleich.

»Soll ich dir das Haus zeigen?«

Ich nickte eifrig. »Sehr gerne.«

Sein Vorschlag kam mir sehr gelegen, um von meiner Hysterie abzulenken. Langsam kam ich mir mit meinen Vorwürfen nämlich richtig dämlich vor. Außerdem war ich natürlich neugierig und gespannt darauf zu erfahren, wie Desiderio wohnte.

Zeig mir, wie du wohnst, und ich sag dir, wer du bist.

Ja, an diesem Spruch war durchaus etwas Wahres dran.

Fachmännisch analysierte ich das Esszimmer. Gerade Linien, klare Formen, die Möbel modern und alles in Schwarz-Weiß gehalten … Okay, okay. Ich hatte keine Ahnung, was mir das nun über Desiderio mitteilen sollte, schließlich hatte ich kein Psychologiestudium absolviert. Ich wusste nur, dass er für einen Mann erstaunlich viel Geschmack bewies. Vorausgesetzt es stimmte wirklich, dass er hier alles selber eingerichtet hatte. Zumindest beteuerte er mir dies mehrmals.

Er führte mich nach nebenan in die Küche, die wahrscheinlich größer war als meine gesamte Wohnung und mit Sicherheit mehr wert. Auch hier war die Einrichtung hochmodern und kantig, was zwar absolut nicht mein Fall war, mich aber trotzdem gehörig beeindruckte. Die hohen Fronten der Küchenzeile strahlten in hochglänzendem Weinrot, welches hervorragend zu der pechschwarzen Arbeitsplatte passte.

»Hast du eigentlich eine Putzfrau?«, wollte ich wissen und betrachtete staunend den vollintegrierten Kaffeeautomaten.

»Ja. Wieso?«

Ich presste meine Hand auf eine der glatten Fronten. Als ich sie wieder wegzog, blieb ein Eins-a-Abdruck daran haften. »Darum.«

»Hm, vielleicht solltest du dir öfter die Hände waschen?«, merkte er an und fing sich dafür einen sanften Boxhieb ein.

Unser Rundgang ging weiter.

»Hier ist die Vorratskammer, das ist der Hauswirtschaftsraum«, erklärte Desiderio und ließ mich überall kurz hineinspähen. »Toilette. Das hier soll einmal ein Bad werden, wenn ich irgendwann mal dazu komme, Fliesen auszusuchen.«

Oh, da könnte ich doch vielleicht behilflich sein?

Weil ich nicht aufdringlich sein wollte, sagte ich erst einmal nichts und beschränkte mich darauf, zu staunen und immer wieder Oh! und Ah! von mir zu geben. Das fiel mir nicht schwer, denn das Haus war wirklich unglaublich toll.

»Der Flur ist übrigens auch noch nicht fertig.«

»Ach, wieso? Ich finde die ganzen Farbkübel und Pinsel ganz dekorativ«, scherzte ich.

»Ja, hat nicht jeder, was? Na ja, das hier ist der letzte Raum im Erdgeschoss. Das Wohnzimmer. Hier geht es auch raus in den Garten.«

»Wahnsinn!«

Das war nicht übertrieben. Der Raum war nicht nur riesig, er war gigantisch. Die eine Seite bestand komplett aus einer Fensterfront, sodass es trotz des düsteren Regenwetters erstaunlich hell in dem Wohnzimmer war. Eleganz und Modernität setzten auch hier die Maßstäbe. Die vorherrschenden Farben waren Beige und Grau, was den abgegrenzten Formen der Einrichtung ihre Kühle nahm, und spätestens wenn ein Feuer in dem breiten Schwedenofen in der Ecke brannte, würde man sich hier bestimmt wohlig entspannen können. Am meisten beeindruckte mich aber die deckenhohe Bibliothek, die eine ganze Wand einnahm und bis auf den letzten Zentimeter mit Büchern bestückt war. Es gab sogar eine Leiter zum Hin- und Herschieben. Wirklich fantastisch! Fasziniert schritt ich das Regal ab und ließ meinen Blick über die Lektüre gleiten. Von Klassik bis Neuzeit war alles dabei. Und da stand tatsächlich fein säuberlich einsortiert die Biss-Reihe. Grinsend tippte ich darauf und Desiderio zuckte unschuldig mit den Schultern.

Ich ging weiter und blickte durch die Fensterfront. Spätestens jetzt war ich hin und weg.

»Himmel, die Terrasse ist ja riesig! Und der Garten erst!«, rief ich und presste meine Nase gegen die Scheibe, um auch ja alles zu sehen. »Was ist das? Ist das ein Pool?«

»Ja.« Er trat neben mich und legte mir eine Hand auf den Rücken. »Das Wasser ist übrigens beheizt. Und bevor ich's vergesse – ein Whirlpool ist auch dabei.«

Verblüfft und entzückt zugleich starrte ich ihn an.

Desiderio machte keinen Hehl daraus, dass er stolz auf sein Zuhause war. Es wirkte zwar schon ein wenig eingebildet, aber ich konnte es ihm kaum verübeln, dass er mit seinem Luxusdomizil ein wenig angeben wollte. Wenn er mich damit beeindrucken wollte, dann hatte er dies eindeutig geschafft.

»Das Wasser ist beheizt? So richtig? Also, man kann auch im Winter darin baden?«

Er lächelte als Antwort.

Heilige Scheiße, diese Stromrechnung würde ich ja gerne mal sehen. Der Betrag würde mir wahrscheinlich auf der Stelle die Schuhe ausziehen!

»Ähm, Desiderio, ich möchte jetzt nicht indiskret sein, aber wie kannst du dir das alles leisten? Ich meine, du verdienst als junger Arzt bestimmt nicht schlecht, aber sooo viel?«

»Du bist nicht indiskret. Natürlich hast du recht, mit meinem Gehalt als Arzt würde das nicht funktionieren. Ich muss zugeben, dass ich mich hier auf das Erbe meines Großvaters stütze.«

»Ich dachte, der war Schlosser«, erinnerte ich ihn feixend.

»Ja, mein deutscher Großvater, der war Schlosser. Die Finanzspritze stammt von der italienischen Seite.«

»Mein Gott!« Ich riss die Augen auf und fragte leise: »Mafia?«

»Was? Nein. Bist du verrückt?«, rief er lachend. »Mein Großvater war Geschäftsführer einer der führenden Banken Italiens.«

»Also doch Mafia«, witzelte ich ausgelassen, obwohl ich ein wenig erleichtert war. Während meiner Italienexkursion hatte ich so viele Horrorgeschichten über die Cosa Nostra gehört, dass ich sie fürchten gelernt hatte, ohne jemals etwas damit zu tun gehabt zu haben.

»Vielleicht ein bisschen«, meinte Desiderio und hauchte mir einen Kuss auf die Stirn. »Im Obergeschoss herrscht zwar vorwiegend Chaos, aber wenn du möchtest, zeige ich es dir.«

»Natürlich möchte ich.«

Ja, was war das denn für eine Frage? Das wichtigste Zimmer fehlte schließlich noch!

Ich folgte Desiderio die Treppe hinauf, die Augen dabei entzückt auf seinen Hintern gerichtet. Als wir viel zu schnell oben angelangten, war ich fast ein wenig enttäuscht.

Doch der Blick ins Badezimmer entschädigte mich rasch.

Was für eine Wellness-Oase! Zwei Waschbecken, Megabadewanne mit Massagedüsen, Regenwalddusche, Infrarotkabine …

Ich reagierte wie jede normale Frau und war fix und fertig. Am liebsten hätte ich mich sogleich meiner Kleidung entledigt und erst einmal ein entspannendes Schaumbad genommen.

Desiderio lenkte mich sanft wieder hinaus und den Flur entlang. Wir kamen an drei leer stehenden Räumen vorbei, bis wir endlich bei seinem Schlafzimmer angelangten. Er öffnete die Tür und ließ mich eintreten.

Und mir stand vor Überraschung der Mund offen.

Der Raum unterschied sich ganz und gar vom Rest des Hauses, ja bildete sogar ein extremes Gegenteil dazu.

Die Einrichtung im Toskana-Stil, mit vielen warmen Brauntönen und dunklem Holz, und vor allem das gewaltige Himmelbett, das mit einem durchscheinenden, weißen Stoff bespannt war, wollten so gar nicht zu der übrigen modernen und schlichten Möblierung passen.

»Das ist dein Schlafzimmer?«, fragte ich ungläubig.

»Ja?« Er wusste meine Frage nicht so recht zu deuten.

»Willst du hier auch noch renovieren?«

»Das ist alles ganz neu! Gefällt es dir nicht?«

»Doch, doch«, sagte ich schnell. »Es ist nur so … anders.«

Er sah mich verständnislos an. »Wie meinst du das?«

»Also, es ist ganz anders als der Rest des Hauses«, versuchte ich zu erklären. »Vom Stil her, meine ich.«

»Ja, das stimmt. Also gefällt es dir nicht?«

»Es ist wunderschön«, schwärmte ich ehrlich und sah mich nochmals um. »Wie kannst du nur jeden Morgen aufstehen? Ich meine, wenn ich da einmal drin läge, würde ich wahrscheinlich nie wieder hinaus wollen, so gemütlich sieht das Bett aus.«

Desiderio senkte spitzbübisch den Kopf. »Das hört sich vielversprechend an.«

»Oh! Also soo habe ich das jetzt aber nicht gemeint!«, rief ich und wich vorsichtshalber ein kleines Stück vor ihm zurück.

»Hm, ich würde das trotzdem gerne mal ausprobieren.«

»Ähm, ja. Das können wir … Aaaaah!«

Mit einem einzigen Schritt war er bei mir und ehe ich mich versah, lag ich quer auf dem Bett und Desiderio über mir. Noch bevor ich überhaupt daran denken konnte zu protestieren, bedeckte er mich mit zärtlichen Küssen, die sofort jegliche Gegenwehr erschlaffen ließen.

Mmh, seine Lippen waren so weich und seine Haut so glatt und seine Muskeln so hart und …

Ich war besessen von ihm.

Immer näher drückte ich mich an ihn, bog mich ihm entgegen und forderte mehr. Er folgte meinem Drängen und schob langsam mein Shirt nach oben. Viel zu langsam! Ich atmete schwer und hob die Arme, damit er mir endlich das Kleidungsstück über den Kopf zog.

Er tat es und hielt kurz inne, um mich wie ein kostbares Geschenk zu betrachten. Mein ganzer Körper kribbelte vor Erregung, als er, ohne den Blick von mir zu nehmen, sein Hemd aufknöpfte und abstreifte.

Mein Gott!

Beinahe andächtig streckte ich die Finger nach ihm aus und fuhr fasziniert die Linien seiner Muskulatur entlang. Er erschauderte leicht und senkte sich wieder herab, um mich zu küssen. Ich schlang Arme und Beine um ihn, krallte mich an ihm fest und genoss die Wärme seiner Hände, die vorsichtig meinen Körper erforschten.

Desiderio wanderte mit seinen Lippen immer weiter hinunter. Küsste meinen Hals, meine Schultern, meine Brust, … einfach alles. Ich streckte mich mit einem Stöhnen und genoss seine Berührungen.

Lena! Was zur Hölle soll das werden?

Na ja, nach was sah es denn aus?

Ich würde meinem Verlangen, würde *ihm* nachgeben und mit ihm schlafen. Das war das Einzige, das ich in diesem Moment wollte.

Ist das wirklich richtig, was du da gerade tust?

War es das nicht? Aber wie konnte sich etwas Falsches denn derart gut anfühlen?

Hormone …

Okay, mein Verstand hatte natürlich recht. Solange dieses kleine Stückchen Misstrauen noch in mir schlummerte, auch wenn es noch so winzig war, sollte ich diesen Schritt noch hinauszögern.

Wir mussten aufhören.

Jetzt gleich.

Bevor es zu spät war.

Aufhören!

Ich konnte nicht. Mein Körper wollte einfach nicht auf mich hören. Die Flammen der Leidenschaft wüteten bereits zu sehr und hatten mich in ihrer Macht.

Desiderios Hand öffnete den Knopf meiner Hose und ich ließ ihn bebend gewähren.

Mein Handy klingelte.

Ich riss die Augen auf und blinzelte in den weißen Baldachin des Himmelbettes. Mir war, als würde ich aus einer Art Trance aufwachen, und ich brauchte tatsächlich einen Moment zur Orientierung.

Was, zur Hölle, machte ich hier gerade?

»Mein Handy!«, keuchte ich.

»Lass es doch«, meinte Desiderio mit einem kessen Lächeln und zog langsam den Reißverschluss meiner Jeans auf.

»Nein, ich … ich muss schnell gucken, wer das ist«, brabbelte ich und grapschte hektisch nach dem Telefon in meiner Hosentasche.

Desiderio versuchte zwar, seine Enttäuschung zu verbergen, doch das wollte ihm nicht ganz gelingen. Er setzte sich auf und wartete schweigend ab, bis ich endlich das Handy herausgepfriemelt hatte und einen Blick auf das Display warf.

»Polizeistation Wollbach«, las ich vor und richtete mich überrascht auf.

»Na, los. Geh ran«, forderte er mich auf.

Ich tat es und lauschte schweigend dem, was Polizeiwachtmeister Niederhuber zu sagen hatte. Mit blassem Gesicht legte ich auf und sah Desiderio an.

»Sie haben ihn.«

Kapitel 26

Keine Viertelstunde später kamen wir in der Polizeistation an. Ich hatte die ganze Zeit über geschwiegen, weil ich keine Ahnung hatte, wie ich auf Schlangentattoo reagieren würde. Die letzten zwei Wochen hatte ich es erfolgreich geschafft, die Szenen des Überfalls aus meinem Kopf zu verdrängen, doch nun drohten sie, mich wieder einzuholen.

Meine Hilflosigkeit, wie er mich ausgelacht hatte, sein stinkender Atem, das Messer vor meinen Augen …

Das alles kam wieder in mir hoch, und zwar so detailliert, als wäre es gerade erst gestern gewesen.

Mir war schlecht und schwindlig, und ich versuchte, dies alles mit einem ausdruckslosen Gesicht zu überspielen. Desiderios rechte Hand ruhte die ganze Zeit über zwischen meinen Schulterblättern, und so lenkte er mich sanft durch die Räumlichkeiten der Wache, bis wir vor Niederhubers Schreibtisch saßen. Binnen Sekunden standen zwei dampfende Tassen Kaffee vor uns.

»Also, Frau Berger«, begann der Polizist fröhlich, »wir haben den Kerl gefasst. Das freut Sie bestimmt zu hören, gell?«

Ich nickte schwach.

»Er wurde bei einem Autodiebstahl gefasst und seine Fingerabdrücke sind mit denen auf der Tatwaffe identisch. Trotzdem müssen Sie ihn halt noch identifizieren. Reine Formsache.« Er winkte ab und ich schluckte schwer. »Ich hab' hier ein paar Fotos. Unser Kriminalzeichner hat wirklich ganze Arbeit geleistet, der Typ schaut haargenau so aus wie das Phantombild. Aber wie gesagt, ich brauche offiziell noch Ihre Bestätigung. Und Ihre auch, Herr Doktor.«

Niederhuber schob mir eine Aktenmappe zu. Verwirrt blinzelte ich darauf.

»Er ist nicht hier?«, vergewisserte ich mich erleichtert.

»Nein, nein. Der sitzt bei den Kollegen aus Traunstein in Untersuchungshaft. Da kommt er nämlich her, der Bursche, und dort wollte er auch das Auto klauen. Dass er damit in den Graben rast, hat er wohl nicht mit einberechnet, höhöhö.«

Ich erwiderte das Lachen gequält und griff ein wenig zögernd nach der Akte.

Desiderio legte mitfühlend seine Hand auf meinen Oberschenkel.

Mit tauben Fingern klappte ich das Deckblatt zur Seite und sog leise die Luft ein.

Das war er. Eindeutig.

Genauso hässlich und mit demselben irren Blick, wie ich ihn in Erinnerung hatte. An seiner Augenbraue leuchtete eine frische, hellrote Narbe. Mit grimmiger Schadenfreude nahm ich es zur Kenntnis.

Während ich noch auf das Foto starrte, erzählte Niederhuber beschwingt über Schlangentattoo: »Albert S., achtundzwanzig Jahre, arbeitslos. Treibt wohl schon länger sein Unwesen, denn wir können bereits jetzt eine Serie von Autodiebstählen und Einbrüchen auf ihn zurückführen. Außerdem konnten wir ihn mittels seiner DNA mit zwei Vergewaltigungen in Verbindung bringen. Gott sei Dank haben wir den Kerl, wer weiß, was der noch alles angerichtet hätte! Der wird jetzt einige Zeit hinter schwedischen Gardinen verbringen, das ist klar!«

Ich wandte meinen Blick angewidert von dem Bild ab und reichte es Desiderio.

»Das ist er«, sagte ich zu Niederhuber.

Zwei Vergewaltigungen? Ich hatte mich also nicht geirrt mit meiner Vermutung, dass er so etwas nicht zum ersten Mal getan hatte.

Schon alleine das Foto hatte ausgereicht, um mir einen Schauer der Angst über den Rücken zu jagen. Wie hätte ich dann erst reagiert, wenn ich ihm direkt gegenübergestanden hätte? Entweder ich wäre davongelaufen oder ich hätte ihm die Eier abgerissen.

Desiderio bestätigte unterdessen ebenfalls, dass es sich hierbei um den Täter handelte. Da ich mich wieder in Schweigen hüllte, übernahm er das weitere Gespräch mit dem Polizeiwachtmeister.

»Wie geht es jetzt weiter?«, fragte er.

»Sie sollten beide einen Anwalt aufsuchen, der Sie in der Gerichtsverhandlung vertreten soll. Alles Weitere wird der dann übernehmen. Keine Sorge, Kosten werden in diesem Fall keine auf Sie zukommen, weil die Sachlage ja klar ist. Aber ohne Verhandlung geht's eben nicht. So schreibt's halt das Gesetz vor, und irgendwer muss sich ja daran halten, nicht wahr? Höhö.«

Irgendwie konnte ich heute so gar nichts mit Niederhubers Fröhlichkeit anfangen. Mir erschien die gesamte Situation auf einmal nahezu grotesk. Ich saß hier vor einem frohlockenden Polizisten und baldigst musste ich mir einen Anwalt suchen? Galt das wirklich mir? Gab es in Wollbach eigentlich einen Anwalt? Kein normaler Mensch brauchte doch hier so einen Advokaten, oder? Und was für ein Auto wollte dieser Albert denn eigentlich klauen?

»Haben wir dann alles?«, wollte Desiderio wissen. Beruhigend streichelte er mein Bein, als er das leichte Zittern bemerkte, das mich allmählich erfasste.

»Ja, also …«, begann Niederhuber.

»Wie kann jemand mit diesem Namen so ein Arschloch werden?«, entfuhr es mir plötzlich. »Ich meine – Albert? Das gibt's doch nicht, oder?« Ich kicherte und sah den Polizisten an. »Haben Sie schon einmal einen Albert verhaftet?«

Niederhuber spielte ein wenig ratlos mit einem Kugelschreiber. »Also, ich …«

»Wir werden jetzt gehen«, unterbrach Desiderio ihn bestimmt.

»Natürlich. Wenn Sie etwas brauchen, dann können Sie sich jederzeit melden«, sagte der Polizeiwachtmeister schnell mit einem argwöhnischen Seitenblick auf mein erheitertes Gesicht.

Desiderio umfasste meinen Ellbogen und zog mich mit leichtem Nachdruck in die Höhe. Ich folgte ihm automatisch, während ich leise vor mich hin gluckste.

»Ist das zu fassen? Albert!«, gackerte ich irrsinnig, als wir auf den schwarzen Alfa zugingen.

Ich erwartete keine Antwort und erhielt auch keine.

Auf dem Weg zurück in die Bonzensiedlung wurde mein Gekicher allmählich ruhiger. Die meiste Zeit über schüttelte ich nur fassungslos den Kopf und knackte mit meinen Fingerknöcheln.

Eine leise Stimme in mir erklärte, dass ich gerade einen Nervenzusammenbruch erlitt.

Seltsame Sache, so eine totale Hirnabschaltung …

Desiderio sprach die ganze Zeit über kein Wort und lotste mich nur schweigend in sein Haus. Er platzierte mich auf der riesigen Couch, setzte sich neben mich und wartete.

Keine Ahnung, wie lange wir so dasaßen, aber irgendwann war es dann so weit. Die von mir verdrängten Emotionen brachen wie Lava aus dem Vulkan meines Herzens heraus.

Wut, Hass und vor allem Erleichterung ließen mich schluchzend zusammenbrechen. Erst jetzt wurde mir klar, wie sehr es mir zu schaffen gemacht hatte, dass der Täter bis jetzt auf freiem Fuß gewesen war.

Desiderio fing mich auf und tröstete mich, indem er einfach nur da war. Ich klammerte mich dankbar an ihm fest und ließ den Dingen ihren Lauf.

Es tat so gut, einfach einmal loszulassen.

Ich weinte und heulte lange, bis ich mir immer wieder sagte: Jetzt ist alles gut. Er kann dir nichts mehr tun.

Langsam wurde aus dem tiefen Schluchzen ein verhaltenes Schniefen. Ich richtete mich auf und wischte mir unbeholfen über das Gesicht. Desiderio zauberte von irgendwo ein Taschentuch her und reichte es mir.

»Danke«, murmelte ich erstickt und befreite mein Antlitz so gut es ging von den Spuren meines Ausbruchs. »Tut mir leid.«

Er legte seinen Kopf auf die Rückenlehne der Couch und sah mich an. »Sag mir, Lena. Was genau tut dir jetzt leid?«

»Hm?«

»Wieso tut es dir immer leid, wenn du einfach nur reagierst, wie jeder andere Mensch auch reagieren würde?«

Ich nestelte ein wenig überfragt an den Rändern des zerknüllten Taschentuchs herum.

»Keine Ahnung«, antwortete ich schließlich. Ich fand einen Fussel auf meinem Knie und schnippte ihn herunter. »Ich weiß es ehrlich nicht.«

»Du bist wirklich der faszinierendste Mensch, der mir je begegnet ist«, sagte er ernst.

Mein Bauch begann zu kribbeln, obwohl ich nicht direkt wusste, ob ich das nun als Kompliment auffassen sollte oder ob ich mich eher als eine Laune der Natur betrachten musste.

»Wie spät ist es eigentlich?«, fragte ich, obwohl das im Grunde vollkommen unwichtig war. Mir war nur mal wieder nichts Besseres eingefallen.

Desiderio sah auf seine Armbanduhr. »Kurz nach sieben. Hast du Hunger?«

Ich lauschte kurz auf meinen Magen, der mir sogleich mit einem leichten Ziehen antwortete.

»Ja.«

»Okay. Komm mit, wir schauen mal, was der Kühlschrank so hergibt.«

Er nahm mich bei der Hand und ich tapste ihm hinterher in die Küche. Irgendwie fühlte ich mich, als wäre ich urplötzlich zehn Kilo leichter, so schwer hatten meine verdrängten Ängste auf meinen Schultern gelastet. Schlangentattoo war hinter Gittern. Er würde für seine Tat büßen. Jetzt verlief alles wieder in geordneten Bahnen.

Schnell stellten Desiderio und ich fest, dass der Kühlschrank rein gar nichts zum Hergeben hatte. Eigentlich beruhigte mich das fast schon ein wenig. Das war nämlich bisher der einzige Fakt in diesem Haus, der auf einen männlichen Single-Haushalt deutete. Wäre jetzt hier alles proppenvoll mit gesunden und frischen Lebensmitteln gewesen, hätte ich mich wirklich fragen müssen, ob Desiderio nicht irgendwo eine Familie versteckt hielt.

»Na gut, irgendwie hatte ich den anders in Erinnerung«, meinte Desiderio ein wenig verlegen und kratzte sich am Kopf.

Ich betrachtete schmunzelnd die Erdbeermarmelade und das Sixpack Bier. Nein, daraus ließ sich beim besten Willen kein Sterne-Menü zaubern. »Hast du keine Essiggurken? Die würden prima dazu passen.«

Er versuchte, mich böse anzusehen, was ihm jedoch nicht ganz gelang. Lachend schloss ich die Kühlschranktür, während er eilig aus der Küche verschwand.

Was hatte er denn jetzt vor?

Ich hörte lautes Geklapper und kurz darauf kehrte Desiderio mit einem ganzen Berg an Tiefkühlkost zurück. Stolz breitete er seine Beute auf dem Küchentresen aus. »Sooo, nicht übel, was? Such dir was aus!«

Langsam ließ ich meinen Blick über die aufgereihten Verpackungen gleiten. Chicken Wings, Pommes, Frühlingsrollen, gefüllte Kartoffelpuffer, Fertig-Lasagne, … ein wahres Fast-Food-Paradies!

Stirnrunzelnd sah ich zu Desiderio auf. »Wie, aussuchen? Sieht doch wie eine anständige Portion aus, oder?«

Für einen Moment war er sich nicht sicher, ob ich das gerade nicht doch ernst gemeint hatte, und blickte mich ein bisschen entsetzt an.

Ich seufzte übertrieben. Dann trennte ich gespielt ergeben die Chicken Wings und Pommes vom Rest der Herde ab. »Das sollte für den ersten Gang ausreichen … Das Ding da hinten musst aber du einschalten.« Ich wies mit dem Daumen auf das hochmoderne Backrohr. »Man braucht bestimmt einen EDV-Kurs, um das Teil zu bedienen. Das hat ja nicht einmal Knöpfe!«

»Was ist nur aus den Hausfrauen geworden«, sinnierte Desiderio. Er berührte ein kleines Display, das mir vorher gar nicht aufgefallen war, und schon fing der Ofen wie von Zauberhand an, leise zu summen.

»Faszinierend«, kommentierte ich.

Was das Ding wohl gekostet hatte? Ich fragte lieber nicht, denn das würde mich nur deprimieren. Eigentlich war es sowieso egal, denn Display hin oder her, hundertachtzig Grad Umluft sollten doch eigentlich bei jedem Backofen gleich sein, oder?

Desiderio reichte mir zwei Bleche und Backpapier, und ich begann sogleich, unser Mahl darauf zu schichten. Was das Zubereiten von Fast Food anging, war ich ein richtiger Profi, das musste wirklich mal gesagt werden!

Als schließlich alles aufgereiht, aufgeheizt und aufgeräumt war, standen wir beschäftigungslos vor dem Ofen und warteten darauf, dass sich unser Werk von selbst vollendete.

»Wollen wir hier zwanzig Minuten herumstehen oder sehen wir uns lieber eine DVD an?«, fragte mich Desiderio.

»Was? Gibt es was Spannenderes, als einem Hähnchenteil beim Knusprigwerden zuzusehen?« Er strafte mich mit einem abschätzigen Blick. »Ja, ja«, lachte ich. »Was schwebt dir denn so vor?«

»Das darfst du dir aussuchen. Die DVDs sind im Schrank rechts neben dem Fernseher. Ich komm gleich nach.«

Rechts neben dem Fernseher … welcher Fernseher? Meinte er damit den fünf Quadratmeter großen, schwarzen Bereich an der Wand? Vermutlich, denn bei näherer Betrachtung entpuppte dieser sich tatsächlich als gewaltiger Flachbildschirm.

Ich öffnete den besagten Schrank und merkte, wie mir sofort die Kinnlade runterklappte.

Was war das denn? Eine eigene Videothek? Das mussten gut und gerne an die zweihundert Filme sein!

Staunend ließ ich meinen Blick über die verschiedensten Titel schweifen.

Waren die etwa nach dem Alphabet sortiert?

Das waren sie. Großer Gott! Ich war zwar ein ordnungsliebender und organisierter Mensch, aber auf die Idee, meine DVDs alphabetisch zu sortieren, war ich noch nie gekommen. Obwohl meine eigene Sammlung im Vergleich hierzu recht überschaubar war.

»Hast du was gefunden?«, wollte Desiderio wissen und sah mir über die Schulter.

»Hast du dir die alle selber gekauft?«, fragte ich, anstatt zu antworten.

»Die meisten.«

Ich war mittlerweile weit unten angekommen und zog *Vom Winde verweht* heraus. Stirnrunzelnd hielt ich sie ihm entgegen. »Den auch? Jetzt ernsthaft?«

»Nein«, wehrte er lachend ab. »Den hat mir meine Cousine Susi aufgeschwatzt. Sie hat sich eingebildet, dass dieser Klassiker in keiner Sammlung fehlen darf.«

»Hm, der Meinung bin ich jetzt nicht direkt …«

»Na ja, ich auch nicht, aber was soll's. Meine Cousine ist übrigens so alt wie du. Ich glaube, ihr würdet euch gut verstehen.«

Bedeutungsschwer hielt ich die DVD in die Höhe. »Denkst du wirklich?«

»Ja. Vielleicht würdet ihr nicht zusammen ins Kino gehen, aber ansonsten …«

Ich stellte den Film zurück auf seinen Platz, obwohl ich kurz in Versuchung war, die ordentliche Aufreihung absichtlich durcheinanderzubringen. »Wo wohnt Susi denn?«, fragte ich, während ich nochmals die endlosen Reihen an Plastikhüllen durchging.

»In München.«

»Also eine Cousine aus den deutschen Reihen deiner Familie?«

»Ja, die Tochter einer Schwester meiner Mutter.«

Aha.

»Mhm. Habt ihr viel Kontakt?«

»Früher schon. Wir sind damals wie Geschwister aufgewachsen, als sie noch hier in Wollbach gewohnt hat. Mittlerweile sehen wir uns leider nur noch sporadisch, aber wir telefonieren sehr oft.«

»Das ist aber schade.« Ich war mittlerweile fündig geworden und reichte ihm meinen erwählten Film. »Was macht sie denn in München?«

»Sie studiert Modedesign … Ah, *Death Proof*, wir bleiben Tarantino treu, was?« Er zwinkerte mir zu.

Der Kerl vergaß aber auch nie etwas, oder? Okay, okay, ich konnte mich auch noch genau an unsere erste gemeinsame Nachtschicht und Kill Bill erinnern, also sollte ich mich lieber an die eigene Nase fassen.

»Tja, seine Filme sind einfach nur genial. Die könnte ich mir den ganzen Tag reinziehen.«

»Kennst du den hier auch schon?«

»Natürlich. Ist sogar einer meiner Lieblinge.«

»Das dachte ich mir«, meinte Desiderio weise.

»Wieso?«

Er zuckte mit den Schultern. »Die Story passt eben zu dir.«

»Ist das jetzt gut oder eher schlecht?«

»Alles, was mit dir zu tun hat, ist gut, kleine Kriegerin.«

Ich bekam einen Kuss auf die Schläfe und schwebte wieder einmal im siebten Himmel.

Fast Food, Cola, eine DVD und der tollste Mann der Welt. Die perfekte Kombination für einen perfekten Abend.

Wir saßen im Schneidersitz auf der Couch und schlugen uns den Bauch voll, während auf dem Monsterfernseher ein Irrer junge Frauen mithilfe seines Stuntwagens abschlachtete, bis sich eine starke Gruppe Mädels zusammentat, um den Spieß umzudrehen. Eine völlig abgedrehte Story, genauso wie es bei einem Tarantino-Film sein sollte.

Überfressen fiel ich schließlich in eine stabile Seitenlage und bettete dabei meinen Kopf auf Desiderios Oberschenkel. Ab und zu spielte er ein wenig mit meinen Haaren, was mich jedes Mal in eine einzige Gänsehaut verwandelte.

Ich fühlte mich unendlich wohl bei ihm. Es gab keine Scheu oder Verlegenheit zwischen uns, als hätten wir nie etwas anderes getan, als gemeinsam einen ruhigen Abend zu verbringen.

Draußen war es inzwischen stockdunkel. Hin und wieder hörte man, wie der Wind schwere Regentropfen gegen die große Fensterfront wehte, doch das machte die Couch nur noch gemütlicher.

Alles war so harmonisch und schön, dass ich meinen Heulkrampf schon fast wieder vergessen hatte. In Desiderios Gegenwart war es aber auch nicht schwer, alles um sich herum zu vergessen.

Irgendwann vergaß ich sogar, die Augen beim Fernsehen offen zu halten, und schlief vor lauter Entspannung ein, obwohl das gänzlich untypisch für mich war. Die Sache mit dem Nervenzusammenbruch hatte mich wohl doch geschlaucht.

»Komm, Lena, lass uns ins Bett gehen.«

Hm? Bett? War ich da nicht schon längst?

Verdattert sah ich auf.

Nein, ich befand mich nicht im Bett. Und in meinem gleich gar nicht. Ich lag auf Desiderios Schoß, was an Gemütlichkeit kaum zu übertreffen war. Konnte ich denn nicht einfach hierbleiben?

»Komm schon, Kleines. Gehen wir rauf.«

Ohne irgendwie zu überlegen, rappelte ich mich auf und tapste schlaftrunken die Treppe hinauf. Zielstrebig, als wäre ich es nicht anders gewohnt, schlurfte ich in sein Schlafzimmer und begann, mich auszuziehen.

Ich streifte gerade meinen BH ab, als Desiderio hinzukam. Ihm klappte der Mund auf, als er mich nur mit Höschen bekleidet vorfand.

»Ääh, willst du vielleicht ein T-Shirt von mir? Zum Schlafen?«, fragte er langsam. Er gab sich wirklich Mühe, mir dabei ins Gesicht zu sehen, doch seine Augen verirrten sich immer wieder von selbst in die unteren Gefilde meiner Erscheinung.

Da ich viel zu müde war, um in Verlegenheit zu geraten, schüttelte ich nur ganz leicht den Kopf und kroch dann erschöpft in das riesige Himmelbett. Ich gähnte lang gezogen und wickelte ich mich in die Bettdecke ein, die ganz wunderbar frisch gewaschen roch.

Ich spürte noch, dass Desiderio sich zu mir gesellte und mich sanft in seine Armbeuge zog, doch dann war ich auch schon wieder eingeschlafen.

Kapitel 27

Ein zarter Kuss weckte mich.

»Guten Morgen, Prinzessin.«

Ich rekelte mich wohlig und suchte blinzelnd nach meinem Prinzen.

Oh, da war er! Strahlend schön, wie einem Märchenbuch entsprungen, saß er auf der Bettkante und lächelte mich an.

Moment, wieso war er denn schon angezogen?

»Scheiße, wie spät ist es?«, fluchte ich und schoss in die Aufrechte.

»Keine Angst, du hast noch Zeit. Es ist kurz vor halb sieben.«

Sofort ließ ich mich zurück in die wunderbaren Kissen sinken. »Aaah.«

Ich schloss genüsslich die Augen, nur um sie gleich wieder verwundert aufzureißen.

»Aber, was machst du? Fährst du schon?«, fragte ich verwirrt.

»Klar. Mein Dienst fängt vor deinem an, das weißt du doch.«

Stimmt.

»Eigentlich unfair«, sprach er weiter. »Er fängt früher an und hört später auf. Da passt doch etwas nicht.«

»Tja, dafür verdienst du ja auch das Vierfache«, murmelte ich schläfrig.

»Das Vierfache? Ja, das wäre schön«, lachte er.

Leise ächzend zog ich mir die Decke über den Kopf. Um diese Uhrzeit war ich eindeutig nicht bereit, über die verschiedenen Gehaltsstufen zu diskutieren.

»Pass auf, dass du nicht wieder einschläfst! Der Haustürschlüssel liegt in der Küche. Bis später!«

Ich brummte als Antwort. Als die Zimmertür ins Schloss fiel, zog ich mir ruckartig die Decke von den Augen.

Er ließ mich alleine? In seinem Haus?? Das voll mit teuren Dingen war???

Okay, das war jetzt auch wieder Quatsch, denn es schien schon sehr abwegig, dass ich den Fünf-Quadratmeter-Fernseher in meinen Kombi stopfte und mich damit ins Ausland absetzte.

Trotzdem.

Ganz alleine?

Na gut, jetzt war es schon zu spät. Desiderio war fort und es hätte keinen Sinn mehr gehabt, um diese Zeit noch schnell in meine Wohnung zu fahren. Wie die meisten Frauen war ich im Besitz einer Handtasche, in der sich alle überlebenswichtigen Utensilien für unterwegs befanden. Von Abschminktuch bis Zahnbürste, alles dabei. Ein Hoch auf die praktischen Probepackungen der Drogerien!

Ich focht noch kurz einen stummen Kampf mit mir selber aus, in dem ich meinen Organismus dazu brachte, das herrlich warme und kuschelige Bett zu verlassen. Danach sammelte ich meine Klamotten auf, die wild verstreut auf dem Boden lagen, und machte mich auf zum Badezimmer.

Obwohl ich wusste, dass ich ganz alleine war, streckte ich sicherheitshalber zuerst forschend meinen Kopf durch die Tür. Als sich nichts rührte, huschte ich schnell über den Flur und verschwand im Wellnesstempel.

Kurze Zeit später stand ich vor dem hochmodernen Kaffeeautomaten und versuchte, das Rätsel um dessen Bedienung zu lösen.

Eine Tasse hatte ich schnell gefunden. Eigentlich sollte mich in Desiderios Haus ja nichts mehr wundern, aber das ausschließlich hochwertige Geschirr schüchterte mich doch ein wenig ein. Erst hatte ich geglaubt, das Feiertagsservice aufgestöbert zu haben, und noch ein bisschen weitergesucht. Da ich jedoch keine anderen Tassen fand, musste ich davon ausgehen, dass es sich bei der bunten Serie von *Villeroy & Boch* wohl doch um das Alltagsgeschirr handelte.

Konzentriert hielt ich nun eines der wertvollen Stücke fest in meinen Händen, weil ich Angst hatte, ich könnte es kaputt machen, und begutachtete skeptisch das Bedienfeld vor mir.

Als ich endlich den Ein-/Ausknopf als solchen erkannte, war ich eigentlich schon zu spät dran für eine gemütliche Tasse Kaffee, aber ich wollte partout wissen, wie dieses geheimnisvolle Gerät funktionierte. Nachdem das Display nun fröhlich leuchtete, war es tatsächlich gar nicht mehr so schwierig.

Schon am Duft der dampfenden Flüssigkeit erahnte ich, dass die Bohnen bestimmt schweineteuer waren. Eben wie alles andere in dieser Luxushütte.

Bereits der erste Schluck ließ meinen Gaumen vor Freude taumeln. Ich, als größter Kaffeesüchtling aller Zeiten, konnte nur sagen: der beste Kaffee, den ich jemals getrunken habe.

Zumindest in Deutschland.

Ja, reich musste man sein …, dann ließ es sich wirklich leben!

Bei der Arbeit angekommen, bemühte ich mich sehr darum, unauffällig zu bleiben. Irgendwie hatte ich ständig das Gefühl, dass mir ein Zettel auf der Stirn klebte, auf dem stand: Hat bei DiCastello die Nacht verbracht!

Erst hatte ich Angst, jemand könnte bemerken, dass ich dieselbe Kleidung trug wie am Tag zuvor. Das tat natürlich keiner.

Dann befürchtete ich, dass sich meine Kollegen über das verträumte Lächeln wundern könnten, das sich immer wieder auf meine Lippen stahl.

Und ich hatte Bedenken, es würde auffallen, dass ich jedes Mal, wenn sich die Türen zur Ambulanz öffneten, automatisch herumfuhr und nach einer bestimmten Person Ausschau hielt.

Eigentlich war ich mir sicher, dass Sandra irgendeinen Verdacht schöpfen musste, denn sie beobachtete immer noch mit Argusaugen, ob ich denn auch wirklich arbeitsfähig war oder doch eher psychologische Betreuung benötigte. Um sie davon zu überzeugen, dass alles in bester Ordnung war, erzählte ich ihr, dass der Täter geschnappt wurde und ich nun vollends von meinen Ängsten befreit war. Das war sogar die Wahrheit. Mir fiel auf, dass es mir überhaupt nicht mehr schwerfiel, einfach so über den Überfall zu sprechen. Sandra schien dies auch zu bemerken, denn sie gab endlich Ruhe mit ihren diagnostischen Blicken.

Als Desiderio schließlich nach der Visite in der Ambulanz auftauchte, wurde ich richtig auf die Probe gestellt.

Er ging neben OA Heimer über den Flur, kam mir genau entgegen. Der Oberarzt schilderte ihm gerade einen Fall aus seiner Studienzeit und er hörte scheinbar aufmerksam zu. Sein Blick aber ruhte die ganze Zeit auf mir, während der Abstand zwischen uns immer kleiner wurde.

Ich schluckte schwer und kämpfte gegen den Drang an, einfach zu ihm zu gehen und ihn zu küssen.

»Guten Morgen«, grüßte ich die beiden Herren höflich und mit erstaunlich fester Stimme.

»Guten Morgen«, schallte es im Duett zurück.

Heimer nickte mir freundlich zu, beachtete mich aber nicht weiter. Es gab schließlich keinen Grund dazu. War ja nicht das erste Mal, dass wir uns auf dem Gang begegneten.

Neu war nur, dass ich Herzrasen bekam, als ich mit Desiderio auf einer Höhe war und er es irgendwie schaffte, wie zufällig im Vorbeigehen meine Hand zu streifen. Diese kleine Berührung durchzuckte mich wie ein Blitz.

Wollte er mich umbringen, oder was?

Hastig verdrückte ich mich in das nächstbeste Zimmer und versuchte, mich daran zu erinnern, wie man atmet.

Einige Zeit später bekam ich die Chance für einen Gegenangriff.

Desiderio stand im Behandlungsraum eins und studierte die Röntgenaufnahme eines Schultergelenks. Ich wartete ab, bis Sandra den Raum verließ, um den dazugehörigen Patienten zu holen.

»Massive Arthrose«, sagte ich laut und stellte mich mit gespieltem Interesse neben ihn. Beiläufig strich ich über seine Hüfte, bahnte mir einen Weg in seine Hosentasche und ließ seinen Haustürschlüssel hineingleiten. Mr. Obercool zuckte bei meiner Berührung nicht einmal mit der Wimper.

»Ja, wird wohl eine Prothese werden«, antwortete er stattdessen, ohne mich dabei anzusehen.

Mist, der Gegenschlag war missglückt.

Sandra kam lautstark mit einem alten Herrn zurück, darum musste ich wohl oder übel auf meine nächste Chance warten und zog mich vorerst zurück.

Leider war Desiderio schneller und landete schon bald seinen zweiten Treffer.

Ich stand gerade auf Zehenspitzen im Lagerraum und mühte mich damit ab, einen großen Karton auf einen Schrank zu hieven, für den ich genau drei Zentimeter zu klein war. Durch meine Versuche war ich so abgelenkt, dass ich nicht bemerkte, wie er hinter mich trat. Als ein schlanker Arm an mir vorbei langte und den Karton mühelos nach oben schob, erschrak ich sehr und wäre wahrscheinlich umgefallen, hätte er nicht gleichzeitig seinen anderen Arm um meinen Bauch geschlungen.

»Himmelherrgott!«, entfuhr es mir. »Hast du in deinen Wurzeln auch ein paar Indianer, oder warum kannst du dich so gut anschleichen?«

»Gern geschehen«, flüsterte er nur und schenkte mir einen Kuss auf den Nacken.

Schon war er wieder verschwunden, und ich musste wirklich einen Moment überlegen, ob ich mir diese Begegnung nicht nur eingebildet hatte. Einzig der kribbelnde Fleck, den seine Lippen auf meiner Haut hinterlassen hatten, überzeugte mich von der Realität.

Im Beisein anderer wagte ich es kaum noch, Desiderio anzusehen. Zu verlockend war es, den Blick an ihm haften zu lassen, und zu groß die Angst, dabei erwischt zu werden. Ich empfand unser kleines Versteckspiel als unheimlich aufregend und genoss dieses prickelnde Gefühl, das mich den ganzen Tag über begleitete.

Desiderio war bei diesen Spielchen ein wahrer Meister. Immer wieder schaffte er es, mich scheinbar zufällig zu berühren oder mir leise Komplimente ins Ohr zu flüstern. Wenn er sich unbeobachtet fühlte, zog er mich einfach zu sich ran und küsste mich, bis ich mich wieder von ihm losstrampelte.

Ich hatte gerade einen Patienten aus dem Behandlungszimmer entlassen, als Desiderio mich an die Wand drängte und seine Lippen abermals auf mich herabsenkte.

»Hör auf. Sandra hätte uns vorhin fast gesehen«, japste ich heiser in dem – zugegebenermaßen halbherzigen – Versuch, ihn abzuwehren.

Er hob einen Mundwinkel zu seinem verheißungsvollen Lächeln. »Wäre das denn wirklich so schlimm?«

Wäre es das nicht?

»Wenn Sandra das sieht, weiß innerhalb von einer Stunde das ganze Krankenhaus Bescheid«, gab ich zu bedenken.

»Das weiß ich«, meinte er nur und begann, meinen Hals zu küssen.

»Aber … das ganze Krankenhaus«, versuchte ich zu argumentieren, was bei all den Schauern, die mir gerade über den Rücken jagten, nicht ganz einfach war.

»Ich weiß«, wiederholte er, ohne aufzuhören.

War ihm das wirklich egal, oder klopfte er hier nur Sprüche, weil er wusste, dass ich noch nicht dazu bereit war, die Sache offiziell zu machen?

Natürlich war ich einmal wieder viel zu feige, um seine Aussage zu testen, darum schob ich ihn mit energischem Nachdruck von mir, als ich eine Unfallliege vorbeirumpeln hörte.

»Es ist besser, wenn wir noch warten«, bestimmte ich.

Er legte den Kopf schief und sah mir tief in die Augen. »Wie du willst. Von mir aus könnte es sofort die ganze Welt erfahren. Für mich gibt es nichts zu verbergen. Aber wenn du dich dabei nicht wohlfühlst, dann ist es in Ordnung.«

Seine Stimme klang fest und ehrlich. Das, was er gerade gesagt hatte, meinte er ernst. Pures Glück rann durch meine Adern, und in meinem Kopf rauschte es.

Trotzdem hielt mich irgendetwas zurück und ich blieb bei meiner Entscheidung.

»Noch nicht«, flüsterte ich. Mit einem Räuspern riss ich mich schließlich aus seinem Blick, bevor ich noch endgültig darin unterging. »Wir sollten vielleicht wieder an die Arbeit gehen, meinst du nicht?«

Er überging mich einfach und fragte stattdessen: »Kommst du heute wieder zu mir?«

»Sehr gerne.«

»Ich muss nach der Arbeit noch was erledigen, also sagen wir … so gegen achtzehn Uhr?«

»So gegen oder um?«

»Okay, sagen wir um achtzehn Uhr«, lachte er. Dann gab er mir einen letzten Kuss auf die Stirn. »Ich freu mich schon, kleine Kriegerin.«

Ein wenig wehmütig sah ich ihm nach, als er den Behandlungsraum verließ. Ich konnte es immer noch nicht glauben, in welche Richtung sich die Beziehung zwischen mir und dem einstigen Schnösel entwickelte. Aus dem arroganten Weiberhelden war für mich inzwischen etwas ganz anderes geworden. Etwas Besonderes. Etwas, das ich mir niemals erträumt hätte.

Etwas, das mich endlich dazu brachte, mein Herz zu öffnen.

Unsere Schicht war zu Ende, deshalb machten Sandra und ich uns auf den Nachhauseweg. Gut gelaunt schritten wir dem Feiertag entgegen durch den breiten Flur der Notaufnahme. Als wir an dem großen Unfallraum vorbeigingen, hörten wir OA Reinmann vor sich hin schimpfen. »Herrgott, warum geht denn das wieder nicht!«

Alleine am Klang seiner Stimme war zu erkennen, dass er wieder einmal mit dem Computersystem überfordert war. Das digitale Zeitalter und der etwas in die Jahre gekommene Arzt kamen einfach nicht miteinander klar.

Neugierig steckte ich den Kopf in das Zimmer und sah meine Vermutung bestätigt. Reinmann stand mit rotem Gesicht vor dem Monitor und rüttelte die unschuldige Maus. Da von der Spätschicht niemand zu sehen war, erbarmte ich mich.

»Was brauchen Sie denn, Herr Oberarzt?«, rief ich hinein.

»Einen Laborbericht, aber dieses Ding hat wieder einen Aussteiger!«, fluchte er.

»Ich glaube nicht, dass der Computer schuld ist«, scherzte ich frech.

Der Oberarzt grummelte genervt vor sich hin. Ich seufzte und sah Sandra ergeben an. »Geh du heim. Ich helfe ihm noch kurz, bevor er den PC auseinandernimmt.«

»Passt schon. Ich warte hier.«

Ergeben gesellte ich mich zu dem brummenden Doktor und sah mir die Sachlage an. Im Endeffekt lag das Problem darin, dass Reinmann es gar nicht erst schaffte, das Programm mit der Patientenübersicht zu öffnen, weil er den dazugehörigen Button auf dem Desktop nicht erkannte. Soviel zum Thema Aussteiger. Innerhalb einer Minute reichte ich Reinmann mit einem vielsagenden Blick den gewünschten Laborbefund, sogar in ausgedruckter Form.

»Sehr gut«, lobte er. »Dass das aber auch so kompliziert sein muss.«

Ich ließ ihn der Einfachheit halber in dem Glauben. Sandra grinste mich wissend an und rollte mit den Augen. Ich grinste zurück und trat auf den Flur hinaus. Dort angekommen blieb ich wie angewurzelt stehen.

Nur drei Meter entfernt stand Desiderio mit dem Rücken zu mir. Das alleine war natürlich nicht der Grund dafür, dass ich blöd glotzte. Es lag eher an Steffi, die vor ihm stand und ihm eine Untersuchungsanforderung zum Unterschreiben vor die Nase hielt. Und vor allem lag es an dem Umstand, dass sie dabei aufreizend mit ihren Wimpern klimperte und ihn förmlich anschmachtete.

»Und? Bist du nächsten Samstag auch wieder im Goose?«, säuselte sie.

Hey, wann waren die beiden denn beim Du angekommen?

»Nein, eher nicht«, antwortete Desiderio knapp. Er nutzte die Wand als Schreibunterlage und setzte seine Unterschrift auf das Papier.

Obwohl er mir, wie bereits erwähnt, den Rücken zuwandte, registrierte ich mit Freuden seine abwehrende Haltung ihr gegenüber. Wusste er, dass ich hinter ihm stand? Eher nicht, denn er konnte mich nicht gesehen haben. Aber gehört?

Im Gegensatz zu mir schien Steffi seine offensichtliche Ablehnung nicht zu bemerken. Oder sie ignorierte sie einfach. Jedenfalls schleimte sie fröhlich weiter.

»Das ist aber schade! Letzten Samstag war es doch so lustig. Wir sollten das unbedingt einmal wiederholen.« Sie tatschte ihm ungeniert auf die Schulter.

Ich stierte auf ihre Pfoten und schnappte geräuschlos nach Luft. Sandra beobachtete verwirrt meine äußerst bedenkliche Gesichtsfarbe, traute sich aber wohl nicht, etwas zu sagen, und beschränkte sich darauf, schweigend zu beobachten.

Ich beobachtete auch, und zwar wie Desiderio freundlich, aber bestimmt, ihre Hand abschüttelte und ihr den unterschriebenen Zettel hinhielt.

»Steffi, tut mir leid, aber …«

»Neeeein, das macht doch nichts, dass du am Samstag keine Zeit hast«, zwitscherte sie schnell dazwischen, weil sie genau wusste, dass er ihr gerade eine gewaltige Abfuhr erteilen wollte. »Du brauchst dich nur zu melden, wenn du mal Lust hast, ja? Soll ich dir meine Handynummer geben?«

Ja, geht's noch, du bescheuerte Plastikkuh?

»Nein«, sagte Desiderio mit einigem Nachdruck. »Hör mal, ich …«

Wieder ließ die dämliche Ziege ihn einfach nicht ausreden. »Naa ja, du weißt ja, wo du mich findest, hihi.« Sie senkte die Stimme, doch ich konnte trotzdem ganz genau hören, wie sie ihm zuraunte: »Ich stehe jederzeit zur Verfügung, wenn du verstehst.«

Und wie ich verstand!

Dieses billige Miststück! Sie hatte sich gerade eindeutig zum Sex angeboten und ich raste vor Zorn.

Wie konnte diese Schlampe es nur wagen?

Desiderio war inzwischen sogar einen Schritt vor ihr zurückgewichen und hob abwehrend die Hände. Er wollte gerade etwas zu ihr sagen, doch ich konnte die Szene nicht mehr ertragen.

Das Maß war jetzt endgültig voll. Die Plastikkuh musste endlich erfahren, dass dieser Mann nicht verfügbar war.

Denn er gehörte zu mir!

Ohne weiter darüber nachzudenken, ging ich forschen Schrittes zu Desiderio und legte ihm zärtlich eine Hand zwischen die Schulterblätter. Er sah mich verdutzt an. Also hatte er mich vorher nicht bemerkt. Diese Erkenntnis bestärkte mich in meinem Vorhaben.

»Hey, ich wollte nur kurz Tschüss sagen. Oh! Hi Steffi«, flötete ich beschwingt. Dann strich ich vertraut über Desiderios Rücken und lächelte ihn verliebt an. »Also, Schatz, bis später dann, ja? Ich freu mich schon.« Zum krönenden Abschluss stellte ich mich noch auf die Zehenspitzen und küsste ihn resolut auf den Mund.

Er brachte staunend »Ja, bis dann« heraus, bevor ich ihn einfach stehen ließ und um die Ecke bog.

Sandra war so schockiert, dass sie vergaß, mir zu folgen. Wahrscheinlich stand sie immer noch mit offenem Mund im Flur. Genauso wie Reinmann. Und vor allem wie Steffi.

Ich kicherte ausgelassen vor mich hin, als ich über den Parkplatz tänzelte.

Ja, wenn man reich war, konnte man vielleicht üppig leben. Aber etwas wie die über alle Maßen entsetzte Grimasse der Plastikkuh war einfach unbezahlbar.

Kapitel 28

Nervös schritt ich durch den hübschen Vorgarten auf Desiderios Haus zu. Nachdem sich die erste Euphorie meiner Aktion gelegt hatte, kam sie mir nur noch unüberlegt und blöd vor. Ich hatte mehr oder weniger aus einem Impuls heraus gehandelt, ohne großartig über die Folgen nachzudenken. Und dann hatte ich den armen Kerl einfach seinem Schicksal überlassen, das neben der Tussi aus Sandra und Reinmann bestand. Bestimmt hatten sich die beiden, nachdem sie wieder zu ihrer Sprache gefunden hatten, wie die Geier auf ihn gestürzt, um an noch mehr Informationen zu gelangen, die sie weiterreichen konnten.

Ich hatte keine Ahnung, wie Desiderio auf die Sache reagiert haben mochte.

Weil ich ein paar Stunden vorher ja noch klipp und klar gesagt hatte, dass ich unsere *Beziehung* noch nicht bekannt geben wollte, musste er sich zumindest glattweg überrumpelt gefühlt haben. Soviel war klar. Die Überraschung war ihm schließlich deutlich ins Gesicht geschrieben gewesen.

Aber war er jetzt eher positiv oder doch mehr negativ überrascht?

Diese Frage stellte ich mir nun schon den gesamten Nachmittag. Eigentlich hatte ich fest damit gerechnet, Desiderio würde mich erbost anrufen oder mir wenigstens eine Nachricht schicken und fragen, was das denn werden sollte. Doch mein Handy blieb stumm, und ich selber wollte dann auch nicht als Erste zum Telefon greifen, weil ich ja bekanntlich ein Angsthase war.

Wenn er wirklich sauer war, dann hätte er sich doch bestimmt gemeldet, oder?

Jedenfalls hätte ich das getan. Glaubte ich.

Voll Unbehagen drückte ich auf die Klingel und wartete eine gefühlte Ewigkeit darauf, dass der Summer ertönte.

Dauerte das so lange, weil er sich nicht sicher war, ob er mich überhaupt sehen wollte?

Ich war schon kurz vorm Verzweifeln, als endlich das ersehnte Surren einsetzte. Erleichtert drückte ich die Tür auf und schlüpfte ins Haus hinein.

»Lena?«, hörte ich es aus der Küche rufen.

»Ja?«, rief ich zurück.

Desiderios Kopf lugte in den Flur. »Du bist zu früh!«, klagte er vorwurfsvoll.

»Äh, also bei mir ist es genau sechs«, meinte ich stirnrunzelnd, nachdem ich vorsorglich meine Armbanduhr gecheckt hatte.

»Oh Mann, dann bin ich zu langsam«, jammerte er. Als ich auf ihn zugehen wollte, rief er entsetzt: »Nein! Rühr dich nicht vom Fleck!«

Sein Kopf verschwand wieder. Ich gehorchte verwundert und blieb stehen. Hektisches Geklapper klang aus der Küche.

Hm, roch es hier nach angebratenen Zwiebeln?

Ich kratzte mich an der Nase.

Ja, eindeutig brutzelnde Zwiebeln. Was wiederum bedeutete, dass jemand kochte.

Er kochte für mich! Gott, war das süß …

Etwas klirrte bedenklich, worauf ein herzhafter, italienischer Fluch folgte.

»Alles in Ordnung?«, wollte ich wissen.

»Na klar!«, trällerte er zurück. »Ich hab's gleich!«

»Lass dir ruhig Zeit!«

Schmunzelnd lehnte ich mich an die Wand. Den Geräuschen nach zu urteilen, war Desiderio nicht gerade ein erfahrener Koch, was seine Aktion nur noch niedlicher machte. Außerdem bedeutete das wohl, dass er mir nicht böse war, und das erleichterte mich ungemein.

Die Tür zum Esszimmer schwang auf und Desiderio kam strahlend heraus.

»Willkommen, Madame«, sagte er mit einer charmanten Verbeugung. »Darf ich bitten?«

Er durfte. Aufgeregt wie ein kleines Kind an Weihnachten trat ich zu ihm. Mit einem Lächeln nahm er meine Hand und hauchte einen zärtlichen Kuss darauf. »Tut mir leid, dass du so lange warten musstest.«

»Das macht überhaupt nichts«, versicherte ich ihm mit geröteten Wangen.

Ich habe schließlich mein ganzes Leben auf dich gewartet, fügte ich gedanklich noch hinzu, worüber ich selber erschrak.

Desiderio führte mich in das Esszimmer. Mir verschlug es die Sprache, als ich eintrat.

Das Licht war gedimmt. Der Tisch war festlich gedeckt mit weißem Geschirr und silbernem Besteck. Ein gewaltiger Kerzenleuchter stand in der Mitte und warf einen warmen Glanz über das Porzellan. Im Hintergrund lief leise klassische Musik. Das knisternde Feuer in dem offenen Kamin vervollständigte die Atmosphäre.

Es war einfach nur perfekt.

Genau wie der Mann, der mir elegant den Stuhl zurechtrückte, sodass ich mich bequem setzen konnte.

»Rotwein?«, fragte Desiderio.

Ich nickte nur, weil ich immer noch sprachlos war. Er befüllte im Stehen die bereitgestellten großen Gläser und verschwand anschließend geräuschlos in der Küche, um gleich darauf mit einer dampfenden Porzellanschüssel zurückzukehren.

»Die Empfehlung des Abends«, sagte er und platzierte das Essen zwischen unseren Tellern, »Spaghetti al Salmone, nach einem Rezept meiner Nonna.«

Ich wurde mit dem Staunen gar nicht mehr fertig. Spaghetti in Lachs-Sahne-Soße, typisch italienisch zubereitet nach dem Originalrezept seiner Großmutter. Wow.

Desiderio hatte sich inzwischen gesetzt und hielt auffordernd sein Weinglas hoch.

»Auf einen schönen Abend«, prostete er mit glänzenden Augen.

Als unsere Gläser mit einem leisen Ping zusammenstießen, erwachte ich allmählich aus meiner Sprachlosigkeit.

»Desiderio, ich bin wirklich beeindruckt. Das alles ist echt … der Wahnsinn«, schwärmte ich wenig einfallsreich. Trotzdem freute er sich darüber.

»Ich hoffe, es schmeckt. Ich bin nämlich nicht unbedingt erfahren als Koch.«

»Was so gut riecht, kann nur gut sein«, meinte ich tiefsinnig, während er meinen Teller mit Pasta belud. »Oh, das sieht fantastisch aus.«

Er grinste stolz vor sich hin. Ich griff zur Gabel, hielt aber noch einmal kurz inne.

»Ich freue mich wirklich sehr über dieses Candle-Light-Dinner«, begann ich vorsichtig, »weil ich, ehrlich gesagt, nicht so recht wusste, wie du über meine Showeinlage am Nachmittag wohl denkst. Ich weiß nämlich gar nicht genau, was da eigentlich in mich gefahren ist und ich wollte nicht … hm, ich wollte dich nicht …«

»Überrumpeln?«, versuchte er, mir auszuhelfen.

»Ähm. Genau, ich wollte dich nicht überrumpeln mit … mit … dieser Sache? Ja, mit dieser Sache.«

»Mit welcher Sache denn jetzt genau?«, hakte er nach.

Keine Ahnung! Woher sollte ich denn das wissen?

Hilfesuchend blickte ich im Raum umher, als könnte ich dort plötzlich einen Geistesblitz entdecken, der mir die richtigen

Worte verleihen würde. Leider stand gerade keiner zufällig in der Ecke herum.

Desiderio erlöste mich schließlich, indem er sagte: »Zugegeben – überrumpelt war ich schon ein wenig, aber ich finde es toll, dass du damit unsere Beziehung offiziell gemacht hast.«

Da! Da war es, das B-Wort! Und es kam eindeutig aus seinem Mund!

Und warum geriet ich jetzt direkt in eine kleine Panik?

Weil du ein gnadenloser Schisser bist!

Das schien plausibel. Aber Schiss vor was?

Tja, das frage ich mich allerdings auch …

Blöde innere Stimme …, nicht einmal auf die konnte man sich verlassen!

Desiderio bekam von dem kurzzeitigen Chaos in meinem Kopf, Gott sei Dank, nichts mit und redete munter weiter: »Ich kann nämlich nur wiederholen, was ich dir heute Vormittag schon gesagt habe. Von mir aus kann es die ganze Welt erfahren. Ich habe schließlich nicht so hart um dich gekämpft, um jetzt meinen Sieg zu verstecken.« Er zwinkerte mir frech zu und meine Empörung über seinen Spruch hielt sich in Grenzen. »Obwohl es schon ein bisschen gemein war, mich danach einfach den Fängen von Sandra und Reinmann zu überlassen.«

»Ja, das war wirklich nicht nett«, gab ich zu und zog die Nase kraus.

»Du hast ja keine Ahnung! Die zwei sind sensationslüsterner als eine ganze Horde Journalisten. Aber ich habe es lebend herausgeschafft, darum verzeihe ich dir. Und jetzt lass uns essen, bevor alles kalt wird und ich mir umsonst zwei Finger verbrannt habe.«

Ich lachte befreit und probierte eilig von seiner Kreation.

»Mmh, himmlisch!«, seufzte ich verzückt.

Und damit meinte ich nicht nur die Pasta.

Nach dem Essen hing ich zufrieden und übersättigt auf meinem Stuhl.

»Oh Gott, ich platze gleich«, jammerte ich und hielt mir demonstrativ meinen Bauch.

»Ich muss schon sagen, du kannst essen wie eine echte Italienerin«, schmunzelte er. »Das ist schön, denn für einen italienischen Koch gibt es keine größere Beleidigung, als nicht aufzuessen.«

»Ja, ich kann mich noch gut erinnern.« Ich überlegte kurz, dann sagte ich: »Il cibo era fantastico. Grazie per questo.«

»Solo per te, mia cara«, antwortete er erfreut.

Ich leerte mein Weinglas und wollte das Geschirr stapeln, doch er hielt mich eilig davon ab.

»Nein, nein. Das mache ich.« Er sprang auf, türmte das benutzte Porzellan zu einem wagemutigen Gebilde auf und lief damit in die Küche hinaus.

Weil ich mir ein wenig verloren vorkam, nahm ich kurzerhand die zwei leeren Gläser und folgte ihm trotzdem.

Als ich die Küche betrat, traf mich fast der Schlag.

»Jesses!«, entfuhr es mir. »Was ist denn hier passiert?«

Desiderio stand ertappt inmitten eines einzigen Chaos, das aus schmutzigen Töpfen und Pfannen bestand. Ich fragte mich wirklich, was er hier getrieben hatte, denn die benutzen Utensilien reichten glatt für fünf Hauptmahlzeiten.

»Na ja, ich hab doch gesagt, dass ich kein Profi bin«, versuchte er zu erklären.

Ich seufzte nur und trat zur Spüle. »Na schön, dann fangen wir mal an.«

»Nein!«, rief er schnell. Ein bisschen ruhiger fügte er hinzu: »Nein, ich möchte unseren schönen Abend nicht damit verbringen, Geschirr abzuspülen.« Er trat an mich heran und legte mir einen Arm um die Taille. »Das mache ich morgen«, murmelte er an meinen Nacken.

»Ach was«, winkte ich ab. »Das haben wir doch gleich. Hm. Auf jeden Fall geht's zu zweit schneller. Außerdem muss ich mich eh ein bisschen bewegen, so vollgefressen wie ich bin.«

Zärtlich rieb er mit seiner Hand über meinen Bauch. »Das ist gut, denn ich hatte da so eine Idee …«

»Und die wäre?«, fragte ich und ließ meinen Kopf nach hinten an seine Schulter sinken.

»Was hältst du davon, wenn wir noch ein wenig schwimmen gehen?«

»Jetzt noch? Ist es nicht ein bisschen kalt?«

»Beheizt, weißt du nicht mehr?«

»Oh. Aber ich habe gar keine …«, ich stockte, weil mir einfiel, dass er ganz genau wusste, dass ich keine Badesachen dabei haben würde. »Ah, aha!«

»Natürlich nur, wenn du willst.«

Ich tat so, als müsste ich ernsthaft darüber nachdenken, obwohl ich mich natürlich längst entschieden hatte. Schließlich nickte ich ergeben. »Okay.«

»Klasse!« Er drückte mir einen erfreuten Kuss auf die Wange.

»Wirklich unglaublich, wie du es schaffst, dass ich mich jede Nacht ausziehe«, witzelte ich.

»Echt? Das ist mir gar nicht aufgefallen.«

Ja klar …

Er löste seine Umarmung. »Ich habe einen Bademantel auf das Bett gelegt. Wir treffen uns dann draußen.«

Sicher hatte er einen Bademantel zurechtgelegt. Weil er natürlich genau gewusst hatte, dass ich mich einmal mehr für ihn entblößen würde.

Wirklich raffiniert, dieser Schuft!

Vor mich hin grinsend stieg ich die Treppe hinauf in sein Schlafzimmer. Wie angekündigt lag ein feinsäuberlich gefalteter Frotteemantel darauf. Und nicht nur das. Daneben warteten ein großes Handtuch und rosarote Badelatschen, die mir sogar genau passten.

Faszinierend.

Ich band meine Haare hoch, zog mich um und schritt anschließend mit gemischten Gefühlen die Treppe wieder hinunter. Vorsichtig trat ich auf die Terrasse, hinaus in die Nacht.

Es lag nicht nur an der herbstlichen Kälte, dass ich am ganzen Körper leicht zitterte. Vielmehr war es die fiebrige Aufregung vor dem, was mich dort draußen nun erwartete, die mich vibrieren ließ. Der Anblick der Gartenanlage lenkte mich kurzzeitig ab.

Staunend schritt ich die breiten Steinfliesen entlang, zu deren beider Seiten kleine Laternen Licht spendeten. Das große Schwimmbecken war von innen beleuchtet und lockte mich mit seinem schimmernden Türkis. Von dem warmen Wasser stiegen leichte Nebelschwaden auf, die der Szenerie einen mysteriösen Charme verliehen. Der steinerne Weg weitete sich vor dem Becken zu einem breiten Platz, auf dem zwei Teakholz-Liegen standen. Der gesamte Bereich war von hohen Sträuchern umgeben, deren Blüten sich noch gegen den Herbst zu wehren versuchten.

Meine Güte, im Sommer würde ich hier den ganzen Tag herumliegen und mir die Sonne auf den Bauch scheinen lassen!

Der nächste Sommer kommt gewiss …

Dieser Gedanke löste wieder dieses wohlbekannte Flattern in meinem Bauch aus. Ich bemerkte einen Bademantel auf einer der Liegen. Desiderio war anscheinend schon hier.

Eine breite Treppe führte in das Schwimmbecken hinein. Gleich rechts daneben war ein kleiner, runder Bereich abgetrennt, der Whirlpool.

Wahnsinn!

Ich hörte leises Plätschern und ließ suchend meinen Blick über das herrlich leuchtende Becken streifen. Desiderio glitt langsam durch den Nebel auf mich zu, seine glänzenden Augen dabei fest auf mich gerichtet. Mein Atem ging automatisch etwas schneller.

Er kam näher, bis das Wasser ihm nur noch bis zum Bauchnabel reichte, verharrte ein ganzes Stück vor der Treppe und beobachtete mich abwartend.

Ich stand inzwischen vor dem großen Problem, dass wir zwar beide keine Badebekleidung trugen, er aber den entscheidenden Vorteil hatte, sich bereits im Wasser zu befinden.

Einer seiner Mundwinkel schob sich nach oben, als ich seinen Blick fest erwiderte und langsam den Gürtel meines Bademantels öffnete. Selbstbewusst ließ ich den Stoff von meinen

Schultern auf den Boden gleiten und ging ruhig auf das Becken zu. Ich hatte keine Probleme mit meinem Körper, aber Desiderio hatte einen Ausdruck in seinen Augen, der mich aus der Fassung zu werfen drohte. Er betrachtete mich wie eine seltene Kostbarkeit, die er über alles begehrte.

Stolz wie eine Königin schritt ich bedächtig die Stufen hinunter in das wunderbar warme Wasser. Der Boden des Schwimmbassins fiel sanft ab. Schweigend ging ich auf Desiderio zu, ohne auch nur einmal den Blick von ihm zu nehmen. Knapp vor ihm blieb ich schließlich stehen und wartete darauf, was er jetzt als Nächstes tun würde.

Lange sahen wir uns an und sagten beide kein Wort, während sanfte Wellen meine Taille umspülten.

»Lena, du bist so wunderschön, dass es nichts auf dieser Welt gibt, mit dem ich dich vergleichen könnte«, durchbrach er schließlich die Stille und mit diesen Worten auch gleichzeitig meine Seele.

»Verführst du mich, Desiderio?«, fragte ich leise, mit leicht bebender Stimme.

»Vielleicht«, meinte er ruhig. »Funktioniert es denn?«

Es dauerte einen Moment, bevor ich es schaffte zu antworten. »Ja«, hauchte ich atemlos.

Er sagte nichts dazu. Seine Hand näherte sich vorsichtig meinem Gesicht, als hätte er Angst, es könne zerbrechen. Zärtlich hob er mit dem Zeigefinger mein Kinn an und beugte sich zu mir hinunter, um mich zu küssen.

Ich wurde von einem alles umfassenden Verlangen erfasst, während er mit seiner Hand meine Kehle hinunter strich, zwischen meinen Brüsten hindurch, immer tiefer hinab. Er tauchte in das Wasser ein und hielt unterhalb meines Bauchnabels zögerlich inne, als wüsste er nicht, welchen Weg er weiterhin nehmen sollte. Mir entfuhr ein enttäuschter Atemzug, als er seine Hand seitlich um meine Hüfte herumbewegte. Seine Augen funkelten dunkel und seine Mimik verriet, dass er genau wusste, wie sehr ich ihn begehrte. Als seine Fingerspitzen meine Wirbelsäule hinauf wanderten, konnte ich mich nicht länger beherrschen.

Hungrig ließ ich mich gegen ihn fallen und küsste ihn wild, als wollte ich ihn mit Haut und Haaren verschlingen. Sofort erwiderte er meine Leidenschaft. Er zog mich nach vorne, bis wir den Boden unter den Füßen verloren und im Wasser schwebten, während wir uns gegenseitig erforschten und liebkosten.

Er schmeckte so gut, so einzigartig. Er war überall. Mein Kopf kannte keine Vernunft mehr. Mein Gehirn wurde einzig und alleine von dem Gedanken beherrscht, ihn zu spüren.

Desiderio machte seinem Namen alle Ehre …

Gierig erkundete ich jeden einzelnen makellosen Zentimeter an ihm. Ohne Scham und ohne Scheu.

Meine Güte!, durchfuhr es mich, bevor ich von der reinen Lust ergriffen wurde.

Ich war bereit.

Ich konnte nicht mehr warten.

»Ich will dich«, seufzte ich fordernd in Desiderios Ohr. »Ich will dich sofort.«

Er sah mich an. In seinen Augen loderte pure Leidenschaft.

»Bitte«, flehte ich und wand mich vor sehnsüchtigem Verlangen in seinen Armen.

Endlich erlöste er mich von meinen Qualen.

Das Gefühl, ihn in mir zu spüren, war unbeschreiblich. Wir waren uns so nahe, wie Mann und Frau es nur zu sein vermochten. Eine perfekte Einheit in einem Wirbelsturm der uferlosen Begierde. Desiderio komplettierte mich auf eine Weise, die ich niemals für möglich gehalten hatte.

Ich sah zu den Sternen hinauf und rief laut seinen Namen hinaus in die Nacht.

Stunden später fielen wir erschöpft in das große Himmelbett. Der Weg hierher hatte einige Zeit in Anspruch genommen, weil wir immer wieder übereinander hergefallen waren. Stolze fünf Mal, um genau zu sein.

Ich lag auf dem Rücken und blickte auf den weißen Baldachin. Desiderio hatte seinen Kopf in meinen Schoß gebettet und ich spielte gedankenverloren mit seinen Haaren.

Alle meine Fasern kribbelten noch immer leicht von der vorangegangenen Erregung. Es war ein herrliches Gefühl.

Desiderio drehte sich ein wenig zur Seite und legte seine Hand auf meinen Bauch. Eine Welle der Zuneigung erfasste mich, als ich zu ihm hinabblickte. Er hatte die Augen geschlossen, seine Gesichtszüge wirkten weich und entspannt. Bei jedem meiner Atemzüge spürte ich seine Bartstoppeln leicht auf meiner Haut kratzen. Es war ein süßer Schmerz, denn er versicherte mir, dass dieses schöne Gesicht wirklich da war. Andächtig fuhr ich mit den Fingerspitzen über seine glatte Stirn und verfolgte die geschwungene Form seiner Augenbraue bis hin zu seiner Schläfe, über den hohen Wangenknochen hinab, zu den sinnlichen Lippen.

Er schlug die Augen auf und sah mich liebevoll an. Trotz der Dunkelheit im Raum konnte ich genau sehen, wie das Ozeanblau aufleuchtete. Ich spürte, wie sich seine Lippen zu einem Lächeln verzogen.

»Bist du glücklich, Lena?«

Meine Hand wanderte weiter zu seiner Halsbeuge. »Ja«, antwortete ich leise, aber überzeugt.

»Ich auch. Sehr.« Er drehte sich zurück auf den Rücken. Ich streichelte zärtlich über den Bogen seines Schlüsselbeines, während er weitersprach: »Ich kann es kaum fassen, dass du wirklich hier bist. Bei mir. Zwischenzeitlich hast du mich nämlich ganz schön zum Verzweifeln gebracht.«

»Hm.« Ich dachte schmunzelnd zurück an seine beharrlichen Versuche, mich zu einer Verabredung zu bewegen. »Ich bin ja eigentlich ein schlechter Verlierer, aber diesen Sieg muss ich dir eindeutig zusprechen.«

»Hast du denn wirklich das Gefühl, etwas verloren zu haben?«, fragte er sanft.

Natürlich hatte er recht. Ich hatte gar nichts verloren. Ganz im Gegenteil.

»Nein«, sagte ich. »Ich habe eindeutig etwas gewonnen. Etwas, das ich um nichts in der Welt mehr hergeben möchte.«

Die Worte kamen wie von selbst über meine Lippen, und die Ehrlichkeit darin erstaunte mich selbst.

Es war die Wahrheit. Ich hatte mich lange genug gegen diese Erkenntnis gewehrt. Von Anfang an hatte Desiderios Aura mich angezogen wie ein Lichtschein in der Dunkelheit. Nun war ich endlich bei ihm angelangt und es gab für mich kein Zurück mehr. Er war ein Teil meines Lebens geworden und ich brauchte ihn.

Desiderio hatte sich inzwischen erhoben, um sich einen anderen Liegeplatz zu suchen. Dieser war genau über mir. Zufrieden empfing ich ihn in meinen Armen.

Nein, dachte ich, während er meinen Hals mit seinen Lippen liebkoste, *es gibt für mich kein Zurück mehr. Ab sofort gibt es nur noch ihn …*

Kapitel 29

Desiderio weckte mich abermals mit einem zarten Kuss aus meinem Märchenschlaf.

»Guten Morgen, mein Schatz. Der Schlüssel liegt wieder in der Küche. Bis später!« Und schon war er verschwunden.

Ich streckte mich und schwang mich, trotz der kurzen Nacht, erstaunlich beschwingt aus dem Bett. Diesmal fühlte ich mich schon viel wohler in dem großen, leeren Haus. Ich bewegte mich darin schon beinahe so, als würde ich hierher gehören.

Und ich wollte hierher gehören. An Desiderios Seite.

Meine Gefühle zu ihm hatten die Grenze zur Schwärmerei längst überschritten. Mir war inzwischen klar geworden, dass ich ihn aus tiefstem Herzen liebte. Das war keine kleine Verliebtheit mehr, sondern echte, große Liebe, die mein Innerstes ausfüllte und von mir Besitz ergriffen hatte. Eigentlich hätte ich es ihm sagen sollen, doch ich fand einmal mehr nicht die richtigen Worte dafür.

Überglücklich steuerte ich fertig angezogen in die Küche. Ich staunte nicht schlecht – das gestrige Chaos war verschwunden. Mir war es ein Rätsel, wann Desiderio es geschafft hatte, hier aufzuräumen. Da der Geschirrspüler leise vor sich hin gurgelte, musste er wohl früh aufgestanden sein. Brauchte der Mann denn keinen Schlaf? Vielleicht war er ja doch ein Vampir.

Mein Blick fiel auf eine einzelne Blume, die in einer schmalen Vase steckte. Eine weiße Calla. Daneben lagen der Haustürschlüssel und ein handgeschriebener Brief.

Diese Blume ist für Dich.
Stark und kräftig, und zugleich zart wie der Morgentau,
erstrahlt sie in perfekter Schönheit.
Genau wie Du.
D.

Ich schmolz dahin.

Wie konnte es sein, dass ein Kerl wie er, der vor Männlichkeit nur so strotzte, solch gefühlvolle Sätze verfassen konnte?

Ehrfürchtig hielt ich das Papier in den Händen und betrachtete die Calla. Sie war wirklich schön. Makellos und ebenmäßig.

»Genau wie du …«

Mein Gott, passierte mir das alles wirklich?

Oder war ich vielleicht doch in einer Fantasie gefangen? Einem Traum? In einem außergewöhnlich langen und intensiven Traum … Fühlte es sich so an, wenn man im Koma lag?

Vorsichtig strich ich über die wunderschöne Blüte und musste urplötzlich an Frank denken. Wieder hatte ich mich vollständig meinem Glück hingegeben und mich nicht ein einziges Mal gefragt, wie es ihm denn wohl erginge. Ich war schon eine tolle Freundin …

Das schlechte Gewissen drückte so schwer auf meinen Schultern, dass ich umgehend mein Handy zückte und Vera anrief.

Sie meldete sich verschlafen mit: »Mmh?«

Ups, ich hatte ganz vergessen, dass sie in ihrem Bürojob erst um halb neun antreten musste. Nun gut, jetzt wo sie schon mal wach war …

»Hey, Vera! Ich bin's!«

»Lena? Wie spät ist es?«

»Äh, keine Ahnung?«

Etwas raschelte leise, worauf ein hingebungsvolles Ächzen von Vera ertönte.

»Es ist sieben Uhr und das weißt du genau, du Miststück!«, zeterte sie. Erstaunlich, wie schnell ihre Stimme hellwach klang. »Was, zum Teufel, willst du? Warte, ist alles in Ordnung?«

»Ja, ja«, versicherte ich ihr schnell. »Sorry, aber ich musste eben an Frank denken und ich wollte unbedingt wissen, wie es ihm geht.«

Eine kurze Pause entstand.

Vera räusperte sich. »Na ja, es … geht so.«

»Mein Gott! So schlimm?«, rief ich erschrocken.

»Keine Panik«, versuchte sie, mich zu beruhigen. »Natürlich geht es ihm nicht gut. Er ist verletzt und enttäuscht.« Ich atmete geräuschvoll ein. »Nein, Lena, das ist nicht deine Schuld. Das weiß er und das hat er mir selber gesagt. Er gibt dir keine Schuld, verstanden?«

Ich nickte, obwohl sie das natürlich nicht sehen konnte. »Vielleicht sollte ich noch einmal mit ihm reden.«

»Hm, ich glaube, ihr solltet noch ein wenig warten. Ihr beide seid noch zu aufgewühlt, um euch vernünftig damit auseinanderzusetzen. Ich kenne dich gut genug, Lena-Maus. Du würdest den armen Kerl nur wieder anbrüllen und das würde dir hinterher leidtun. Also warte lieber noch ein paar Tage, okay? Am besten, du wartest, bis Frank den ersten Schritt auf dich zugeht.«

»Ja, wahrscheinlich hast du recht.«

»Tja, wie immer eben«, meinte sie hochmütig. »Ach, das passt eigentlich ganz gut, dass du anrufst. Ich habe hier nämlich bergeweise Brautmodenkataloge und bin hoffnungslos überfordert damit. Kannst du mir ein bisschen zur Seite stehen?«

»Natürlich. Wann?«

»Na, wie wär's mit heute?«

Ich starrte auf den Brief mit den magischen Worten. Eigentlich wollte ich mich lieber mit Desiderio in den Laken wälzen, als tonnenweise Brautkleider zu sondieren, aber das würde bedeuten, dass ich wieder einmal meine Freunde vernachlässigen würde. Ich steckte in einer Klemme zwischen Verlangen und Anstand.

Vera deutete mein Schweigen mit ihrem unübertrefflichen Instinkt genau richtig. »Kein Problem, Süße. Triff dich lieber mit deinem Doktor Sex-Appeal. Meine Hochzeit ist erst in einem Jahr, aber du bist frisch verliebt, also geht das natürlich vor.«

Ich verneinte, wenn auch ein wenig zögerlich. »Nein, ich komme zu dir. Desiderio und ich haben schließlich noch viele gemeinsame Stunden vor uns.«

»Oh! Das hört sich an, als wäre da jemand eine Beziehung eingegangen?«

»Sieht ganz danach aus.«

»Mensch, das freut mich so für dich! Aber am Besten, wir quatschen später weiter. Du kommst nämlich gerade zu spät zur Arbeit, weißt du?«

Ich sah fluchend auf die Uhr. Vera kicherte fröhlich, als ich das Handy zuklappte und mich schleunigst auf den Weg in die Notaufnahme machte.

Sandra und ich erwähnten meine Beziehung zu Desiderio mit keinem Wort. Ich wusste natürlich, dass sie nur darauf lauerte, endlich mehr zu erfahren. Doch sie wartete wohl darauf, dass ich den Anfang machte. Den Gefallen konnte ich ihr leider nicht tun, weil mir meine Aktion immer noch ein wenig peinlich war. Darum vermied ich es penibel, auf den gestrigen Tag zu sprechen zu kommen.

Immer wieder wanderten meine Gedanken zu Desiderio und der Calla, die ich einfach mitsamt Vase mitgenommen hatte. Ganz vorsichtig hatte ich sie in meine Jacke eingewickelt, damit es ihr in meinem Auto auch ja nicht zu kalt wurde und ich mich noch länger an ihr erfreuen konnte. Der Brief war natürlich auch dabei. Für ihn hatte ich schon einen tollen Platz in meinem Nachtkästchen reserviert. Dort konnte er seinem Vorgänger Gesellschaft leisten.

Würde ich noch mehr solch schöne Schreiben von Desiderio bekommen?

Ja, hoffentlich! Meinetwegen sollte er ein ganzes Buch mit seinen poetischen Worten befüllen! Niemals würde ich es satt sein, seine gefühlvollen Worte zu lesen.

Ich ließ Hans gerade einen frischen Kaffee für mich mahlen, als mein persönlicher Poet die Küche betrat.

Meine Güte, wahrlich der Sexgott in Weiß!

»Guten Morgen, die Damen«, begrüßte er uns höflich.

Mein Herz flatterte, als er zu mir ging. In völliger Selbstverständlichkeit drückte er mir einen Kuss auf die Wange und holte sich anschließend lässig eine Tasse aus dem Schrank.

Sandras Blick bohrte sich förmlich in meinen Rücken und beobachtete uns sensationslüstern. Während mir die Hitze in die Wange stieg, schien Desiderio dies nichts auszumachen. Unbekümmert gab er mir frech mit seinem Zeigefinger einen Stüber auf die Nase. »Na, du? Hast du gut geschlafen?«

Na schön, wenn er so cool bleiben konnte, dann konnte ich das wohl auch!

»Wie ein Baby«, schwärmte ich und rückte ein Stück beiseite, damit er zur Kaffeemaschine konnte. »Wann bist du eigentlich aufgestanden?«

Er zuckte mit den Achseln. »Weiß nicht genau. Aber ich wollte nicht, dass du das Schlachtfeld in der Küche noch einmal siehst.«

»Ja, da habe ich tatsächlich was Schlimmeres erwartet«, meinte ich dazu nur.

Mann, warum konnte ich nicht einfach sagen, dass mir sein Schreiben unwahrscheinlich gut gefallen hat? Dass ich seine Worte liebte? Dass ich ihn liebte?

Stattdessen verfiel ich ihn verlegenes Schweigen.

»Was hast du heute Nachmittag vor?«, wollte er wissen.

»Also, weißt du, Vera hat mich gefragt, ob ich mit ihr Brautmoden angucke.«

»Na, hört sich doch prima an. Sehr spannend.« Er grinste.

»Ja. Also, so wie ich uns Klatschweiber kenne, wird das bestimmt länger dauern …«

Ich sah ihn zögerlich an. Keine Ahnung, was ich erwartet hatte, aber sein Verständnis überraschte mich irgendwie.

»Und du glaubst, dass das ein Problem für mich sein könnte? Lena, ich hätte zwar wirklich gerne etwas mit dir unternommen, aber ich würde mich niemals zwischen dich und deine Freunde stellen«, erklärte er ernst.

Ich fand seine Aussage so toll, dass ich Sandras Anwesenheit komplett vergaß und ihn einfach auf den Mund küsste. »Okay. Dann können wir ja morgen etwas unternehmen?«

Er zog kurz die Nase kraus. »Da habe ich leider Dienst.«

Sofort ließ die Enttäuschung mir die Kinnlade herunterklappen. Na, schön. Dann musste Vera eben warten. Bevor ich ihm dies mitteilen konnte, sprach er schon weiter.

»Ich weiß genau, was du jetzt denkst, aber du wirst trotzdem zu Vera gehen, weil sie deine beste Freundin ist. Dafür lade ich dich am Freitag ins Kino ein, in Ordnung?«

Ich bemühte mich um Contenance. »In Ordnung.«

Gar nichts war in Ordnung!

Ich wollte keine zwei Tage auf Desiderio verzichten! Und vor allem wollte ich keine zwei *Nächte* auf Desiderio verzichten!

Aber noch weniger wollte ich wie eines dieser klammernden, hysterischen Mädchen wirken, darum lächelte ich tapfer und ließ mir nichts weiter anmerken.

»Bis später, Schatz«, sagte er und versetzte mir nochmals einen Nasenstüber, bevor er mit seiner dampfenden Kaffeetasse entschwand.

Sandra gab einen schmachtenden Seufzer von sich. Ich sah sie stirnrunzelnd an, was sie wohl dazu veranlasste, lieber nichts zu sagen. Sie beschränkte sich auf ein wissendes Grinsen, was mir aber allemal lieber war als der mitleidsvolle Blick, mit dem sie mich die letzten Tage über bedacht hatte, darum ließ ich sie gewähren.

Obwohl wir unsere Zuneigung nicht mehr direkt verbergen mussten, war der heutige Arbeitstag nicht minder aufregend als der gestrige. Jedes Mal, wenn Desiderio mir über den Weg lief, sei es zufällig oder beabsichtigt, fing mein Bauch an zu kribbeln. Nicht nur einmal kostete es mich erhebliche Kraft, mich nicht einfach auf ihn zu stürzen und ihn sofort auf der Untersuchungsliege zu vernaschen.

Hilfe, was hatte er nur aus mir gemacht?

Ein gieriges, hormongesteuertes Weib!

Fürchterlich …

Nach meiner Schicht zerrte ich ihn dann doch noch in den Lagerraum und fiel mehr oder weniger über ihn her. Wie von Sinnen küsste ich ihn und klammerte mich an ihm fest, bis er mich sanft, aber nachdrücklich von sich schob.

»Meine Güte, Lena, ich muss noch irgendwie arbeiten können«, lachte er heiser. Seine Stimme klang dunkel vor Erregung.

»Das kannst du ja auch. Danach, meine ich …«, gurrte ich.

Er seufzte tief. »Du bringst mich noch vollkommen um den Verstand.«

Ein bisschen Gerechtigkeit musste ja wohl sein, oder?

Ich neigte den Kopf ein wenig und machte einen Schmollmund. »Ich vermisse dich jetzt schon.«

»Schau mich nicht so an, kleine Kriegerin. Du kämpfst gerade mit unfairen Mitteln!«

»Im Krieg ist alles erlaubt.«

»In der Liebe auch«, sagte er leise und sah mir tief in die Augen, bis mir ganz schwindelig wurde.

Verdammt, Lena! Sag endlich, was du für ihn empfindest!

Desiderios Diensthandy klingelte. Der Zauber des Moments war vorbei.

Und ich war wieder einmal ein jämmerlicher Feigling gewesen.

Widerwillig ließ ich von ihm ab, damit er den Anruf entgegen nehmen konnte.

»DiCastello«, sagte er in den Apparat. Er klang dienstlich und ernst. Mich erstaunte einmal mehr, wie schnell er seine Fassung wiedererlangen konnte. Falls er sie überhaupt verloren hatte.

Er signalisierte mir mit einem entschuldigenden Lächeln, dass das Gespräch wichtig war. Ohne das Telefon vom Ohr zu nehmen, gab er mir noch einen geräuschlosen Abschiedskuss und schlüpfte beinahe fluchtartig aus dem Raum.

Ich fühlte mich augenblicklich verloren und alleine gelassen, was natürlich Blödsinn war. Darum straffte ich innerlich die Schultern und machte mich, wenn auch schweren Herzens, auf den Heimweg.

Als ich später bei Vera ankam, empfing sie mich mit folgenden Worten: »Komm rein, setz dich und erzähl mir erstmal, wie Dr. Oberhammer in der Kiste ist.«

»Und wenn wir gar keinen Sex hatten?«, wollte ich wissen und ließ mich in einen bequemen Ohrsessel fallen.

»Oh, doch. Den hattet ihr«, sagte sie überzeugt.

»Wieso glaubst du, das zu wissen?«, fragte ich verblüfft, obwohl ich doch um die erstaunliche Gabe meiner Freundin wusste.

Vera machte ihr Psychologengesicht und zählte auf: »Deine Wangen sind gerötet, deine Haare sind immer noch zerzaust und du hast einen Gang drauf, der selbst John Wayne in Ehrfurcht versetzen würde.«

»Waaas?« Erschrocken presste ich automatisch meine Beine zusammen. »Das ist doch wohl ein Witz!«

Vera gluckste fröhlich. »Natürlich war das ein Witz, du Dummkopf. Meine Diagnose ist auf dein dämliches Dauergrinsen zurückzuführen. Obwohl, das mit dem breitbeinigen Gang …«

»Mann!«, unterbrach ich sie barsch.

»Okay, okay«, lachte sie. »Also – wie war's?«

Ich lehnte mich verträumt zurück und sagte wehmütig: »Es war unglaublich! Mit gar nichts anderem zu vergleichen. Er war so, so intensiv … Mein Gott, Vera, ich war in meinem Leben noch nie so … keine Ahnung, was ich war!«

»Erregt, befriedigt, himmelhochjauchzend, geil, erfüllt oder zufrieden, vielleicht?«

»Alles«, hauchte ich.

»Oh, là, là! Da hat aber jemand Erfahrung in der Kiste«, meinte sie trocken.

»Erfahrung hat er auf jeden Fall, meine Güte, die hat er wirklich! Aber die habe ich auch. Trotzdem habe ich so etwas noch nie erlebt. Es war einfach alles so traumhaft.«

Vera nickte weise. »Ja, weil Gefühle im Spiel sind. Genau das versuche ich, dir seit Jahren einzutrichtern. Und jetzt hast du es endlich erlebt.«

»Ach, ich weiß nicht. Marek habe ich damals auch über alles geliebt, trotzdem kann man das nicht miteinander vergleichen.«

»Tja, dafür kann ich dir gleich mehrere Gründe nennen: Erstens – du warst noch jung und unerfahren, was Bettgeflüster betrifft. Zweitens – Marek war ein Riesenarsch, der null Interesse daran hatte, dass du auch nur annähernd auf deine Kosten kommst. Drittens – ja, was soll ich sagen? Deinem Doktor dampft die Erotik quasi aus allen Poren!«

»Gott, das tut sie …«, schwärmte ich und ging dabei in Gedanken noch einmal jedes Detail seiner unglaublichen Gestalt durch.

Irgendwann schnippte Vera mit den Fingern vor meinem Gesicht. »Huhu! Konzentrier dich bitte wieder auf mich, bevor dir hier noch einer abgeht!«

Ich blinzelte in ihr breites Grinsen und seufzte schwer. »Ich kann das alles immer noch nicht richtig fassen, Vera. Irgendwie ist das alles viel zu märchenhaft für das wahre Leben. Ich meine, er sieht unglaublich toll aus, ist wahnsinnig charmant, gebildet und witzig, und dann hat er auch noch Geld wie Heu. Da stimmt doch was nicht! Wo ist der Haken?

Vera überging meine Bedenken. »Er hat Geld wie Heu?«

»Na ja, ›wie Heu‹ ist vielleicht übertrieben, aber sehr wohlhabend ist er bestimmt.«

Meiner Freundin war diese Erklärung natürlich nicht ausreichend, deshalb erbarmte ich mich und erzählte ihr von Desiderios Eigenheim. Wie erwartet, reagierte sie vollends begeistert.

»Pool? Beheizt? Und einen Whirlpool? Krass«, meinte sie und kratzte sich aufgeregt an der Nase. »Spitzenklasse! Wenn du erstmal eingezogen bist, dann komme ich immer zum Schwimmen vorbei.«

Schnell hob ich abwehrend meine Hände. »Stopp, stopp! Bis jetzt habe ich nicht vor, bei Desiderio einzuziehen!«

Okay, das hatte ich vielleicht schon. Zumindest ein bisschen. Aber auf keinen Fall schon in naher Zukunft!

»Noch nicht«, merkte Vera an und lehnte sich überzeugt zurück.

»Über solche Dinge möchte ich mir jetzt eigentlich noch keine Gedanken machen.«

»Wieso nicht?«

»Hab ich doch vorher schon gesagt! Wo ist der Haken?«

Vera schüttelte tadelnd den Kopf. »Warum ist es für dich so unwahrscheinlich, dass du mit Desiderio das große Los gezogen hast? Wieso muss alles in deinem Leben eine Niete sein?«

Ich knabberte an einem Fingernagel und vermied es tunlichst, meinem Gegenüber in die Augen zu sehen. Inzwischen wusste ich nämlich selbst nicht mehr so recht, warum ich mich nicht einfach mit Leib und Seele über meine neu gewonnene Liebe freuen konnte. Es war immer noch etwas in meinem Innersten, das mich davon abhielt, und das, obwohl ich mittlerweile sowieso nicht mehr zu retten war. Mein Herz gehörte bereits seit langem Desiderio, nur mein Kopf hatte sich einen kleinen Rest meiner selbst behalten; und dieser Teil beharrte auf Misstrauen.

Weil unser Gesprächsthema irgendwie in unangenehme Gefilde gerutscht war, bemühte ich mich schnellstens, davon abzulenken: »Was ist denn jetzt mit deinem Kleid? Hast du dir schon ein Konzept ausgesucht?«

Mein Plan ging auf und Vera zeigte sich sofort zutiefst verzweifelt. »Nein! Oh Gott, ich habe absolut keine Ahnung. Weißt du eigentlich, wie viele Brautkleider es auf dieser Welt gibt? Und ich weiß noch überhaupt nicht, in welcher Richtung ich gucken soll. Traditionell, modern, kurz, bodenlang, A-Linie, Weiß, Elfenbein, Glitzer, Tüll, …«

Da sie sich gerade in einen wahren Anfall hineinsteigerte, unterbrach ich sie eilig: »Schon gut, ich hab's kapiert. Okay, wir brauchen zunächst einmal eine annähernde Vorstellung. Zeig mal her, deine Kataloge. Mann, sind das Wälzer! Na ja, also, jede nimmt sich einen und sucht sich ihre Top Ten heraus. Danach vergleichen wir und versuchen, daraus eine Stilrichtung zu entwickeln, alles klar?«

Vera sah direkt dankbar aus und begann sogleich eifrig mit dem Umblättern und Markieren. Ich tat es ihr gleich, wenn auch nicht mit ganz so viel Schwung, weil ich mich zwischendrin immer wieder selbst ermahnen musste, nicht andauernd an Desiderio zu denken.

Wir blätterten, betrachteten, kommentierten, diskutierten und analysierten beinahe zwei Stunden, bis wir endlich die erste Entscheidung getroffen hatten: trägerlose A-Linie.

Je später der Abend, desto unkonzentrierter wurde ich. Immer wieder dachte ich an Desiderio. Was er wohl gerade so tat? Hach, ich vermisste ihn so schrecklich! Seinen Duft, seine Wärme, seine zärtlichen Hände …

»Lena!«

Ich schreckte auf. »Was ist?«

Vera klappte ihren Katalog zu und lächelte milde. »Fahr zu ihm.«

»Hä?«

»Na los, fahr zu Desiderio! Dein wehleidiges Gesicht ist ja kaum zu ertragen.«

»Aber ich …«

»Geh schon.«

»Gut, wenn du …«

»Hau endlich ab!«

Ja, wenn Vera mich unbedingt loswerden wollte, dann musste ich ihrem Wunsch natürlich nachkommen. Hektisch packte ich meine Siebensachen und flitzte hinaus zu meinem Wagen.

Ich komme, mein Schatz, dachte ich und kicherte dabei leise in mich hinein. Ein fremder Beobachter hätte mich bestimmt für verrückt erklärt.

Okay, Desiderio hatte mich wohl wirklich um einen Großteil meines Verstandes gebracht.

Kapitel 30

Es war halb neun und die herbstliche Nacht hatte sich bereits auf Wollbach hinabgesenkt. Ich fuhr ohne Umwege direkt in die Bonzensiedlung, weil ich davon ausging, dass Desiderio zu Hause war. Er hatte schließlich nichts Gegenteiliges erwähnt.

Und er war da. Das Esszimmer lag auf der zur Straße gewandten Seite, und ich sah schon von Weitem, dass darin Licht brannte.

Mein ganzer Körper prickelte vor Vorfreude, als ich meinen Kombi parkte und ausstieg. Mir war, als hätte ich Desiderio seit Wochen nicht gesehen, so sehr freute ich mich.

Außerdem wusste ich schon ganz genau, was ich mit ihm jetzt gleich anstellen würde, und alleine die Vorstellung daran trieb mir die Hitze in die Wangen.

Himmel, er war aber auch ein grandioser Liebhaber!

Während ich durch den Vorgarten schritt, hätte ich am liebsten mein Glück laut hinausgeschrien. Dieser Mann hatte mich durchweg verzaubert. Ich liebte einfach alles an ihm, angefangen von seiner ruhigen Stimme bis hin zu seinem sehnigen Sprunggelenk. Oh ja, er hatte geniale Knöchel. Wirklich seltsam, denn vorher konnte ich mich für diesen Körperteil eigentlich nicht so sehr begeistern, doch bei ihm wirkte gerade jener kleine Abschnitt seines Beines hochgradig erotisch auf mich. Zugegeben, eigentlich wirkte alles an ihm hochgradig erotisch. Und einzigartig. Und attraktiv. Und …

Ja, es war einfach unglaublich, wie Desiderio sich auf mich auswirkte.

Ich war schon beinahe bei der Haustüre angelangt, als ich einen Schatten im Esszimmerfenster bemerkte.

Was er wohl gerade da drin machte?

Okay, es war zwar absolut nicht die feine Art, in der Nacht durch fremde Fenster zu spähen, aber ich konnte es einfach nicht unterlassen, einen kurzen Blick auf ihn zu werfen.

Ich trat also ein wenig näher und sah durch das Esszimmerfenster.

Und erstarrte.

Der Schatten, den ich bemerkt hatte, gehörte nicht zu Desiderio.

Hundertprozentig nicht!

Er war nämlich unverkennbar weiblicher Natur, hatte schulterlange, blonde Haare und für die zierliche Statur eindeutig viel zu große Brüste.

Wer, zur Hölle, war die Tussi?

Sie stand vor dem Esstisch und stapelte benutztes Geschirr übereinander. Geschirr für zwei Personen. Tja, die Putzfrau war sie wohl nicht, soviel stand fest, denn niemand aß mit seiner Haushälterin zu Abend.

Wer hatte überhaupt gekocht? Etwa Desiderio selbst? Mir hatte er doch erst gestern noch erklärt, dass er so etwas nie tat, was seinen Einsatz schließlich noch beeindruckender auf mich hatte wirken lassen! War das nur ein berechneter Teil seiner Show gewesen?

Wie aufs Stichwort kam Desiderio aus der Küche. Er hatte sich locker ein Geschirrtuch über die Schulter geworfen und trat beschwingt zu der Blonden, um ihr beim Abräumen zu helfen. Die beiden unterhielten sich dabei fröhlich.

Obwohl ich ihre Worte nicht verstehen konnte, wurde mir augenblicklich eiskalt.

Aus der Mimik ging klar hervor, dass sich die zwei schon sehr lange kannten. Ihr Umgang war vertraut und entspannt. Nein, es war sogar noch mehr.

Verkrampft starrte ich Desiderio an.

Der Ausdruck in seinen Augen, mit denen er die Blondine ansah, ging mir durch und durch. Darin lag pure Zuneigung.

Er mochte diese Frau sehr gerne und freute sich aufrichtig, sie hier zu haben.

Mir wurde schlecht.

Desiderio sagte wohl etwas Freches zu ihr, denn sie antwortete ihm mit gespielter Entrüstung und wuschelte ihm strafend durchs Haar. Gemeinsam verschwanden die beiden anschließend lachend in der Küche und damit aus meinem Blickfeld.

Schockiert stierte ich vor mich hin und versuchte, die Szene zu verarbeiten.

Hatte er mich deswegen dazu gedrängt, heute etwas mit Vera zu unternehmen? Damit er sich mit diesem Miststück treffen konnte?

Tränen sammelten sich in meinen Augen, als mir etwas ganz Bestimmtes klar wurde.

Gestern hatte er seinen Sieg über mich erlangt. Er hatte mich verführt und hatte damit seine unangefochtene Gewinnstatistik vervollständigt.

Und jetzt war ich wieder uninteressant.

Nur eine weitere unbedeutende Frau in seiner langen Liste der Bettgeschichten.

Enttäuschung erfasste mich und schnürte mir die Luft ab. Mein Atem ging schwer, während ich mich um einen klaren Gedanken bemühte.

Ein scharfer Schmerz durchzuckte meine rechte Hand. Ich sah darauf hinunter und bemerkte erst jetzt, dass ich meine Finger so sehr um meinen Autoschlüssel krallte, dass sich eine der scharfen Kanten in meine Haut gebohrt hatte. Ich öffnete langsam die Faust und erkannte trotz der Dunkelheit ein wenig Blut darin schimmern.

Und jetzt?

Mein Blick wanderte zur Haustür. Ich musste Desiderio zur Rede stellen. Musste ihm sagen, dass er es geschafft hatte. Und ich sollte ihm dazu gratulieren und dann einen würdigen Abgang hinlegen.

Aber ich konnte nicht.

Ich wollte nur noch weg. Weg von ihm und seiner Freundin.

Mechanisch drehte ich mich um und ging langsam durch den Vorgarten zurück zu meinem Wagen.

Wie in Trance fuhr ich zu meiner Wohnung. Die ganze Strecke über war ich von Fassungslosigkeit umhüllt. Kein anderer Gedanke konnte diese Mauer durchdringen, die mich wie einen Zombie in meine Wohnung lenkte.

Erst als ich die Tür hinter mir schloss und mich erschöpft dagegen lehnte, löste sich der Nebel und ließ mich zusammensacken. Tränen der puren Verzweiflung rannen über mein Gesicht, als ich kraftlos auf den Boden sank und meine Arme um die Knie schlang.

Ich hatte mich geirrt.

Ich hatte mein Vertrauen dem Falschen geschenkt.

Schon wieder.

Wie konnte ich nur so blöd sein? Warum hatte ich mich trotz aller Bedenken auf diesen Schönling eingelassen?

Und was war eigentlich mit ihm los? Besaß er kein Gewissen?

Die ganze Zeit über hatte er mir etwas vorgespielt. Hatte sich in sein Ziel, mich rumzukriegen, hineingehängt, als würde ihn ein Preisgeld erwarten.

Tja, und diesen Preis musste ich nun bitter bezahlen.

Eigentlich sollte man Desiderio für den Oskar nominieren. Seine schauspielerische Leistung war wirklich einzigartig. Er hatte mich belogen und betrogen, bis ich ihm komplett verfallen war. Nicht einmal, nachdem ich ihm von meiner Vorgeschichte erzählt hatte, machte er halt. Ohne Rücksicht auf mich und meine Gefühle hatte er mir einfach weiterhin seine Zuneigung vorgegaukelt.

Aber hatte er eigentlich jemals etwas Verbindliches verlauten lassen?

Nein, so poetisch und romantisch seine Aussagen auch waren, er hatte niemals laut ausgesprochen, dass er etwas Tiefsinniges für mich empfand, oder gar, dass er mich liebte.

Das hatte ich zwar auch nicht getan, aber bei mir war das etwas anderes. Ich konnte nicht so gewandt mit Worten umgehen wie er.

Ich holte mein Handy hervor und schaffte es, trotz meiner zitternden Finger eine SMS an Vera zu schicken: »Er hat mich betrogen.«

Ja, das hatte er. In jeglicher Form.

Und er hatte mich zerstört.

Bei jedem Atemzug spürte ich die Scherben meines Herzens, wie sie mir in den Brustkorb stachen.

Vera verzichtete auf eine Antwort und stand stattdessen keine zehn Minuten später bei mir auf der Matte. Als sie die Tür aufsperrte, schob sie mich mehr oder weniger über den Fußboden, um eintreten zu können, weil ich es noch nicht geschafft hatte aufzustehen.

Sie quetschte sich durch den schmalen Spalt, den sie geschaffen hatte, und sah mit großen Augen auf mich herunter.

»Was ist passiert?«

Ich versuchte zu antworten, bekam aber nur einen verzweifelten Schluchzer heraus.

»Hm.« Sie reichte mir ihre Hände und zog mich ächzend auf die Beine. »Komm erstmal aufs Sofa. Ich sitze nicht so gerne auf dem Boden herum.«

Mir kam die damalige Szene zwischen mir und Desiderio in meinem Badezimmer in den Sinn und schon wurde ich von einem weiteren Heulkrampf gebeutelt.

Vera drängte mich auf die Couch, wickelte mich in eine Decke und brachte mir einen Früchtetee.

»Also, noch einmal von vorne: Was ist passiert?«, startete sie einen erneuten Versuch.

»Ich hab ihn gesehen. Mit einer anderen Frau«, stieß ich erstickt hervor.

»Wann und wo?«

»Gerade eben. In seinem Haus.« Ich wischte mir erschöpft über mein tränennasses Gesicht. »Ich wollte zu ihm und dachte, ich müsste gar nicht erst vorher anrufen, weil er ja sowieso zu Hause war. Dann wollte ich reingehen und habe eine fremde Frau in seinem Esszimmer gesehen.« Ein paar leise Schluchzer überkamen mich, bevor ich weitersprechen konnte. »Sie haben gerade den Tisch abgeräumt, also haben sie gemeinsam gegessen. Und sie war bestimmt nicht die Putzfrau!«

»Na ja, das glaube ich auch nicht. Aber vielleicht war es ja einfach nur eine Freundin?«, warf Vera diplomatisch ein.

Ich schnaubte abfällig. »Pff, eine Freundin? Nein. Du hast nicht gesehen, wie er sie angeschaut hat. So sieht man keine normale Freundin an. Da steckt mehr dahinter. Zuneigung, Liebe, oder was weiß ich.« Meine Stimme versagte und ich vergrub meinen Kopf in ein Sofakissen.

»Bist du dir da sicher? Ich meine, vielleicht interpretierst du da ein wenig zu viel hinein.«

»Nein!«, kreischte ich in das Kissen. »Ich weiß, was ich gesehen habe!«

Vera dachte einige Zeit nach, während ich wieder anfing zu heulen.

»Ich kann das einfach nicht glauben, Lena«, sagte sie nach einer Weile sanft. »Da stimmt doch irgendwas nicht. Du musst mit ihm darüber sprechen.«

Ich schnellte nach oben und starrte Vera aus zusammengekniffenen Augen an. »Du kannst es nicht glauben, weil du diesmal auch daneben lagst, mit deiner Einschätzung, nicht wahr? Die unfehlbare Vera hat ausnahmsweise einmal NICHT recht behalten!«

»Hey, lass die Scheiße nicht an mir aus, klar?«, mahnte sie scharf und hob drohend einen Zeigefinger. »Ich kenne dich gut genug, um nicht alles ernst zu nehmen, was du in deiner Verzweiflung von dir gibst, aber du kannst dich trotzdem zurückhalten!«

»Tut mir leid«, jammerte ich und bekam einen Schluckauf. »Ich weiß auch nicht, warum ich das immer mache.«

Vera strich mir leicht über den Kopf. »Ich glaube, ich weiß das schon, Süße. Du bist einfach lieber wütend als traurig. Irgendwie ja auch verständlich. Trotzdem solltest du deine Wut nicht auf Unschuldige konzentrieren.«

»Ja, ich sollte auf diesen Mistkerl wütend sein«, hickste ich.

»Nein, das solltest du nicht. Zumindest nicht, bevor du die Wahrheit kennst.«

Entrüstet warf ich meine Haare zurück. »Die Wahrheit kennen? Oh, ich kenne sie inzwischen! Er hat mich die ganze Zeit über belogen, damit er mich in seine Kiste bekommt, und nachdem ich jetzt endlich die Beine breit gemacht habe, bin ich uninteressant! Dieser Mistkerl hat mich eingelullt in schöne Worte und seine atemberaubende Ausstrahlung, und ich Vollidiot habe ihm geglaubt.«

»Du bist kein Vollidiot. Ich habe ihm auch geglaubt. Und ich glaube ihm im Übrigen jetzt noch. Lena, ich kann mir nicht vorstellen, dass jemand so überzeugend lügen kann!«

»Pah, Marek konnte das doch genauso.«

»Konnte er nicht. Damals warst du blind vor Liebe und hast im Gegensatz zu uns sein wahres Gesicht nicht erkannt. Wir haben ihn damals schon durchschaut, doch du warst einfach zu glücklich, um auf uns zu hören. Bei Desiderio liegt der Fall ganz anders. Als ich mich damals, nach eurem Date, mit ihm unterhalten habe, war ich mir sofort sicher, dass er es ernst meint mit dir. Und das glaube ich nach wie vor. Du musst mit ihm sprechen!«

»Nein. Ich kann nicht.«

»Dann werde ich es tun.«

»Nein! Das ist peinlich. Außerdem will ich nichts mehr mit ihm zu tun haben!«

»Na schön …, du willst nichts mehr mit ihm zu tun haben. Alles klar. Wie stellst du dir das denn auf der Arbeit vor? Willst du kündigen?«

Mir wurde schummrig zumute. An die Arbeit hatte ich noch gar nicht gedacht.

»Scheiße«, murmelte ich entsetzt. »Was soll ich denn jetzt machen?«

»Tja, du wirst dich wohl oder übel mit ihm zusammensetzen müssen, um die Sache zu klären.«

Ich überging ihren Vorschlag. »Genau deswegen darf man sich nicht auf Arbeitskollegen einlassen. Und auf Schönlinge auch nicht. Und auf schöne Arbeitskollegen erst recht nicht! Verdammter Mist, warum habe ich das nur getan?« Das Schluchzen kam zurück und ich hörte mich an wie ein jaulender Kojote. »Wieso habe ich zugelassen, dass er solche Kontrolle über mich erlangt?«

Der Schmerz der bitteren Enttäuschung erfasste mich. Weinend rollte ich mich zusammen und fiel vor Verzweiflung in ein tiefes Loch.

Ab diesem Zeitpunkt verzichtete Vera darauf, mir gut zuzureden. Sie wusste, dass keine Worte der Welt mir in dieser Verfassung helfen würden. Trotzdem stand sie mir bei, indem sie einfach nur da war. Ich hörte, wie sie einmal kurz mit Sebastian telefonierte und ihm erklärte, dass sie heute bei mir übernachten würde. Dann machte sie es sich neben mir auf der Couch gemütlich und stellte wie selbstverständlich den Fernseher an.

Seltsamerweise tat mir diese alltägliche Tätigkeit irgendwie gut und meine Tränen versiegten nach und nach. Ich starrte dumpf auf den Flimmerkasten und verfolgte die bunten Bilder darauf, obwohl ich keinen Sinn dahinter erkannte. Ob es nun ein Film war oder eine Dokumentation, das vermochte ich beim besten Willen nicht zu sagen, dennoch wirkte sich das Fernsehprogramm beruhigend auf mich aus.

Mein Handy piepste laut. Es lag noch immer im Flur und Vera stand schweigend auf, um es zu holen. Sie brachte es, warf einen Blick darauf und sah mich fragend an.

Ich wusste sofort, dass es eine SMS von Desiderio sein musste. Erst zögerte ich kurz, doch dann nickte ich leicht und nahm das Telefon entgegen.

»Mein Bett fühlt sich so leer an, wenn du nicht da bist. Ich vermisse dich und bin in Gedanken bei dir. Gute Nacht, kleine Kriegerin!«

Sein Bett fühlte sich leer an? Das bezweifelte ich!

Unbändiger Zorn überkam mich und ich warf mein Handy untermalt mit einem Schrei gegen die Wand. Es fiel in mehreren Teilen zu Boden, doch das war mir egal. Ich schmiss noch ein paar Sofakissen hinterher und sprang dann auf, um ziellos durch meine Wohnung zu irren. Vera beobachtete meinen Ausbruch mit verschränkten Armen und ließ mich gewähren, war aber jederzeit bereit einzuschreiten.

Ich stand inzwischen in der Küche und stierte auf die Calla, die ich zusammen mit dem Brief auf meinem Esstisch drapiert hatte.

So schöne Worte, in einer eleganten Handschrift verfasst.

Alles Lügen!

Ich packte den Schrieb und zerfetzte ihn in tausend Stücke. Genauso wie Desiderio es mit meinem Herz getan hatte.

Da lagen sie, seine Versprechungen, und zeigten, was sie in Wahrheit waren. Nur unbedeutende Papierschnipsel.

Ich fasste nach der Vase, um auch diese zu zermalmen, doch Vera war aus dem Nichts aufgetaucht und legte sachte ihre Hand auf meinen Arm. Ohne Worte nahm sie mir die Vase ab und reichte mir stattdessen die einzelne Blüte. Natürlich, wäre ja auch zu dumm, wenn ich mir in meinem Zorn auch noch die Fliesen kaputt machen würde.

Meine Finger schlossen sich um die Blume und zermalmten langsam die perfekten Blätter.

Die matschige Calla fiel zu Boden und ich sah sie lange nachdenklich an.

Jetzt war sie wirklich wie ich. Erst war sie in voller Pracht aufgeblüht, bis sich jemand rücksichtslos an ihr verging und sie achtlos wegwarf, nachdem sie ihren Zweck erfüllt hatte.

Ich fühlte, wie der Zorn allmählich wieder nachließ, um dem dumpfen Schmerz meiner verletzten Gefühle zu weichen.

»Ich gehe jetzt schlafen«, teilte ich Vera mit bebender Stimme mit und verließ die Küche.

Eingehüllt in tiefste Trauer zog ich mich um und ließ mich in mein Bett fallen. Meine Freundin wuselte noch eine Weile herum. Vermutlich beseitigte sie gerade die Spuren meines Anfalls und räumte auf.

Sie kam ins Schlafzimmer und legte mein Handy auf den Nachttisch.

»Die Scheibe hat einen Sprung, aber es funktioniert noch einwandfrei. Gut, dass du kein Smartphone hast. Ich habe es vorsorglich ausgeschaltet«, erklärte sie ruhig.

Ich nickte nur mit trübem Blick.

Da Vera ohnehin kein Dankeschön erwartet hatte, ging sie zu meinem Kleiderschrank und holte sich ein T-Shirt zum Schlafen heraus. Dann stellte sie mir noch den Wecker ein, legte sich zu mir und löschte das Licht.

Während ihre Atemzüge schon bald langsam und regelmäßig wurden, lag ich noch eine Ewigkeit auf dem Rücken und blickte starr auf die Zimmerdecke. Dabei stellte ich mir immer wieder dieselbe Frage: Wie konnte Desiderio mir das nur antun?

Kapitel 31

Mit fleckigem Gesicht und geröteten Augen kam ich in der Arbeit an. Sandra war natürlich sofort entsetzt über mein Antlitz.

»Meine Güte, wie siehst du denn aus? Geht es dir nicht gut?«, fragte sie besorgt, kaum dass ich die Küche betreten hatte.

»Hab schlecht geschlafen«, murmelte ich ausweichend und wandte mich schnell meinem Freund Hans zu.

»Oh, willst du vielleicht doch noch die Nummer von der Seelsorgerin?«

Ah, sie glaubte, der Überfall war der Grund für meine schlaflose Nacht. Das war gut. Ich ließ sie einfach in dem Glauben und notierte mir sogar die Telefonnummer, die sie mir freudig nannte.

Freilich würde ich dort nicht anrufen, aber es lenkte Sandra von meinem eigentlichen Problem ab.

Mein Handy war nach wie vor abgeschaltet, weil ich lieber nichts von Desiderio wissen wollte. Ein Aufeinandertreffen war natürlich nur eine Frage der Zeit, und ich wollte dies so lange wie möglich hinauszögern. Mein Glück war, dass er heute Dienst hatte, das bedeutete nämlich, sein Arbeitsbeginn und mein Schichtende überschnitten sich gerade um eine Viertelstunde. Ich hatte mir vorgenommen, dass ich diese letzte Viertelstunde überbrücken würde, indem ich unter einem Vorwand früher nach Hause ging. Ich würde Sandra eine Art Zusammenbruch vorgaukeln und somit Desiderios Anblick entgehen.

Nun, mein Plan erfüllte mich nicht gerade mit Stolz, aber ich hatte keine Ahnung, wie ich Desiderio gegenübertreten sollte.

Die ganze Nacht hatte ich versucht, mit der Sache klarzukommen. Ich hatte mir eingeredet, dass ich diesen Mistkerl doch einfach vergessen sollte. Dass er für mich eben auch nur eine Affäre war.

Doch das war er nicht.

Er war viel mehr für mich, egal wie sehr ich mir etwas anderes vorzugaukeln versuchte. Ich hatte mich ihm geöffnet, ihm vertraut, was ich bei einem One-Night-Stand niemals getan hätte. Und ich hatte Gefühle für ihn entwickelt.

Starke Gefühle.

Liebe.

Weil ich spürte, dass sich schon wieder Tränen in meinen Augen sammelten, atmete ich tief durch und riss mich zusammen, bevor Sandra noch etwas bemerkte.

Mir gelang es überraschend gut, nach außen hin die Coole zu geben, während in mir drinnen nach wie vor Schmerz und Enttäuschung wüteten.

Wie besessen stürzte ich mich in die Arbeit, um mich von meinem Gefühlschaos abzulenken. Reinmann bedachte meinen übertriebenen Eifer zwar ein paar Mal mit einem argwöhnischen Blick, aber ansonsten funktionierte das eigentlich ganz gut.

Ich sah auf die Uhr im Behandlungsraum zwei.

Mir blieben noch zwanzig Minuten, bevor ich verschwinden musste.

Reinmann wollte einen tiefsitzenden Glassplitter aus einer Hand entfernen, und ich bereitete routiniert alles vor, bis ich den Patienten hereinholen würde.

Während ich die lokale Betäubung in einer Spritze aufzog, ging ich im Geiste noch einmal alle benötigten Instrumente durch. Skalpell, Pinzette, Schere … Ja, alles da. Ich holte gerade eine frische Nadel hervor, um sie auf die Betäubungsspritze zu stecken, als die Tür aufging.

In der Erwartung, dass Reinmann hereinplatzte und mich mit seiner notorischen Ungeduld nerven wollte, sagte ich, ohne aufzusehen: »Ich bin gleich so weit.«

»Freut mich zu hören, mein Schatz.«

Entsetzt drehte ich mich um und starrte in Desiderios freches Grinsen.

Sein unbekümmerter Auftritt ging mir durch und durch.

»Was machst du schon hier?«, fragte ich schockiert.

»Ich bin ein wenig früher gekommen, um dich zu sehen. Ich habe dich heute Morgen schon angerufen, aber dein Handy war aus.« Er musterte mich irritiert. »Was ist los?«

Was los war?

Du Scheißkerl hast mir das Herz herausgerissen!

»Lena! Was hast du?«, wollte er wissen und machte einen Schritt auf mich zu.

»Bleib ja von mir weg!«, schrie ich und wich zurück.

Desiderio blieb überrascht stehen. »Um Gottes willen, was ist denn passiert?«

Wut und Schmerz legten sich über meine Brust und machten mir das Atmen schwer. Sein besorgter Blick war kaum zu ertragen.

»Geh einfach weg«, brachte ich bebend hervor. »Lass mich in Ruhe. Ich will nicht mit dir sprechen.«

»Ja, aber wieso denn nicht? Was habe ich getan?«

Ich schaffte es nicht, zu antworten, und sah ihn nur eisig an.

Er fuhr sich überfordert durch die Haare. »Mensch, Lena! Rede mit mir! Hat Steffi wieder irgendeinen Mist erzählt? Glaub mir, egal was es war, sie lügt.«

Mir entfuhr ein abschätziges Grollen, was Desiderio glauben ließ, dass er richtig lag mit seiner Vermutung.

»Meine Güte, hat sie wirklich wieder etwas erzählt? Und du hast ihr geglaubt? Komm schon, das ist doch wohl nicht wahr.«

Er kam wieder näher. »Wieso glaubst du dieser dummen Ziege und mir nicht? Es verletzt mich sehr, dass du immer noch kein Vertrauen zu mir gefasst hast.«

Er war verletzt? Dieser beschissene Mistkerl wagte es ernsthaft, mir Vorwürfe zu machen, und versuchte wieder, mir ein schlechtes Gewissen einzureden?

Das durfte doch alles nicht wahr sein!

Ich war inzwischen so weit vor ihm zurückgewichen, dass ich mit dem Rücken zur Wand stand. Ich saß sozusagen in der Falle.

»Komm ja nicht näher«, stieß ich hervor und hielt drohend die Nadel hoch.

»Jetzt ernsthaft?«, fragte er und blieb mit verschränkten Armen direkt vor mir stehen. »Du bedrohst mich lieber mit einer Kanüle, anstatt mit mir zu reden?«

Entschlossen zog ich die Plastikkappe von der Nadel und machte meine Waffe damit sozusagen scharf.

»Das glaub ich ja wohl nicht«, meinte er kopfschüttelnd und sah mich nachdenklich an. »Jetzt sag mir doch einfach, was ich getan haben soll, damit ich Steffi ordentlich zur Rede stellen kann, um die Sache zu berichtigen.«

»Steffi hat damit nichts zu tun«, zischte ich und ließ meine Hand mit der Kanüle sinken.

»Was ist es dann? Herrgott, Lena! Rede mit mir!«, forderte er aufgebracht.

»Damit du mir noch mehr Lügen erzählen kannst?«, fragte ich und spürte, wie sich eine Träne über meine Wange verirrte.

Desiderio reagierte mit Fassungslosigkeit. »Mein Gott, sag mir doch endlich, was ich getan haben soll!«

Weil ich nur mit meinem Kiefer mahlte und verbissen schwieg, machte er einen letzten Schritt auf mich zu.

»Fass mich nicht an!«, kreischte ich.

»Lena, beruhige dich.« Er streckte langsam seine Hand nach mir aus.

»Du sollst mich nicht anfassen!«, wiederholte ich und presste mich beinahe ängstlich gegen die Wand. »Nie wieder!«

»Du musst mir endlich … Aua! Bist du wahnsinnig?«

Ja, man sollte niemals ein verletztes Tier in die Ecke drängen und dann auch noch die Finger danach ausstrecken. Desiderio würde sich das jetzt wohl merken, denn in seinem Arm steckte nun zur Strafe die Nadel, die ich ihm in meiner Verzweiflung einfach hineingerammt hatte.

Das wirkte weit dramatischer, als es war, denn diese Kanüle war erstens unbenutzt und steril, und zweitens gerade einmal lang genug, um allerhöchstens in den Muskel vorzudringen, wo sie keinen weiteren Schaden anrichten konnte.

Trotzdem pikste es und das war gut, denn dieser kleine Schmerz ließ Desiderio automatisch zurückweichen. Dadurch bekam ich endlich freie Bahn für meine Flucht.

Sofort stürzte ich mich an ihm vorbei, hinaus auf den Flur. Mein Ziel war die Umkleide, und auf meinem Weg dorthin riss ich beinahe noch den Chefarzt von den Beinen, doch das bekam ich nur so am Rande mit.

Endlich konnte ich die Tür hinter mir zuknallen. Ich sperrte mit klammen Fingern zu und versuchte, mich erst einmal wieder unter Kontrolle zu bringen.

Das war gar nicht so einfach.

Ich war zornig und traurig zugleich. Lautlos weinte ich vor mich hin, während ich auf einen Stapel frischer Handtücher einprügelte.

Wieso hatte ich ihn denn nicht einfach zur Rede gestellt?

Weil ich nach wie vor ein riesiger Feigling war und Angst davor hatte. Ich fürchtete mich weniger vor der Aussprache selbst, eher, dass ich seinen Worten wieder blindlings glauben würde. Dass er mich wieder einlullte und mich bezirzte, bis ich mich wieder seiner Umarmung hingab.

Nein, ich würde nicht stark genug sein, ihm lange zu widerstehen. Alles an mir verlangte nach ihm. Mein Körper schrie geradezu danach, wieder zu ihm zu gehen und in dem Ozean seiner Augen zu versinken. Denn obwohl er mich so sehr verletzt hatte, vermisste ich ihn, und das war es auch, was mich so wütend machte. Ich war mehr auf mich selbst sauer als auf Desiderio, denn schließlich war ich es ja selbst gewesen, die der Verlockung nachgegeben hatte. Und das trotz der leisen Stimme in meinem Kopf, die mich partout davor warnte.

Jemand klopfte zaghaft an die Tür. Ich stand sofort mucksmäuschenstill und lauschte.

Sandras Stimme ertönte gedämpft von der anderen Seite: »Lena? Bist du da drin?«

Ich zögerte kurz. Schließlich riss ich mich am Riemen, weil es ja doch keinen Sinn hatte, meine Anwesenheit zu leugnen. »Ja«, rief ich erstickt.

»Baumer hat gesagt, ich soll nach dem Rechten sehen. Geht es dir nicht gut?«

Nicht gut? Mir ging es geradezu beschissen!

»Nein«, antwortete ich gepresst. »Mir ist irgendwie … schlecht. Keine Ahnung, was da los ist.«

Sandras Stimme klang, als wisse sie ganz genau, was mir fehlte. Allerdings schob sie es wieder meinem Trauma zu. »Ja, dann zieh dich doch gleich um und geh nach Hause. Die Spätschicht kommt eh bald, so lange schaffe ich das hier schon alleine!«

Obwohl es jetzt eigentlich nicht mehr nötig war, nahm ich ihren Vorschlag dankend an. Der Konfrontation mit Desiderio hatte ich zwar nicht entgehen können, aber ich wollte jetzt wirklich nur noch nach Hause. Außerdem war nicht auszuschließen, dass er sich inzwischen von seiner kleinen Verletzung erholt hatte und weiter das Gespräch mit mir suchte. Das würde bestimmt noch irgendwann kommen, doch im Moment war ich kaum in der Lage, mich ihm zu stellen. Wenn es dann mal so weit kommen würde, war nur zu hoffen, dass ich nicht zufällig ein Skalpell in der Hand hielt.

»Ist Desiderio noch da?«, fragte ich vorsichtig.

»DiCastello? Nein, der ist, glaube ich, zum Umziehen gegangen. Soll ich ihn holen?«

»Nein!«

Um Gottes willen!

Weil auf der anderen Seite der Tür irritiertes Schweigen herrschte, fügte ich noch eilig hinzu: »Nein, ich werde dann noch kurz am Arztzimmer vorbeigehen.«

»Okay. Und bitte versprich mir, dass du dich krankmeldest, wenn es dir am Abend noch nicht besser geht.«

»Das wird schon wieder.«

»Trotzdem. Das braucht dir auch nicht peinlich zu sein. Na ja, ich muss wieder. Ruh dich aus, bis bald!«

Es tat mir ehrlich leid, dass ich Sandras Mitleid so ausnutzen musste, aber in meiner derzeitigen Verfassung war ich zur Arbeit wirklich nicht zu gebrauchen.

Hastig zog ich mich um und eilte mit gesenktem Blick durch den Hintereingang, damit niemand mein verheultes Gesicht sehen konnte.

Mein Handy blieb aus. Vorsorglich zog ich auch noch das Telefonkabel meines Festnetzanschlusses heraus, falls Desiderio wirklich auf die Idee kommen sollte, mich anzurufen.

Anschließend wickelte ich mich in eine Wolldecke, rollte mich deprimiert auf meiner Couch zusammen und starrte auf den dunklen Bildschirm des Fernsehers. Auf der glatten Scheibe zeigte sich ein wenig verzerrt mein Spiegelbild. Mein Gesicht war starr und ausdruckslos. Ich sah aus wie ein schwerkranker Mensch.

Genauso fühlte ich mich auch.

Desiderio hatte mich krank gemacht, mich zerstört.

Alles um mich herum war grau und trostlos. Nichts ergab mehr einen Sinn.

Ich war überzeugt, dass ich nie wieder aufrichtig Freude empfinden würde, und nahm dies mit dumpfer Gelassenheit hin.

Mir war, als wäre ich alleine auf der Welt. Einsamkeit legte sich wie ein Schauer auf mich und ließ mich frösteln.

Ich war alleine und würde für immer alleine sein, denn niemals wieder würde mich jemand so vervollständigen, wie er es getan hatte.

Alles an ihm hatte sich so richtig angefühlt. Er hatte mich beschützt und für mich gesorgt, wenn auch nur für ein paar Tage. Trotzdem war ich nie glücklicher gewesen als an seiner Seite.

Ich vermisste ihn.

Und gleichzeitig hasste ich ihn.

Jahre hatte ich gebraucht, bevor ich auch nur annähernd einen Mann so nahe an mich gelassen hatte wie ihn. Und als ich ihm letztendlich vertraut hatte, rammte er mir das Messer des Betrugs in die Brust.

Mein Körper verkrampfte sich und ich brach abermals in verzweifelte Tränen aus, bis ich kraftlos einschlief.

Ich wachte auf, als Vera lautstark meine Wohnung betrat.

»Lena?«

Zur Antwort streckte ich meinen Arm nach oben und winkte matt.

»Ah! Guck, ich hab dir was zum Essen mitgebracht.« Sie kam zu mir und stellte eine große Papiertüte auf den Couchtisch. »Chinesisch. Gebratene Nudeln und gebackene Bananen. Die magst du doch, oder?«

Eigentlich schon, doch heute verursachte der intensive Geruch nach Fritteuse massive Übelkeit.

»Ich hab keinen Hunger«, murmelte ich und versteckte meine Nase unter der Decke.

Vera machte ein beleidigtes Gesicht. »Jetzt habe ich es dir extra geholt.«

»Ja, tut mir leid. Du bist echt lieb, aber mir wird gerade richtig schlecht.«

»Oh.« Eilig packte sie die Tüte und brachte sie in die Küche, bevor noch ein Unglück geschehen konnte. Sie kehrte zurück und setzte sich neben mich. »Wie geht's dir?«

Blöde Frage. Wie sah es denn aus? Ich war das blühende Leben, das erkannte man doch sofort!

»Okay«, seufzte Vera auf meinen erklärenden Blick hin. »Schon gut. Wenn du dich genauso fühlst, wie du aussiehst, dann geht's dir miserabel.«

»Na, vielen Dank auch.«

»Gern geschehen. Hast du wenigstens mit ihm gesprochen?«

»Nein.«

»Hast du ihn in der Arbeit nicht getroffen?«

»Doch.«

»Aber du hast nicht ihm geredet. Hm, was hast du dann gemacht?«

Ich dachte an die Kanüle in seinem Unterarm und verzog gequält das Gesicht. Vera runzelte die Stirn.

»Du hast ihn doch nicht verdroschen, oder?«, wollte sie wissen.

Ich schüttelte entrüstet den Kopf. »Quatsch.«

Stimmte ja auch. Geschlagen hatte ich ihn wirklich nicht. Nur gestochen. Und das passierte schließlich tagtäglich, dass ich Patienten eine Spritze verabreichte.

»Wenn du nicht mit ihm gesprochen hast und ihn auch nicht verdroschen, dann hast du ihn vermutlich ignoriert, was ihm ja hoffentlich aufgefallen ist. Was hat er denn dazu gesagt?«

»Ist doch egal«, murmelte ich.

»Ist es nicht.«

Energisch setzte ich mich auf. »Ist es doch! Weil ich nämlich gar nicht wissen will, was er dazu zu sagen hat! Er würde mich nur wieder mit seinem Charme einwickeln und mich zu einer willenlosen Marionette machen!«

Vera musterte mich schweigend. Ihr Blick verriet, dass sie gar nicht meiner Meinung war und sie diese Sache nicht einfach so hinnehmen wollte.

»Und du wirst auch nicht mit ihm sprechen!«, herrschte ich sie deshalb an.

Sie zog skeptisch ihre Augenbrauen hoch. »Aber es wäre …«

»Nein!«, fuhr ich dazwischen. »Versprich mir, dass du nicht mit ihm darüber reden wirst!«

Missmutig verschränkte sie die Arme und schürzte die Lippen. »Das ist nicht richtig.«

Ich rieb mir müde über die Augen. »Vielleicht nicht, aber wenn, dann möchte ich selbst mit ihm sprechen. Ich fühle mich nur momentan nicht dazu in der Lage. Verstehst du das?«

Nein, sie verstand es nicht. Trotzdem nickte sie nach einer Weile.

»Können wir jetzt bitte dieses Thema unterlassen?«, fragte ich und ließ mich zurück auf das Sofa fallen. »Ich kann sowieso an nichts anderes mehr denken und das macht mich langsam, aber sicher ganz wahnsinnig.«

»Okay. Soll ich heute Nacht wieder bei dir bleiben?«

»Nein, das wird nicht nötig sein«, sagte ich, obwohl ich sie eigentlich gerne an meiner Seite gehabt hätte, um wenigstens ein bisschen der Einsamkeit meiner Seele zu entfliehen. Trotzdem hatte ich ein schlechtes Gewissen und wollte nicht, dass sie ihren Verlobten wegen mir vernachlässigte. Vera durchschaute mich natürlich sofort.

»Sebastian kommt erst morgen wieder nach Hause«, erklärte sie ungefragt.

Damit war die Sache geklärt und Vera blieb über Nacht bei mir.

Kapitel 32

Am nächsten Tag rutschte ich morgens in der Schwesternküche unruhig auf meinem Stuhl herum und sah immer wieder auf die Uhr. Sandra beobachtete mich skeptisch, weil sie meine Nervosität nicht richtig deuten konnte. Sie befürchtete wahrscheinlich, dass ein Nervenzusammenbruch nahte, während ich in Wahrheit nur Angst hatte, Desiderio zu begegnen.

Ich musste unbedingt rechtzeitig aus der Ambulanz vorübergehend verschwinden, sobald die Visiten und Besprechungen vorbei waren. Wenn er mich dann nirgends finden konnte, würde er bestimmt bald nach Hause gehen und ich konnte mich auf meinen Job konzentrieren.

Als ich den Zeitpunkt für gekommen hielt, erklärte ich Sandra, dass ich mir noch etwas vom Kiosk holen wollte, und hoffte inständig darauf, dass sie nicht auch plötzlich auf diese Idee kam und mich begleiten wollte.

Gott sei Dank verspürte sie keinerlei Hungergefühl, darum eilte ich schließlich alleine aus der Notaufnahme.

Natürlich war der Kiosk nicht mein einziges Ziel. Danach würde ich noch rein zufällig Eva aus der Röntgenabteilung aufsuchen und mich von ihr in ein Gespräch verwickeln lassen, bis ich gefahrlos in die Ambulanz zurückkehren konnte.

Leider kam ich gar nicht erst dazu, meinen Plan in die Tat umzusetzen.

Die Röntgenbesprechung hatte an diesem Tag ungewöhnlich lange gedauert und so kam es, dass ich Desiderio direkt in die Arme lief. Wir standen uns auf dem Flur gegenüber und sahen uns schweigend an.

Verfluchter Mist! Was sollte ich denn jetzt tun?

Einfach weglaufen?

Nein, das war auch peinlich.

Scheiße.

Ich verschränkte abwehrend die Arme und blickte ihn abschätzig an, bis er endlich das Wort ergriff.

»Kannst du mir jetzt sagen, was los ist?«, fragte er leise.

Mir fiel auf, dass er fürchterlich müde aussah. Dunkle Schatten lagen unter seinen Augen und sein Gesicht wirkte nicht ganz so glatt wie sonst. Allerdings wusste ich von der Nachtschwester, dass die Schicht ruhig verlaufen war, woraus folgte, dass ihn nicht die Arbeit vom Schlaf abgehalten hatte.

Hatte er sich die Nacht mit dieser Tussi um die Ohren geschlagen?

Oder hatte er sich etwa meinetwegen Sorgen gemacht?

Weil ich nicht antwortete, atmete er lautstark ein und sprach weiter: »Ich habe ehrlich keine Ahnung, was ich getan haben soll, um dich derart wütend zu machen. Du hast gestern gesagt, ich würde dir nur weitere Lügen erzählen. Lena, ich habe dich niemals angelogen. Kein einziges Mal. Das schwöre ich dir.« Ich biss mir auf die Lippen und wollte mich gerade von ihm abwenden, doch er hielt mich am Arm fest. »Nein, hör mir zu. Ich möchte wissen, was passiert ist. Gott, ich möchte dich nicht verlieren!«

In seinem Blick lag verzweifeltes Flehen, das mir die Sicht vernebelte. Schon spürte ich die ersten Anzeichen von Reue in meinem Innersten.

Aber nein, ich war hier nicht der Bösewicht. Er war es. Er hatte mich betrogen und eine Geliebte zu sich nach Hause eingeladen!

Das Bild, wie sie ihm über seine dichten Haare wuschelte, tauchte vor mir auf und vertrieb den verhängnisvollen Schleier meiner Hörigkeit.

Bestimmt schüttelte ich seine Hand von mir ab und reckte stolz das Kinn.

»Du willst mich nicht verlieren? Nun, Desiderio, das hast du bereits.«

Mit erhobenem Kopf stolzierte ich davon. Als ich in einen Quergang bog, konnte ich nicht anders, als einen letzten Blick auf ihn zu werfen.

Desiderio stand noch auf der gleichen Stelle und starrte abwesend vor sich hin. Er wirkte schockiert, was mich sofort wieder reumütig werden ließ.

Jetzt aber mal halblang!

Er hatte mir mein Herz herausgerissen und ich hatte nun ein schlechtes Gewissen, weil ich ihm nicht mehr als Betthäschen zur Verfügung stehen wollte?

Oh nein, so durfte das hier nicht laufen!

Aber warum sah er so verdammt traurig aus?

Das Wochenende verbrachte ich ausnahmslos auf der Couch. Ich fühlte mich erschlagen und antriebslos. Nicht einmal für eine kurze Dusche hatte ich den nötigen Elan.

Handy und Telefon waren nach wie vor ausgeschaltet.

Bis auf einen kurzen Besuch von Vera verlief mein Samstag ereignislos.

Der Sonntag schien sich ähnlich zu entwickeln.

Ungewaschen dümpelte ich auf meinem Sofa vor mich hin und zog mir dämliche Soaps rein, während ich vor Sehnsucht beinahe einging.

Desiderio fehlte mir so sehr, als wäre ein Teil meines Selbst abhandengekommen.

Derart verloren war ich mir nicht einmal nach der Sache mit Marek vorgekommen. Damals war ich über alle Maßen enttäuscht gewesen. Mein Vertrauen in die Menschheit war bis ins Mark erschüttert worden, doch diese tiefe Leere, die sich nun langsam in mir ausbreitete, war noch um einiges schlimmer.

Wie sollte ich nur als halbe Person weiterleben können?

Nein, Selbstmord war für mich keine Option. Viel wahrscheinlicher war es, dass ich in meinem Seelenschmerz eines Tages einfach aufhören würde zu atmen, weil mein Körper ihn nicht mehr ertragen konnte.

Die Türklingel schrillte und riss mich aus meinen trübsinnigen Gedanken.

Wer war das?

War das Desiderio? Wollte er nochmals mit mir sprechen?

Ich sprang auf und schritt völlig hysterisch im Kreis herum.

Jemand klopfte lautstark an die Wohnungstür.

Ich verharrte und lauschte angespannt.

»Lena? Ich bin es. Frank.«

Oh mein Gott.

Überfordert begann ich, an der Innenseite meiner Wange zu kauen.

Warum war er hier?

»Komm schon, ich weiß, dass du da drin bist! Lass mich bitte rein, ich möchte mit dir reden.«

Reden? Über was?

Über uns?

Langsam wanderte ich hinüber zur Tür und lugte durch den Spion. Keine roten Rosen in Sicht. Nur Frank, der geduldig darauf wartete, eingelassen zu werden.

Ich atmete tief durch und öffnete ihm.

»Hi«, grüßte er zwanglos.

»Hallo.«

»Du siehst schrecklich aus.«

»Danke. Du übrigens auch.«

Das stimmte. Er sah blass aus und erschöpft. Trotzdem lächelte er sanft.

»Darf ich reinkommen?«

Ich nickte und machte ihm den Weg frei. Ohne lange auf ihn zu achten, schloss ich die Tür und begab mich umgehend zurück auf meine Couch. Frank setzte sich mit gebührendem Abstand auf einen frei stehenden Sessel. Mir fiel auf, dass er unablässig mit einem Faden spielte, der sich aus dem Saum seiner Jacke gelöst hatte. Er war sichtlich nervös, und ich wurde langsam ungeduldig, weil ich endlich wissen wollte, was er zu sagen hatte.

»Sorry, aber ich weiß nicht so recht, wie ich anfangen soll«, meinte er schließlich hilflos.

»Kein Problem, ich bin auch nicht wirklich gut in solchen Sachen.«

»Hm, ja, das habe ich auch schon bemerkt.«

Er lachte vorsichtig und brachte mich damit zum ersten Mal seit vier Tagen dazu, meine Mundwinkel zu einem Grinsen zu verziehen. So verkrampft, wie sich das anfühlte, machte ich wohl eher eine gequälte Grimasse, aber es tat trotzdem irgendwie gut.

»Na schön«, begann er erneut. »Also, ich bin hier, weil – puh! – Also, ich wollte einfach noch einmal mit dir reden. Lena, ich glaube, ich habe mich da in etwas verrannt. Nein, lass mich ausreden! Weißt du, ich denke, dass meine Gefühle zu dir so eine Art Panikreaktion waren, als Birgit mich verlassen hat. Anders kann ich mir das nicht erklären, ich meine, wir sind schon seit über einem Jahrzehnt befreundet und plötzlich fällt mir so etwas ein? Tja, keine Ahnung. Jedenfalls hab ich in der letzten Woche lange in mich hineingehorcht und herausgefunden, dass es für mich nichts Wichtigeres gibt als deine Freundschaft. Du hast keine Gefühle für mich und das ist in Ordnung. Wirklich. Wenn wir ein Paar geworden wären, wer weiß, wie sich das letztendlich auf unsere Freundschaft ausgewirkt hätte? Oh, nein. Das ist es nicht wert. Lena, ich sag es dir ganz ehrlich: Ich bin immer noch ein wenig in dich verliebt, aber ich werde darüber hinwegkommen. Das weiß ich.«

Ich nestelte an meiner Decke herum und dachte nach.

Ergaben seine Worte einen Sinn? Konnte man wirklich so empfinden? Oder log er mich an, um meine Freundschaft nicht zu verlieren?

Skeptisch sah ich ihn an. Er wirkte überzeugt und ehrlich. Trotzdem konnte ich sein Vorhaben nicht nachvollziehen. Ich könnte niemals meine Gefühle für Desiderio einfach so als Phase abtun.

Aber da lag wohl auch der kleine Unterschied – Frank war verliebt und ich war besessen.

»Du glaubst mir nicht, stimmt's?«, fragte er zögernd.

»Ich weiß nicht, Frank. Das klingt für mich ein wenig zu sehr nach Friede, Freude, Eierkuchen. Ich würde dir sehr gerne glauben, aber ich kann mir nicht vorstellen, dass es so einfach für dich ist.«

»Ich habe nicht gesagt, dass es einfach ist«, sagte er ehrlich.

Stimmt, das hatte er nicht …

»Ich habe keine Ahnung, wie ich mich dir gegenüber verhalten soll«, gab ich zu.

Er lächelte mich liebevoll an. »Lena, bitte tu mir den Gefallen und sei einfach du selbst. Das ist das Einzige, was mir jetzt hilft. Sei wie immer, hilf mir bei der Einrichtung meines Flurs und werde glücklich.«

Glücklich werden … Tja, der Zug war wohl abgefahren.

Frank bemerkte meinen Gesichtsausdruck sofort. Er stand auf und setzte sich neben mich. Ein wenig schüchtern legte er einen Arm um meine Schultern. Ich lehnte mich an ihn und kämpfte wieder einmal mit den Tränen.

»Versprichst du mir, dass du glücklich sein wirst?«, fragte er.

Ich antwortete mit einem Schniefen.

»Hör mal«, sagte Frank bestimmt, »Vera hat mir alles erzählt. Du musst mit dem Doktor reden, okay? Ich weiß, ich habe nie gut über ihn gesprochen, aber eigentlich wirkt er sehr sympathisch, und eines kann ich mit Sicherheit behaupten – der Kerl empfindet viel für dich. Deshalb war ich ja so eifersüchtig.«

Das Schniefen weitete sich zu einem unterdrückten Schluchzen aus.

Was machte ich hier? Ich lag in den Armen von Frank, dessen Herz ich gebrochen hatte, und heulte ihm etwas vor wegen eines anderen Mannes? Ich war doch wirklich so was von egoistisch!

Trotzdem konnte ich nicht anders. Seine Worte rissen mich wieder in die Tiefe.

Desiderio empfand viel für mich?

Was empfand er denn? Den Triumph, mich endlich flachgelegt zu haben?

Frank streichelte unablässig meinen Unterarm, während ich heiße, verbitterte Tränen in seine Jacke weinte.

Irgendwann wurde auch dieser Ausbruch leichter. Nur ab und an entfuhr mir ein Hicksen, aber meine Tränendrüsen waren längst leer.

Frank schob mich sanft von sich und sah mich ernst an. »Wann hast du eigentlich das letzte Mal etwas gegessen? Etwas Richtiges, meine ich.«

Ich zuckte mit den Schultern, weil ich es wirklich nicht wusste.

»Okay, dann werden wir beide jetzt ins Scarlett gehen und uns einen Happen gönnen.«

Entsetzt riss ich die Augen auf. Ich sollte meine Couch verlassen?

»Keine Widerrede!«, sagte er sogleich. »Du gehst jetzt mit, und wenn ich dich an den Haaren hinausschleifen muss! Also, los. Mach dich fertig, ich warte hier.« Er betrachtete mich kurz. »Und du solltest duschen gehen.«

Okay, das war jetzt peinlich. Aber es wirkte!

Wie der Blitz verschwand ich im Badezimmer.

Kurze Zeit später saßen wir uns im Café Scarlett gegenüber und hatten beide einen riesigen Cheeseburger vor uns.

Ich fühlte mich ein wenig seltsam, so als wäre ich nach einer heftigen Grippe das erste Mal wieder draußen. Irgendwie stimmte das ja auch.

Franks Bitte, mich ihm gegenüber zu verhalten wie immer, war leicht zu erfüllen. Die meiste Zeit war es, als hätte nie etwas zwischen uns gestanden. Wir unterhielten uns prächtig über meist belanglose Dinge, und ich konnte sogar wieder richtig lachen, obwohl ich das niemals für möglich gehalten hätte. Nur ab und zu glaubte ich, ein schmerzerfülltes Aufleuchten in seinen Augen zu erkennen, wenn er mich ansah. Allerdings waren diese Momente genauso schnell wieder vorbei, wie sie gekommen waren, darum war ich mir hinterher nie sicher, ob ich mir das vielleicht nur eingebildet hatte.

Im Scarlett herrschte reger Betrieb, und das erinnerte mich daran, dass das Leben außerhalb meiner Wohnung fröhlich weiterging. Draußen war es mehr als herbstlich, mit nasskaltem Wind und wolkenverhangenem Himmel, darum drängten sich viele hier herein, um sich nach einem Sonntagsspaziergang durch die Stadt ein wenig aufzuwärmen. Wir hatten einen kleinen Tisch gleich in der Nähe des Eingangs ergattert, der kein sehr beliebtes Plätzchen war, weil jedes Mal, wenn die Tür aufging, ein eisiger Zug an uns vorbeiwehte.

Trotzdem genoss ich den kleinen Ausflug mit Frank sehr. Das dauernde Gemurmel der anderen Gäste beruhigte mich in gewisser Weise, und es tat gut, einfach mal wieder so zu tun, als wäre alles in bester Ordnung. Außerdem war ich kurz vor dem Verhungern gewesen, ohne es zu bemerken.

Zufrieden kreuzte ich meine Hände über meinem gefüllten Bauch und lauschte Franks Meinung bezüglich eines neuen Industriegebiets der Stadt.

»Ich weiß aus sicherer Quelle, dass bereits zwei große Geschäfte wegen eines Bauplatzes angefragt haben, aber die Schlaumeier von der Gemeinde wollen keinen Einzelhandel dort. Ja, was wollen sie denn? Glauben die, dass irgendeine wichtige Fertigungsfirma hier baut, wenn es nicht einmal eine Autobahn in der Nähe gibt?«

Ich fand es toll, wie Frank sich über solche Dinge aufregen konnte. »Du solltest dich nächstes Jahr für die Gemeinderatswahl aufstellen lassen«, schlug ich schmunzelnd vor.

»Weißt du was? Genau das werde ich tun!« Er klatschte in die Hände. »Dann werde ich den alten Deppen einmal gehörig in den Arsch treten!«

»Darf ich deine Wahlkampagne leiten?«

»Sehr gerne.«

Ich kicherte ausgelassen. »Oh ja! Wir machen Flyer und so kleine Buttons mit deinem Gesicht drauf. Und du brauchst einen Slogan. So was wie: Keine Macht den alten Säcken!«

Er nickte zustimmend. »Das hört sich doch schon mal nicht schlecht an.«

Während ich noch über einen alternativen Spruch nachdachte, wurde Frank von einer Bewegung hinter meinem Rücken abgelenkt.

»Dein Doc ist hier«, sagte er leise.

Mein Gesicht verlor augenblicklich sämtliche Farbe. »Was?«

»Ruhig bleiben, Lena. Er kommt auf die Tür zu, aber er hat uns noch nicht gesehen.«

Verkrampft hielt ich mich an der Tischplatte fest, damit ich nicht in Versuchung kam, mich zu ihm umzudrehen.

»Willst du mit ihm sprechen?«, fragte Frank.

»Ich kann nicht«, flüsterte ich heiser.

Mein entsetztes Gesicht schien ihn zu überzeugen. »Okay.«

Er tat so, als müsste er sich am Kopf kratzen, und verbarg somit erfolgreich sein Antlitz. Ich spürte die Kälte, als die Tür aufging, und die wohltuende Wärme, als sie wieder ins Schloss fiel.

Erleichtert atmete ich auf und sah automatisch aus dem Fenster.

Da war er.

Desiderio ging mit zwei mir unbekannten Typen über den Parkplatz. Er trug einen knielangen Mantel, der seine Silhouette perfekt in Szene setzte. Seine Hände waren in den Taschen vergraben und er zog den Kopf ein, um dem schneidenden Wind zu entgehen. Seine pechschwarzen Haare wirbelten herum, und sogar aus dieser Entfernung konnte ich seine feinen Gesichtszüge erkennen. Sein Anblick schockierte mich zutiefst.

Er sah unglücklich aus.

Ich kämpfte gegen den Drang, einfach zu ihm zu gehen und ihn in meine Arme zu schließen.

Inzwischen waren die drei Männer bei ihrem Auto angelangt. Desiderio öffnete bereits die Beifahrertür, um einzusteigen. Plötzlich hob er den Kopf und sah mich direkt an, als hätte er genau gewusst, dass ich dort saß und ihn beobachtete.

Mein Herz blieb stehen.

Ich war nicht fähig, seinem Blick auszuweichen.

Seine Miene blieb ausdruckslos. Ich konnte nicht sagen, was er in diesem Moment empfand oder dachte. Genauso wenig konnte ich sagen, wie lange wir uns so anstarrten. Mir war, als würde die Zeit stehen bleiben. Nur seine wehenden Haare verrieten, dass es sich nicht nur um ein tristes Foto von ihm handelte.

Einer seiner Kumpels beschwerte sich wohl, denn plötzlich riss Desiderio sich von meinem Anblick los, sagte etwas zu den Insassen des Fahrzeugs und stieg ein, ohne noch einmal zu mir zurückzublicken.

Der Wagen brauste davon, und ich ließ mich kraftlos gegen die Lehne meines Stuhls fallen.

Frank musterte mich mitfühlend. »Ihm geht es nicht gut«, kommentierte er.

»Nein«, sagte ich schwach und schob abwesend einen Salzstreuer hin und her.

»Genauso wenig wie dir.«

Ich antwortete nicht. Ich konnte mir einfach nicht erklären, warum Desiderio so schlecht aussah. Schließlich hatte er mich betrogen, und nicht andersherum. Aber weshalb war er dann so unglücklich? Das passte alles nicht zusammen.

Hatte er vielleicht doch ernsthafte Gefühle für mich?

Oder redete ich mir das jetzt wieder ein, damit ich endlich wieder neben ihm einschlafen konnte?

All diese Fragen lasteten schwer auf mir und verwirrten mich. Ich wusste einfach nicht mehr, was richtig oder falsch war.

Kapitel 33

Am Montag trat ich wie erschlagen zum Spätdienst an. Ein Glück, dass ich diesmal mit Lisa zusammenarbeitete, denn bei meinem Anblick hätte ich mich vor Sandras psychoanalytischen Blicken kaum mehr retten können.

Lisa war da anders. Sie war bestimmt eingeweiht in die letzten Vorkommnisse meines Lebens, sei es der Überfall oder das Techtelmechtel mit Desiderio, aber sie war eher der Auffassung, dass ich schon von mir aus anfangen würde, wenn ich mit ihr über meine Probleme sprechen wollte.

Mein weiteres Glück war, dass Desiderio viel Arbeit auf der Station hatte, wie ich einem Gespräch zwischen Heimer und Reinmann entnehmen konnte. Daher lief ich wohl kaum Gefahr, ihn heute noch in der Ambulanz anzutreffen.

Obwohl ich wirklich versuchte, meine Arbeit anständig zu verrichten, fing ich mir immer wieder ein skeptisches Stirnrunzeln von Heimer ein, weil ich dauernd irgendwelche Kleinigkeiten vergaß oder abwesend aus dem Fenster starrte. Das war untypisch für mich, deswegen unterließ der Oberarzt es, mich ernsthaft zu rügen. Wahrscheinlich bemerkte er, dass dies ohnehin keinen Sinn haben würde.

Die Uhr zeigte bereits eine Viertelstunde nach vier an, was bedeutete, dass ich mich jetzt eigentlich tatsächlich entspannen konnte. Desiderio war sicher schon nach Hause gegangen, und ich brauchte keine Angst mehr zu haben, ihm über den Weg zu laufen.

Trotzdem hatte mich die innere Unruhe weiterhin im Griff.

Ich bereitete gerade einen Eingriff in Behandlungsraum eins vor, als Lisa mir schüchtern auf die Schulter tippte. »Ähm, Lena?«

»Hm?«

Sie reichte mir einen weißen Briefumschlag. »Das hat Desiderio gerade für dich abgegeben.«

Ich starrte auf das Kuvert. »Wie bitte?«

»Der Brief ist für dich. Von Desiderio«, wiederholte sie langsam, als wäre ich schwer von Begriff.

Zögernd streckte ich die Hand aus und nahm den Umschlag entgegen, während ich immer noch darauf starrte.

Lisa räusperte sich vernehmlich. »Na, los. Geh schon. Ich mache hier für dich weiter.«

Ich sah sie fragend an.

»Du sollst den Brief lesen!«, forderte sie für ihre sonst ruhige Art recht laut.

Ein wenig erschrocken eilte ich hinaus und sperrte mich auf der Toilette ein.

Das weiße Kuvert wirkte unheilvoll. Ich wusste, dass die darin enthaltenen Zeilen mich bestimmt vollkommen aus der Bahn werfen würden. Nur in welche Richtung blieb ungewiss.

Wahrscheinlich wäre es besser, wenn ich ihn gar nicht erst öffnen würde. Ich sollte ihn ungelesen durch den Schredder jagen. Genau, das sollte ich.

Öffne endlich den Umschlag, du verdammter Schisser!

Okay.

Widerstrebend folgte ich meiner inneren Stimme und riss mit klammen Fingern den Umschlag auf. Einfaches, weißes Papier kam zum Vorschein. Auf Anhieb erkannte ich Desiderios geschwungene, gleichmäßige Handschrift.

Ich klappte den Klodeckel zu, setzte mich darauf und atmete tief durch.

Dann begann ich zu lesen.

Für Lena.

Da du nicht mit mir reden möchtest, will ich versuchen, dich auf diesem Wege zu erreichen. Obwohl ich immer noch nicht weiß, was eigentlich zwischen uns vorgefallen ist, bin ich am Boden zerstört. Als du mir gesagt hast, ich hätte dich verloren, ist eine Welt für mich zusammengebrochen. In den wenigen Tagen, die wir zusammen hatten, war ich der glücklichste Mensch auf Erden. Du hast mich auf eine Weise berührt, wie es noch keine Frau vor dir jemals geschafft hat. Du bist die Eine. Die Eine, die mich vervollständigt. Das weiß ich ganz genau.

Seit du weg bist, wirkt alles um mich herum farblos. Das Leben zieht an mir vorbei, ohne mich zu berücksichtigen.

Egal, was ich getan oder gesagt habe, es tut mir leid. Ich wollte dich niemals verletzen und erst recht wollte ich nicht dein Vertrauen missbrauchen. Es tut mir leid.

Meine kleine Kriegerin, ich kann ohne dich nicht sein. Ich kann nicht mehr schlafen, nicht mehr essen und nicht mehr richtig atmen. Du fehlst mir.

Als ich dich gestern mit Frank sah, ist mein Herz endgültig in zwei Teile zerbrochen. Willst du das, was zwischen uns war, wirklich so einfach aufgeben? Denn da war etwas, eine tiefe Verbindung, und ich bin mir sicher, dass du das auch gespürt hast.

Ich wusste das schon vom ersten Moment an, als ich dich sah. Damals vor dem Kartenladen. Ich war leider viel zu perplex, dich damals nach deinem Namen zu fragen.

Dann unsere Begegnung im Go. Als du gegen mich gefallen bist, wollte ich dich niemals mehr loslassen. Mit deiner Ablehnung hast du mich damals schwer getroffen, weißt du das eigentlich?

Und zu guter Letzt, mein erster Arbeitstag. Ich bin überzeugt, dass es das Schicksal war, das uns zusammengeführt hat. Niemals werde ich deinen Anblick vergessen, als du mich mit einem Schokoladenklecks auf den Lippen angesehen hast. In diesem Augenblick wurde mir klar, dass ich um dich kämpfen würde.

Ja, ich war wirklich der glücklichste Mensch auf Erden während unserer kurzen gemeinsamen Zeit.

Nun, ich möchte, dass du eines weißt: Egal, wie du dich entscheidest, ob du mit Frank zusammen sein willst oder mit jemand völlig anderem – ich werde es akzeptieren. Nichts liegt mir ferner, als deiner Zukunft im Wege zu stehen.

Ich liebe dich, Lena. Ich habe dich immer geliebt und ich werde dich immer lieben.

Ganz gleich, wie unser beider Wege in Zukunft verlaufen werden.

Desiderio

Eine einzelne Träne tropfte schwer auf das Blatt Papier. Meine Hände zitterten. Mein Herz flatterte.

Mit seinen Worten hatte er mir direkt aus der Seele gesprochen. Desiderio empfand auf die gleiche Weise wie ich. Auch er hatte sich erst mit mir komplett gefühlt.

Er liebte mich.

War das denn die Möglichkeit?

Gab es denn tatsächlich so etwas wie einen Seelenverwandten?

Ich war am Ende.

Diese Zeilen wirkten so ehrlich, so verzweifelt, dass ich gar nicht umhin kam, ihnen Glauben zu schenken.

Er hatte Angst, dass ich mit Frank eine Beziehung eingehen wollte? Hatten wir im Café so auf ihn gewirkt?

»Ich liebe dich, Lena.«

Aber was war mit der Blondine in seinem Haus? Welche Rolle spielte sie?

Ich saß völlig perplex auf der Toilette und versuchte, meine Gedanken und Gefühle zu sortieren.

Er wollte mein Vertrauen nicht missbrauchen, und dennoch hatte er es getan, indem er eine andere Frau zu sich nach Hause einlud.

Wie passte das alles zusammen?

Und was sollte ich jetzt eigentlich machen?

Ich musste mit ihm sprechen. Musste Klarheit schaffen.

Sofort.

Ich schob den Brief in meine Tasche und eilte zu meinem Spind, um mein Handy hervorzuholen. Zum ersten Mal seit fünf Tagen schaltete ich es ein. Kaum wurde es vom Mobilfunknetz erfasst, bekam es sich gar nicht mehr ein vor lauter Nachrichten und Anrufen in Abwesenheit. Die meisten davon waren von Desiderio. Ungeduldig drückte ich sie weg, weil sie für mich im Moment keinerlei Rolle spielten.

Ich hatte mich entschlossen, ihn zur Rede zu stellen, und das würde ich jetzt tun.

In fiebriger Aufregung wählte ich seine Nummer. Kaum hatte sich die Verbindung aufgebaut, erklärte mir die allgemein bekannte Frauenstimme: »Ihr gewünschter Gesprächspartner ist zurzeit nicht erreichbar. The person you are calling …«

Bla, bla, bla.

Ich legte auf. Desiderio hatte kein Netz. Oder sein Handy war ausgeschaltet.

Schöne Scheiße.

Und jetzt?

Verdammter Mist, ich wollte nicht länger warten. Ich musste jetzt wissen, was er zu meinen Vorwürfen zu sagen hatte. Erst dann würden die Worte seines Briefes ihre wahre Bedeutung zeigen.

Ich wählte seine Nummer noch drei Mal, bevor ich schließlich frustriert aufgab und mir erst einmal einen Kaffee von Hans zubereiten ließ, während ich mein weiteres Vorgehen plante.

Eigentlich blieb mir nicht viel übrig, als meine Schicht zu beenden und danach direkt zu Desiderio zu fahren.

Genau. Das würde ich tun. Ich würde zu ihm fahren, an seiner Tür klingeln und ihn von Angesicht zu Angesicht zur Rede stellen.

Ja, es fühlte sich wirklich gut an, einen Plan zu haben. Er bot einen Blick in die Zukunft, wenn auch einen ungewissen, aber plötzlich erschien die Gegenwart nicht mehr ganz so trostlos.

Voller Eifer machte ich mich an die Arbeit, um die Zeit bis zum Schichtende einigermaßen sinnvoll zu nutzen. Und natürlich auch, damit mein Arbeitgeber meinen Lohn nicht direkt zum Fenster hinauswarf und für nichts verpulverte.

Je später es wurde, umso unruhiger wurde ich. Weshalb genau, konnte ich beim besten Willen nicht sagen. Irgendwie hatte ich nicht den Eindruck, dass dies alleine an meinem Vorhaben lag, heute Abend zu Desiderio zu fahren.

Es war wie an einem schwülen Sommertag, kurz bevor sich ein heftiges Gewitter entlud. Genauso schien die Luft um mich herum zu flimmern.

Ein mulmiges Gefühl beschlich mich. So sehr, dass mir direkt etwas schwindelig wurde.

»Schwester Lena, Schockraum vorbereiten. In zehn Minuten kommt ein Verkehrsunfall«, orderte Heimer im Vorbeigehen.

Ohne weitere Fragen ging ich meiner Aufgabe nach. Ich forderte den Narkosearzt mit zugehörigem Fachpfleger an, ließ das CT bereitstellen und gab im Labor Bescheid.

Kaum war ich fertig mit telefonieren, eilte auch schon der Narkosearzt herein. Gleichzeitig fuhr der Rettungswagen vor. Lisa und Oberarzt Heimer standen mit erwartungsvoller Konzentration neben der Unfallliege. Ich trabte mit dem Assistenzarzt auf den Flur, um den Sanitätern ein wenig entgegenzukommen.

Sie preschten herein und brachten sofort die typische Hektik eines brisanten Notfalls mit sich. Schon von Weitem hörte ich den rasenden Puls des Verletzten, der an einen mobilen Monitor angeschlossen war. Die Geschwindigkeit des Herzschlags ging weit über normale Aufregung hinaus, hier stand der Kreislauf unmittelbar vor einem totalen Kollaps.

Der Notarzt rief uns die ersten Informationen entgegen. »Verkehrsunfall. Patient war fast eine Stunde eingeklemmt. Gesicherte, offene Unterschenkelfraktur mit hohem Blutverlust. Weitere Verletzungen unklar. Bei unserem Eintreffen war er noch ansprechbar und Kreislauf stabil. Seit Kurzem verliert er immer wieder das Bewusstsein und der Blutdruck sackt immer weiter ab.«

Das erklärte den hohen Puls. Das Herz versuchte, durch die Pumpgeschwindigkeit den Volumenverlust auszugleichen. Der Patient brauchte dringend Blutkonserven, um den Kreislauf wieder zu stabilisieren.

Ich hielt der Gruppe die Tür zum Schockraum auf und sah zum ersten Mal auf den Patienten selbst. Ich erstarrte zur Salzsäule und riss ungläubig die Augen auf.

Der dunkelhaarige Mann auf der Trage kam mir vage bekannt vor.

»Meine Güte«, hörte ich Heimer ausrufen. »Ist das DiCastello?«

Ich taumelte und musste mich am Türrahmen festhalten.

Konnte das wirklich sein? War das tatsächlich Desiderio oder sah er ihm nur ähnlich?

Der Notarzt machte meine letzten Hoffnungen zunichte. »Ja, er hat erzählt, dass er hier arbeitet.«

Oh mein Gott.

Völlig unfähig, einen klaren Gedanken zu fassen, blickte ich wie in Trance auf das Gewusel vor mir.

Sieben Leute packten mit an und hievten Desiderio von der Trage auf unsere Unfallliege. Als die Sanitäter beiseitetraten, konnte ich erstmals das ganze Ausmaß der Verletzungen erkennen.

Seine Halswirbelsäule wurde von einer Plastikkrause stabilisiert, die den größten Teil seines Gesichts verdeckte. Der sichtbare Teil davon war mit Streifen eingetrockneten Blutes überzogen, das aus mehreren kleinen Wunden hervorgesickert war. Vermutlich Schnitte von einer zerbrochenen Windschutzscheibe.

Kleine Schnitte verteilten sich auch über seinen gesamten Oberkörper. Man hatte ihm das Shirt zerschnitten, um freien Zugang zum Brustkorb zu bekommen. Schon jetzt konnte man deutliche Prellmarken des Sicherheitsgurtes erkennen.

Sein linkes Hosenbein war bis zur Hüfte aufgetrennt worden. Trotz einer provisorischen Schiene und eines dicken Verbandes zeigte sich eine unnatürliche Beule an seinem Schienbein, wo ein Teil des Knochens durch die Haut gedrungen war.

Das gehetzte Piepsen des EKG-Gerätes drang wieder an mein Ohr.

Mir wurde schlecht.

Während alle anderen routiniert ihren Aufgaben nachgingen, stand ich nur da und kämpfte gegen eine drohende Ohnmacht.

»Dr. DiCastello? Können Sie mich hören?«, fragte der Anästhesist namens Graml laut, während der Assistenzarzt gekonnt einen venösen Zugang legte und Blutproben entnahm.

Desiderio versuchte einige Male, die Augen zu öffnen, doch er verlor immer wieder das Bewusstsein.

»Sie sind im Krankenhaus«, erzählte der Narkosearzt weiter, ob er nun gehört wurde oder nicht. »Sie hatten einen Verkehrsunfall. Jetzt wird alles gut. Wir kümmern uns um Sie.« Er wandte sich an den Pfleger. »Wir brauchen Volumenersatz. Häng ihm gleich einen Liter in Schuss hin. Danach braucht er dringend Konserven.«

Oberarzt Heimer untersuchte mit einem Ultraschallgerät Desiderios Bauch auf innere Blutungen. Dabei bellte er knappe Anweisungen. »Sofort zwei Konserven kreuzen und vier weitere bereitstellen lassen. Vorerst kein Hinweis auf Milzruptur oder Ähnliches. Lisa, informieren Sie den OP, dass wir nach dem CT sofort kommen. Wollen Sie gleich noch intubieren, Herr Graml? Okay.«

Lisa drückte mir die Blutproben in die Hand, während sie mit dem OP-Team telefonierte.

Ich reagierte nicht.

Sie schnippte mit dem Finger vor meinem Gesicht und herrschte mich an: »Lena! Reiß dich zusammen und bring das endlich ins Labor!«

Erst als sie mir einen kleinen Schubser verpasste, erwachte ich aus meiner Starre. Sofort rannte ich los.

Der Gang zum Labor erschien mir doppelt so lang wie sonst. Ich hastete mit langen Schritten über den hässlich grünen Linoleumboden und lauschte dabei auf das rhythmische Klappern meiner Schuhsohlen. Das hatte etwas Beruhigendes. Außer Atem kam ich in dem großen Laboratorium an. Die Laborantin hatte bereits auf die Proben gewartet und fütterte sogleich ihre mysteriösen Maschinen mit den Plastikröhrchen.

»Wir brauchen sofort zwei Konserven im OP«, brachte ich hervor. »Und vier weitere auf Abruf.«

Die Laborantin nickte. »Den Hb-Wert gebe ich sofort telefonisch durch, sobald die Zentrifuge abgeschlossen ist.«

Dann verschwand sie, um ihrer Arbeit nachzugehen. So wie ich es auch hätte tun sollen. Schließlich war das nicht das erste Mal, dass ich es mit einem Schwerverletzten zu tun hatte.

Es war nur das erste Mal, dass es sich dabei um einen geliebten Menschen handelte.

Angst und Panik stiegen in mir auf.

Alleine an dem hohen Blutverlust könnte Desiderio sterben. Ganz davon abgesehen, dass er vielleicht zusätzlich noch eine schwere Kopfverletzung davongetragen hatte, die zu einer Gehirnblutung führen könnte.

Völlig von der Rolle steuerte ich zurück zur Notaufnahme.

Als ich um eine Ecke bog, sah ich gerade noch, wie das Unfallteam Desiderio in den CT-Raum fuhr. Inzwischen war er narkotisiert und ein dicker Plastikschlauch ragte aus seinem Mund, der zu einem mobilen Beatmungsgerät führte, das der Narkosearzt vor sich herschob.

Ich beschleunigte meine Schritte, um mit in den Untersuchungsraum zu gehen, doch Lisa versperrte mir den Weg. »Nein. Das ist keine gute Idee.«

Dann knallte sie mir die Tür vor der Nase zu. Ich blieb reglos davor stehen und betrachtete das hellgrün lackierte Holz, bis OA Heimer herauskam.

Er nahm mich sachte beim Unterarm und führte mich zurück in die Ambulanz. Dort angekommen zwang er mich mit leichtem Nachdruck, mich auf einen Stuhl in der Küche zu setzen.

»Trinken Sie erst einmal einen Kaffee, Lena. Ich melde mich, sobald ich etwas weiß«, meinte er in ruhigem Tonfall. Mit einem mitleidsvollen Blick verließ er den Raum.

Ich saß da und sah aus dem Fenster.

Die ganze Zeit über fühlte ich mich wie in einem schlimmen Albtraum gefangen und hoffte darauf, dass ich endlich daraus aufwachte.

Dass ich aufwachte, mich umdrehte und Desiderio neben mir liegen sah.

Oh, Gott. Er durfte nicht sterben. Nein, das durfte er einfach nicht!

Nach einer Weile kehrte Heimer wie versprochen zurück.

»Das CT ist fertig«, erklärte er sachlich. »Der Schädel ist unauffällig. Der Unterschenkelbruch war klar, doch dazu kommen noch ein kleiner Riss am Beckenring, der allerdings stabil steht, und eine Rippenserienfraktur auf der rechten Seite. Die Lunge ist gut belüftet und unverletzt. Er wird gerade in den OP gebracht, damit wir das Schienbein wieder richten können. Keine Sorge, er ist jung und körperlich sehr gut in Form. Den Blutverlust werden wir schnell ausgleichen, und dann ist es nur eine Frage der Zeit, bis er wieder vollkommen genesen sein wird.«

Mit großen Augen lauschte ich seiner Schilderung. Natürlich erleichterten mich seine Worte ungemein. Trotzdem wusste ich genau, dass Desiderio noch nicht ganz über das Schlimmste hinweg war. Sein Kreislauf war instabil, und die Narkose würde sein ohnehin überfordertes Herz noch mehr belasten.

Es war wirklich ein Fluch, in einer solchen Situation sämtliche Risiken zu kennen.

Ich faltete meine Hände und stützte erschöpft mein Kinn darauf. Der Oberarzt klopfte mir aufmunternd auf den Rücken und eilte davon. Vermutlich in den OP-Saal.

Lisa kam mit der leeren Unfallliege zurück. Als sie sie an der Küche vorbeischob, sprang ich auf, um ihr zu helfen. Noch im Türrahmen fing sie mich ab.

»Nein, nein«, sagte sie sanft. »Bleib sitzen. Das ist schon in Ordnung. Du bist jetzt sowieso für nichts zu gebrauchen, und ich habe ohnehin nur noch einen Patienten hier, mit dem werde ich auch alleine fertig. Wenn es wirklich eskalieren sollte, dann hole ich dich.«

Ich nickte schwach und sank zurück auf den Stuhl.

Lisa kratzte sich ein wenig betreten am Ohr. »Du, tut mir leid, dass ich dich vorhin so angebrüllt habe.«

»Schon gut«, krächzte ich heiser und winkte ab. »Das habe ich gebraucht.«

Sie schenkte mir noch ein zaghaftes Lächeln, bevor sie die Küche verließ.

Der große Unfallraum lag direkt nebenan, darum konnte ich sie deutlich darin herumwerkeln hören. Genauso deutlich hörte ich, dass einer der Sanitäter zurückkam, weil er noch irgendwelche Daten von Desiderio brauchte. Lisa nannte sie ihm und wollte dann wissen, was genau eigentlich passiert sei. Gespannt lauschte ich der Schilderung des Rettungsfahrers.

»Er war wohl gerade auf dem Weg nach Hause. Vermutlich war er unkonzentriert oder müde, oder beides, jedenfalls ist er irgendwie mit seinem Wagen auf den Randstreifen geraten und ins Schleudern gekommen. Sein Pech war leider, dass ihm ausgerechnet in diesem Moment ein Lastwagen entgegenkam. Er ist mit voller Wucht frontal hineingeknallt. Sein Wagen sieht aus! Unglaublich. Als wir dort angekommen sind, war ich eigentlich sicher, dass es für uns nicht mehr viel zu tun gibt. Kaum zu glauben, dass man in einem solchen Blechhaufen überleben kann. Der ganze Motor hat sich in die Fahrgastzelle geschoben, deswegen war auch sein Bein eingeklemmt und wir konnten ewig die Blutung nicht stoppen. Als wir ihn endlich raus hatten, war es wirklich schon höchste Eisenbahn!«

Wieder begann sich alles um mich herum zu drehen.

Er war müde und unkonzentriert …

Wegen mir.

Ich war schuld daran, dass er jetzt in Lebensgefahr schwebte.

Und das würde ich mir niemals verzeihen können.

Kapitel 34

Draußen wurde es langsam dunkel, und ich saß immer noch reglos in der Küche.

Lisa kam einmal herein und erzählte mir, dass sie gerade mit der Polizei telefoniert hatte.

»Desiderio hat den Polizisten noch an der Unfallstelle die Telefonnummer einer gewissen Frau Bauer genannt. Weißt du, wer das ist?«

Ich schüttelte den Kopf.

Mir wurde klar, dass ich so vieles nicht von Desiderio wusste. Ich wusste ja noch nicht einmal seinen Geburtstag!

»Na ja, ist ja auch egal«, meinte Lisa, weil sie mein deprimiertes Gesicht bemerkte. »Jedenfalls ist sie auf dem Weg hierher.«

Ich reagierte nicht weiter, deswegen verschwand sie wieder.

Dicke Regentropfen klatschten gegen das Fenster und perfektionierten somit die Tristesse der ganzen Situation. Immer wieder glitt meine Hand in meine Tasche und tastete nach dem gefalteten Brief darin. Ihn nochmals zu lesen, wagte ich nicht. Genauso wenig wie die versäumten SMS von ihm. Seine Worte würden mich nur um den letzten Rest meiner Fassung bringen.

Immer wenn die Automatiktür aufging, sprang ich auf, in der Hoffnung, Heimer würde aus dem OP zurück sein.

Das wiederholte sich mindestens zehnmal, bis der Oberarzt schließlich über den Flur schritt. Sein erschöpftes, aber zufriedenes Gesicht sprach eigentlich schon Bände. Trotzdem knackste ich nervös mit den Fingerknöcheln, als ich auf ihn zueilte.

»Es ist alles gut gelaufen«, erklärte er mir fröhlich. »Der Unterschenkel ist wieder so, wie er sein sollte, und sein Kreislauf hat sich so weit stabilisiert, dass wir ihn nicht mehr beatmen müssen. Die Nacht wird er aber auf der Intensivstation verbringen. Reine Vorsichtsmaßnahme.«

Ich holte gerade Schwung, um mich zu Desiderio zu begeben, doch Heimer hielt mich zurück.

»Immer langsam, Schwester Lena. Geben Sie dem Personal noch ein wenig Zeit, um unseren Doktor erst einmal richtig zu versorgen. Sie werden hier anrufen, wenn sie so weit sind.«

»Danke«, sagte ich leise. Mehr brachte ich in diesem Moment beim besten Willen nicht zustande.

»Keine Ursache.« Heimer tippte sich zum Gruß an die Stirn und verschwand im Arztzimmer.

Ich begann, ungeduldig im Flur auf und ab zu schreiten.

Alles war gut. Sein Kreislauf war stabil. Er war über den Damm.

Doch richtig überzeugt würde ich erst sein, wenn ich ihn mit eigenen Augen sehen konnte.

Inzwischen war es spät geworden und die Nachtschwester kam herein, um ihren Dienst anzutreten. Lisa fing sie schon beim Eingang ab und erklärte ihr die Lage. Das erkannte ich an den erschrockenen Blicken, die die Nachtwache mir zuwarf. Schließlich eilte sie mit einer knappen Begrüßung an mir vorbei in die Umkleide, um nicht noch irgendwelche aufmunternden Worte an mich richten zu müssen. Ich war nicht sauer deswegen. Ich hasste es auch, verstörte Angehörige mit dämlichen Floskeln zu füttern.

Das Ambulanztelefon klingelte. Ich fuhr herum und starrte Lisa an, die den Hörer abnahm. Sie nickte mir zu und schon war ich weg.

Ich betrat zum ersten Mal die Intensivstation nicht als Schwester, sondern als Angehörige.

Waren die Geräusche der vielen medizinischen Geräte schon immer so beängstigend gewesen?

Zögernd trat ich zum Stützpunkt.

Eine ältere Schwester mit strengem Blick, die ich bisher nur flüchtig kannte, sah auf.

»Er liegt in der Eins«, sagte sie und wies mit dem Kinn in die entsprechende Richtung. Danach wandte sie sich sogleich wieder ihren Unterlagen zu.

Befangen ging ich durch den abgedunkelten Flur.

Ich passierte zwei Krankenzimmer, die mit jeweils zwei beatmeten Patienten belegt waren. Desiderios Zimmer war das letzte in der Reihe und ein Einzelzimmer.

Kurz vor der Tür blieb ich kurz stehen, um mich ein wenig zu sortieren.

Sein Anblick würde gewiss nicht der schönste sein. Wenigstens wusste ich, dass er keinen Schlauch mehr im Hals stecken hatte, was dem Ganzen sicherlich an Schrecken nahm.

Mir fiel ein, dass ich gar nicht gefragt hatte, ob er ansprechbar war.

Nun, das würde ich ja gleich sehen.

Wenn ich es denn endlich schaffen würde, einzutreten.

Ich atmete ein paar Mal tief ein und aus. Dann strich ich mir mit bebenden Händen die Haare zurück und zwang meine Beine dazu, sich vorwärts zu bewegen.

Schon im Türrahmen stoppte ich wieder und blickte entgeistert in das Zimmer.

Es war nicht nur Desiderios elendes Aussehen, das mich verharren ließ, viel eher lag es an der hübschen Blondine, die neben seinem Bett saß und ihm liebevoll über den Kopf streichelte.

Das war eindeutig die Frau aus seinem Esszimmer.

Obwohl ihre Augen und ihre Wangen vom Weinen gerötet waren, war sie immer noch wunderschön.

Das Beben meiner Finger breitete sich rasant auf meinem ganzen Körper aus. Meine Knie drohten, ihren Dienst zu versagen, und ich spürte, wie sich wütende und verzweifelte Tränen ihren Weg nach draußen bahnten.

Das war Frau Bauer.

Desiderio hatte den Ersthelfern ihre Nummer genannt, damit sie herkommen und ihn unterstützen konnte.

Mich hatte er nicht erwähnt. Ich war für ihn keine Angehörige.

Aber er wusste doch, dass du sowieso hier bist, Dummkopf.

Blöde innere Stimme der Vernunft. Ich war jetzt nicht in der Verfassung, logisch zu denken.

Die Blondine sah auf, weil ich ein leises Schnauben von mir gab.

Ich konnte ihren Blick nicht ertragen. Ich musste hier weg.

»Warte!«, hörte ich sie noch rufen, als ich bereits auf dem Absatz kehrt machte. »Lena?«

Überrascht blieb ich stehen.

Woher kannte die Tussi meinen Namen?

Langsam drehte ich mich um. Die Blonde war mir inzwischen bis zum Flur gefolgt.

»Du bist also Lena?«, wollte sie wissen.

Ich verschränkte die Arme und hob arrogant eine Augenbraue. »Ja. Und wer zur Hölle bist du?«

Im ersten Moment wirkte sie ziemlich erschrocken über meinen gehässigen Tonfall, doch dann fing sie an zu lachen.

Geht's noch? Was ist denn hier so komisch?

»Ja, Desiderio hat also nicht übertrieben, als er mir von deinem Temperament erzählt hat.«

Hä?

Meine zweite Braue erhob sich zu einem fragenden Stirnrunzeln.

Die Blonde streckte mir freundlich ihre Hand entgegen. »Hi, ich bin Susi.«

»Bitte, wer?«

»Susi«, wiederholte sie geduldig. »Desiderios Cousine.«

»Bist du sicher?«, fragte ich schockiert.

»Ähm, ja. Ziemlich sicher.«

Oh. Mein. Gott.

Falls ich noch Farbe im Gesicht gehabt hatte, so verlor ich sie jetzt gänzlich.

Das war Cousine Susi? Aus München? Die für ihn wie eine Schwester war?

Mein Magen krampfte sich zusammen und ich schmeckte Galle.

Desiderio lag schwer verletzt auf der Intensivstation, weil ich so unglaublich bescheuert war und ihm eine Affäre unterstellt hatte. Mit seiner Cousine.

Ich gab ein Ächzen von mir und raufte mir die Haare.

Susi ließ unterdessen ihre Hand sinken und musterte mich besorgt. »Was ist los?«

»Mein Gott, Susi, es tut mir alles so leid!«, jammerte ich los.

»Was denn?«, fragte sie verwirrt.

»Das! Das alles!«, stammelte ich aufgewühlt und bemühte mich sehr, nicht laut herumzuschreien. »Ich bin schuld, dass Desiderio überhaupt einen Unfall hatte! Weil ich ein Riesenidiot bin. Ein hysterisches Arschloch. Eine bescheuerte Kuh!«

»Na, na, jetzt beruhige dich erst einmal«, beschwichtigte Susi mich. »Niemand hat Schuld an Desiderios Unfall. Er war unaufmerksam und ist von der Straße abgekommen.«

»Ja, er war unaufmerksam, wegen mir! Weil ich gesponnen habe wie ein Oberrindvieh!«

Unter Tränen erzählte ich ihr schließlich die ganze Geschichte. Dass ich sie gesehen hatte. Dass ich dachte, er würde mich betrügen. Dass ich zu feige war, mit ihm darüber zu sprechen. Dass ich der größte Depp auf Erden war.

Obwohl wir uns gar nicht kannten, nahm sie mich tröstend in den Arm. »Das ist dramatisch, aber nicht mehr zu ändern. Außerdem bist du trotz allem nicht schuld an dem Unfall. Der Meinung ist Desiderio sicherlich auch.«

Desiderio …

Mein Blick fiel auf die offen stehende Zimmertür. Susi bemerkte das und löste sich von mir.

»Geh zu ihm. Er ist zwar noch müde, aber es gibt sicher nichts Schöneres für ihn, als dich jetzt zu sehen. Na los, geh schon!«, forderte sie mich auf.

Weil ich mich nicht von der Stelle rührte, schob sie mich kurzerhand einfach in das Zimmer und schloss leise die Tür hinter sich, damit ich nicht mehr abhauen konnte.

Ein bisschen belämmert stand ich da und wischte mir erst einmal verstohlen die Tränen vom Gesicht.

Jetzt, wo das ganze Blut abgewaschen war, sah Desiderio nicht mehr ganz so schrecklich aus, doch immer noch schlimm genug. Professionell überprüfte ich die Werte auf dem kleinen Monitor, der seine Vitalzeichen anzeigte. Alles in bester Ordnung.

Trotzdem hatte seine Hautfarbe mit seiner sonst so frischen Bräune nichts mehr zu tun. Sie schimmerte eher gräulich und sah fürchterlich ungesund aus. In beiden Armen steckten Infusionsnadeln. Eine letzte Blutkonserve tropfte gleichförmig in seine Venen. Von seinem restlichen Körper war nicht viel zu sehen, weil er bis zum Kinn zugedeckt war. Nur die Zehen seines gebrochenen Beines lugten aus einem dicken Gips hervor. Sie waren noch ganz orange von dem Desinfektionsmittel der Operation.

Möglichst geräuschlos schlich ich mich zu seinem Bett und setzte mich auf den Stuhl, auf dem vorhin noch Susi gesessen hatte.

Seine Cousine.

Ich konnte es immer noch nicht fassen, was ich mit meinen Wahnvorstellungen angerichtet hatte …

»Hi«, sagte Desiderio leise. Er hatte die Augen geöffnet und sah mich an.

Sofort begannen die nervigen Tränen wieder, über meine Wangen zu laufen.

»Hey«, flüsterte ich erstickt und nahm seine Hand. Sie fühlte sich kalt an. »Ich … ich weiß gar nicht, wie ich anfangen soll …«

»Brauchst du nicht«, unterbrach er mich heiser. »Ich habe alles gehört.«

»Hast du?«

»Ja, na ja, ich glaube eigentlich, dass die ganze Station mitgehört hat.«

»Oh.« Peinlich berührt wischte ich mir über die Augen. »Wenigstens weißt du jetzt, was ich für ein dummes Weib bin.«

»Das bist du nicht. Du bist einfach nur übervorsichtig.«

»Hysterisch trifft es wohl eher«, meinte ich verbittert.

»Quatsch.« Erschöpft schloss er die Augen wieder und schloss schwach seine Finger um die meinen. »Ich bin froh, dass du da bist.«

Ich betrachtete sein fahles Gesicht, das trotz allem aussah wie das eines Engels. Eine heftige Welle der Zuneigung erfasste mich. Niemals könnte ich ohne diesen Mann überleben.

»Desiderio, mir tut das alles so wahnsinnig leid.« Meine Stimme zitterte vor Reue. »Wenn ich nicht so blöd gewesen wäre, dann wäre das alles gar nicht passiert! Ich hätte einfach nicht so feige sein dürfen und viel eher mit dir reden müssen. Dann wäre alles geklärt gewesen. Ohne dass du verletzt wärst. Oh Gott, ich weiß nicht, wie ich das jemals wiedergutmachen soll!«

»Das musst du auch nicht. Ich habe den Unfall selbst verursacht. Du kannst absolut nichts dafür.« Seine Stimme wurde immer leiser. »Aber können wir bitte morgen darüber reden? Ich bin einfach … viel zu müde jetzt.«

Zärtlich streichelte ich ihm über die Wange. »Du musst auch nichts mehr sagen. Jetzt bin ich an der Reihe. In deinem Brief steht alles, was ich hören musste. Ich kann dir gar nicht sagen, wie mich deine Worte berührt haben. Du hast mir direkt aus der Seele gesprochen.«

Ganz vorsichtig, um ihm ja nicht wehzutun, beugte ich mich vor und schmiegte meinen Kopf an seinen Hals. Ruhig und bedacht flüsterte ich ihm schließlich ins Ohr, was ich schon lange hätte sagen müssen: »Desiderio, du bist meine zweite Hälfte. Obwohl ich mich so lange dagegen gewehrt habe, wusste ich die ganze Zeit, dass wir zusammengehören. Ich kann ohne dich nicht mehr sein. Für mich gibt es nur dich.«

Sein Atem ging ruhig und regelmäßig, aber ich wusste genau, dass er mir zuhörte. Langsam hob ich meinen Kopf und strich andächtig eine Strähne aus seiner Stirn.

»Ich liebe dich«, sagte ich. »Schon immer und für immer.«

Ich senkte mich auf seine Lippen hinab und küsste ihn sanft.

Das leise Piepsen seines Pulses wurde hörbar schneller.

Wenn ich mir vorher nie sicher war, ob Desiderio mich ebenfalls liebte, dann war ich es spätestens in diesem Moment zu hundert Prozent.

Denn das Herz konnte nicht lügen …

Kapitel 35

Wir schrieben Ende Mai und die Sonne lachte kraftvoll am Himmel. Es war ein herrlicher Tag. Selbst wenn es geschüttet hätte wie aus Eimern, wäre er herrlich gewesen.

Denn es war der Tag von Veras und Sebastians Hochzeit.

Ich saß alleine am Brauttisch und ließ einen zufriedenen Blick über den Trubel um mich herum schweifen.

Warum ich am Brauttisch saß?

Weil ich natürlich stolze Trauzeugin war!

Der gesamte Tag war durch und durch perfekt verlaufen. Angefangen vom Standesamt über die Kirche und bis zur anschließenden Feier. Die absolute Traumhochzeit.

Das war aber auch zu erwarten gewesen, schließlich hatte ich das alles geplant!

Und, ja, ich war stolz auf mich.

Vielleicht sollte ich mir ein zweites Standbein als Wedding-Planner aufbauen. Falls das mit dem Innendesign nichts werden sollte …

Die Gesichter der Hochzeitsgesellschaft strahlten durchweg zufrieden. Die einen waren in fröhliche Gespräche vertieft, während die anderen ausgelassen auf der Tanzfläche ihre Runden drehten.

Das Brautpaar wanderte Arm in Arm von Tisch zu Tisch, um mit jedem Gast ein paar nette Worte zu wechseln.

Vera sah wirklich toll aus.

Ihr Kleid war ein Traum aus elfenbeinfarbenem Satin. Die trägerlose Korsage passte ihr wie angegossen, und der weite Rock schmiegte sich bei jedem Schritt sanft an ihre Beine. Mit den sonnengelben Blumen im Haar sah sie aus wie eine Märchenfee.

Sebastian fühlte sich inzwischen auch recht wohl in seinem hellen Smoking. Er hatte den gleichen Farbton wie Veras Kleid, was uns einiges an Überredungskunst abverlangt hatte. Zusammen mit dem schwarzen Hemd und der hübschen Anstecknadel aus kleinen Sonnenblumen sah das absolut schneidig aus.

Sonnengelb und Orange, das waren nämlich die ausgewählten Farben der Dekoration. Die Farben passten perfekt zum Brautpaar. Warmherzig und fröhlich.

Zwischen den tanzenden Paaren entdeckte ich den Trauzeugen. Frank. Er sah überglücklich aus und das freute mich aus tiefstem Herzen. Mit einem Dauerlächeln im Gesicht wirbelte er zu den Klängen der Band seine neue Freundin Lisa herum.

Genau. Diese Lisa!

Meine Arbeitskollegin.

Noch etwas, worauf ich stolz war, denn ich war der Auslöser, dass die beiden zusammengefunden hatten.

Ich hatte nämlich mein Versprechen nicht vergessen und Lisa zum Abfeiern ins Go mitgenommen. Wir haben getanzt, gelacht, geschrien und getrunken – und ja: Sie hat gekotzt. Zwei Tage lang.

Toll, nicht wahr?

Jedenfalls hatte sie im Vollrausch Frank mit ihrem Schal dekoriert, den er ihr dann eine Woche später persönlich zurückgeben musste. Bei einem netten Abendessen. Kurze Zeit darauf waren die beiden ein Paar.

Und was für eines!

Ich plante insgeheim schon die nächste Hochzeit …

Meine Gedanken wurden unterbrochen, als sich von hinten zwei starke Arme um mich schlangen. Weiche Lippen fanden den Weg zu meiner Halsbeuge und verursachten eine Gänsehaut auf meinem ganzen Körper. Ich legte den Kopf in den Nacken und suchte nach den schönsten Augen der Welt.

Hach, da waren sie!

Strahlender denn je nahmen sie mich in ihrem tiefen Ozeanblau gefangen.

»Schöne Frau, dürfte ich Sie um diesen Tanz bitten?«, fragte Desiderio mit seinem charmanten Lächeln und hielt mir elegant die Hand hin.

Ich drehte mich um und tat so, als müsste ich darüber nachdenken. Eigentlich wollte ich ihn nur noch länger ansehen. Niemals würde ich seines Antlitzes überdrüssig werden.

Gott, wie ich diesen Mann liebte!

Von dem Unfall hatte er sich vollständig erholt. Nur die feinen Narben seiner Operation zeugten noch davon. Und die zwei fast nicht sichtbaren, feinen Linien in seinem Gesicht, die ihm von den Glassplittern geblieben waren. Wenn das Wetter umschlug, jammerte er zwar immer über leichte Schmerzen in seinem Bein – wie ein alter Mann. Doch ich verkniff mir jedes Mal einen dämlichen Kommentar, denn ich war nämlich immer noch der Meinung, dass ich schuld an dem ganzen Desaster war, und die lebenslange Strafe war nun, mir seine Wetterfühligkeit anzuhören.

Lebenslang. Das war unumgänglich, denn ohne Desiderio gab es für mich keine Zukunft mehr.

Er war gekleidet in einen schwarzen Anzug, der Angeber hatte ihn natürlich in Italien maßschneidern lassen. Dazu trug er ein schlichtes weißes Hemd und eine schwarze Krawatte.

Er sah einfach nur unglaublich aus.

Und mit der auf die Dekoration abgestimmten Anstecknadel passte er perfekt zu meinem gelben Kleid. Genauso, wie er auch sonst perfekt zu mir passte.

Überhaupt war alles perfekt. Und inzwischen konnte ich mein grenzenloses Glück sogar ohne Misstrauen akzeptieren.

Desiderio hob unterdessen fragend eine Augenbraue, weil ich ihn immer noch verzückt anhimmelte, anstatt seine Aufforderung zum Tanz anzunehmen. Endlich konnte ich mich losreißen, legte meine Hand in die seine und stand mit übertrieben vornehmem Gehabe auf.

»Wie könnte ich zu Ihnen denn Nein sagen, junger Mann«, meinte ich und neigte kultiviert den Kopf.

»Diese Aussage musst du dir merken«, grinste er und zwinkerte mir geheimnisvoll zu.

Während er mich auf die Tanzfläche führte, wusste ich, dass es niemals einen glücklicheren Menschen auf der Welt geben würde als mich.

Nicht jetzt und auch nicht in Zukunft.

– Ende –

Danksagung

Vorweg möchte ich betonen, dass die Stadt Wollbach mitsamt Krankenhaus und dessen Mitarbeitern frei erfunden ist. Natürlich sind sämtliche Ähnlichkeiten zu meiner Arbeitsstätte rein zufällig. Sollten sich trotzdem irgendwelche Merkmale mit lebenden Personen überschneiden, so liegt das alleine im Auge des Betrachters. (Falls sich jemand in Desiderio wiedererkennen sollte, dann bitte ich darum, sich unverzüglich mit einer vollständigen Bewerbungsmappe bei unserer Krankenhausverwaltung zu melden.)

Nun will ich noch ein paar nette Worte loswerden: Der erste Dank geht an meinen Mann, weil er sich heldenhaft mit meinen schreibbedingten Frustrationen arrangiert. Er hat akzeptiert, dass er mich möglichst nicht ansprechen sollte, wenn ich gerade in die Tasten haue. Das ist zwar eher auf den reinen Selbsterhaltungstrieb zurückzuführen als auf Verständnis für meine Leidenschaft, aber ich weiß dies trotzdem sehr zu schätzen. Außerdem finde ich es wirklich niedlich, dass er alles, was ich zu Papier bringe, von Anfang bis Ende durchliest und dann auch noch spitze findet, obwohl er es prinzipiell verabscheut, Bücher zu lesen, in denen sich nicht auf jeder zweiten Seite ein hübsches Bild befindet. (Doch, doch, er liest sie wirklich. Ich habe hin und wieder beiläufig Fragen zu meinen Texten gestellt, weil ich von

Grund auf eher misstrauisch veranlagt bin. Er konnte sie tatsächlich beantworten, was mir ehrlich imponierte. Und nein, er hat es wahrlich nicht leicht mit mir.)

Danke auch an Mama, die sowieso alles toll findet, was ich mache. (Genau wie mein Pa, der vermutlich nie eines meiner Bücher lesen wird, sie aber deswegen nicht minder toll findet.)

Danke an Melly, Lieblingstestleserin Numero uno, die mir auch mal sagt, wenn etwas nicht so toll ist (wobei ihr Hauptaugenmerk aus irgendeinem Grund auf der richtigen Reihenfolge von Wochentagen zu liegen scheint …), und die mir sehr bei der Entwicklung dieser Geschichte geholfen hat, auch wenn sie dazwischen oft tagelang auf das nächste Kapitel warten musste. Lieblingstestleserin Numero due ist Caro, die an einer gewissen Stelle des Romans abbrechen musste, um die »Zigarette danach« zu rauchen – Danke dafür!

Nebenbei noch eine kleine Entschuldigung an all diejenigen meiner Freunde, die mitten in einem Schreibfluss auf einen spontanen Kaffee vorbeischauten und das volle Ausmaß meiner Verärgerung darüber zu spüren bekamen. Ich hoffe, sie mögen es mir verzeihen. (Irgendwann werde ich mir einen Bunker bauen, in den ich mich mit meinem Laptop zurückziehen kann, um größere Eskalationen zu vermeiden. Versprochen!)

Ein herzliches Danke an all meine Arbeitskollegen, die mir mit ihrem Lob regelmäßig die Röte ins Gesicht treiben und mich hin und wieder in Panik versetzen, weil ich immer noch keine Ahnung habe, wie man eine professionelle Widmung schreibt. Danke an Helga, die sich beim Testlesen so viel Mühe gab und an der eine wahre Lektorin verloren gegangen ist. Und ein riesiges Danke an Simone und Tina, die in ihrer Schreibtischschublade ein Foto von Desiderio haben (und was für eins!), das man sich jederzeit ansehen darf, wenn man zwischen Stress und Chaos mal eine kleine Pause braucht. Ihr seid einfach genial!

Ein riesiges Dankeschön an Franz Edlmayr, meinen »Entdecker«, dessen ersten Anruf ich im ersten Moment für eines dieser Internet-Scherz-Telefonate hielt. Ich danke mir selbst dafür, nicht einfach aufgelegt zu haben, sonst hätte ich mir vermutlich die wunderbare Gelegenheit verbaut, mit Amazon Publishing zusammenzuarbeiten. Danke an das gesamte Team für eure tolle Unterstützung und … na, einfach Danke für alles!

Zu guter Letzt noch ein Danke an all meine LeserInnen, die sogar noch diese lobpreisenden Zeilen bis zum Schluss durchgehalten haben. Ihr seid die allerwichtigsten Personen in dieser Auflistung, denn ohne euch ergäbe das Schreiben für mich letztendlich gar keinen Sinn.

Johanna Danninger

17575010R00245

Printed in Poland
by Amazon Fulfillment
Poland Sp. z o.o., Wrocław